단재 **신채호**
소설 연구

글쓴이

김현주(金賢珠, Kim, Hyun-Ju)
대구가톨릭대학교 중문과를 졸업하고 영남대학교 국문과에서 석·박사 학위를 받았다. 국립국어원 중국 양주대학교 세종학당 연구원, 영남대학교 국문과 교책객원교수를 거쳐 현재 대구가톨릭대학교 기초교양 교육원 조교수로 재직 중이다.

단재 신채호 소설 연구

초판인쇄 2015년 1월 10일 **초판발행** 2015년 1월 20일
글쓴이 김현주 **펴낸이** 박성모 **펴낸곳** 소명출판 **출판등록** 제13-522호
주소 서울시 서초구 서초중앙로6길 15(란빌딩 1층)
전화 02-585-7840 **팩스** 02-585-7848 **전자우편** somyong@korea.com **홈페이지** www.somyong.co.kr

값 25,000원 ⓒ 김현주, 2015

ISBN 979-11-85877-95-2 93810

단재 **신채호**
소설 연구

A Study on Danjae Shin, Chae-Ho's Novels

김현주 지음

소명출판

　단재(丹齋) 신채호(申采浩, 1880~1936) 선생의 생애와 정신을 깊이 있게 이해하는 것은 근대의 복합성을 해명해 내는 일만큼 어려운 일이다. 여러 역경과 시시각각으로 변하는 세상의 논리에도 초연함을 잃지 않고 끊임없이 새로운 삶의 방향성을 타진해 갈 수 있었던 그 생명력과 정신력의 원천은 무엇일까. 학위논문을 끝내고 2년이 지난 작년 겨울, 다시 이러한 처음의 물음을 안고 청주의 고두미 마을에 있는 단재 묘소 앞에 섰다. 잔설이 흩어져 있는 고즈넉한 풍경은 독자적인 삶을 일궈가는 이가 감당해야 하는 지난한 고독을 닮아 있었다. 그러나 이러한 고독과 절망의 심연이야말로 역사적인 상황을 주체적으로 해석하고 창조해 갈 수 있는 원초적인 힘이 아니었을까. 고고하고 정제된 이미지로서의 단재를 넘어, 한 인간으로서의 단재를 오롯이 만나는 일이야말로 그에 대한 연구의 출발이 될 것이다. 이런 점에서 단재 삶에 대한 연구 과제는 아직 산적해 있다고 볼 수 있다.

　기실 문·사·철에 걸친 집필활동과 삶으로써 보여준 단재의 지사적인 면모는 우리 근대사 연구에 정신적인 뿌리가 되고 있음은 주지의 사실이다. 그러나 지금까지 소설에서 드러나는 눈물과 외로움의 정서를 강인한 민족투사의 울분으로만 파악함으로써 한 지식인으로서 겪는 단재의 내적 갈등과 반목 등을 외면해 온 면이 있다. 문학이라는 것이 결국 삶 자체와 인간의 마음을 이해하는 일일 진데 나 역시 그동안 단재를 연구하면서 그의 삶에 불필요한 덧칠을 한 것은 아닌지, 그의 삶을 교감할 만큼 내 영혼을 돌보고 살았는지에 대한 반성이 인다. 이러한 고민 끝에 작년에는 단재 연구의 일차적인 과제인 자료 발굴과 중국 문학과의 연관성을 밝히기 위해 기약 없는 중국행을 결심하기도 하였다. 그러나 결국 요란만 떨고 한국 상황을 핑계로 반년 만에 돌아오고 말았다. 혁명적인 단재의 삶을 체화하는 일은 멀고도 어려운 일이다.

단재는 식민지 현실을 극복하고 주체성을 찾는 과정 속에서 유학에서 아나키즘까지 광범위한 사상을 체화하고 이를 실천적인 삶의 동력으로 삼았다. 그는 여러 사상과 조우하였지만 인간이 사상의 노예가 되는 것을 경계하고 스스로 '주의'주의자가 되는 것을 거부하였다. 사상이라는 것은 어디까지나 현실개혁을 위한 실천적 삶으로 드러나는 것이라 보았기 때문이다. 이러한 자유로운 정신적 투쟁에도 불구하고 단재가 오랫동안 '주의'의 담론 속에 갇혀 있었다는 것은 아이러니가 아닐 수 없다.

단재는 '아(我)'와 '비아(非我)'는 고정된 실체로 주어지는 것이 아니라 건설과 해체, 전복의 순환 속에서 새롭게 구상되는 것으로 보고 끊임없이 새로운 '아'를 구축해 나간다. 변화와 역동 속에 놓여 있는 이러한 단재 정신은 문학적 상상력을 통해 독자적인 소설 세계로 구축되고 있음을 볼 수 있다. 그는 역사전기소설 등을 통해 문학의 효용성을 구가하는가 하면 고통을 넘어서는 웃음과 해학의 풍자기법을 통해 폭력적이고 권위적인 현실을 파기하기도 한다. 이러한 문학적 성찰은 근대에 대한 기대에서 출발하여 탈근대의 문제의식까지 내포하고 있는 광범위한 것으로서 사상적 측면에서뿐만 아니라 미학적인 면에서도 단재의 역량을 확인할 수 있는 주요한 작품들이다. 이는 몰락한 사대부집안의 천재이자 식민지 망명지식인으로 살아야 했던 그의 지난한 삶에서 길 어진 문학적 탐색이라 볼 수 있다. 소설에서 형상화된 인물들의 갈등과 반목들은 끊임없이 현실의 위기를 타개해 나가는 문학적 모색이자 결 국은 인간적 한계에 절망하고 또 이를 극복해 가는 단재의 자기 혁신 과정이었다고 할 수 있는 것이다. 단재 문학의 힘은 절망적인 상황에서 도 이처럼 자신의 삶을 실천적으로 사유하면서 우리 존재에 대한 끊임 없는 질문과 답을 찾아가는 인문정신에 있다. 이것이 자본의 식민화 속 에서 영혼을 잃어가는 시대에 단재 문학이 가진 현재적인 의의와 가치 라 하겠다.

특히 단재는 누구보다 자신의 삶 자체를 반영하는 실천적이고 현실 적인 문학 행보를 이어갔던 만큼 그의 소설에 대한 탐구는 작가정신을 재구명하는 데 중요한 단서가 된다. 따라서 본 연구는 '문학가 단재 신 채호'를 구명하고 이를 토대로 그의 문학적 성과와 함께 '인간 단재'의 삶을 이해하고자 하였다. 이는 그의 문학을 역동적으로 읽음으로써 담 론의 허구를 해체하고, 단재의 독자적인 담론구성 과정과 한국 근대문 학의 기원을 주체적으로 해명해 나가는 일이라 할 수 있다.

그 동안 고민한 내용들을 박사학위논문으로 발표하고 이후, 부족했 던 논의들을 몇 편의 소논문에서 보완하여 발표하였다. 그리고 이번에 이들을 모아 책으로 엮게 되었다. 우선 1장은 단재 소설 전반에 대한 개 관으로서 근대와 탈근대의 충돌과 접합 속에서 일어나는 소설의 이행

양상에 대해 검토해 보았다. 구한말 유교 교육의 체화, 그리고 근대에 대한 기대와 좌절을 경험을 한 단재는 필연적으로 주체화 모색에 대한 고민을 할 수밖에 없었으며 이러한 가운데 다양한 문학적 시도들이 이루어졌다고 볼 수 있다. 따라서 본 논의에서는 소설의 변화 과정들에 주목하여 그 의미들을 추출해 보고자 하였다.

2장에서는 망명 이후 소설에 나타나는 카니발 상상력의 미학적 성취들에 대해 살펴보았다. 단재 소설은 망명을 기점으로 변화한다. 망명 전에는 논설체의 정제된 언어를 사용하던 것과는 달리 이후 소설에는 해학과 풍자, 아이러니, 환상성 등 카니발 문학 장치들이 두드러지게 나타나고 있음을 확인할 수 있다. 그는 한국전통의 가면극 요소를 차용하여 현실의 위기를 해학적으로 극복하는 한편, 민중 결집의 장을 마련하여 제국주의적 세계 재편에 저항하는 모습을 보여주기도 한다. 본 논의에서는 망명 이후 소설 중에서 서사 구조를 확보하고 있는 작품들을 대상으로 이들 작품 간의 유기적 흐름과 미학적 성취들을 검토해 보았다.

이어서 3장에서는 인물들의 내적 갈등들을 통해 단재 소설의 창작 동인을 논의해 보았다. 단재 소설에는 고아들이 많이 등장하고 있는데 이들은 정신적인 결핍을 보상 받기 위해 끊임없이 새로운 욕망을 추구하는 모습을 보여준다. 또한 꿈을 배경으로 한 서사에서는 인간이 의식과 무의식의 충돌 속에서 자기 극복을 해 나가는 모습이 핍진하게 그려지고 있다. 이들 고아들이 처한 현실은 불운한 가족사를 경험하고 국권 상실 이후에는 사회적 고아로 살아야했던 단재의 현실과 유사한 부분들이 많다. 소설 속의 인물 형상화는 곧 작가의 삶의 문제가 각색돼 나온 것으로서 어디에서도 위로받지 못하는 식민지 망명 지식인의 자기 치유 방식이었다고 볼 수 있는 것이다.

마지막으로 4장에서는 루쉰(魯迅) 소설과 관련하여 두 작가의 노예성 비판 문제에 대해 비교 검토해 보았다. 기실 단재 문학은 동아시아 관점에서 바라볼 때 그 사유의 진정성과 역동성을 제대로 파악할 수 있다. 특히 한·중 근대 지식인들의 정신적 고투 과정을 해명하는 일은 긴밀한 지적 전통을 공유했던 두 나라가 새로운 세계질서에 편입되면서 각각 어떻게 독립적인 문학체계로 발전해 가는가를 확인하는 한편, 자본주의 세계 재편 속에서 동아시아 담론의 정체성과 그 방향성을 가늠하는 주요한 일이라 할 수 있다. 이는 차후에도 지속적으로 논의되어야 할 과제이다.

산재한 과제를 뒤로 한 채 부족하나마 이렇게 책으로 낼 수 있게 된 것은 전적으로 이동순 교수님의 격려와 지도 덕분이다. 일찍이 단재 삶이 낭가사상(郎家思想)을 원천으로 하고 있음을 밝히는 선구적인 연구로 단재 문학의 깊이와 의미를 가늠해 주셨기 때문에 본 연구를 시작할 수 있었다. 또한 근대 초기 문학 형성에 대한 공부 모임을 열어 주신 이상우 교수님께도 깊이 감사드린다. 끝으로 소박하게나마 내 길을 걸어갈 수 있도록 응원해준 가족들에게도 고마움을 전한다. 여전히 우매하고 미흡한 부분들은 세상을 힘껏 살아가는 모습으로 보답해 드리고 싶다.

2015년 1월 금락골 연구실에서
김현주

＿ 차례

책머리에　3

제1장　　　　　　　　　　　근대국민국가 기획과 탈근대화 모색

1. 프롤로그　11
2. 전쟁영웅을 통한 소(小)영웅적 국민 창출　21
3. 성모상(聖母像)과 효자(孝子)의 재발견　54
4. 비영웅(非英雄)과 자각한 민중영웅상　71
5. 역사의 주변 인물상　111
6. 대화적 관계를 통한 민중영웅의 재탄생　125
7. 해체와 전복의 아나키즘적 세계 구현　155
8. 에필로그　184

제2장　　　　　　　　　　　　카니발 상상력의 미학적 성취

1. 프롤로그　191
2. 희화적 인물구성과 가치의 전복성　193
3. 메니피아적 풍자와 자기 구원의 여정　204
4. 가면극의 변용을 통한 순환적 세계 구축　214
5. 에필로그　226

제3장　　　　　　　　　　　　자기 치유로서의 소설 쓰기

1. 프롤로그　231
2. 부성 콤플렉스와 권력에 대한 집착　236
3. 구원과 파멸의 세계로 구성되는 여성　249
4. 자아인식과 분열의 공간, '꿈'의 세계　265
5. 욕망과 초자아 사이, 자아의 혁신 과정　271
　1) 한놈 욕망의 대변자 ― 여섯 동무　271
　2) 한놈의 초자아 ― 꽃송이, 을지문덕 등　277
6. 에필로그　289

제4장 　　　　　　　　　　　　　　　신채호와 루쉰, 노예성 비판의 문제

1. 프롤로그　293
2. 식인사회에 노예화된 인간　297
3. 자기부정을 통한 반성적 성찰　309
4. 에필로그　319

참고문헌　323

제1장

근대국민국가 기획과 탈근대화 모색

1. 프롤로그

단재 신채호(丹齋 申采浩, 1880~1936)는 정통 한학을 공부한 유학자였음
에도 계몽주의, 민족주의, 역사주의, 아나키즘 등 광범위한 사상적 편
력을 보여준 인물이다. "무삼 주의(主義)가 들어와도 조선(朝鮮)의 주의
(主義)가 되지 않고 주의(主義)의 조선(朝鮮)이 되랴 한다"[1]고 비판하는 데

---

[1] 신채호, 「浪客의 新年漫筆」, 단재 신채호전집 편찬위원회 편, 『단재 신채호전집』 6, 독립
기념관 한국독립운동사연구소, 2008, 583면. 본 연구는 독립기념관 한국독립운동사연구
소에서 발간한 『단재 신채호전집』(제1~4권(2007), 제5~10권(2008))을 기본 텍스트로
삼는다. 각 권은 제1권 역사[朝鮮上古史], 제2권 역사[朝鮮史 研究艸], 제3권 역사[讀史新論]
외, 제4권 전기, 제5권 신문·잡지, 제6권 논설·사론, 제7권 문학, 제8권 독립 운동, 제9
권 단재론·연보, 제10권 총 목차로 구성되어 있다. 차후, 신채호 작품 인용시 『전집』이
란 명칭으로 통일하여 권수만 밝히고, 저자명은 생략한다.

서 알 수 있듯이 그는 어떠한 사상과 지식이 권력화되고 공허한 '주의' 주의가 되는 것을 경계했다. '주의'라는 것은 어디까지나 현실적인 '이해'에 따라 수용의 형태가 변형돼야 한다는 것이었다. 이러한 사상의 유연성으로 "의식(衣食)이 공기처럼 풍부해지고 아울러 도덕의 진보가 그 시비(是非)의 사견을 깨뜨릴 수 있다면, 곧 나라의 경계를 깰 수 있고 정부가 없을 수 있다"[2]고 하며 아나키즘 세계상을 제시하기도 하였다.

그가 소설에서 구현하는 인물과 시공간 역시 퇴행적인 과거에 대한 향수에 머물거나 이상적인 민족을 환기하는 데에 국한되지 않고, 근대에 대한 고민과 반성 속에서 변화와 반목을 지속하고 있다. 이는 신채호의 문학 활동이 어느 한 '주의'로 환원될 수 없는 당대의 긴박한 실천적 운동으로서의 문학적 모색이었음을 말해주는 것이다.

이처럼 전통과 현대, 문·사·철(文·史·哲)을 넘나드는 신채호의 문학 자체가 끊임없이 해석을 요구하는 열린 텍스트이기 때문에 지금까지 그의 문학은 늘 새로운 논쟁적 사례로 부각되어 왔다. 그동안 신채호 문학과 관련한 연구는 '그에게 과연 문학이 있는가'라는 의문에서 출발하여 비교문학적 고찰[3] 역사의식이나 계몽 기획과 관련한 문학 양

2　「크로포트킨의 죽음에 대한 감상」, 『전집』 5, 415면.
3　김병민, 『조선 근대소설과 량계초, 한국 이행기문학 연구』, 국학자료원, 1995; 김하림, 「노신과 신채호에 있어서 사회진화론의 영향 연구」, 『외국 문화 연구』 20집 2호, 조선대 외국문화연구소, 1997.12; 김학규, 「양계초의 문학사상」, 『전환기의 동아시아 문학』, 창작과비평사, 1985; 손성준, 「『이태리건국삼걸전』의 동아시아 수용양상과 그 성격」, 성균관대 석사논문, 2007; 송현호, 「애국계몽기의 문학개혁운동과 문학론―신채호의 양계초 수용과 그 극복을 중심으로」, 『인문논총』 8집, 아주대 인문과학연구소, 1997.12; 엽건곤, 『양계초와 구한말 문학』, 법전출판사, 1980; 이은애, 「신채호와 양계초의 '소설개혁론' 비교 연구」, 『한중 인문학 연구』 9집, 한중인문학회, 2002.12; 최옥산, 「문학자 단재 신채호 론」, 인하대 박사논문, 2003; 표언복, 「단재의 문학관 형성에 미친 양계초의 영향」, 『목원 어문학』 8, 목원대 국어교육과, 1989; 한무희, 「단재와 임공의 문학과 사상」, 『우리문학 연구』 2집, 예그린출판사, 1977.

식의 특질을 밝히는 연구,[4] 자료 발굴 및 원전확정에 대한 연구[5] 등 다방면에 걸쳐 진행되었다.

초창기, 신채호 문학에 대한 연구가 본격적으로 이루어지기 시작한 것은 민족주의 담론이 고조되던 1970년대, 『전집』(1972년『전집』상, 1975년『전집』하, 1977년『전집』별집)이 출간되기 전후이다. 그러나 형식과 내용 면에서 어디에도 편입시키기 애매한 그의 문학적 성격 때문에 문학성에 맞춰지기보다 우리 문학의 정신사적 역할에 초점을 두고 그 의의를 밝히려는 연구들이 있었다. 김윤식은 단재를 문인으로 볼 수 있는가라는 문제 제기와 함께 신채호 사상의 변모 과정 안에서 그의 문학적 특성을 찾고 있다.[6] 또한 그의 문학을 개화기소설에 편입시킬 것인가,[7] 근대문학이라는 틀에서 볼 것인가[8]에 대한 고민들이 이어졌다. 이들은

4 권영민, 『서사양식과 담론의 근대성』, 서울대 출판부, 1999; 김윤식, 『한국 근대문학양식 논고』, 아세아문화사, 1990; 서형범, 「한국 개화기 개신유학자의 자기인식과 서사양식의 관련 양상 연구-박은식과 신채호를 중심으로」, 서울대 박사논문, 2007; 성현자, 「역사적 인물의 허구적 서사구조 (1)-신채호의 「일목대왕의 철퇴」, 「박상희」, 「이괄」을 중심으로」, 『비교문학』 21, 한국비교문학회, 1996.12; 송명진, 「고대사의 재정립 과정과 개화기 傳의 서술 양상 연구-신채호의 「슈군의 뎨일 거룩한 인물 리슌신젼」을 중심으로」, 『현대문학의 연구』 30집, 한국문학연구학회, 2006.11; 송명진, 「신문연재 역사・전기소설의 대중성 연구-신채호의 「최도통전」을 중심으로」, 『우리말글』 41집, 우리말글학회, 2007; 정선태, 「개화기 신문 논설의 서사 수용 양상」, 소명출판, 1999; 홍순애, 『한국 근대문학과 알레고리』, 제이앤씨, 2009.
5 김주현, 「신채호의 자료 발굴 및 원전 확정 연구-『天鼓』를 중심으로」, 한국어문학회, 『한국어문학』 93집, 형설출판사, 2006.9; 「단재 신채호의 자료 발굴 및 원전 확정 연구-『대한매일신보』 소재 작품을 중심으로 (1)」, 『한국 현대문학 연구』 20집, 한국현대문학회, 2006.12; 「신채호의 작품 발굴 및 원전 확정을 위한 연구-『권업신문』을 중심으로」, 『우리말글』 39집, 우리말글학회, 2007.4; 「상해판 『독립신문』 소재 신채호의 작품 발굴 및 그 의의」, 한국어문학회, 『어문학』 97집, 형설출판사, 2007.9; 「단재 신채호의 문학과 정전의 문제」, 『현대소설 연구』 36호, 한국현대소설학회, 2007.12; 『전집』 7, 해제; 『신채호문학 연구초』, 소명출판, 2012.
6 김윤식, 『한국 근대문학사상사』, 한길사, 1984.
7 송민호, 『한국 개화기소설의 史的 연구』, 일지사, 1975; 이재선, 『한국 개화기소설 연구』, 일조각, 1972; 홍일식, 『한국개화기의 문학사상 연구』, 열화당, 1980.

모두 순수 문학을 한국 근대문학의 기원으로 규정하려는 데서 비롯된 고민이라 할 수 있다.

그러나 무엇보다 민족주의와 관련한 연구가 중심이었다고 할 수 있다. 이러한 논의들은 계몽기 문학의 정신적 위상을 밝히고 신채호의 사상적, 문학적 연구 지평을 여는 데 상당한 기여를 하였다.[9] 그러나 문학 연구가 사상 연구에 종속됨으로써 신채호는 오랫동안 '민족주의의 신화'에 갇히거나 또는 '극단적인 국수주의자'로 규정되기도 하였다. 이러한 가운데 후기 아나키즘 활동들은 돌출된 사상 편력으로 해석되거나 '민족주의의 심화 과정'으로 해석되어 근대국민국가의 이데올로기를 해체하는 그의 실천적 문학 작업들이나 문학적 변모양상에 대해서는 구체적인 논의가 부족했다고 볼 수 있다.[10]

8 송백헌, 「한국 근대 역사소설 연구」, 단국대 박사논문, 1982; 송현호, 『한국 근대소설론 연구』, 국학자료원, 1980; 임중빈, 「민중혁명문학의 근대적 형성」, 『단재 신채호전집』(별집), 해제, 형설출판사, 1998.

9 민족주의와 관련한 주요 논의들은 다음과 같다. 김병민, 『신채호 문학 연구』, 아침, 1989; 민병수 외, 『개화기의 우국문학-한국문학과 민족의식』 II, 신구문화사, 1974; 신경득, 「단재 신채호소설의 민족주의적 연구」, 『논문집』 7집, 건국대 대학원, 1978.2; 신동욱, 『한국 현대비평사』, 한국일보사, 1975; 신춘자, 「신채호의 소설 연구 II-「용과 용의 대격전」을 중심으로」, 『논문집』 15집, 성결교신학교, 1986.12; 이경선, 「신채호의 역사전기소설」, 『한국학논집』 6집, 한양대 한국학연구소, 1984.8; 이동순, 「단재소설에 나타난 낭가사상-단재 신채호전집〈補遺〉 소장 9편을 대상으로」, 『어문논총』 12, 경북대 국어국문학과, 1978.12; 이동순, 「대립구조를 통해서 본 단재소설-「龍과 龍의 大激戰」을 중심으로」, 『개신어문 연구』 2집, 충북대, 1982.12; 이동순, 「천희당시화에 나타난 시대정신」, 『민족시의 정신사』, 창작과비평사, 1996; 이선영, 「민족사관과 민족문학-「꿈하늘」에 대하여」, 『오늘의 세계문학』, 민음사, 1976.12; 이선영, 「단재의 사상과 문학」, 단재 신채호선생 기념사업회, 『단재 신채호와 민족사관』, 형설출판사, 1980.

10 동아시아 담론의 의의를 찾는 과정에서 아나키즘 논의도 활발하였다. 이와 관련한 논의는 다음과 같다. 김경복, 「단재 신채호 문학과 아나키즘론」, 『국어국문학』 30집, 부산대 국어국문학과, 1993.12; 김성국, 「아나키스트 신채호의 시론적 재인식」, 『아나키즘 연구』 창간호, 자유사회운동연구회, 1995.7; 김택호, 「신채호 사상의 일원성 연구」, 한국현대문예비평연구회, 『한국 문예비평 연구』 25집, 창조문학사, 2008.4; 김택호, 『한국 근대 아나키즘문학 낯선 저항』, 월인, 2009; 박난영, 「신채호와 巴金의 아나키즘과 반전사상」, 『중

신채호가 역사전기소설에서 말한 '민족'과 「꿈하늘」에서 말하는 '민족', 그리고 「용과 용의 대격전」에서 말하는 '민중'은 민본주의를 바탕으로 한다는 점에서는 서로 연결되고 있으나 그 사이에는 분명 구별되는 지층들이 존재한다. 따라서 「용과 용의 대격전」에 나타나는 '민중'을 역사전기소설 등에서 말한 '민족'에까지 전적으로 소급 적용시켜 '민족주의의 심화 과정'으로 보기에는 힘든 부분들이 있다. 오히려 신채호에게는 민족주의와 아나키즘 성격 등이 동시에 내재돼 있었으며 이러한 것들이 사회적 상황을 만나면서 일정한 문학적 변용 속에서 어느 한 지점이 강화, 혹은 약화되기도 하면서 변화와 반목, 혼용을 지속하고 있다고 보는 것이 타당하다 하겠다. 따라서 신채호 문학의 본령에 접근하기 위해서는 이러한 문학적 변모 양상에 대한 구체적인 해명과 변이 지점들을 밝혀내는 작업이 선행돼야 할 것이다.

다음으로 근대문학 형성의 복합적인 장 안에서 신채호 문학을 새롭게 구명하려는 시도도 지속적으로 이루어졌다. 최원식은 신채호를 "식민지 문제가 민족 사이의 문제로만 국한되지 않는다는 깨달음에서 근

국 현대문학』 38호, 한국중국현대문학학회, 2006.9; 서은선 · 윤일 · 남송우 · 손동주, 「신채호 아나키즘의 문학적 형상화─하늘(天)과 용(龍) 이미지의 전도(顚倒)」, 『한국문학논총』 48집, 한국문학회, 2008.4; 신복룡, 「신채호의 무정부주의」, 『동양정치사상사』 7권 1호, 한국동양정치사상사학회, 2008.3; 신용하, 『신채호의 사회사상 연구』, 한길사, 1984; 신용하, 「신채호의 무정부주의 독립사상」, 『증보 신채호의 사회사상 연구』, 나남, 2004; 윤일 · 남송우 · 손동주 · 서은선, 「근대 일본과 한국의 사회진화론과 아나키즘 연구─고토쿠 슈스이와 신채호를 중심으로」, 『동북아 문화 연구』 14집, 동북아시아 문화학회, 2008.3; 이호룡, 「신채호의 아나키즘」, 『역사학보』 177집, 역사학회, 2003.3; 정선태, 「민족 · 국민의 발견에서 아나키즘으로─신채호의 글쓰기 사상에 대한 주석」, 『어문학논총』 25집, 국민대 어문학연구소, 2006.2; 조광수, 「동아시아 아나키즘의 시론적 비교」, 『국제정치 연구』 9집 2호, 동아시아국제정치학회, 2006; 조세현, 「동아시아 (한 · 중 · 일) 아나키즘의 비교」, 『동북아 문화 연구』 1집, 동북아시아 문화학회, 2001.10; 최성실, 「한국 현대소설의 아나키즘적 특성 연구─「용과 용의 대격전」, 「원형의 전설」을 중심으로」, 『한국 현대문학 연구』 17집, 한국현대문학회, 2005.6.

대 일반의 억압성에 주목하면서 근대에 대한 치열한 대결의식을 견지한 작가"[11]로 평가하였다. 또한 신채호가 기발한 역사 해석으로 기존 역사를 전복하고 있다는 점에서 그의 저술 전체를 문학적 환상으로 보는 관점도 고려할 만하다고 보고 있다.[12] 양진오도 일찍이 이광수 문학이 강요된 근대의 억압성에 대한 통찰이 부족하다고 보고, 제국주의 담론에 대응하는 신채호 문학을 근대적 거대서사의 기원으로 평가한다.[13] 또한 하정일은 '미적 자율성'의 계보를 한국 근대문학사의 중심축으로 단일화하는 데 문제 제기하고, '미적 자율성'과 '계몽의 전통'이라는 복수의 근대로 바라볼 것을 제시한다. 그는 신채호를 예술의 정치화라는 미학적 계몽 기획을 제시하며 탈식민 문학의 기원을 열어간 작가로 평가하면서 이를 통해 민족주의와 해체론적 후기식민론을 극복할 수 있는 탈식민 저항의 복합성과 중층성을 규명하고자 하였다.[14] 또한 윤해동은 「용과 용의 대격전」을 들어 주체와 적의 설정에서 근대를 넘어서 있으며 민중의 발견은 민족과 국가의 재해석, 또는 '공적 공간'의 창조로 나아가는 근대적 공간이자 탈근대적 공간이라 보고 있다.[15]

신채호 문학을 또 하나의 근대문학의 기원으로 보고자 하는 이러한 적극적인 시도들은 우리 근대문학의 다양한 길항을 추적하고, 신채호를 문학사의 중심으로 자리매김하는 중요한 작업들이라 할 수 있다.[16]

11 최원식, 「단재 신채호의 용과 용의 대격전」, 『한국 계몽주의문학사론』, 소명출판, 2003, 323면.
12 최원식, 「한국 문학의 안과 밖」, 『문학의 귀환』, 창작과비평사, 2003, 111~115면.
13 양진오, 「강요된 근대와 거대서사의 기원」, 『실천문학』 54, 1999 여름.
14 하정일, 「급진적 근대기획과 탈식민 문학의 기원」, 민족문학사연구소 기초학문연구단, 『한국 근대문학의 형성과 문학 장의 재발견』, 소명출판, 2004, 17~36면.
15 윤해동, 「신채호의 민족주의-민중적 민족주의 또는 민족주의를 넘어서」, 『식민지의 회색지대』, 역사비평사, 2004, 225면.

그러나 그가 저항하는 대상은 제국과 민족 내외부, 민중 등 그 범위가 광범위하기 때문에 오히려 문학 계보 사이를 초월하는 제3의 자리에 놓고 바라볼 때, 그 문학의 독자성과 호환성이 제대로 고찰될 수 있을 것으로 보인다. 또한 논의가 몇몇 작품에 한정돼 있어 문학 전반에 대한 통찰이 이루어지지 않은 점도 한계로 지적될 수 있다. 따라서 이러한 논의를 위해서는 신채호 문학 전반에 대한 다양한 비판 지점들을 밝히는 작업들이 선행돼야 할 것으로 본다.

우선 신채호 소설 전체를 대상으로 보았을 때 주목되는 점은 인물과 시공간 형상화, 주제 등이 고형화 되어 있지 않고 다양하게 변모하고 있다는 것이다. 특히 역사전기소설과 같은 초창기 소설에서는 현실의 위기에 대한 해결과 전망이 제시되고 있는 반면에 망명 이후에 쓰인 작품들은 대부분 미완성인데다가 시점 처리가 혼란하고 중층적 액자식 구성으로 되어 있으며 제목과 내용, 인물 형상에서도 일관성이 없는 경우가 많다. 이러한 점 때문에 주제의식을 파악해 내기가 쉽지 않은 것이 사실이다. 그러나 이들은 새로운 문학적 시도들이 다양하게 나타나 있는 과도기적 성격을 보여주고 있어 신채호 문학 세계의 간극을 해명하는 주요한 열쇠가 되는 작품들이라 할 수 있다.

또한 이후, 「꿈하늘」과 「용과 용의 대격전」에서는 문학적 성찰들이

----

16 이외 신채호 문학의 근대성과 관련한 논의들은 다음과 같다. 김현주, 「신채호의 역사 이념과 서사적 재현 양식에 대한 연구」, 상허학회, 『상허학보』 14집, 깊은샘, 2005.2; 박중렬, 「한국 근대전환기소설의 근대성과 계몽담론 연구」, 전남대 박사논문, 2000; 오선민, 「전쟁서사와 국민국가 프로젝트」, 『국민국가의 정치적 상상력』, 소명출판, 2003; 차승기, 「근대 계몽기 민족주의의 성격에 관한 고찰-저항과 지배의 변증법」, 한국문학연구회, 『현역중진작가 연구』 IV, 국학자료원, 1999; 채진홍, 「신채호 소설에 나타난 근대인관」, 『한국 언어문학』 55집, 한국언어문학회, 2005.10.

미학적으로 완성도 있게 성취되고 있는 모습을 보여주고 있으며, 인물에 대한 해석과 서사의 결말이 열려 있어 이원적인 근대 서사 체계에 대한 이탈의 시도들을 확인할 수 있다. 나아가 민족의 문제로만 환기되지 않는 인간의 근원적인 자기 갱생의 길을 보여주는 한편, 세계 민중 연합을 상상하면서 국가 간 체제를 넘어서고자 하는 모습까지 보여주고 있어 끊임없이 현실을 재구성해가는 그의 문학적 저항 지점들이 무엇이었나에 주목하게 한다.

살펴보면 신채호 소설의 이러한 변모는 끊임없이 새로운 '아(我)'를 구축해가는 과정이라 할 수 있다. 그는 개인과 사회는 불변하는 자성(自性)이 있는 것이 아니라 '환경과 시대'에 따라 달라진다고 보았다.[17] '아(我)'와 '비아(非我)'도 고정된 실체로 주어지는 것이 아니라 '주관적 위치'에 따라 창출되는 표상들로[18] 건설과 해체, 전복의 순환 속에 놓여 있다는 것이다. 이는 실상 문·사·철의 경계를 넘나들면서 근대에 대한 기대에서 출발하여 탈근대에 대한 문제의식까지 내포하고 있는 광범위한 것이라 할 수 있다. 이러한 문제의식은 그가 문학 활동을 시작할 때 이미 내재돼 있는 것이었다.

신채호의 문학활동은 새로운 세계 질서인 근대에 대한 기대에서 출

----

17 "個人의 自性은 어대에 잇느냐? 個人도 自性이 업고 社會도 自性이 업으면 歷史의 原動力은 어대에 잇느냐? 나는 이것을 볼 째 個人이나 社會의 自性은 업스나 環境과 時代를 짜라서 自性이 成立한다고 생각한다." 「朝鮮史」, 『전집』 1, 629면.
18 "무엇을 '我'라 하며 무엇을 '非我'라 하느뇨? 깁히 팔 것 업시 얏치 말하자면 무릇 主觀的 位置에 슨 者를 我라 하고 그 外에는 非我라 하나니 (…중략…) 本位인 我가 잇스면 짤아서 我와 對峙한 非我가 잇고 我의 中에 我와 非我가 잇스면 非我 중에도 또 我와 非我가 잇서 그리하야 我에 대한 非我의 接觸이 煩劇할사록 非我에 對한 我의 奮鬪가 더욱 猛烈하야 人類社會의 活動이 休息될 사이가 업스며 歷史의 前途가 完結될 날이 업나니, 그럼으로 歷史는 我와 非我의 鬪爭의 記錄이니라." 위의 책, 601면.

발하였으나 곧바로 국권침탈과 식민화의 진행으로 좌절을 경험한다. 이는 필연적으로 '우승열패'의 사회진화론을 긍정하는 근대에 대한 비판과 반성적 사유를 동반할 수밖에 없었다. "이탈과 미결정성의 탈근대의 힘은 근대의 타자로서 근대가 발생하자마자 작용하기 시작했으며 근대의 자기충족적인 동일성을 해체하면서 그 개념을 역동적으로 만드는 것이다."[19] 따라서 그의 문학을 논하는 데 있어 근대와 탈근대의 충돌과 접합 속에서 일어나는 문학적 이행(移行)에 대한 고찰의 필요성이 제기된다 하겠다.

따라서 1장에서는 이러한 문제의식들을 바탕으로 신채호 소설에 나타나는 일관된 논리를 포괄하는 것이 결국은 민족주의나 근대성 구현에 국한된 것이 아니라 근대에서 탈근대 이행에 기초하고 있음을 살펴보았다. 주요 텍스트로 삼고 있는 것은 총 15편으로, 「을지문덕전」, 「최도통전」, 「이순신전」, 「류화전(柳花傳)」, 「익모초(益母草)」, 「일목대왕의 철추(一目大王의 鐵椎)」, 「일이승(一耳僧)」, 「철마(鐵馬) 코를 내리치다」, 「백세노승의 미인담(百歲老僧의 美人談)」, 「박상희(朴象羲)」, 「리괄(李适)」, 「○○○ 부원군으로 견자(犬子)」, 「꿈하늘」, 「구미호(九尾狐)와 오제(五帝)」, 「용과 용의 대격전(龍과 龍의 大激戰)」 소설 전편(全篇)이다.[20] 그러나 이

---

19 나병철, 「애국계몽기의 민족인식과 탈식민주의」, 『기전어문학』 12·13집, 수원대 국어국문학회, 2000.3, 167면.

20 단재가 옥사한 후 상당수의 유고가 떠돌게 된다. 그의 유고는 천진 모(某) 씨가 보관하고 있었는데 단재 사후 얼마 지나지 않아 그도 사망하여 원고의 행방이 자세하지 않다. 이후, 북한에서 창작 유고를 발견하여 『룡과 룡의 대격전』이라는 유고선집을 발간하였다. 그러나 북한, 중국 등지에 신채호의 유고 문학들이 더 있으나 아직 소개가 안되고 있는 상황이다. 이 중, 문학 작품으로는 소설 「건륭황제의 꿈」과 시 「도제사언문(悼祭四言文)」, 「큰바람」, 「감회」, 「청루수」, 「본국홍수」가 있다. 김주현, 『전집』 7, 해제, 1~18면.
『전집』 7권에는 북한에서 출간한 전집(신채호, 『룡과 룡의 대격전』, 조선문학예술총동맹출판사, 1966)과 김병민이 중국에서 출간한 전집(김병민, 『신채호 문학 유고 선집』, 연

중, 역사전기소설 세 편과 「익모초」를 제외한 나머지 작품들은 그 창작 시기를 망명 이후라고 추정할 수밖에 없는 상황이며 작품도 미완인 경우가 많다.[21] 「최도통전」은 망명과 함께 연재가 중단된 것으로 보이며, 「익모초」는 신채호가 활발하게 문필 활동을 하던 때 창작되었다는 점, 그리고 망명 전의 원고들이 대부분 결말을 맺고 있다는 점에서 발굴이 덜 됐을 가능성이 크다. 그러나 망명 이후의 작품들은 미완성작인지 원고가 탈락되어 발굴이 안 된 것인지 확인하기가 어렵다. 다만 이들은 공통적으로 제목과 주제, 인물 설정 등에서 유기성을 갖지 못한 경우가 많아 서사를 진행시켰더라도 통일적인 주제로 결말을 개진하기 어려웠을

변대학출판사, 1994) 모두를 실은 후, 새로 발굴된 작품과 함께 김병민이 출간한 전집을 새 활자본으로 뒤에 싣고 있다. 북한에서 출간된 전집에는 수정, 편집, 삭제된 부분들이 있기 때문에 김병민이 직접 필사하여 출간한 자료를 새롭게 펴낸 것으로 보인다. 기존 전집에 들어 있으나 신채호의 작품으로 보기 어려운 「철추가」, 「고락유수」, 「단기고사 중간서」는 새 전집에서 제외됐다. 그리고 전집간행위원회가 발굴하여 전집에 실은 작품들과 최근에 발굴된 시 「無題」, 「五言排律」, 「龍坡壽宴詩」, 「作別詩」, 「丹齋箴」, 소설 「익모초」 3월분을 함께 싣고 있다. 본 연구는 새 활자본에 있는 작품과(『전집』 7권의 「꿈하늘」, 「백세노승의 미인담」, 「일목대왕의 철추」, 「용과 용의 대격전」, 「익모초」) 김병민의 전집에 없어서 새 활자화되지 않은 작품들은(『전집』 7권의 「일이승」, 「류화전」, 「리괄」, 「박상희」, 「○○○부원군으로 견자」, 「철마 코를 내리치다」, 「구미호와 오제」) 북한의 전집을 참고할 것이다. 그리고 「을지문덕견」, 「슈군데일 거륵흔 인물 리슌신견」, 「동국에 데일영걸 최도통견」은『전집』 4권의 한글판 원전을 활용할 것이다. 본 연구에서는 일부 작품의 제목은 현대어로(「꿈하늘」, 「을지문덕전」, 「이순신전」, 「최도통전」) 인용한다.

21 소설 15편 중에서 완성작은 7편, 미완성작은 8편이다. 지금까지 『전집』 9권 단체론·연보 편과 연구자들이 확인, 추정한 작품 연대와 원고 상황은 다음과 같다. 「익모초」(『가뎡잡지』, 1908, 미완성), 「을지문덕전」(국한문본·국문본, 광학서포, 1908, 완성), 「이순신전」(『대한매일신보』, 국한문본·국문본 1908, 완성), 「최도통전」(『대한매일신보』, 국한문본 1909·국문본 1910, 미완성), 「꿈하늘」(1916, 미완성)은 序부분의 '檀君 4249년 3월 18일에 한놈씀'이라는 기록에 의거하여 1916년으로 확정하고 있다. 한놈이 신채호 자신을 지칭한다는 것에는 반론의 여지가 없다. 이 외, 1910년대로 추정되는 작품으로는 「백세노승의 미인담」(미완성), 「일목대왕의 철추」(미완성), 「일이승」(완성), 「류화전」(미완성), 「리괄」(미완성), 「박상희」(완성), 「○○○부원군으로 견자」(미완성), 「철마 코를 내리치다」(완성), 「구미호와 오제」(완성)가 있다. 「용과 용의 대격전」(1928, 완성)은 작품의 "新年戊辰이 왔다고"라는 부분을 참조, 1928년 연초로 추정하고 있다. 이 해에는 신채호가 무정부주의 동방연맹 대회에 참여하는 등, 아나키스트로서의 활동을 활발히 하였다.

것으로 짐작된다.

따라서 여기서는 작품 창작 시기와 소설의 주제적 특징을 공유하는 작품들을 함께 분류하여 그 유기적 흐름을 살펴보고자 한다. 이를 통해 신채호 소설이 근대와 탈근대의 길항 관계 속에서 문학적 가능성을 찾아가는 긴 여정이었음을 밝히고, '주의'의 강제를 거부하는 소설의 저항 지점들을 읽어보고자 한다.

2. 전쟁영웅을 통한 소(小)영웅적 국민 창출

신채호가 역사전기소설을 창작할 당시는 제국주의 팽창으로 봉건질서가 와해되고 국가의 존립이 위태한 상황이었다. 이에 계몽지식인들은 서구의 사회진화론을 받아들여 "경쟁(競爭)은 진화지모야(進化之母也)"[22]라는 인식을 확립하였다. 신채호 역시 인간을 근본적으로 "싱존 경징에 좇ᄉᄒᄂ쟈"[23]로 보면서 "세계(世界)는 진화자(進化者)의 세계(世界)"[24]로 퇴화하면 종국에는 망하고 말 것이라 보고 있다.

당시 사회진화론을 기반으로 새롭게 떠오른 세계 질서가 바로 '근대 국민국가'였다. 이는 봉건질서와 중화주의를 탈피하여 독립적인 역사적 정체성을 구성해 나갈 수 있는 초석으로 인식되었으며, 일본 제국주의에 대한 대항의 이념으로 받아들여졌다. 이러한 새로운 질서에 편입

----

22 「競爭時代」, 『황성신문(1906.11.19)』(영인본 14), 58면.
23 「덕육과 지육과 톄육중에 톄육이 최긴홈」, 『전집』 6, 245면.
24 「進化와 退化」, 위의 책, 543면.

되기 위해서는 봉건 백성들을 민족, 국민이라는 함의로 이끌어낼 수 있는 장치가 필요하였으며 주지하다시피 이는 봉건적인 '충효(忠孝)' 이념을 재정립함으로써 가능한 것이었다.

이러한 시대 분위기 속에서 신채호는 누구보다도 역사연구의 중요성을 인식하고 민족의 정체성을 확립하는 데 힘썼다. 특히 그는 과거 구국의 영웅들에 주목하면서 이들을 통해 역사인식을 새롭게 재편하고자 한다.

> 수신을 부려 교계한 비밀한 계교는 력스상에 전혼바―업스나 한 모퉁이에 잇셔서 고혈한 형셰로 뎍국 당을 와희케 홈을 샹샹후면 가히알지니 오호―라 영웅이로다 (…중략…) 녯 시디에 스긔를 지은 사람들이 소견이 좁아셔 능히 을지문덕의 진샹을 드러나게홀쟈―업스나 잇다금 그 적은 의론이라도 가히 그 전례롤 미루워 알만한 곳이 잇기로 이졔 그 대강을 모도와 져슐후며 그 외에 잡록에 잇는 것도 이에 긔록후노라²⁵[25]

그는 옛 시절에 사기 짓는 사람들이 소견이 좁아서 을지문덕과 같은 영웅이 제대로 기록되지 못하였으나 상상으로 과거 정황들을 짐작해 볼 수 있다고 한다. 이는 영웅들이 실증적인 자료를 바탕으로 복원된 것이 아니라 역사인식 위에서 새롭게 편집, 재구성된 상상의 창조물임을 말해 주는 것이다. 이러한 영웅 출현은 '있는 바'가 아니라 '있어야 할 바'를 그려내는 것으로, 이는 역사전기소설에서 구체화되고 입체화

---

25 「을지문덕전」, 『전집』 4, 126·140면.

될 수 있었다.

신채호는 역사전기소설 창작 전에 중국 양계초의 『의태리건국삼걸전(意太利建國三傑傳)』을 역술한 『이태리건국삼걸전(伊太利建國三傑傳)』을 펴낸 바 있다. 그는 이태리 국민국가 건설의 선봉자인 마찌니, 가리발디, 카부르를 소개하면서 우리나라에도 애국심이 투철한 영웅이 탄생하기를 기원한다고 밝히고 있다.[26] 이들 세 영웅에 대한 번역은 타국의 영웅을 소개하는 데 머무는 것이 아니라 국난에 처한 대한제국에 영웅이 창출되기를 기대하는 작업으로서 역사전기소설 창작을 예고하는 것이었다.

당시는 "금일하지난(今日下之亂)이 구의(久矣)라 난극칙영웅(亂極則英雄)이 필기(必起)ᄒ나니"[27] 한마디로 "영웅산출(英雄産出)의 시대(時代)"[28]였다. 특히 사회진화론의 수용으로 경쟁에서 살아남는 것이 문명 진보로 여겨지면서 무엇보다 칼을 든 전쟁영웅들이야말로 민족적 이상으로 떠오를 수 있었다.[29] 이에 광활한 영토를 차지했던 고구려에 대한 재조명이 이루어지면서 광개토대왕이 한국 제일의 영웅으로 제시되기도 하였다.[30] 『황성신문』의 한 논설에서는 을지문덕의 업적과 유적이 방기되는 것을 비판하면서 애국은 역사의 존중에서 비롯된다고 주장하고 있다.[31] "롱부야로의 고담으로 겨우 ᄒ 두가지 ᄉ젹을 젼홀 ᄲᆞ름이며

---

26 "愛國者가 無ᄒ 國은 雖强이나 必弱ᄒ며 雖盛이나 必衰ᄒ며 雖興이나 必亡ᄒ며 雖生이나 必死ᄒ고 (…중략…) 此書의 因緣과 此書의 紹介로 大韓 中興 三傑傳惑 三十傑 三百傑傳을 更作ᄒ면 此ᄂᆞᆫ 無涯生 無涯의 血願也로다." 「伊太利建國三傑傳」, 『전집』 4, 568~569면.

27 「今日英雄이 必起」, 『대한민보(1909.9.22~9.23)』(영인본 상), 338・342면.

28 「英雄産出의 時代」, 『대한매일신보(1909.4.9)』(국한문 영인본 5), 5287면.

29 "나의 권리가 쩌러지거든 칼과 피로써 그권리를 보호홀 ᄲᆞ름이오 나의 권리가 이믜 쩌러지거든 칼과 피로써 그권리를 차즈 올 ᄲᆞ름이며", 「을지문덕전」, 120면.

30 「韓國의第一豪傑大王」, 『대한매일신보(1909.2.25)』(국한문 영인본 5), 5143면.

혹 신명이 놀나고 귀신이 곡홀만 흔 공업이라도 쵸동 목슈의 노래로 두 어 마디를 젼파 홀 뿐"[32]이던 영웅들이 시간적 간극을 뛰어넘어 민족영 웅으로 부활한 것이다. 그러나 "지나간 영웅을 긔록ᄒ야 쟝리의 영웅 을 부르노라"[33]에서 알 수 있듯이 그들은 그저 숭배의 대상으로 과거 속에 머무는 것이 아니라 미래의 영웅을 불러들여 국난을 극복하고 독 립의 기초를 마련하는 하나의 상징 기호로 현현되는 것이었다.[34]

신채호는 영웅 중에서 살수대첩을 승리로 이끈 을지문덕부터 주목 하고 있다. 을지문덕은 "우리 국가를 창조ᄒ신 영웅이며 우리 민족을 기르신 시조이며 우리 후인의 속에 독립심을 너허 주신 셩신"[35]으로 '영웅 중에 영웅'으로 형상화된다.

일국강토는 그 나라ㅅ영웅이 몸을 밧쳐셔 위엄이 잇게 잇게 혼 것이며 일 국의 민족은 그 나라ㅅ영웅이 피를 흘녀셔 보호 혼것이라 정신은 산악ᄀᆺ치 특립ᄒ엿스며 은틱 강히ᄀᆺ치 넓엇거눌 그 나라ㅅ영웅을 그나라ㅅ영웅을 그나라ㅅ사름이 알지 못 ᄒ면 그나라이 엇지 나라이 되리오 (…중략…) 홀 연 신으로 뎍국에 왕리ᄒ며 홀연 쟝슈가 되여 진상에 림ᄒ고 홀연 시긱이 되여 글귀를 읇ᄒ며 홀연 지상이 되여 묘당에 놉히 안졋고 홀연 졍탐긱이 되여 뎍진의 ᄉ졍을 졍찰ᄒ며 홀연 외교가가 되여 린국과 교계를 친밀히 ᄒ

---

31 "大抵世界에 文明ᄒ고 忠愛ᄒᄂᆫ 民族은 皆 其祖國의 偉人을 崇拜ᄒ고 先代의 古蹟을 紀念ᄒᄂ니",
「乙支公家史에 對ᄒ야 又一觀念」, 『황성신문(1909.5.14)』(영인본 19), 46면.

32 「을지문덕젼」, 앞의 책, 108면.

33 위의 책, 110면.

34 "乙支公의 獨立的 氣象을 我國民 個個人 身上에 賦興ᄒ고, 乙支工의 健脖的 精神을 我國民 個
個人 腦裏에 注入ᄒ야, 無形的 乙支文德이 全國에 彌滿홈에 至홈은, 余의 盼望不己ᄒᄂ 바 l
라." 이기찬, 「乙支文德序」, 위의 책, 464면.

35 위의 책, 146면.

고 당당훈 츙신이 홀연 반신인톄 ᄒ며 쾌쾌훈 명쟝으로 홀연 패쟝이 되고 홀연 왓다가 홀연 가며 홀연 갓갑다가 홀연 멀고 (…중략…) 을지문덕의 죽지 아니훈 졍령이 수쳔년된 무덤 속에서 뛰어나와 당년에 투던 안쟝에 다시 안져셔 쟝부의 칼을 훈번 시험ᄒ야 대피득 워슁톤으로 더브러 륙대쥬에 홈ᄭ의 횡힝ᄒ며 널숀 쎄스막으로 더브러 쳔빅년에 ᄀᆺ치 빗나셔 독립 긔초를 졍돈홀 날이 잇스리라[36]

을지문덕은 사신이 되었다가 장수가 되기도 하고 재상, 외교관이 되는 등, 고형화된 이미지에 갇혀 있지 않고 상황에 따라 새롭게 변모를 거듭하는 신출귀몰한 영웅으로 등장한다. 말하자면 을지문덕은 정적(靜的)인 봉건사회를 표상하는 인물이 아니라 변화무쌍한 시대에 적응할 수 있는 새로운 인물상인 것이다. 이는 약육강식의 세계에서 승자가 되기 위해서는 전 방위적인 순발력과 변화의 시도들이 필요함을 역설하는 것이다.

논설체의 작품 구성을 보면 다음과 같다.

서론
뎨일쟝 을지문덕 이전에 한국과 지나의 관계
뎨이쟝 을지문덕시뎌에 고구려와 슈ㅅ나라의 형셰
뎨삼쟝 을지문덕시뎌에 렬국의 형셰
뎨ᄉ쟝 을지문덕의굿센졍신

36 위의 책, 109 · 132 · 146면.

뎨오쟝 을지문덕의 웅도 대략

뎨륙쟝 을지문덕의 외교

뎨칠쟝 을지문덕의 무비

뎨팔쟝 을지문덕의 슈단 밋헤 뎍국

뎨구쟝 슈ㅅ나라의 형셰와 을지문덕

뎨십쟝 룡 ᄀᆞ치 변화ᄒᆞ고 범 ᄀᆞ치 용밍ᄒᆞᆫ 을지문덕

뎨십일쟝 살슈 풍운의 을지문덕

뎨십이쟝 셩공후 을지문덕

뎨십삼쟝 녯날 ᄉᆞ긔 지은 ᄉᆞ롬의 좁게 본 을지문덕

뎨십ᄉᆞ쟝 을지문덕의 인격

뎨십오쟝 무시무죵의 을지문덕

결론

각 장의 제목에서 볼 수 있듯이 서사는 고구려와 수나라와의 형세를 되새김함으로써 역사상 가장 광활하고 장엄했던 과거에 대한 자각을 환기시키고 있다. 또한 당시의 국제 정세와 함께 수나라와의 관계 안에 비춰진 을지문덕의 인격과 지략, 위대함을 그리고 있음을 볼 수 있다. 을지문덕은 고구려에 대한 기억을 응축하고 있는 애국의 표상으로서 고구려의 국가적 이미지를 체화한 몸이다. 따라서 서사에서는 '고구려 시대'가 아니라 '을지문덕 시대'로 명명하고 있다. 을지문덕이 고구려이고 고구려가 을지문덕이다. 이는 곧 '개인이 국가요', '국가가 곧 개인'이라는 국민국가의 함의를 보여주는 것으로서 "애국(愛國)이 즉애기(卽愛己)"[37]라는 사상을 고취시키는 데 기여한다.

신채호가 역사전기소설을 집필하면서 이처럼 고구려 장수 을지문덕에 먼저 주목하는 이유는 고구려가 강대한 '지나'와 대등하게 싸운 나라이기 때문이다.

> 신라의 군ᄉᆞ는 멀니 바다 밧긔 힘을 펴셔 일본을 세 번이나 정벌ᄒᆞ엿ᄉᆞ며 빅제는 말갈을 여러번 쳐셔 디경을 긔척ᄒᆞ고 고구려는 ᄉᆞ군을 회복ᄒᆞ야 젼일 슈치를 갑흐며 료동ᄯᅡ를 취ᄒᆞ야 판도를 확장ᄒᆞ엿는디 (…중략…) 신라의 디덕은 일본이오 빅제의 디덕은 말갈이라 뎌희는 다 디경이 멀고 ᄯᅩ혼 적은 나라들인고로 (…중략…) 고구려의 디덕은 강대ᄒᆞ고 토디가 련졉혼 지나라 (…중략…) 강경혼 티도를 잡아 독립을 유지ᄒᆞ고 ᄌᆞ니로 더브러 디덕ᄒᆞ쟈는 오직 고구려 혼 나라이라[38]

신라와 백제가 싸운 나라는 일본이나 말갈과 같은 작은 나라였으나 고구려의 싸움 대상은 거대한 지나였으므로 그 싸움의 강도를 비교할 바 못 된다는 것이다. 특히 군사력과 영토의 광대함이 최고였던 수나라와의 전쟁에서 요동 땅을 당당히 취했다는 점에서 고구려는 오히려 중국을 능가하는 나라로 인식된다. 따라서 고구려는 단군과 부여를 계승하고 있으며, 발해와 백제의 역사를 태동시킨 국가로서 작품 곳곳에서 민족의 근원으로 지속적으로 환기되고 있다.

이러한 고구려의 위상은 중국이 비문명국으로 그려짐으로써 더욱 강화된다. 서사는 중국을 '지나'라고 표기함으로써 중국의 위상을 고의

---

37 「愛國이卽愛己」, 『황성신문(1906.8.9)』(영인본 13), 346면.
38 「을지문덕전」, 앞의 책, 110∼113면.

적으로 끌어내린다. 이는 청일전쟁 이후 세계의 주변부로 전락한 중국에 대한 재인식이 반영된 것으로서 "한국이 대륙의 이웃인 중국과의 관계를 재정립하고자 하는 의도적인 문화 혁신의 표식으로 기능"[39]하는 것이었다. 즉 중국과의 긴밀했던 문화적, 역사적 관계를 삭제하거나 전도(顚倒)함으로써 국제 정세 속에서 국가와 민족적 정체성을 새롭게 확립하고자 한 것이다. 고구려는 중국의 속국이라는 열등감을 씻어주고 민족적 자부심과 혈통의 순수성을 규명해 내는 상징적 기호인 것이다.

한편 신채호는 이러한 신성한 고구려가 오염된 것은 유교주의자들의 사대주의 정신 때문이라 보고 이를 비판하고 있다.

> 고려 중년에 원나라로 더브러 밍셰를 뎡홀째에 엇지 그 ㅁ옴에 깃버ㅎ고 성심으로 복죵ㅎ야 그 밍셰를 뎡ㅎ엿스리오 다만 끌어 올나오는 피를 춤으며 소스나 오는 눈물을 가리우고 뎡호 밍셰이며 웃는가온더 은근히 칼을 품고 뎡호 화친이 것마는 십 년 이십 년을 지니고 보니 피와 눈물이 스스로 거두어지며 품은 칼이 스스로 풀니어 젼국신민이 원국을 조샹으로 아는 디경에 홈끠 쌘지ᄂᆞ니 (…중략…) 동으로는 디마도를 쎄앗기고 셔으로는 압록강셔편을 모다 일허셔 일개 젹은 나라가 되여도 붓그러움을 알지못ㅎ니 엇지 날마다 쇠약홈을 면ㅎ리오[40]

고려가 원나라에 복종할 때에는 마음에 칼을 품고 맹세하였겠지만 오랜 시간이 지나면서 원나라를 자기 나라로 인식하게 되었다는 것이

---

39 앙드레 슈미드, 정여울 역, 『제국 그 사이의 한국』, 휴머니스트, 2007, 65면.
40 「을지문덕전」, 앞의 책, 119~120·123면.

다. 따라서 중국과 한국은 애초에 다른 나라였으므로 사대주의 정신을 접고 고구려와 같은 독립정신을 지켜내야 한다고 본다. 그리고 동으로는 대마도, 서로는 압록강 서편까지 뻗쳤던 고구려 영토를 환기시키면서 역사에 대한 통찰력을 제공하고 있다.

고구려 영토를 상실한 데 대한 이러한 애통함은 「최도통전」에서 보다 구체적으로 형상화된다.

만쥬전폭과 료동일경은 삼천년 샹젼ᄒᆞᄂᆞᆫ 우리나라강토 ― 라 발ᄒᆡ가 망ᄒᆞᆫ 후로 그엿거늘 불ᄒᆡᆼ으로 고려ㅅ빅ᄶᆡ이 다른나라의 물건이 되여년간에 더디로 쥬권을 잡은쟈가 모다 혼암ᄒᆞ고 용우ᄒᆞ여 북벌을 ᄒᆡᆼᄒᆞ던 윤관씨를 쫓ᄎᆞᆺᄉᆞ며 북벌ᄒᆞ기를 쳥ᄒᆞ던 왕가도를 뎡비ᄒᆞ고 우리민족의 진취지심을 억졔ᄒᆞ여 꿈에도 이싸에ᄂᆞᆫ 싱각이 밋지못ᄒᆞ게ᄒᆞ더니 필경 마즈막에ᄂᆞᆫ 악ᄒᆞᆫ 화얼이 졈졈 깁허셔 몽고가 니러나미 우리황ᄒᆡ도와 함경도의 졀반을 쎼아셔 ᄎᆞ지ᄒᆞ기ᄭᆞ지ᄒᆞ엿더라[41]

신채호는 만주는 단군이 조선을 창건할 때부터 중시했던 곳으로 누가 만주를 소유했느냐에 따라 우리 민족의 운명이 결정돼 왔다고 본다.[42] 만주 일대의 북방 영토를 한국 역사가 태동하는 중심 무대로 올려놓고 북방을 지켜내지 못한 것에서 민족정신이 급격히 쇠락해졌다고 보는 것이다. 그는 발해가 망한 이후, 중국에 속하게 된 만주와 요동

---

41 「최도통전」, 위의 책, 333면.
42 "檀君이 首出ᄒᆞ신 聖人으로 朝鮮國을 創建ᄒᆞ실시 滿洲를 重視ᄒᆞ샤 其子 扶婁로 此를 開拓ᄒᆞ시고 後世子孫의 用武地를 貽ᄒᆞ시더니 (…중략…) 韓民族이 滿洲를 得ᄒᆞ면 强盛ᄒᆞ며 他民族이 滿洲를 得ᄒᆞ면 韓民族이 劣退ᄒᆞ고", 「韓國과 滿洲」, 『전집』 6, 640~641면.

일대를 되찾지 못하고 북벌론까지 번번이 좌절됐음을 애통해 하고 있다. 또한 만주 영토를 잃은 것으로 끝나지 않고 결국 몽고에 의해 황해도와 함경도까지 빼앗겼다고 하면서 "나라의 형세가 이러케 날마다 결단이 나는거슨 사롬마다 집을ᄉ랑ᄒ고 나라를 ᄉ랑치아니ᄒ는연고"[43]라며 애국심의 부족을 한탄한다.

최영은 오랜 원수인 원을 쳐 굴욕적으로 조공을 바쳐오던 관계를 청산하고 북방 영토 회복에 힘쓸 것을 주장한다. 그러나 조정대신들의 반대로 그 의지는 좌절되고 만다. 이러한 최영의 좌절과 함께 그려지는 고려 땅에 대한 애상감, 적막함 등은 잃어버린 국토에 대한 애착을 불러일으키는 한편, 새로운 민족 정체성 확립을 위해서는 중화주의와 봉건정신에서 벗어나야 한다는 것을 강하게 시사하는 작업이 되고 있다.

「을지문덕전」과 「최도통전」에서 두드러지는 만주에 대한 이러한 상상력은 결국 대륙 침략의 야욕을 보이는 일제를 저지하는 한 방편이기도 했다. 신채호는 만주는 '동양의 발칸반도'로서 세계의 동양 제패의 야욕이 시작되는 곳이라 하면서 만주를 차지한 나라는 곧 세계의 대 세력이 될 것이라 보고 있다.[44] 그는 만주는 국가의 흥망을 점쳐볼 수 있는 정치적 요충지이므로 만주로 이주하는 한인들이 여진, 계단의 풍속을 쫓지 말고 국수(國粹)를 보존하고 정치적 천성을 발휘하여 모국에 공헌하기를 촉구한다. 이는 북방 영토 만주에 대한 상속성과 정통성을 확

---

43 「최도통전」, 앞의 책, 321면.
44 "現今 世界競爭이 東洋에 集中ᄒ고 東洋問題는 滿洲가 前提되나니 然則 滿洲는 此時代 滿洲는 列强 視線의 注集ᄒ는 所이니 此는 近世史上의 滿洲라. 滿洲歷史의 趨勢가 彼와 如ᄒ즉 滿洲가 將來 世界史上에 大勢力을 占有ᄒ올 것은 吾人의 斷言ᄒ올 바이나 (…중략…) 卽今 滿洲는 東洋의 巴爾幹半島라. 往昔 歐洲의 某國의 强ᄒ음과 某國의 弱ᄒ음과 某國의 存ᄒ음과 亡ᄒ음이 恒常 巴爾幹半島 問題부터 始ᄒ지라." 「滿洲問題에 就ᄒ야 再論ᄒ음」, 『전집』 6, 732~733면.

보하여 제국주의를 저지하고 우승열패의 세계질서에 동참, 열강이 될 가능성을 기대하는 일이다.

이처럼 을지문덕과 최영의 활약상을 통해 북방 영토에 대한 자각을 환기시키고 있다면 「이순신전」에서는 일본과의 영토적 경계를 분명히 하고 있다. 이순신은 김포, 창원, 진해 등, 남해와 서해 지역 바다를 종횡하며 왜선을 크게 파한다. 가까운 과거를 다루고 있는 만큼 서사에서는 여러 차례 벌어진 왜적과의 치열하고 처절했던 전장의 분위기와 함께 왜적에 의해 유린되는 일상적인 삶의 모습도 구체적으로 그려지고 있다.

> 왜적들이 작일에 이포구에 와셔 인명을 살해ᄒ며 부녀를 겁탈ᄒ고 지물을 우마로 실어다가 (…중략…) 부모는 그즈손을 부르고 통곡ᄒ며 부녀는 그 남편을 싱각ᄒ고 통곡ᄒ고 가옥이 잇ᄂᆞᆫ쟈는 그가옥을 일흐며 지산이 잇ᄂᆞᆫ쟈는 그 지산을 일허셔 이제 팔도인민이 왜병이라ᄒᄂᆞᆫ말만 드러도 모다 심한골령치 아니리가업스니[45]

왜적의 침입에 '팔도인민' 전체가 적개심을 드러내고 있다. 이는 전쟁은 병사들만의 몫이 아니라 국민이 총동원되는 총력전임을 상기시킴으로써 일제에 대한 투쟁의지를 독려하는 작업이 되고 있다. 또한 이상화되어 있던 을지문덕에 비해서 이순신은 감정을 표출하는 살아있는 인격체, 고뇌하는 한 인간형의 모습으로 형상화됨으로써 현장성과

---

45 「이순신전」, 『전집』 4, 221・258면.

국가적 위기의식을 환기시킨다.

왜구를 물리치는 것은 오직 애국심으로 충만한 이러한 영웅적인 조선 사람이다. 이에 명나라의 원조는 부정적으로 그려진다. 원래 이순신과 명나라 장수 진린(陳璘)은 정유재란 때 강진 근처 고금도에 진영(鎭營)을 설치한 바 있다. 숙종은 이를 기리기 위해 고금도에 이들을 배향하는 사우를 지었다. 이는 "이순신을 매개로 하여 조선과 명나라의 긴밀한 관계를 연결하고자 하는 의도였으며 이순신이 조선만을 수호한 것이 아니라 동아시아의 중화체제 수호에 공이 있는 사람으로 인식하고 현창하고자 하는, 당시의 대명의리론(對明義理論)에 기인한 것이었다. 이순신은 임진왜란 동안 명나라 군과 함께 중화문화를 수호했던 조선중화주의의 상징적 인물이면서 동시에 조선 국왕에 대한 충성스러운 신하라는 측면에서 중요한 현창 대상이 되었다."[46] 그러나 서사에서 이순신은 위대한 영웅으로, 진린은 탐욕에 눈이 멀어 변심하는 부정적인 인물로 그려진다.

> 명나라의 구원ᄒ려온 쟝수들이 외면으로 츙분ᄒ빗츨씌고 입으로만 강개
> ᄒ말을 발ᄒ나 그러나 뎌희는 황금멋근만보면 그츙분ᄒ고 강개ᄒ던거슨
> 하늘밧그로 느라가고 온몸이 황금을 향ᄒ여 공손히 절을 ᄒ논쟈—니 이ᄀᆞᆺ
> 흔 어린 사롬들과 무숨일을 능히ᄒ리오 그런고로 뎌희가 온거슨 리순신에
> 게 해눈잇셔도 리눈업셧도다 (…중략…) 힝쟝이 이에 진린에게 은금과 보
> 검을 보닉고 ᄀ걸ᄒ여 ᄀ룰ᄋ딕 쳥컨딕 나의도라갈길을 빌니라ᄒ니 진린도

---

46 노영구, 「역사 속의 이순신 인식」, 『역사비평』 통권 69호, 2004 겨울, 345~346면.

일개탐부―라 그뢰물을 보고 소청을 허락ᄒᆞᆫ후에 (…중략…) 진린이 뢰물을
탐ᄒᆞ야 그말을밋고 가만히 길을 열어주어 도적의 통신ᄒᆞᄂᆞᆫ 젹은비 열쳑을
나가게 ᄒᆞ엿더라[47]

신채호는 16장에서 "진린의중도의변ᄒᆞᆷ과 로량의대젼"이라는 제목
하에 진린의 배신을 다루면서 명나라의 원조가 결국은 전쟁에 도움이
되지 못하고 화만 초래하였음을 구체적으로 그리고 있다. 진린의 배신
으로 노량진 대첩이 일어나고, 결국 이순신이 전사까지 하게 된다는 설
정이다. 명나라에 대한 이러한 부정적인 인식은 중국과 같은 쇄락해 가
는 나라와의 동맹으로는 국가 수호가 이루어질 수 없다는 것을 암시하
는 것이다. 이는 탈중화 의식과 함께 타국의 원조로 국난을 극복할 수
없음을 강하게 피력, 애국적인 영웅들과 자강을 통해서만 국난을 극복
할 수 있음을 역설하는 것이다.

이처럼 전쟁은 싸워야 할 분명한 타자의 성립을 필요로 하기 때문에
'아(我)'와 '비아(非我)'의 이분법적 사고를 분명하게 드러난다. 당시 『황
성신문』의 한 논설에서는 만주를 중심으로 대륙발달의 시대가 열릴 것
으로 보면서 한반도는 머리는 만주로, 다리는 태평양을 향하고 있어 문
명발달에 유리할 것이라 한다.[48] 또한 우리 지도의 모양이 강하고 날쌘
호랑이 형체라는 것을 강조하기도 하였다.[49] 역사전기소설은 중국 및

---

47 「이순신전」, 앞의 책, 262~263면.
48 "我韓은半島國이라頭ᄂᆞᆫ滿洲大陸을枕ᄒᆞ야健强ᄒᆞᆫ 基礎가有ᄒᆞ고脚은太平洋을向ᄒᆞ야活動ᄒᆞᆯ
形勢가有ᄒᆞᆫ더一面으로日本海의劇烈이驅入ᄒᆞᄂᆞᆫ風潮를受ᄒᆞ고一面으로滿洲大陸의各國의競
爭ᄒᆞᄂᆞᆫ影響을被ᄒᆞ니文明發達에對ᄒᆞ야最終點의好結果를必得ᄒᆞᆯ줄노思惟ᄒᆞ노라." 「大陸發
達의時代」, 『황성신문(1910.4.27)』(영인본 20), 568면.
49 "東洋半島에大韓地圖여天地間動物에最히驍勇ᄒᆞ고剛猛無敵ᄒᆞᆫ虎에形體로다." 「地圖의觀念」,

일본과 벌인 전쟁을 서사화함으로써 이와 같은 물리적인 영토 경계선을 규정짓는 한편, 전략적 요충지인 영토의 중요성과 강인한 국가 이미지를 구축하는 데 기여한다. 특히 전장의 모습에서 구체적으로 드러나는 중국에 대한 부정적 인식과 침략 전쟁을 일삼는 일본에 대한 환기는 국가적 경계를 분명하게 현현함으로써 영토 안에서 확인되는 국민적 정체성과 일체감을 강화하는 역할을 하고 있는 것이다. 이는 역사전기소설이 봉건시대 일어났던 과거의 전쟁을 국가 단위로 기획하고 인식했음을 말해주는 것으로서 동질화, 보편화된 근대국가 창출에 대한 욕망을 반영하고 있는 것이라 할 수 있다.

이러한 가운데 영웅들은 국민들이 마땅히 따라야 할 국민상으로 떠오른다. 을지문덕, 최영, 이순신은 지덕체를 겸비한 강인한 남성 영웅들로서 이들은 모두 모두 신체적, 인격적으로 결함이 없는 인물들이다. 우선 그들은 상무 능력이 뛰어난 전쟁영웅들이다. 신채호는 "경징ᄒᆞᄂᆞᆫ 세계에 넉넉ᄒᆞ쟈ᄂᆞᆫ 니기고 부족ᄒᆞ쟈ᄂᆞᆫ 패ᄒᆞᄂᆞᆫ" 것이 "공변된 리치"[50]라고 하면서 자강의 힘을 길러 경쟁시대에 합류하는 것이 문명사회로 나가는 시작이라고 보았다. 그는 신체의 단련을 문명의 발달 정도를 측정하는 하나의 기준으로 삼고 이러한 경쟁시대에는 지덕체 중에서 체육이 가장 긴급히 요구되는 덕목이라 보고 있다. 그러면서 한국 청년들의 신체가 허약한 것이 상층부에서는 몸을 책상 밑에 속박하여 신체 교육을 소홀히 하였기 때문이며 하층부에서는 위생을 알지 못하여 여자들을 안방에 가두고 문 밖에 못 나가게 하였기 때문이라며 비판하였

『황성신문(1908.12.11)』(영인본 18), 134면.
50 「을지문덕전」, 앞의 책, 123면.

다.[51] 봉건질서 하의 이러한 병약한 신체와 대비되는 것이 바로 영웅들의 건강한 신체이다.

을지문덕의 힁흔 일을 볼진디 그 웅쟝흔 목구녁은 지나의 구쥬를 흔번에 숨킬듯흐며 그 활발흔 거름은 만리쟝셩을 쮜여 넘을듯 흐야 만일 엇던 사룸이 문을 닷고 디경이나 직희ᄂᆞ것이 량칙이라흐ᄂᆞ쟈 − 잇스면 곳 그 얼골에 춤을 비앗흘 긔개가 잇ᄂᆞ지라 (…중략…) 어린ᄋᆞ히라도 그 위엄을 듯고 울음을 긋치며 초목도 그 일홈을 알고 두려워흐긔를[52]

훈련원 별과에 가셔 몰달니기를 시험흐다가 몰우헤셔 써러져 왼다리가 졀골이되여 흔참을 혼도흐엿ᄂᆞ디 보ᄂᆞ사룸들이 다 말흐긔를 리슌신이 죽엇다흐더니 리슌신이 홀년이 흔발로 니러서셔 버들가지를 썩거 그셥질을 벗겨 상쳐에 싸미고 쮜여 몰믜오르니 구경흐던 모든 사룸이 일졔히 갈치흔지라 오호 − 라 이거시 비록 적은일이나 크게 분발흐고 크게 인내흐ᄂᆞ 영웅의 즈격인줄을 가히할지니 손가락에 조고마흔 가시 흐나만 박여도 밤시도록 고통흐야 입맛까지 아조일허ᄇᆞ리ᄂᆞ 뎌 용렬흔 겁쟝들이야 무슴일을 능히 흐리오 (…중략…) 션영에 셩묘흐러갓더니 분묘압헤 쟝군셕이 넘어졋ᄂᆞ디 하인 수십명이 들어니르켜 세우려 흐다가 힘이 못자라 숨이모도 헐썩헐썩흐거늘 리슌신이 소래를 질너 꾸지져 물니치고 청도포를 닙은치 등으로 져다가 제자리에 세우니 보든쟈들이 대경흐더라[53]

....

51 "인셩의 뎨일 긴요흔거시 오직 이 신톄 교육에 잇거늘 가셕흐다 한국사룸을보면 쳥년들도 혹 얼골이 반쯤 누르고 파리흐며 몸은 거반잔약흐야" "학쟈사회에셔ᄂᆞ그 몸을 칙상밋헤 속박흐고 하등샤회에셔ᄂᆞ 일체 위싱을 알지못ᄒᆞ며 ᄯᅩ 일반 녀즈들은 안방에 깁히 가두어 흔거름도 문밧긔 즈유로나가지 못ᄒᆞ니 이러흐고", 「덕육과 지육과 톄육중에 톄육이 최긴흠」, 앞의 책, 245면.
52 「을지문덕젼」, 앞의 책, 121 · 134면.

을지문덕은 기개가 드높았던 인물로 웅장한 목구멍은 지나를 한 번에 삼킬 듯하고 활발한 걸음은 만리장성을 넘을 듯하였다. 이순신은 말에서 떨어진 적이 있었다. 모두 그가 죽었다고 생각하였으나 이순신은 버드나무 껍질을 벗겨 상처에 동여매고 말에 뛰어올랐다. 또, 하인 수십 명도 들기 힘든 장군석을 쉽게 들어 다시 세우기도 하였다.

이러한 영웅들의 타고난 신체는 강인한 국민적 이미지로 표상되면서 봉건질서에 길들여진 몸은 끊임없이 반성, 배제, 계몽되어야 할 신체로 각인된다. 신체 허약과 봉건 관습들은 경쟁을 방해하는 것들이기 때문이다. 즉 영웅들을 통한 개인들의 몸 가꾸기는 사적 영역으로 머무는 것이 아니라 경쟁시대에 국가의 환난에 대비하여할 신체, 근대국민국가의 근본을 이루는 공적 영역의 신체로 수렴되는 것이었다.

이처럼 국난의 상황에서 펼쳐지는 영웅들의 일대 활약과 신체 표상은 문명, 진보에의 열망을 환기시키는 국민상으로 형상화된다. 이와 함께 영웅과 관련된 일화들은 그들의 인품 됨을 확정 짓는 데 기여한다.

유신씨의 나라를 위ᄒ야 긔도홈과 리츙무공 순신씨의 왜적을 예탁홈과 졔갈무후의 농亽를 힘쓰고 무비를 강구홈과 가부이의 빅셩을 달니고 부셰롤 더홈과 리셩의 셩텹을 슈츅ᄒ고 곡식을 져츅ᄒ던 그 열셩과 그 츙분과 그 근로홈을 을진문덕은 그 ᄆ음에 모다 겸ᄒ야 (…중략…) 을지문덕은 침즁ᄒ고 용밍ᄒ며 권변과 모략이 잇고 겸ᄒ야 글 짓기를 잘ᄒ다 ᄒ엿고 (…중략…) 공은 진실ᄒᆫ 사롬이오 강ᄒ고 굿셴 사롬이오 특립ᄒ야 의지 아니

53 「이순신전」, 위의 책, 206면.

ㅎ는 사롬이오 혐ㅎㄴ것을 피ㅊ 아니ㅎ는 사롬이니 진실ㅎ고 셩실ㅎ 고로[54]

그맑은졍신에 어렷슬재브터 나라를 ㅅ랑ㅎ는ᄆ음과 무예를 슝상ㅎ는ᄆ 음을 너허주엇스니 오호ー라 최도통은 텬품도 특이ㅎ거니와 그 가뎡교육 의 효력이 ᄯ호 적지아니ㅎ도다[55]

어렷슬재에 여러ᄋ희들과 작란홀시 싸홈ㅎ는진을 버리고 도원슈라 ᄌ칭 ㅎ며 나무를 ᄭ가 활과 살을 ᄆ들어두고 동네ㅅ사롬즁에 불합의ㅎㄴ쟈가 잇 스면 활을다리여 그눈을 쏘려ㅎ더라 (…즁략…) 영웅을 비호고져ㅎ는쟈ー 불가불 심셩ㅅ공부를 몬져 히홀거시니라.[56]

「을지문덕전」 14장에서는 「을지문덕의 인격」이라는 장을 따로 마련 하여 그의 성실함을 부각하고 있다. 그는 김유신, 이순신, 제갈공명 등 위대한 영웅들의 장점들을 모두 응축하고 있는 인물로서 용맹하고 진 실된 사람으로 그려진다. 또한 최영은 기지를 발휘하여 범에게 물린 아 이를 구했을 뿐만 아니라 아버지의 남다른 가정교육을 통해 인품을 길 러왔으며, 이순신은 조부가 현몽하고 태어난 인물로 어렸을 때부터 불 의를 참지 못하는 성정을 지녔다.[57] 이 세 영웅들은 모두 "ㅎ 몸에 쟝슈 와 졍승의 직칙을 겸한"[58] 인물들로서 신체적, 인격적으로도 본받을 만 한 진정한 영웅인 것이다.

특히 선악으로 대비되는 인물 형상화로 이러한 영웅의 인격이 한층

---

54 「을지문덕전」, 위의 책, 127・140・143면.
55 「최도통전」, 위의 책, 322면.
56 「이순신전」, 위의 책, 206면.
57 「최영장군이 어렷슬재에」, 『전집』 6, 68면.
58 「을지문덕전」, 앞의 책, 134면.

부각되고 있다. 을지문덕의 외교력은 외적을 끌어들여 형제간 집안싸움을 부추기는 백제, 신라와 대비되며 최영은 무능한 공민왕이나 간신인 임견미, 김용 등과, 이순신은 그를 모함하여 위험에 빠뜨리는 원균과 대비된다. 이러한 이원적 대립은 성신(聖神)으로서의 영웅의 이미지를 선명하게 구축하는 데 기여하는 한편, 봉건질서와 국민국가를 대비적으로 그려내는 효과를 창출하고 있다. "리츙무의 구나를 당호거슨 힝쟝의 죄도아니오 원균의 죄도 아니라호니 그런즉 이거시 뉘죄인가 호면 나는감히 호말노 결단호여 굴ㅇ디 이는 죠뎡졔신의 스스당파된 쟈들의 죄라호노니"[59] 영웅들의 기개와 활약이 펼쳐지지 못하도록 방해하는 것이 바로 이러한 무능한 봉건 지배자들이기 때문이다. 따라서 영웅들은 봉건질서와 왕을 대신한 국민통합의 상징적인 존재로 부상할 수 있었다.

전국 힘이 온전히 을지문덕에게 잇셧슴 (…중략…) 인군의 밋음이 전일홈과 빅셩의 의로홈을 깁히 홈이 이러 훈즉 그 밧긔셔는 대쟝이 되고 안에셔는 졍승이되여 안으로 졍스를 닥고 밧그로 뎍국을 방어ᄒᆞᄂᆞᆫ 계획을 강구ᄒᆞ야[60]

어질도다 나라를 ᄉᆞ랑ᄒᆞᄂᆞᆫ쟈ᄂᆞᆫ 반ᄃᆞ시 빅셩을 ᄉᆞ랑ᄒᆞᄂᆞᆫ도다[61]

정사(政事)를 닦고 적으로부터 국토를 방어하는 능력, 그리고 백성을

---

59 「이순신전」, 위의 책, 239면.
60 「을지문덕전」, 위의 책, 114면.
61 「이순신전」, 위의 책, 230면.

사랑하는 어진 마음 등은 봉건시대 왕에게 요구되는 덕목이었으나 이 제 이러한 덕목들이 영웅의 모습과 활약 속에 현현되어 있다. 이는 봉 건질서를 대신할 국민국가 시스템이 왕이 아니라 민족 갱신의 화신인 강인한 영웅에 의해 통제될 수 있음을 암시하는 것이다.

또한 영웅들의 활약상이 펼쳐지는 특정한 장소는 그에 대한 기억뿐 만 아니라 우리 영토에 대한 자각으로 되새김하는 데 기여한다. "영웅 들의 활약상이 펼쳐지는 배경으로서의 이러한 무대 장치는 집단 기억 속에서 더러는 그 인물들 자신과 뗄 수 없을 만큼 긴밀히 결부되어 있 는 경우도 있다."[62] 을지문덕은 '살수', 강감찬은 '귀주', 최영은 '북방 영 토'와 함께 상상되며, 이순신은 그가 만든 거북선으로 열강에 뒤지지 않는 강국의 상징으로 기억될 뿐만 아니라 대표적인 전투였던 '한산도 대첩'으로 인하여 '한산도'와 긴밀하게 결부되어 있다. 이렇게 특정한 공간과 결부된 영웅을 떠올리게 됨으로써 역사적 시공간에 대한 기억 은 보다 압축적으로 인지될 수 있었던 것이다.

그러나 이들 세 영웅들은 강인하게만 묘사되는 것은 아니다. 「을지 문덕전」(1908) → 「이순신전」(1908) → 「최도통전」(1909)으로 갈수록 인물 의 비애감이 짙게 드러나며 '슬프다', '아아', '아깝다'라는 탄식도 자주 등장하고 있다. 「을지문덕전」에서는 완벽한 한 영웅의 행적을 그려내 는 데 초점을 두고 있어 인물의 내면이 드러나지가 않는 데 반해 「이순 신전」에서는 인간적인 영웅의 모습이 부각된다. 이순신은 전략적인 고 민으로 잠을 자지 못하고 방황하며 적병이 경성을 함락하고 임금이 평

---

62 크리스티앙 아말비, 성백용 역, 『영웅은 어떻게 만들어지는가』, 아카넷, 2004, 146면.

양으로 파천되었다는 소식을 듣고는 눈물을 금치 못한다. 또한 부모 생각에 가슴 아파하기도 한다. 그는 "조국의 앞날을 비추는 등불이자 민족정기의 창도자인 동시에 보통 사람과 함께 근심걱정을 나누는 친근한 이웃이기도 했다. 그는 신도 아니고 괴물도 아니며 그저 한 인간이었다. 어진 인품, 감사하는 마음, 인정 등 숭고한 감정이야말로 그의 본질이었다. 그는 국민의 안녕과 행복을 위해 밤을 지새우는 인간의 얼굴을 한 영웅, 정치이념이나 계층 간의 알력을 넘어선 범국민적 영웅이었으며 이민족의 침략에 맞선 민족투사였고 나라의 안녕을 위해 애쓰는 성군이었다."[63]

최영은 북벌이 좌절되자 유랑하기도 하고, 뜻을 함께하던 인당이 억울하게 죽자 표주박 하나로 훌쩍 방랑의 길을 떠나기도 한다. 또 승려 현린을 만나서는 나라의 수치를 애석해하며 설움으로 통곡하기도 한다. 현린은 "세샹을 하직ᄒ고 학과 사슴으로 벗을숩ᄂ쟈—라ᄒ나 그 장ᄒ고 그ᄆᆞ음은 극히 열셩이잇셔셔 홀노 나라를 구원홀쥬의를 품고 인간에 방황ᄒᄂ쟝"[64]로, 민족의 현실에 대해 근심하는 최영 앞에 홀연히 나타나 그를 꾸짖기도 하고 독려하기도 하면서 이러한 애잔하고 신비한 분위기를 배가시키고 있다.

이들은 비범하지만 이처럼 보통 사람들의 한계와 좌절, 비애 등의 성정을 모두 가지고 있는 인간적인 영웅들로 현현됨으로써 국민들에게 신뢰감과 함께 무의식적인 동질감과 애착을 불러일으킨다. 이에 영웅

63 이용재, 「나폴레옹—역사를 넘어 신화로 남은 사나이」, 박지향 외, 『영웅 만들기』, 휴머니스트, 2005, 94~95면.
64 「최도통전」, 앞의 책, 329~330면.

들의 애국적인 죽음은 곧 국민 전체의 죽음으로 전이된다.

> 오호—라 리츙무 혼사롬의 죽는거시 엇지 리츙무 혼사롬의 죽는것쑨이리
> 오 곳 리억긔등 졔쟝의 죽는거시며 쏘혼 엇지 다만 리억긔 등 졔쟝의죽는것
> 쑨이리오 곳 삼도슈군의 죽는것쑨이리오 곳 젼국인민의 죽는것이로다[65]

이순신의 죽음은 곧 전국 인민의 죽음과 같은 것으로 묘사되고 있다. 영웅들의 죽음은 봉건 영토와 왕을 위한 것이 아니라 "국가의 명예", "국민의 하늘이 주신 텬리"[66]를 위한 것으로서 '국민국가'를 위한 죽음이다. 따라서 이들의 죽음은 모든 군사와 국민, 국가의 죽음과도 같은 동일시의 효과를 가져다주는 것이다. 특히 이순신의 "내가 죽거든 곡셩을내여 군심을 경동치말나"[67]라는 감동적인 말과 장엄한 죽음의 장면은 그의 걸출한 활약과 어우러져 신비적 아우라를 배가하고 있다. 이러한 장엄한 죽음들은 애국의 표상으로 남음으로써 영토 보전을 위한 전면전을 촉구하는 데 기여하는 것이다. "민족의 위기 때 영웅이 겪은 고난과 승리는 대중에게 강력한 감정이입을 가능케 하는 국민적 신화로 재탄생한다."[68] "함께하는 고통은 기쁨보다 훨씬 더 사람을 단결시킨다. 민족적인 추억이라는 점에서 애도가 승리보다 낫다. 애도의 기억들은 의무를 부과하며 공통의 노력을 요구하기 때문이다."[69]

65 「이순신전」, 위의 책, 244면.
66 「을지문덕전」, 위의 책, 119면.
67 「이순신전」, 위의 책, 265면.
68 강옥초, 「영웅—낡은 용어, 새로운 접근」, 박지향 외, 앞의 책, 22면.
69 에르네스트 르낭, 신행선 역, 『민족이란 무엇인가』, 책세상, 2002, 81면.

이처럼 영웅들은 신체적, 인격적으로 완벽한 인물들이다. 그런데 특히 주목되는 점은 이 세 사람이 한 몸과도 같은 존재라는 것이다. 서사에 등장하는 영웅들은 각각 다른 시대, 다른 영토에서 살았던 인물들이다. 을지문덕은 고구려, 최영과 강감찬은 고려, 그리고 이순신은 조선시대 사람으로 이들 간에는 시간적인 간극이 존재한다. 이들은 자신들이 처한 영토 내에서 임금에게 충성하며 일생을 마친 충신들이었다. 그러나 이제 이들이 일구어낸 투쟁사는 우리민족의 역사로 동일화되고 있다.

> 을지문덕은 실노 영양왕 째의 을지문덕이 아니라 단군의 ᄌ손 을지문덕
> 이며 고구려의 을지문덕이 아니라 죠션 민족의 을지문덕이며 흔째의 을지
> 문덕이 아니라 동국 만만셰의 을지문덕이니 쥬몽의 왕통은 망ᄒ엿스디 을
> 지문덕은 망치 아니ᄒ쟈ㅣ며 김츈츄는 죽엇스디 을지문덕은 죽지아니ᄒ
> 쟈ㅣ니 그 혁혁흔 졍신이 만고에 흥샹 잇셔셔 회원진에서 화친을 의론ᄒ던
> 무명씨의 활이 되어 슈ᄉ나라 황데 양광의 가슴을 놀너엿스며 안시셩 싸홈
> 에 양만츈의 살이 되어 당나라 황데 리셰민의 눈을 샹ᄒ엿고 윤관의 물이
> 되어 만쥬를 측답ᄒ며 강감찬의 칼이 되어 녀진의 란을 토평ᄒ고 슈십물이
> 되어 만쥬를 측답ᄒ며 강감찬의 칼이 되어 녀진의 란을 토평ᄒ고 슈십 척의
> 왜션을 불살으던 졍디의 화약도 되며 풍신슈길의 강병을 함몰ᄒ던 리슌신
> 의 거북션도 되어 (…중략…) 오호—라 대뎌 지금까지 그 나라를 굴ᄋ디 대
> 한국이라 ᄒ며 그 빅셩을 굴ᄋ디 대한 빅셩이라 ᄒ야[70]

....
70 「을지문덕전」, 앞의 책, 145~146면.

고구려 역사에 한정되어 있던 을지문덕의 일대 활약과 그 정신은 시간의 흐름 속에서 고려의 강감찬이 되기도 하고 조선의 이순신이 되기도 한다. 이렇게 영웅들이 을지문덕의 화신처럼 한 몸으로 인지될 수 있는 것은 이들이 모두 '단군의 자손'이기 때문이다. 을지문덕은 단군의 을지문덕이기 때문에 고려의 을지문덕도 될 수 있고 조선의 을지문덕도 될 수 있는 것이다. 이처럼 단군은 영웅들을 하나로 묶어주는 매개체가 되고 있다. 그리고 이들의 정신은 곧 지금의 '대한 백성'으로 이어진다.

이러한 단군의 부상 역시 '국가'와 '민족'이라는 새로운 개념의 역사인식에서 창출된 것이었다. 신채호는 역사적인 '아(我)'가 되려면 시간의 상속성과 공간의 보편성을 획득해야 한다고 본다.[71] 이는 역사를 유구한 전통 안에 재질서화 하는 일이다. 이를 위해서는 무엇보다 퇴색된 유교적인 봉건 왕조와 중화주의 안에서 해석되던 역사관을 탈피하여 우리 민족의 근원을 추적하는 일이 필요하다. 언론에서는 단군이 백두산에서 민족의 시초를 열었다고 보면서 단군신화를 역사의 출발로 삼아 한국 민족의 구성과 영토적 경계를 확립하고자 한다.[72]

원래 기자조선(箕子朝鮮) 신화에 따르면 "은나라의 청렴한 관리였던 기자는 새로 건국된 주나라 왕실을 위해 봉사하고 싶은 생각이 없었다고 한다. 그래서 자신의 추종자들을 이끌고 발전된 문명 지식을 한반도

---

71 "(一) 相續性이니, 時間에 잇서서 生命의 不絶함을 謂함이요, (一) 普遍性이니, 空間에 있서 影響의 波及됨을 謂함이라." 「朝鮮史」, 앞의 책, 602면.

72 "我始祖檀君이 宅玆大東호샤山川을 開拓호야後世子孫의 生活基址를 遺傳호심으로부터 其子孫이 白頭山南北에 分處호야一은朝鮮族이되고一은滿洲族이된지라." 「我民族의 神聖歷史」, 『황성신문(1910.4.21)』(영인본 20), 548면.

로 가져왔으며, 고조선의 자리를 대신하여 새로운 왕조를 설립했다는 것이다. 유교적 지배질서가 강했던 조선시대에는 단군의 위상은 약해지고 이러한 기자의 위상이 강조되었다. 그러나 점차 기자를 대신하여 단군을 강조함으로써 중화주의를 해체하려는 움직임을 보인다. 신문들은 처음에는 단군과 기자의 첫 글자를 따 단기(檀箕)라고 표기하다가 이후에는 단군을 기점으로 시간을 계산하는 단기(檀紀)를 사용한다."[73] 따라서 한반도에 끼친 중국의 영향은 약화되거나 삭제되면서 기자가 망각되어 갔다. "국민이 되기 위해서는 공동의 기억만이 중요한 것이 아니라 공동의 망각이 더 중요한 것이다."[74] 단군에 대한 기억화 작업은 필연적으로 기자를 배제하고 망각하는 작업과 동시에 진행될 수밖에 없었던 것이다.

신채호 역시 단군을 민족의 근원으로 규정하면서 '기자설'에 반발한다. 망국의 나그네로 떠난 기자에게 왕이 되겠다는 포부가 있었을 리 만무하며 그럴 능력도 없었다는 것이다. 그리고 같이 온 자들 중에 정예 군사도 없었고 점치는 자와 무당 같은 사람밖에 없었다 하며 기자가 한반도에 선진 문물을 전해줬다는 얘기나 단군 자손 해부루가 기자를 피해 갔다는 설 등을 일축한다.[75] 또한 그는 단군을 신화의 자리에서

---

73 앙드레 슈미드, 앞의 책, 410~420면.
74 김철, 『'국민'이라는 노예』, 삼인, 2005, 9면.
75 "망국포신이 한 죽엄이 오히려 더더여 믹슈의 슯흔노러에 눈물비가 긔이지아니훈디 어느겨를에 一국인군될 몽샹이 잇스리오 이는 몽샹만 업슬쑌아니라 쏘훈 능력도업눈빈니라 이러훈데 이에 긔즈의즈손이 쳔여년 평양을 웅거ㅎ야 후라 칭ㅎ며 왕이라 칭ㅎ엿스니 이것이 과연 무슴 연고인가 어시호 쳔지후의 력스가~ 그말을 구ㅎ다가 엇지못ㅎ미 한글귀를 강면히나려곰ㅇ디 단군후예가 긔즈를 피ㅎ여 북부여로 옴겨 거ㅎ미 국인이긔즈를 놉혀 왕을솜엇다ㅎ니 오호라 이것이무슴말이며 이것이무슴말인고", 「讀史新論」, 『전집』 3, 136면.

살아있는 역사의 장으로 끌어옴으로써 그에 대한 믿음을 확보하고자
한다.

오호라 우리동국을 긔챵ㅎ신 시죠가 단군이 아닌가 그러나 우리가 오날
눌 안져셔 단군시더를 우러~싱각ㅎ민 그 멀고 아득홈에 의심과 밋음의 샹
반홈이 곳 —편챵셰긔를 닑음과 다름이업스니 슯흐다 우리 단군시더가 과
연 태고젹 항당불가스의의 시더인가 강시에 건츅훈 평양셩과삼랑셩의 녯
터를 슯히민 그공예의 발달을 가히알지며 (…중략…) 그 강토가 셔로 흑
룡강과 남으로 됴령과 동으로 대히와 셔으로 됴동이라훈즉 그문화와 무공
의 멀리 밋침을 가히 알겟거늘[76]

신채호는 「독사신론(讀史新論)」 1장에서 단군시대를 『성경』의 「창세
기」 읽듯이 할 것이 아니라고 하며 '신화의 역사화' 작업을 진행한다.
그는 단군에 대해 반신반의하는 것을 경계하면서 단군을 역사의 실존
인물로 받아들여야 한다고 보고 있다. 왜냐하면 옛터를 살피는 것을 통
해, 그리고 지나에서 전하는 단편적인 자료들을 통해 단군에 대한 이야
기는 당당히 증명되기 때문이라는 것이다. 그러나 옛 사람들이 단군에
대해 소상히 기록해 놓았을 것이나 귀중한 문적들이 도적들에 의해 소
실되고 "스긔를 찬슐ㅎ는 모든 신하가 로망홈이 너무 심ㅎ야" 문헌이
제대로 전해지지 못했다고 한다. 그는 사료가 불충분한 현실을 애석해
하며 부족한 문헌들에 의지하여 스스로 "닉가력ㅅ상의 관찰훈바를 의

76 위의 책, 126면.

지후야 단군시디를 의론코져 후노라"[77]고 한다. 역사가의 안목으로써 단군을 창조, 기술하겠다는 것이다.

이러한 역사적인 작업들을 통해 단군은 한반도에 있었던 모든 왕조와 백성들을 국가와 민족으로 구체화하고 규정하는 상징으로 크게 부상한다. 역사전기소설에서 건져낸 "亽쳔년 신셩훈"[78] 역사 역시 모두 단군시대를 기점으로 소급, 계산된 것이다. "우리 셩조 단군이 지나 당 요씨로 훈째에 나신 이후로", "영양왕이 즉위후던 째는 곳 단군 긔원후 이쳔칠빅이십년이라", "단군 이쳔칠빅亽십亽년",[79] "우리 조샹 단군"[80] 등, 서사의 곳곳에서 단군과 그 시대를 상기시키고 있다. 단군을 민족의 근원으로 새롭게 부각하는 이러한 작업은 중국으로부터 독립된 역사의 영속성과 정통성을 확보하는 것으로서 국가 내의 이질성과 개별성을 상쇄시키면서 국민통합을 도모하는 일이라 할 수 있다.

따라서 영토를 두고 일어났던 삼국시대의 처절했던 전쟁의 기억이나 역사적 이해충돌, 이합집산과 흥망성쇠 등의 복잡다단했던 시대적 의미망은 뒤로 물러난다.

> 신라의 군亽는 멀니 바다 밧긔 힘을 펴셔 일본을 셰번이나 정벌후엿亽며 빅졔는 말갈을 여러번 쳐셔 디경을 긔쳑후고 고구려는 亽군을 회복후야 젼일 슈치를 갑흐며 료동짜를 취후야 판도를 확쟝후엿는디[81]

· · · · · · · · · · · · · · · ·
77 위의 책, 127~128면.
78 「을지문덕전」, 앞의 책, 108면.
79 위의 책, 110 · 112 · 114면.
80 「이순신전」, 위의 책, 205면.
81 「을지문덕전」, 위의 책, 111면.

신라, 백제, 고구려가 일본, 말갈 등과 전쟁을 통해 확보한 영토들은 삼국으로 분열되어 있는 것이 단군시대로부터 내려온 우리 민족의 승리로 기록된다. 이렇게 삼국이 하나가 됨으로써 북방까지 뻗쳐 있는 영토에 대한 확장된 시선을 가질 수 있었으며 단군의 혈통을 이어받은 자손이라는 자각을 가져다 줄 수 있었던 것이다.

삼국 사이에 벌어졌던 전쟁들 역시 형제끼리의 싸움으로 비유된다. 신채호는 삼국이 하나의 국가이나 신라가 당나라를 끌어들여 고구려를 침으로써 한반도의 세력이 급격히 쇠락하였다고 보고 있다.

> 남부와 북부가 셔로 원슈가된거슨 고구려와 신라의 중간시더브터 시작흐여 (…중략…) 김유신곳치 착혼사롭으로도 오히려 당나라군수를 불너셔 고구려를 치더니 고구려가 망흐고 발희가 흥흐미 그 화가 조곰쉬엿스나 죵시 도동죵이 셔로 스랑흐는뜻은 아조업셔셔 그흥흐고 망흐는거슬 도모지 셔로 모르는톄라 (…중략…) 발희가 걸안에게 망흐고 압록강셔편에는 우리 단군주손의 셩식영결흐엿스니 익셕흐도다 북부는 즉 우리민족이 발셩흔 넷짜일쓴더러 또 우리 동국의 인후─라홀지니 이거슬 엇거든 젼력흐여 직회며 이거슬 일케되면 젼력으로 닷톰이 가흐거늘 이제 단군이후 삼쳔여년 젼슈흐던 강토를 타죵의몰꾀 실어보내고[82]

그는 삼국의 소모적인 다툼으로 북방 영토를 잃어버렸음을 애통해 하면서 단군이 민족의 기원을 열었던 이 땅을 다시 회복해야 한다고 강

82 「최도통전」, 위의 책, 319면.

조하고 있다. 신라의 착오로 민족의 땅인 북방영토를 잃어버렸다는 것을 현재의 불안한 정치적 상황에 투영함으로써 대외투쟁 의지를 고양하는 것이다.

특히 신채호는 원래 하나였던 이러한 단군의 자손들이 삼국시대에 이르러 남부와 북부로 나뉘어져 발달해 왔다고 주장한다.

> 우리 부여민족이 흑룡강 녕고탑등디에서 번식ㅎ여 이천여 넌을 지낸 후 삼국시더에 니르러 비로소 우리동국전토와 료동 심양 각쳐에 퍼져셔 남부와 북부에논호엿스니 남부는 한강이남에셔 발달ㅎ쟈–오 북부는 압록강 이북에셔 발달ㅎ쟈–라[83]

북부에서는 동명왕, 광개토대왕, 을지문덕 같은 이들이 우리 땅 남부와 북부 사이에 있는 지나를 소탕했으며, 남부에서는 박혁거세, 석탈해, 김유신 같은 이들이 일본의 기운을 꺾어 왔다는 것이다. 이는 "북부민족의 령광"과 "남부민족의 령광"[84]이다. 각 시대, 각 영웅들의 싸움은 중국과 일본과의 투쟁의 삶으로 정의되면서 현재에도 지속적으로 이어가야할 신성한 전통이 되고 있음을 볼 수 있다. 이는 곧 민족과 민족 아닌 것을 구별 지으며 국가의 경계를 확인하는 데 기여하는 것이다.

그러나 이렇게 광대한 영토 안에 있었던 수많은 민족들을 어디까지 우리 민족으로 규정할 것인가의 문제가 남아 있다. 신채호는 「을지문덕전」에서 "을지문덕 이전에 한국과 지나의 관계"를 애기하고, 「최도

---

83 위의 책, 318면.
84 위의 책, 319면.

통전」 2장에서도 "최도통 이젼의 우리 민족과 다른 민족"을 얘기하면서 한국에는 오래 전부터 중국이나 일본과는 다른, 독립된 국가와 민족이 유지돼 왔음을 피력하고 있다. 그러나 "조선(朝鮮)이나 만주(滿洲)나 몽고(蒙古) 토이기(土耳其) 흉아리(匈牙利)나 분란(芬蘭)이 삼천 년(三千年) 이전(以前)에는 적확(的確)한 일혈족(一血族)이엇다"[85]라며 북방 영토에 살았던 여러 민족에 대해서는 때에 따라 우리 민족으로 흡수하는 시도를 보인다. 그는 여진족은 원래 부여족의 한 지파로서 고려를 부모국으로 섬겼다고 보고 있다. 부여왕조를 얘기하면서 설사 "당시 아동에 십(十)국이 잇슬지라도 쥬족은 부여며 백(百)국이 잇슬지라도 쥬족은 부여며 천(千)국 억국이 잇슬지라도 쥬족은 부여니"[86]라며, 부여국 안에 많은 민족이 있었을지라도 주 민족은 부여라는 것이다. 부여족의 지파인 여진이 금나라를 세우고도 우리나라를 침범하지 않은 것은 그들이 고려를 부모국으로 섬겼기 때문이라는 것이다.

결안이망ᄒᆞ미 년진이 그쌔을 덤령ᄒᆞ여 지나의 송나라를 멸ᄒᆞ며 몽고와 토번을 통합ᄒᆞ고 대금뎨국을 창건ᄒᆞ니 이시호 우리나라의 근심이 바야흐로 컷스나 다힝히 뎌희는 원리 우리부여민족의 지파인고로 오아속이 골ᄋᆞ디 고려는 우리부모국이라ᄒᆞ고 아골타ㅡ 곰ᄋᆞ디 고려는 우리 조종의나신 나라이라ᄒᆞ여 활ㅅ살ᄒᆞᆫ개라도 우리를향ᄒᆞ여 던진바ㅡ업셧스니 동종을ᄉᆞᆼ각ᄒᆞ여 그러홈이 아닌가[87]

85 「朝鮮史」, 앞의 책, 629면.
86 「讀史新論」, 앞의 책, 133면.
87 「최도통전」, 앞의 책, 320면.

이처럼 북방에 있었던 여러 민족을 부여족의 지파로 보는 것은 민족사의 발원지인 북방 영토를 지켜 온 것이 부여족, 곧 한민족임을 설파하는 당위성을 얻고자 하는 일환이었으며 또한 중국에 비해 월등하게 우월했던 역사성을 제고하는 것이기도 하였다.

신채호는 이렇게 민족 구성에 있어서 북방의 여러 민족이 부여족으로 흡수됐다고 보지만, 일본이 백제의 한 지파라고 하는 데는 이의를 제기하면서 그들을 동족으로 인정할 수 없음을 분명히 하고 있다.

> 동경선일빅이십구도 죠선히협을 건너셔서 넛셤이셔로 련흔나라이 잇스니 그일홈은 일본이라 더 일본민족은 혹 우리남부 빅졔국의 지파ㅡ라ㅎ나 그러나 더희언어와 풍쇽이 우리민족과는 전혀다르고 또 수천여 년을 우리나라에 더ㅎ여 바다우헤 진보에 방이가되엿스니 엇지 이것을 동족으로 인뎡ㅎ리오[88]

일본은 애초에 언어와 풍속이 우리와 다를 뿐만 아니라 진보에 방해가 돼 온 민족이기 때문에 동족으로 볼 수 없다는 것이다. 또한 "빅졔 일본의 시종관계는 고구려 말갈과 대략 갓다"[89] 하며 일본과 말갈은 각각 백제와 고구려의 속국, 종과 같았다고 말한다. 일본에 대한 이러한 태도는 고대로부터 한국이 일본에 조공을 바쳤던 나라라고 말하는 일본의 고대 제국 신화에 반기를 제기하는 것이기도 했다. 신채호는 "일본이 대가야를 멸하고 임라부를 두었다하는 기록을 역사의 날조라며 일

---

88 위의 책, 318면.
89 「讀史新論」, 앞의 책, 162면.

축하고 오히려 일본이 백제를 숭배하여 백제의 문화와 병법, 공예 등을 받아들였다고 말한다."[90] 고대로부터 한국은 일본보다 선진화된 문화를 가지고 있었기 때문에 일본의 한반도 지배는 불가능한 일이었다는 것이다. 일본에 대한 이러한 태도는 일본을 분명한 타자로 설정하고자 하고자 하는 것으로서 한국과 일본의 역사적, 문화적 연관성을 찾아 식민화 정책의 정당성을 구축하려는 일본의 고대사 작업과 동화정책에 저항하기 위한 것이었다고 볼 수 있다.[91]

이처럼 단군을 통해 강화된 이러한 역사 인식은 영웅들의 위상과 정통성을 구축하는 데 기여한다. 영웅들은 육체적으로나 정신적으로 완벽할 뿐만 아니라 단군의 자손이라는 혈통의 순수성까지 확보함으로써 새로운 국민적 모델로 부상할 수 있게 된 것이다. 그러나 궁극적으로 구국의 전쟁영웅들은 특출한 한 개인으로 머무는 것이 아니라 '무명의 다수 소영웅'을 불러들여 근대국민국가 기획을 독려하는 상징적인 존재였다. 영락대왕, 을지문덕, 김유신 등도 무명의 소영웅들이 아니었다면 큰 업적을 이루지 못했을 것이며 이러한 소영웅이야말로 참영웅으로 칭송받아야 한다는 것이 당시의 영웅에 대한 인식이었던 것이다.[92] 말하자면 구국의 영웅들은 단순한 숭배의 대상이기보다 근대 국

---

90 위의 책, 157~161면.

91 신채호는 다른 나라에 정신, 언어문자, 두발피복 등이 쉽게 동화되는 것을 경계하면서 타문화를 주체적으로 받아들일 것을 피력하였다. "한國同胞여 自今이라도 同化的 모방은 探湯又치 拂去하고 同等의 모방으로 進홀지어다." 「同化의 悲觀」, 『전집』 6, 672면.

92 "小英雄이아니면獨立自主의大事業을成치못ᄒ얏슬거시오傅斯麥手下에多數ᄒ無名小英雄이아니면雪恥中興의事業을成치못ᄒ얏슬지며永樂大王乙支文德金庾信諸시의手下에多數ᄒ無名小英雄이아니면엇디檀箕遺071에非常ᄒ大光輝를顯호얏스리오", 李榮勳, 「無名의多數小英雄을구홈」, 『대한매일신보(1909.5.15)』(국한문 영인본 5), 5399면.
"청컨대英雄을愛ᄒ는人은無名의英雄을先愛홀거시며英雄脚下에頂體코져ᄒ는人은몬져無名英雄의脚에頂體홀거시며英雄에出世홈을期望홀진딘無名英雄에出世홈을先望홀지라豈

민 창출을 도모하는 하나의 상징적 표상이었으며 이는 결국 새로운 세계 질서를 구축하는 추동력은 다수의 민초들에서 시작될 수 있음을 역설하는 것이라 볼 수 있다.

이러한 태도는 『이태리건국삼걸전(伊太利建國三傑傳)』에서도 드러난다. 신채호는 이태리의 세 영웅들은 수많은 영웅들을 상징하는 대표자일 뿐이며 "무명(無名)의 다수(多數) 소영웅(小英雄)"이야말로 국민국가를 건설하는 추동력이 되었다고 본다.[93] 이는 계몽기 지식인의 엘리트주의, 우민관(愚民觀)에서 벗어나 있는 태도이다. 즉 신채호가 그리고 있는 영웅은 초인적인 인물을 기다리던 봉건시대의 관념이나 영웅을 기억화하여 지배이데올로기의 정당성을 구축하는 수단으로 삼았던 일련의 작업과는 구별되는 것으로서 오히려 그 출발은 민본주의, 민중사관에 있는 것이다. 영웅은 일방적으로 개인을 민족 안에 포섭하려는 개념이 아니라 봉건질서의 모순과 제국주의에 대한 대항 담론으로 구축된 것이라 볼 수 있는 것이다.

또한 신채호는 제국주의는 "영토(領土)와 국권(國權)을 확장(擴張)ᄒᆞᄂᆞᆫ 주의(主義)", 민족주의는 "타 민족(他民族)의 간섭(干涉)을 부수(不受)ᄒᆞᄂᆞᆫ 주의(主義)"라고 정의한다.

不開乎아 壹株의樹가雖大나足히ᄡᅥ森林에盛흠을當치못하며壹箇의石이雖崇ᄒᆞ나足히ᄡᅥ山岳이되지못ᄒᆞ나니然흠으로此世界의英雄을造ᄒᆞᄂᆞᆫ無名의英雄이眞英雄이라謂홀진져", 太極學報照膽, 「無名의英雄」, 『대한매일신보(1908.9.14)』(국한문 영인본 5), 4635면.

93 "伊太利之建國이 又 豈但 三傑之功哉아. 瑪志尼黨中에 無名之瑪志尼가 當不知 幾千 幾百人이며 加里波의 麾下에 無名之加里波가 當不知 幾千幾百人이며 加里波幕裡에 無名之加富爾가 當不知 幾千 幾百人이라. 若三傑者는 不過 伊太利 全國民中에 其 代表者 三人而已니", 「伊太利建國三傑傳」, 앞의 책, 616면.

然則 此帝國主義를 抵抗ᄒᆞᄂᆞᆫ 方法은 何인가. 曰 民族主義(他民族의 干涉을 不受ᄒᆞᄂᆞᆫ 主義)롤 奮揮홈이 是니라 (…중략…) 是故로 民族主義가 膨脹的 雄壯的 堅忍的의 光輝를 揚ᄒᆞ면 如何ᄒᆞᆫ 極烈的 怪惡的의 帝國主義라도 敢히 참入지 못ᄒᆞ나니 要컨대 帝國主義ᄂᆞᆫ 民族主義 薄弱ᄒᆞᆫ 國에만 참入하나니라[94]

신채호가 민족주의를 내세운 것은 폭력적인 제국주의에 저항하여 민족의 생존권을 보호하기 위한 것이었다. 따라서 그가 민족주의를 확장하여 제국주의로 나가기를 기원했다고는 보기는 어려우며, 민족주의가 제국주의 논리에 일면 포섭된다는 평가 역시 신채호의 민족주의에는 부합되지 않는다 하겠다. 역사전기소설에서 나타나는 '약소 민족의 생존권'을 위한 투쟁이 망명 이후, '전 세계 약소 민중의 생존권'을 위한 혁명적 아나키즘 세계로 이어지고 있다는 점에서 오히려 그의 민족주의는 자율적인 민중을 발견하는 추동력으로 작용하였다고 할 수 있는 것이다.

나아가 신채호는 제국주의뿐만 아니라 억압적인 봉건질서, 중화주의에도 저항한다. 이들은 결국 모두 '강권과 권력에 대한 거부'라는 공통점을 갖는다. 국가기획에서 드러나는 집단 창출에 대한 열망과 '민족', '국가'의 개념도 새로운 권력이나 폭력적 세계에 이용될 경우에는 언제든지 파기할 수 있는 자율적인 것이라 볼 수 있는 것이다. 이는 신채호가 지속적으로 비판하고 있는 대상이 유교적 봉건 지배계급, 식민지 지배계급 등에 집중되고 있으며, 영웅의 대외 투쟁뿐만 아니라 「을

---

94 「帝國主義와 民族主義」, 『전집』 6, 720~721면.

지문덕전」 → 「이순신전」 → 「최도통전」으로 갈수록 민족 내부의 모순에 대한 비판의식이 강화되고 있다는 데서도 확인되는 바이다. 이러한 점에서 신채호가 일찍이 권력의 집중화를 경계하고 아나키즘적 '민중'을 발견하는 시초를 마련하고 있었다고 볼 수 있다.

3. 성모상(聖母像)과 효자(孝子)의 재발견

「류화전」은 망명 이후의 작품으로 알려져 있으나 새로운 근대적 의미의 여성영웅화 작업에 기여하는 바 크다.[95] 망명 이후의 여타 작품들에서는 인물에 대한 작가의 중층적인 시각이 드러나고 있는 반면에 「류화전」은 인물의 대립적 구조와 선악의 대비가 분명히 드러나고 있어 역사전기소설 등에서 보여주는 인물 형상화 방법과 유사한 면이 있다. 또한 역사전기소설처럼 전(傳)의 형식을 따르고 있다. 이 밖에 류화가 시련을 이기고 새로운 어머니상으로 거듭나고 있다는 점에서도 주로 실패하는 영웅들이 등장하는 망명 이후의 작품들과 차별화된다.

「류화전(柳花傳)」은 고구려 시조 동명왕의 어머니, 류화를 그리고 있는 작품으로 신채호 소설 중에 유일하게 여성이 주인공으로 등장하는 소설이다. 당대는 내부적으로 영토를 보호하고 국난을 타개할 방책이 요구되던 시기로서 숭배의 대상인 일개의 특출한 영웅보다 국민국가

---

95 이영신은 「류화전」이 고전소설의 전형을 보여준다고 하였으며(이영신, 「단재 신채호의 문학 연구」, 성균관대 박사논문, 1999, 75면) 최수정은 양식적인 측면에서 신화와 소설의 긴장에서 미완된 작품으로, 근대적인 서사로 보기 어렵다고 보고 있다. 최수정, 「신채호 서사문학 연구」, 한양대 박사논문, 2003, 90~96면.

시대의 새로운 '국민 창출'이 기대되던 때이다. 따라서 신채호는 건국 영웅인 동명왕을 전면에 내세우지 않고 그 어머니를 그림으로써 당대의 여성상을 구현하고자 한다.

특이한 것은 신화에서 류화가 물의 신(神), 하백의 딸이었던 것과 달리 「류화전」에서는 장대길(張大吉)과 조씨(趙氏) 사이에서 태어난 장류화(張柳花)라는 점이다.[96] 류화는 송화강 부근의 명망대가(名望大家)의 자식이기는 하나 서민의 신분일 따름이다. 해모수 역시 북부여 왕이긴 하나 천제(天帝)의 아들이라는 언급이 없다. 또한 주몽 역시 알에서 태어나는 것이 아니라 인간의 모습을 한, 사내아이로 태어난다. 말하자면 주몽은 신이 아니라 사람의 아들인 것이다. 신채호는 신들로부터 신성한 혈통을 이어받은 신적인 인간이 아니라 인간으로서의 해모수, 류화, 주몽을 그리고 있다. 이는 당대가 더 이상 신화의 시대나 신격화된 봉건 왕의 시대가 아니라 인간의 시대임을 말해주는 것이다.

류화는 해모수와 부모에게서 버림을 받는다. 첫 번째, 해모수는 일시적인 호흥(豪興)으로 류화와 야연(野緣)을 맺으나 국법 때문에 그녀를 버리는 무책임한 왕으로 그려진다. 그는 류화를 후궁으로 정하리라 하였으나 왕실은 호족 귀족과만 결혼하게 돼 있다. 따라서 서민인 류화와 결혼하는 것은 국조 대법을 범하게 되는 줄 아는 까닭으로 그녀를 돌보지 않는다. 그리고 장대길 역시 딸이 왕과 사통하였다는 말을 듣고 류화를 버린다. 그는 딸이 "음부 천녀의 악명을 쓰고 구차히 살려 두는 것이 차라리 없이 하느니만 같지 못 하고 또한 가풍(家風)을 손상치 아

96 "소녀는 성은 장이요 명은 류화라 이 물 상류 우안 장가장(張家莊)에 사는 장 대길이 저의 부친이올시다." 「류화전」, 『전집』 7, 93면.

니 하리라"[97]며 류화를 죽음으로 몰고 가는 것이다. 딸의 목숨보다 가풍을 아끼는 장대길의 모습은 유교적 전통을 따르는 전형적인 봉건적 아버지 모습 그대로이다. 해모수는 국법에 얽매여 자기 행동에 책임을 지지 않는 비겁한 왕이며 장대길은 봉건적인 인습에 얽매여 천륜까지 저버리는 아버지인 것이다.

류화가 이렇게 지아비와 부모에게서 버림받음으로써 주몽은 태생적으로 아비 없는 자식이 되었다. 류화 모자(母子)는 둘 다 아비를 잃은 사람들인 것이다. 이러한 '부권 상실'의 이미지는 곧 '국가 상실'의 이미지로 재현된다. 류화의 고난과 역경, 그리고 영웅을 길러냄으로써 끝내 그것을 극복해 가는 모습은 국가를 상실한 이들의 굴곡진 운명과 역사적 소명을 상기시키기 때문이다. 아비의 땅인 송화강 상류에서 물결 따라 쫓아 중류로 떠내려감과 북부여에서 동부여로의 떠남의 모티프는 곧 지아비와 아비 나라와의 단절을 의미하는 것이며, 이는 곧 필연적으로 새로운 땅에서 탄생할 인간 주몽의 시대를 암시하는 것이다.

우발수에 몸을 던졌던 류화는 백악도인(白岳道人)의 도움으로 목숨을 구하고 '재생의 도'를 얻는다. 그리고 동부여왕의 후궁이 된 후, 왕의 의심과 후궁들의 질투와 방해를 견뎌내고 고구려의 시조, 주몽을 낳는다.

류화는 "원래 범골(凡骨)이 아니라 장래 대귀할 증조를 뵈었으며 천성(天性)이 혜민(慧敏)하고 부덕(婦德)이 넓어 린리(隣里)에서 칭찬이 자자"한 인물이다. 그녀는 "숙덕과 자색"[98]을 겸비한 자로, 이러한 류화가 세상에 온 것은 주몽을 세상에 내기 위해서이다.

---

97 위의 책, 92면.
98 위의 책, 92·97·99면.

렬국의 통일과 성주의 건국을 바란 지 오래더니 상제 하민을 음측히 여기사 동방에 대성인 추모를 내이사 고구려대국을 건설하여 만민을 정화케 하심이니 류화 부인이 이 세상에 옴이 어찌 만민의 행운이 아니리요. 비록 어떠한 고난을 받는다 하더라도 류화 부인이 구태여 면하려 아니 하고 그 기상이 태연하여 당하는 고난을 기쁘게 받을 것이요, 천명에 순종할 뿐이라[99]

류화의 운명은 오직 어머니로서의 소명을 다하는 것에 달려 있다. 그녀가 아비와 지아비에게 버림받는 것과 주몽을 낳기까지 당하는 고난들 역시 대영웅을 길러내는 필연성으로 작용하는 것이다. 백악도인은 류화에게 이러한 '천명'을 일러주며 그녀가 자각의 세계로 나갈 수 있도록 돕는다.

소저는 본래 전세 선아(前世 仙娥)로 동부여국에서 량연을 맺고 장래 일국 제왕의 태상후(太上后)가 될 것이요, 소저의 배 가운데 창업할 제왕을 배였으니 로부의 말을 괴이 알지 말고 비록 앞으로 천만 횡액이 있더라도 별로 랑패됨이 없으리니 귀공자를 잘 양육하여 건국 대업을 이루고 최귀 행복을 안향(安享)하라.[100]

구국의 영웅들이 전쟁을 통해 강인한 국민상으로 거듭나는 데 반해 류화는 "전세 선아(前世 仙娥)"로서 이미 고형화된 여성상으로 등장하고 있다. 또한 전쟁영웅들이 지덕체를 겸비한 강인한 남성으로 제시되었

99 위의 책, 111면.
100 위의 책, 98면.

던 반면에 류화는 지혜롭고 부덕한 어머니의 모습으로 구현되고 있다. 그녀는 오직 현숙한 어머니로 살아갈 운명을 타고난 사람으로, 버림을 받았던 그녀가 죽지 않고 살아야 할 이유는 귀공자를 잘 양육하여 건국대업을 이루게 하기 위해서이다. "규중 약질"[101]이던 류화는 민족 정체성을 대표하는 남성 영웅, 동명왕의 보조자로서 고난을 이겨내고 무사히 영웅을 출산, 양육하는 강인한 어머니로서만 그 삶의 의미와 정체성을 부여받을 수 있는 것이다. 즉 국난의 대과제가 구국의 영웅으로 표상된 남성 영웅에게 부과되었다면 류화는 그러한 영웅을 길러내는 '어머니'로서의 역할을 부여받은 것이다.

또한 류화는 "학예(學藝)를 익혀 고금사를 섭렵함이 많으니 천생려질(天生麗質)이라 녀중 군자"[102]와 같은 인물이다. '군자'와 같은 류화의 모습은 탈성화된 여성상을 현현한다. 그녀의 이러한 학문적 능력 역시, 당대가 요구하는 도덕과 이데올로기를 잘 실천할 수 있는 영웅을 만들어내는 데 기여할 것임이 예고된다. 즉 그녀의 지식은 여성의 자리에서가 아니라 아들에게 지식을 전달하는 어머니의 자리에서 의미 있는 덕목이다. 여기에서 적극적인 어머니, 류화의 정체성이 확인되는 것이다.

근대 계몽기 여성 교육은 류화처럼 어머니의 자리를 확인하는 데 의미를 두고 있었다. 『황성신문』의 한 논설에서는 여성을 교육하는 것이 큰 자본이라고 한다.

女子之有教育은 財産之大資本이오 女子之無教育은 財産之大耗賊이며 女子之有

---

[101] 위의 책, 94면.
[102] 위의 책, 92면.

教育은 教育之大根本이오 女子之無教育은 教育之大讎敵이라ᄒᆞ노니 (⋯중략⋯) 夫
國必有民이오 民必有家오 家必有男女ᄒᆞ야 幷圖其生活整理而男子之義務ᄂᆞᆫ多在於
國家社會ᄒᆞ고 女子之義務ᄂᆞᆫ多在於家族社會ᄒᆞ야 相爲表裏호ᄃᆡ 欲盡其義務則必要
有知識이오 欲廣其知識則必要有敎育이니 此實男女之必要敎育之原因也로다[103]

그러나 남자의 의무는 국가사회에 있다면 여성의 의무는 가족사회
에 있다고 보면서 가부장적 사고의 틀을 벗어나지 못하고 있다. 교육의
기회는 균등하게 받더라도 남자는 공적인 역할을 담당하는 자리에, 여
자는 여전히 가정이라는 사적인 자리에 놓여 있는 것이다. "이는 여성
교육의 의미를 여성 자신에게 돌리는 것이 아니라 가부장적 민족−국
가 담론으로 귀결시키는 것이었다."[104] 이들의 교육은 근대 질서에 충
실할 수 있는 나라의 후생, 국민의 창출이라는 점에서 의의를 발견할 수
있었다. 즉 당시 "여성의 교육이 국가적 차원에서 중요한 이유는 이처럼
여성이 인구 재생산의 직접적 주체라는 점 때문이다. 여성은 그들을 낳
고 기를 미래의 국민 구성원들의 어머니라는 지위로 호명된 것이다."[105]
이들은 자식을 국가적 소영웅, 국민들로 길러냄으로써 표면적으로는 남
성과 동등한 국민으로서의 자격을 부여받을 수 있었던 것이다.

「류화전」의 부제목은 "고구려 건국의 략사와 시조 주몽의 위대한 사
업"이다. "고구려 건국 략사(略史)"란 곧 류화가 해모수에게 버림받은 후,
온갖 고난 끝에 주몽을 세상에 내는 데까지를 말하는 것이다. "주몽의

103 尹孝○氏, 「女子教育之必要」, 『황성신문(1906.5.22∼5.23)』(영인본 13), 75면.
104 홍인숙, 「근대계몽기 여성담론 연구」, 이화여대 박사논문, 2007, 108면.
105 고미숙, 『한국의 근대성, 그 기원을 찾아서−민족·섹슈얼리티·병리학』, 책세상, 2001,
    106면.

위대한 사업"은 그려지지 않은 채 미완으로 끝나지만 제목이 「류화전」임을 미루어 볼 때 이후에도 아들을 위한 어머니 류화의 희생과 고난의 삶이 이어질 것임이 짐작된다. 이는 작품 창작 의도가 주몽의 업적을 그려내는 데 있는 것이 아니라 한 영웅적인 인물이 민족 대주체인 고구려를 건국하기까지, 뒤에서 보조자로서의 역할을 다하는 신성하고 강인한 어머니상을 부각하려는 의도임을 알 수 있다.

류화의 탈성화는 그녀를 성모(聖母)의 모습으로 구현하는 데서 한층 심화된다. "류화 성모 탄생 추모 성제하고, 류화 성모가 별원에서 성제를 탄생하고"[106] 등에서 비록 한 여자로서는 불명예를 짊어진 류화이지만 어머니로서는 성모와 같은 이미지로 현현되고 있음을 볼 수 있다. 왕과 사통한 부덕(不德)한 죄로 부모에게까지 버림을 받았던 그녀는 아들 주몽에 의해 새롭게 위대한 성모의 이미지로 갱생된다. 그녀는 구국의 영웅들과 같은 초인적인 능력이 아니라 국가가 요구하는 여성의 덕목을 얼마나 성실히 실천해 나갔느냐, 즉 영웅적인 인간을 길러내는 한 어머니로서의 역할에 충실했느냐에 따라서 영웅적인 여성상이 얻어지는 것이다.

성모 류화의 이미지는 이에 위반되는 여성들로 인해 더욱 부각된다. 신화에서 주몽이 대소와 대립 구도를 이루었던 것과 달리 류화는 시기와 질투를 일삼는 후궁들과 대립 구도를 이루고 있다. 한낱 여자의 성정(性情)으로 질투에 눈이 먼 우, 금 후궁들은 국가의 흥망을 결단낼 위험한 인물로 그려진다.

. . . .
106 「류화전」, 앞의 책, 102·114면.

우 금 량씨 비록 류화를 해할 마음이 뼈까지 사무치나 왕상이나 소후에게 직접 류화에 대한 시비를 알릴 수 없음을 깨닫고 이에 금백을 흩어 친신한 중신을 꾀하며 정궁에 출입하는 궁인 월향을 친철히 뢰물로 사귀어 류화 모자의 생명을 앗고자 하니 자고 이래로 왕가의 중첩 간의 질투와 시기로 말미암아 국가의 흥망 성쇠에 관계가 절대한 것이다. (…중략…) 이 또한 여자의 상정이니 무엇을 탓하랴[107]

이에 반해 류화는 후궁들의 모함과 질투에도 의연함을 잃지 않는, "자색이 절대한 중에 후덕이 태사(太姒)"[108] 같은 인물로 묘사된다. 을지문덕 등이 폐쇄적인 봉건질서와 대외투쟁을 통해 구국의 영웅 이미지를 확보하고 있다면 류화는 여자들의 성정(性情)이 대립적으로 그려지면서 어머니로서의 인품을 획득하고 있는 것이다.

사람의 딸인 류화가 어머니로서 획득하는 이러한 성모적인 이미지는 여성들의 국민 영웅화되기 모델이 된다. 아들 주몽을 영웅으로 창출하는 어머니로서의 위치, 류화가 인간의 자리로 내려온 이유는 바로 여기에 있다. 이러한 성모와 같은 이미지는 여성을 부덕(婦德)한 어머니로 고착시키면서 여성을 국가기획 하에서 통제하고 국민으로서의 의무를 강화하는 데 기여한다. 이는 국난의 상황에서 남성과 동등하게 함께할 여성의 국민화 기획이 무엇이었나를 보여주는 것이다.

이처럼 신채호가 주목하는 것은 신화가 아니라 인간에 의해 사회가 어떻게 질서 지워져 가는가 하는 것이었다. 이런 점에서 「류화전」은 신

---

107 위의 책, 121~124면.
108 위의 책, 102면.

화의 자리가 아닌, 근대의 자리에 있는 소설이다. 신채호가 이렇게 근대를 이야기하고자 하면서도 신화를 차용한 데는 첫째, 대중성과 독자에 대한 고려와 관계가 있다. "근대에 재발견된 영웅은 민족의 서사와 결부되는 경우가 많다. 어느 민족이든 영웅을 갖고 있으며, 영웅을 갖지 못한 민족은 역사에서 소멸했다. 그것은 유독 그 민족에게 뛰어난 인물이 태어나지 않았다는 것이 아니라, 그 집단이 공동의 기억을 간직하는 데 실패했음을 뜻"[109]하는 것이다. 신화와 백악도인의 등장과 같은 고전소설적인 요소의 첨가는 독자들로 하여금 익숙하게 독서에 몰입할 수 있도록 하는 방법들이었다. 이를 통해 여성 영웅에 대한 집단적 기억을 공유할 수 있었던 것이다.

또 한편 이러한 신화의 차용은 '신화의 역사화'[110] 작업의 일환으로 이해된다. 잔다르크와 같은 역사적인 여성 영웅이 없는 상황에서 신채호가 선택한 것이 여성이 등장하는 신화를 역사화하는 방법이었다. 대중들에게 잘 알려진 주몽신화를 가공하여 인간의 역사로 전유하는 방법을 통해 민족적 정체성을 묶어주는 상상의 원천을 제공하는 것이다. 즉 신화의 차용은 대중성과 역사성을 확보하기 위한 하나의 서사전략이었던 것이다.

「익모초(益母草)」는 역사전기소설에 앞서 발표된 신채호의 최초 소설 작품이나 그 중요성이 간과된 면이 있다. 이는 작품이 3월, 7월분만 발

---

109 강옥초, 앞의 책, 23면.
110 서영채, 「기원의 신화를 향해 가는 길」, 서울시립대 인문과학연구소, 『한국 근대문학과 민족-국가담론』, 소명출판, 2005, 124면.

굴돼 있어 작품에 대한 총체적인 접근이 어려울 뿐만 아니라 같은 시기에 발표되었던 역사전기소설과는 인물형상화 방법과 주제 등에서 이질적인 면이 있기 때문으로 보인다. 그러나 「익모초」는 근대 기획의 출발을 보여주는 주요한 작품으로서 세밀한 논의가 필요한 실정이라 하겠다.

「익모초」는 한 가정을 배경으로 하고 있다. 이는 신채호가 발표지 『가뎡잡지』를 염두에 두고 썼기 때문으로 보인다.[111] 이 소설은 같은 해 발표된 「을지문덕전」, 「이순신전」과는 그 기법과 인물 형상에서 차이가 있다. 역사전기소설이 논설체로 쓰여 있어 소설 양식에서 다소 거리가 있었던 반면에 시기적으로 먼저 발표됐던 「익모초」는 오히려 근대소설의 서사체에 가깝게 쓰여 있다. 또한 유교 봉건사회가 요구하던 '효자상'이 근대적 의미의 효자로 재탄생하는 모습을 보여주고 있어 역사전기소설에서뿐만 아니라 근대 기획을 위한 신채호의 다양한 소설적 시도를 살펴볼 수 있다는 점에서 주목되는 작품이다.

김장하는 효자 정문을 사액(賜額) 받은 김상원의 자손이다. 집안이 대대로 효성이 지극하고 '가정지학(家庭之學)'이 있어 김장하의 아들 셋도 효성이 남달랐다. 어느 날, 익모초를 한 대공 꺾어 든 웬 떠꺼머리총각 하나가 허락도 없이 김장하의 집에 들어온다.

허허, 세상에 왜 살면 별일을 다 보는 것이로고.
완만ᄒ다 완문하다 흔들 저러케 완만흔 ᄋ희 년셕이 어디 잇나……

---

111 신채호는 가정교육과 여성 계몽을 위해 발간된 『가뎡잡지』에서 사원과 주필로 참여한 바 있다. 『전집』 9 참조.

지각이 못나 그러훈가. 이십이나 되어 보이는뒤

숙믹이라 그러훈가. 얼골이 과히 숙믹스럽지 안이훈데 ……

삼척이 암만 두뇌라 훈들 어디 그런 놈이 잇던고 …… (…중략…)

아가리가 함부로 뚤은 창군녁인지 말이 아모 버르장이 업서 펄펄 나온다.

여보 이 냥반 나 먹엇스면 뒥 나 먹엇지 내 샹관이 무엇이오?

여보 나도 나쌀이나 먹엇소.

내가 ᄋ히라고 그러케 만만ᄒ여 보이오.

여보 나도 사십 년만 지나면 쉰여덜이오.

이러케 함부로 말이 나오니 당장 광경을 보면 김씨는 로인이오, 그 총각
은 이십이 못된 ᄋ힌뒤 김씩의 공손훔은 도로혀 ᄋ히가 로인 뒤접ᄒ는 것
ᄀ고 총각ᄋ히의 완만훔은 도로혀 로인이 ᄋ히들과 슈작훔과 ᄀ흐며, 쏘
그 총각ᄋ히가 쥬인의 자리에 엄연이 올나 안잣고, 김씨는 손ᄀ티 운묵에
가 안잣더라.[112]

최완길이라는 이 떠꺼머리 총각은 스물도 못된 아이다. '가정지학'을
대대로 이어가며 예를 실천하는 김장하의 집안사람들과는 달리, 그는
배움이 없어 윗사람에 대한 예의와 공경을 모르는 자이다. 김장하는 버
르장머리 없는 총각의 행실에 어이없어하지만 곧 그에게 부모와 자식
간의 기본적인 도리가 무엇인지를 가르친다. 이에 최완길은 감동하여
눈물을 흘리면서 부모에게 효를 다하지 못한 일은 죽임을 당해야 마땅
한 죄라고 말한다. 무지했던 청년이 가르침을 통해 '효'라는 인간적 도

---

112 「익모초」, 『전집』7, 729면.

리를 깨닫는 것이다.

그러나 서사는 가르침을 통해 최완길이 유교적인 봉건질서 '효'를 깨닫는 데 머무르지 않고, 애국심 없는 청국인 얘기를 통해 계몽의 역할을 강조하는 데로 나간다.

청국 문종황뎨 찍에 법국 군소가 원명원을 불사르고 청인을 다수히 사로잡어다가 역소롤 식이는뎌, 오라 ㅎ면 오고, 가라 ㅎ면 가고, 찌리면 맛고, 꾸지즈면 밧는지라. 법국 사람이 써 ㅎ되, 세계에 노예셩 만은 쟈는 청국 사람 갓흔 쟈가 업스며, 세계에 부려먹기 쉬운 쟈도 청국인 갓흔 쟈가 업다 ㅎ엿더니, ㅎ로는 법국 사람이 청국인을 더ㅎ야 너의 부모가 소와 말 갓다고 욕을 혼즉, 청국 사람들이 일졔히 역소ㅎ던 독긔를 덜고 일어나 싸호코자 ㅎ거놀, 법국 사람이 그 모양을 보고 탄식ㅎ여 왈, 니가 청국인은 준준흔 동물과 갓치 익국심이 업는 쟈인 줄 아라쩌니, 이졔 이것을 본즉 청국인이 엇지 익국심이 업스리오. 다만 가족 사랑ㅎ는 마암에 나라 사랑이 쎄씬 바가 됨이로다 ㅎ엿도다.

슯푸다. 청국인이 익국심 업슴이 아니라 가족성각에 나라 사랑ㅎ는 마암을 이젓고, 최완길이 부모 사랑ㅎ는 마암이 업슴이 아니라, 가라치지 아니흔 고로 부모 사랑ㅎ는 방법을 모룸이로다.[113]

법국(法國)이 황제의 이궁(離宮)인 원명원(圓明園)을 불사르고, 강제 노역을 시켜도 저항하지 않던 청국인들이 자신들의 부모를 욕하자 싸우

113 위의 글, 730면.

려고 했다는 것이다. 신채호는 이들이 애국심이 없는 것이 아니라 나라 사랑하는 마음이 가족 사랑하는 마음에 빼앗겼기 때문에 이처럼 우매한 것이라며 탄식하고 있다. 최완길이 부모와 자식 간 도리를 모르는 것을 청국인들이 가족 사랑에 갇혀 애국심을 모르는 것에 비추면서 이들이 모두 완고한 이유는 가르침이 없었기 때문이라 보는 것이다. 이는 최완길이 김장하의 가르침을 통해 자식의 도리를 깨닫듯이 애국심 역시 가르침을 통해 얻어질 수 있다는 것을 말하는 것이다.

신채호는 예전에는 사람들이 신분이 낮은 설움 때문에 아들 공부를 시켰지만 지금은 나라를 생각해서 공부를 시켜야 한다고 하였다.[114] 또한 정신이 여전히 봉건시대에 머물러 있는 자들을 책망할 것이 아니라 문명교육을 통해 신시대 인물로 만들어야 한다면서[115] 지배 계급의 우민관을 비판한 바 있다. 이는 곧 문명교육의 필요성을 말하는 것으로서 봉건 백성들을 국민으로 거듭나도록 지도, 계몽하는 지식인으로서의 소임과 책임을 역설하는 것이다. 즉 최완길처럼 몽매한 백성들을 가르침을 통해 가족 사랑하는 사람, 애국심이 충만한 사람으로 창출할 수 있다고 믿는 계몽지식인의 자기 확신이라 볼 수 있는 것이다.[116]

---

114 "리싱원 평싱 욕심이 량반됨에 매첫으니 구ᄒ도다 만은 일심 경력을 들여 긔어히 그 아돌 공부를 독실히 식히여 셜치를 ᄒ엿으니 ᄯ또한 굿셰도다 그러나 지금은 예전 시ᄃ와 달나 춍리대신을 홀지라도 남의 나라에 평민보다 귀홀 것이 업스니 아돌 두고 공부식히는 동포들은 집 지체 이약이는 고만 두시고 나라 디체 싱각 ᄒ심을 바라노라." 「슈원리싱원」, 『전집』 6, 492면.

115 "지금에 엇던사람들은 완고ᄒ사람을보면 열이나셔 니를갈고 그 완고홈을 믜워ᄒᄂ니 이런사람들은 결단코 올타고홀슈업ᄂ쟈-로다 (…중략…) 문명의교육을 확장ᄒ여 신시ᄃ의 인물을 작셩홈이 가ᄒ니라." 「완고ᄒ 쟈를 교도홀 일」, 위의 책, 120면.

116 김장하와 최완길의 관계처럼 신채호 소설에서 스승과 제자, 깨달음을 주는 자와 얻는 자의 관계는 사건의 주요 모티브가 되는 경우가 많다. 그러나 이들의 관계는 다양하게 변주되면서 일방적인 관계에서 대화적인 관계로 변모한다. 이러한 관계를 '스승과 제자'로 통칭하여 정리해 보면 다음과 같다.

신채호가 이처럼 가정을 배경으로 계몽의 필요성을 이야기하는 데는 중요한 의미가 담겨 있다. 그는 진화론을 단초로 인류가 몸을 위하는 시대(야만) → 집을 위하는 시대 → 집과 나라를 위하는 시대 → 나라를 위하는 시대(문명)로 진보한다고 보면서 민족은 국가의 운명과 함께함을 역설하였다.[117] 「을지문덕전」에서도 "나라를 ᄉᆞ랑ᄒᆞ디 집과 ᄀᆞ치 ᄒᆞ라 나라의 형셰가 이러케 날마다 결단이 나는 거슨 사롬마다 집을 ᄉᆞ랑ᄒᆞ고 나라를 ᄉᆞ랑치 아니 ᄒᆞᄂᆞᆫ 연고−니라"[118]며 집보다 나라 사랑하는 마음을 강조하고 있다. 국가는 곧 역사적 진보, 문명의 최고 지향점이었던 것이다.

"국가가 완전한 성숙체이고 가족이 미성숙한 존재라는 것은 곧 가족은 아이이고 국가는 어른이라는 것을 뜻한다. 어린아이는 어른으로 성장하기 위하여 감시와 규율을 통한 엄격한 훈육을 필요로 하는 존재다." "가족은 국가라는 위계질서 안에 포섭되면서 국가를 구성하는 하나의 개별적 단위인 것이다."[119] 이러한 관계를 가정 안으로 축소해서

작품명 / 인물(스승 − 제자)	관계 양상
「최도통전」 / 현린−최영	일방적이고 시혜적인 관계. 인물들이 스승의 가르침에 깨달음을 얻고 자기 역할을 자각함.
「류화전」 / 백악도인−류화	
「익모초」 / 김장하−최완길	
「일목대왕의 철추」 / 왕후 강씨−궁예	스승의 역할이 소극적으로 그려짐. 인물들이 완전한 깨달음으로 나아가지 못하고 미결됨. 주인과 노예가 제자와 스승의 관계로 역전되기도 함.
「일이승」 / 함허, 일이승, 홍경래−정을진	
「철마 코를 내리치다」 / 마을−여수기	
「백세노승의 미인담」 / 엽분−노승	
「구미호와 오제」 / 태화선인−수궁	대화적 관계를 통해 인물들 스스로 주체적인 모습을 찾아감.
「꿈하늘」 / 민족영웅, 꽃송이 등−한놈	

117 「몸과 집과 나라 세가지 졍황의 변쳔」, 『전집』 6, 354~356면.
118 「최도통전」, 앞의 책, 321면.
119 전미경, 『근대계몽기 가족론과 국민생산 프로젝트』, 소명출판, 2005, 17~18 · 21면.

보면 부모가 곧 국가가 된다. 당시, 국가는 곧 부모라는 이러한 함의는
신문지면 등을 통해 지속적으로 환기되었다.

> 국가는 곧 혼집 족속을 크게 말혼바 '시조 단군이 태백산에서 탄성호샤
> 이나라롤 기창호샤 후세 주손에게 씻쳐 주시니 삼쳐리 강토는 곳 그집산입
> 이오 수천년 력수는 곳 그 집 족보ㅡ며 력디 데왕은 곳 그집 종통이오 디경
> 을 둘너잇는 산하는 곳 그집 울타리라 오직 이 이쳔만 자손이 여긔셔 나셔
> 여긔셔 자라고 여긔셔 홈믜 살고 여긔셔 홈믜 의지식지호고 여긔셔 즐기고
> 슬허홈을 홈믜호느니 집과 나라이 무엇이 다르리오[120]
>
> 國은人民의社會를組織호야生命財産을付托혼一大家屋이라家屋이有호면
> 生活호고家屋이無호면敗亡홀쥬은愚婦痴男이라도洞然皆知홀지니國을愛호
> 는心이一個時間이라도忙忽치못홀것이라[121]

'국가'는 곧 '하나의 큰 집'과 같은 것이다. 따라서 봉건시대 집안에
대한 애착은 국가에 대한 사랑에 적용된다. 국가의 멸망은 가문의 멸
망, 부모의 죽음으로 연결되며[122] 국가의 연속성은 가문의 연속성으로
인지되는 것이다. 따라서 가정의 도리를 아는 것은 곧 애국심이 충만한
국민 탄생으로 이어진다. 국가를 지키는 것은 부모에게 효도하는 바와
동일시됨으로써 국가에 대한 충성은 당위성을 부여받는다.[123] 진화의

---

120 「국가는 곳 혼집 족속이라」, 『전집』 6, 279면.
121 「愛國心」, 『만세보(1906.7.26~7.27)』(영인본 상), 98면.
122 "국가리익 된다며는 아니혼 것 별노업시 밤낮으로 잇쓰다가 경륜더로 못다호고 황금산
에 비가되여 부모국을 영결홀제", 「시수평론」, 『대한매일신보(1910.4.20)』(국문 영인본
4), 3236면.
123 "두려마라부모국아 (…중략…) 걱정마라사랑호는조국아", 렬각싱, 「덕국의 국민가」, 『대

당위성 안에 개인은 가족 안에 가족은 국가 단위에 포섭됨으로써 가정에서 출발하는 애국적 국민 창출이 기대되는 것이다.

이러한 기대는 청국의 예를 통해 애국심 모르는 것을 "준준혼(어리석고 미련한-인용자) 동물"과 같은 야만적인 인간으로 치부하며 가족 생각보다 나라 사랑하는 마음이 우선임을 역설하는 데서 강화된다. 이는 우리도 청국처럼 애국심을 모르면 야만적이고 미개한 취급을 받을 수 있음을 경고하는 것으로 가족주의를 비문명국으로 전락한 청국의 이미지에 투영함으로써 국가 사랑하는 마음을 문명, 진보의 이미지로 고양하고 있는 것이다.

이처럼 "근대계몽기에 이르러 모든 가치에 우선하는 국가, 곧 새로운 국민을 요구하고 있었고, 가정은 이러한 국민을 길러내기 위한 장이 되어야 했다. 문명한 가정의 수립은 부강한 국가를 건설하기 위한 첫걸음이었다."[124] 그리고 "교육의 범위는 적은 가족을 유신케홈에 함명홀지라도 교육의 정신은 큰 가족 곳 국가를 유신케홈"[125]에 두는 것이었다. 신채호가 「익모초」에서 봉건 지배 이데올로기라고 할 수 있는 '효'를 강조하고, '가정지학'을 이야기하는 이유가 여기에 있다. 즉 봉건 지배 질서를 강화하고자 하는 데 있는 것이 아니라 '효'라는 윤리 규범을 문명의 상징인 국가에 대한 충성으로 전이시켜 근대적 국민의 새로운 윤리 규범, 애국심을 강화하기 위한 소설적 장치였던 것이다.

한매일신보(1909.5.20)』(국문 영인본 3), 2179면.
"두려마라부모국아 원슈들이만흐니 답력잇고용밍잇는 혈성대의청년들 부모국을직희랴고 굿게파슈섯고나", 「혈성뎌」, 『대한매일신보(1909.8.11)』(국문 영인본 3), 2459면.
124 전미경, 앞의 책, 80~81면.
125 「가족 교육의 견도」, 『전집』 6, 266면.

김장하와 그의 아들들이 가정에서 효도를 다하는 것, 그리고 최완길이 배움을 통해 '효'를 알아가는 것은 곧 나라에 대한 충성으로 전이되며 김장하의 조상, 김상원의 효자정문은 앞으로 국가를 위해 희생, 봉사하는 열사의 표상이 될 작업이 되고 있다. 유교적 봉건질서하에서 모범적 인간상이었던 '효자'는 최완길처럼 국가를 부모로 섬기는 새로운 '효자'로 재탄생되는 것이다. 나라가 곧 한 집안, 부모가 되는 것은 근대 국민국가 기획의 단초이다. 「익모초」에서 한 가정을 배경으로 이루어지는 이러한 계몽의 필요성이 역사전기소설에서 구국의 영웅 형상화로 확대된 것이다. '가정지학'은 곧 "적은 가족의 ᄉ상을 브리고 큰 가족 국가의 ᄉ상"[126]인 '국가지학'이었던 것이다.

　　살펴보았듯이 신채호가 그리고 있는 인물들은 모두 봉건시대에 머물러 있는 것이 아니라 근대 국민상을 표상하고 있는 인물들이다. 구국의 화신으로 부활한 전쟁영웅들은 문명, 진보에의 열망을 환기시키는 강인한 국민상으로 거듭나고 있으며, 봉건적인 남성들로부터 버림받았던 류화는 아들을 통해 성모적인 어머니로 갱생된다. 그리고 유교 봉건사회의 이상적 인간상인 '효자'는 배움을 통해 애국심이 충만한 인물로 재탄생되고 있다. 이들은 모두 신채호의 강력한 민족주의 동력에 의해 재구성된 인물들로서 운명공동체인 민족을 상상하고 국민적 일체감을 심어주는 데 기여한다. 이러한 인물 창출 작업은 결국, 봉건질서에 길들여진 백성들을 국민들로 이끌어 내기 위한 서사 기획의 일환이었다고 할 수 있다.

---

126 「가족 ᄉ상을 타파홈」, 위의 책, 290면.

4. 비영웅(非英雄)과 자각한 민중영웅상

강력한 민족주의를 내세우며 근대국민국가 기획에 나섰던 신채호는 국치를 예감하고 1910년 4월에 중국으로 망명한다.[127] 계몽주의 문학론을 제창하였던 그는 대중과 괴리돼 버림으로써 문학의 사회적 실천장을 상실하게 된다. 또한 근대 기획의 좌절과 독립운동가들의 서로 다른 정치적 지향점과 행보로 인해 여러 갈등들도 빚어지고 있어서 계몽지식인에 대한 회의도 있었을 것으로 보인다. 따라서 신채호는 필연적으로 이전과는 구별되는 소설적 모색을 시도할 수밖에 없었다. 그는 망명 이후 제국적 패권주의를 낳은 근본 원인이 권력에 있다고 보고 이에 천착, 식민지 상황을 비롯한 현실의 모순들을 비판하면서 절대 권력을 부정해 간다. 이러한 비판은 민족 내외부의 경계를 넘어서 있다.

이러한 성격을 보여주는 소설들이 「일목대왕의 철추」, 「일이승」, 「백세노승의 미인담」, 「철마 코를 내리치다」 등이다. 논설체로 쓰인 역사전기소설에서는 계몽지식인의 뚜렷한 신념과 결연한 어조가 두드러졌던 반면에 이들은 대부분 미완성인데다가 주제가 모호하고 인물 형상화가 서사 안에서 유기적으로 연결되지 못해 완결성도 떨어진다. 또한 분량도 적어 주제에 대한 총체적인 접근이 쉽지 않다. 이런 이유로 이들은 근대 미학적 가치 평가 하에서 문학성 결여, 구조적 결함 등으로 처리되어 배제돼 온 측면이 있다. 그러나 이들은 과도기적 작품들로서 「용과 용의 대격전」으로 이행해 가는 단초를 제공하고 있으며, 망명 이후에 겪

---

127 망명 과정과 중국에서의 활동 등은 『전집』 9 참조.

는 신채호의 심리적 충돌을 보여주는 주요한 작품들이다. 따라서 이에 대한 고찰은 신채호 문학이 아나키즘 수용으로 급격하게 비약한 것이 아니라 작품들이 문학적 성찰 속에서 유기적으로 연결돼 있음을 밝히는 데 필요한 작업이라 하겠다.

이 소설들은 이전 작품들과 상당 부분 차이가 있다. 영웅의 활약상을 통해 국가의 웅혼한 기상을 기념하고 국민통합을 도모하던 것과 달리, 이제 내외부의 분열로 인하여 실패하고 좌절하는 인물들이 그려진다.[128] 또한 '아(我)'와 '비아(非我)'의 구별 없이 '아국(我國)'과 '비아국(非我國)' 간의 전쟁, '아국(我國)' 내부의 전쟁, 권력 자체, 봉건 지배질서, 인물 간의 갈등, 인물 내부의 자기 갈등 등, 싸움의 대상과 폭도 확대되고 있다. 또한 인물들 역시 전쟁영웅들이 아니라 폭력적인 왕, 왕 되기를 꿈꾸는 자, 승려, 민중영웅 등으로 다양해진다. 이는 망국이라는 현실에 부딪친 신채호가 내외부적으로 근대에 대한 회의와 반목을 시작하였음을 보여주는 것이다. 즉 강력한 근대국민국가의 성립이 요원해진 가운데 이 원인에 대한 분석이 시도되면서 다양한 성찰과 그만큼의 좌절과 방황이 드러나게 된 것이라 볼 수 있는 것이다.

---

[128] 본 장에서 다루는 작품의 주요 시간적 배경과 공간적 배경은 다음과 같다.

작품명	시간적 배경	공간적 배경
「일목대왕의 철추」	후고구려	궁궐 내외부, 길
「백세노승의 미인담」	고려, 조선	호국사, 길, 협실
「일이승」	조선 정종 말년	석왕사, 길, 산
「박상희」	조선 광해조, 인조	서울, 천촌만락(千村萬落)
「리괄」	조선 광해조, 인조	서울, 평안도
「○○○ 부원군으로 견자」	조선 철종, 고종	궁궐 내외부
「철마 코를 내리치다」	단군 시절	태백산 동서

특히 두드러진 점은 구국의 영웅들이 건강한 육체와 강인한 정신력을 가진 신성한 인물들로서 승리하는 영웅인데 반해, 이후에 등장하는 상당수의 인물들은 신체적, 정신적으로 결함을 내재하고 있다는 점이다. 이들은 반(反)영웅적이며 자기 도착적(倒錯的)인 비(非)영웅들[129]이라 할 수 있다. 따라서 모두 비범함을 꿈꾸지만 내재적인 결함들로 그 꿈은 좌절될 수밖에 없다. 이러한 비영웅들과 대척점에 있는 인물들이 자각한 민중영웅들이다. 이들은 서로 반목과 충돌을 하지만 결국 어느 누구도 승리하지 못하고 실패하거나 표연히 사라지며 여운을 남긴다.

「일목대왕의 철추(一目大王의 鐵椎)」[130]는 궁예의 내면에 숨겨진 자기 도착과 합리화 등의 이중성을 폭로하면서, 폭력적인 지배자의 권력을 경계하고 있는 소설이다.

궁예는 구국의 영웅들과 여러 면에서 차이가 있다. 첫째, 그는 한 나라의 왕으로서 권력을 지닌 자이다. 전투에서의 승리를 통해 민족적 애국심을 구가하고 국민통합을 구현하는 영웅이 아니라 권력의 폭력성과 폐해를 여실히 보여주는 반영웅적인 인물인 것이다.

둘째, 궁예는 신체적, 정신적으로 결함이 있는 인물이다. 그는 한쪽 눈이 멀었으며 정신적으로도 자기애에 빠져 있는 인물이다. 제목 「일목대왕의 철추」는 이러한 그의 결함을 상징적으로 보여주는 것이다.

---

[129] 본 연구에서 말하는 비(非)영웅은 반(反)영웅과 영웅이 되고자 하나 내재적 결핍으로 영웅이 되지 못하는 인물을 가리킨다.

[130] 북한에서 출간된 작품집에서는 「일목대왕의 철추」를 「일목대왕의 철퇴」로 적고 있다. 철추(鐵椎), 철퇴(鐵槌)는 둘 다 쇠몽둥이를 뜻하긴 하지만 본 연구에서는 원본에 충실하고자 '철추'로 인용하였다. 본문에서는 철추, 철장, 철창, 철창 등이 나온다. 「일목대왕의 철추」는 수정되지 않은 미완의 작품으로, 같은 뜻으로 쓰인 어휘들이 통일되어 있지 않고 궁예가 유, 불교자들을 처벌하는 장면 등이 중복적으로 그려져 있다.

게다가 백성들로부터 존경받는 구국의 영웅들과 달리, 항간(巷間)에는 그가 신라 헌안왕의 아들이라는 말도 떠도는 등, 백성들로부터 혈통마저 의심받는 인물이다.

> 외통이대왕[一目大王]이 저 혼자 제 자랑을 한다.
> "내가 텬문도 잘 알지, 지리도 잘 알지, 글도 잘 하지, 불교하면 불교의 각 종 각파를 내가 다 알지, 유교하면 유교의 칠서오경을 내가 몰으는 것 업지, 세상의 모든 지식이나 능력을 내가 가지지 안한 것이 잇나? 나의 공업을 말하자. 신라도 처서 니기고 백제도 처서 니기고 발해도 처서 니기고 계단(契丹)도 처서 니기엇지 중국과는 내가 싸워보지 못하얏지만 중국이 계단을 범보다 더 둘여워하야 해마다 수백만 량의 폐백을 밧친다는데 내가 계단을 니기 엇스니 중국을 니긴 것이나 다를 것이 잇나? 해군대장 왕건(王建)이 륙전을 하면 내에게 지겟지만 해전을 하면 나를 니길 것이였다. 하나 왕건은 나의 신하닛까 왕건의 해전 잘하는 것이 내가 해전 잘하는 것이나 다름 잇나?"[131]

궁예는 착각에 빠져 자기 자랑을 늘어놓는다. 세상의 모든 종교와 학문을 섭렵하였다 하는가 하면 중국과 싸워 보진 않았지만 중국보다 강한 거란을 이긴 적이 있기 때문에 중국을 이긴 거나 다름없고, 해전에서 왕건을 못 이길 것이나 왕건은 자기 신하이므로 자신이 해전 잘하는 것과 다름없다고도 한다. 견강부회 식으로 혼자 자기 치사에 열중하는 궁예의 모습은 오히려 그가 유아기적 자기애에 빠져 있는 미성숙한

---

131 「일목대왕의 철추」, 『전집』 7, 580면.

결핍의 인물임을 부각한다.

그는 자기도취에 빠져 있지만 자기 결핍을 무의식적으로 깨닫고 있는 인물이다. 그러한 심리를 알 수 있는 것이 바로 그가 지고 다니는 쇠몽둥이 철추이다.

> 나를 미륵불이 안이라 하면 가장 큰 죄니 이 세상에서 철추의 벌을 바들 쑨 안이라 죽어서도 철추의 벌을 바들 것이오. 나를 미륵불인 줄 알고 쏘 복종할지도 혹 계오른 태도를 가져도 철추를 바들 것이오. 조석으로 미륵불 잇는 곳을 절을 안하여도 철추를 바들 것이오. 미륵불을 밋지 안는 사람을 보고도 이를 곳치도록 경계하지도 못하고 발각하야 죽이지도 못하면 철추를 바들 것이오. 미륵불에게 셰랍을 바치지 안하야도 철추를 바들 것이오. 미륵불이 지은 궁예대왕경을 밧지 안하여도 철추를 바들 것이오. 다른 불경이나 유교의 글을 읽어도 철추를 바들 것이다.[132]

그는 자기를 미륵불로 믿지 않아도 철추를 받을 것이며 세금을 내지 않아도 철추를 받을 것이라며 모든 것을 철추에 의지하여 백성들을 통제하려 한다. 그러나 철추는 궁예 자신을 강인한 영웅으로 포장하는 도구이나, 폭력으로 백성들을 제압하는 도구가 됨으로써 그가 심리적으로 자기보호에 민감한 인물임을 드러낸다. 결핍을 채우고자 하는 욕망이 강하면 강할수록 철추를 남용하게 됨으로써 비합리적이며 자기분열적인 인물임을 스스로 폭로하는 셈이 되는 것이다. 궁예는 숙명적으

---

132 위의 책, 584면.

로 자기도취와 콤플렉스를 내재한 인물로, 그 심리적 충돌을 폭력으로 승화하여 치유하려는 모순된 인물인 것이다.

궁예는 관심법으로 사람을 본다며 폭력을 휘두른다. 죽은 시신에게까지 자신을 욕했다면서 철추로 다시 치고, 근거 없는 직관으로 자신을 미륵불로 믿지 않는다며 수백 명의 사람들을 죽이기도 한다. 이런 궁예의 모습은 영웅의 모습이라기보다 광기어린 폭군의 모습이라 할 수 있다. 그의 관심법 역시 자기가 보고 싶은 대로 보는 유아기적인 자기중심적 발상에 다름 아닌 것이다.

> 이애, 새글도 그것을 글이라고 읽어? 예날에 중국의 글을 창힐이가 지엇는데 창힐은 눈이 넷인 고로 사목신인(四目神人)이라 하는 것이오. 인도의 글을 거로가 지엇는데 거로가 눈이 천인 고로 천안불(千眼佛)이라 하는 것이다. 지금에 우리 대왕은 눈이 한아뿐인 고로 일목대왕이라 하는 것이니 일목대왕이 지은 글이 무슨 글이랴?[133]

석총은 궁예가 심술 때문에 한쪽 눈이 멀었으며 앞으로는 심술이 더 심해져 무목(無目)대왕이 될 것이라고 한다. 그의 결핍은 중국의 글을 지은 눈 네 개의 사목신인(四目神人) 창힐과 인도의 글을 지은 눈이 천 개나 달린 천안불(千眼佛) 거로와 비교되면서 필연적으로 그가 현실의 모순을 거시적으로 내다볼 수 없는 혜안(慧眼)이 부족한 인물임을 암시한다. 즉 궁예는 외눈박이라는 신체적 결함과 폭력이라는 정신적 결함을

---

133 위의 책, 592면.

지닌 권력자로 몰락을 내재한 반영웅인 것이다. 궁예의 이런 외눈박이와 관심법은 자의적으로 현실을 구획 짓는 폭력적인 제국의 시선을 닮아 있다.

셋째, 궁예도 을지문덕이나 이순신처럼 전쟁영웅이다. 신채호는 역사전기소설에서 민족과 국민을 창출하는 원리로서 고구려 역사에 주목한 바 있다. 궁예는 그러한 고구려를 잇는 후고구려의 왕이다. 또한 소문처럼 신라 헌안왕이 아니라 송악군 궁가의 자손으로 공간적, 혈통적으로 고구려의 순수한 혈통을 이어받은 인물이다. 이런 점에서 서사에서 고구려라는 고대 공간에 대한 상상이 이어지고 있는 듯 보인다. 그러나 고구려라는 강건한 국토의 이미지를 각인하고 있지는 않다.

> 왕건이 쌍에 업들이며 "신은 폐하의 말삼을 알어듯지 못하겟삽나이다. 폐하께 압서 뷘 주먹을 들고 초야에서 닐어나사 동남으로 신라와 백졔를 처어 조공을 밧고 서북우로 압록강을 건너 발해와 계단을 처어 요동쌍 삼분의 이분을 차지하사 고구려 오륙백 년만에 차첨차첨 개척한 경토를 폐하께옵서는 이십 년 동안에 일우섯으니 폐하 갓흐신 공독은 예도 업고 이제도 업슴니다."[134]

궁예는 스스로 일어난 자로, 고구려 정신 속에 잉태된 자가 아니며 시대가 낸 선지자도 아닌 것이다. 그는 자기 세계에 갇혀 역사의 장 안으로 수렴되지 못하는 자이다. 또한 백성들로부터도 그 영속성과 보편

---

134 위의 책, 582면.

성을 의심받고 있다. 궁예대왕경을 강요하자 한 노인은 "훙 궁예대왕경이 몟칠 갈 줄 아느냐? 론어 맹자는 만 년이나 나가리라. (…중략…) 훙 고구려를 위하야 복수한다는 말은 짠소리지. 실은 자긔 아비를 미워서 한 일이지"[135]라며 궁예의 혈통과 권력의 지속성을 의심한다. 따라서 이러한 궁예가 다스리는 후고구려는 국민통합을 이루고 민족적 상상을 구현하는 것에서 벗어나 있다. 후고구려는 궁예의 성(城)이 됨으로써 내부의 폭력적인 권력과 분열에 의해 상처받는 공간이 되고 있는 것이다.

또한 궁예나 왕건은 신라, 백제, 발해, 거란 등과 싸움을 벌인 인물이다. 구국의 영웅들이 수나라나 원, 명, 일본 등의 '비아국(非我國)'들과 싸웠던 것과 달리 이들은 '아국'과 '비아국'을 가리지 않고 영토 전쟁을 벌인 인물들이다.

나의 공업을 말하자. 신라도 처서 니기고 백제도 처서 니기고 발해도 처서 니기고 계단(契丹)도 처서 니기엇지 (…중략…) 해군대장 왕건이 백졔국과 싸워 백졔국의 군함 수백 척을 파하고 천여 명의 군사를 사로잡고 쑥짝쑥짝 승전고 울니며 서울로 들어온다.[136]

이들의 싸움은 근대 국경 형세를 염두에 보았을 때, 국가 단위로 기획된 전쟁을 현현하지 않고 오히려 그 경계 지움 위에 서 있다. 그는 궁예대왕경을 지으면서 "내가 조선의 옛것을 업시하랴 함이 아니라 곳 단

---

135 위의 책, 586~587면.
136 위의 책, 580~581면.

군, 고주몽, 박혁거세, 부여, 온조, 진흥대왕, 남량, 술량, 모든 조선의 성인이 하여 온 것을 더욱 발휘하야 왼 세계에 폐랴 함이다"[137]라며 모든 과거를 끌어들인다. 그러나 이는 신성한 과거에 대한 회복과 그 영속성을 이어받으려는 것이 아니라 궁예 자신의 세계로 과거를 재편하려는 개인적인 욕망의 발로일 뿐이다. 그의 영토 확장에 대한 욕망과 타인을 통한 자기 확인에의 욕구는 곧 백성들에 대한 지배욕을 낳고, 궁예는 필연적으로 폭력적인 왕으로 남을 수밖에 없다.

궁예의 폭력성은 민족영웅들이 표상하는 신성한 투쟁과는 상반되는 것으로 이는 개인에게 독점되는 폭력적인 시공간 구획에 대한 위험성을 말해주는 것이다. 왕건이 전쟁으로 확보하는 공간 역시 궁예의 권력을 공고히 하기 위해 봉헌되는 것이며 왕건 자신의 숨은 야욕을 부추기는 소유로서의 공간으로 머물고 있다. 이들의 영토 확장에 대한 욕망은 단군으로부터 전해 내려온 민족의 근원적인 시공간 회복에 대한 열망으로 이루어지는 것이 아니라 절대 왕권을 꿈꾸는 자신들의 권력욕을 충족시키는 개인적인 공간으로 전락하는 것이다.

넷째, 구국의 영웅들이 육체적인 싸움에 놓여 있다면 궁예는 정신적인 싸움에 놓여 있다. 궁예 역시 전쟁에서 승리한 인물이나 서사에서는 전쟁영웅으로서의 궁예의 활약이 전혀 드러나지 않는다. 역사전기소설에서 국민 전체가 경험하는 전장의 모습이 그려지던 것과 달리, 궁예의 동선은 궁궐 내외부에만 머물러 있다. 한쪽 눈이 멀기 전의 외모 역시 육체적인 싸움을 상상하기 힘든, "얼골이 옥 갓고 니마가 탁 트이고

. . . .
137 위의 책, 591면.

입살이 자칫 얄고 코가 놉고 키는 호리호리한 중키에 지나지 못하며 눈도 처음에는 외통이가 안이라 새별갓히 두렷한 두 눈이오 신체도 골고루 발달하야 보기에 사랑시러운 미남자"[138]로 전쟁영웅과는 어울리지 않는 외모를 가지고 있다. 이런 그의 정신적인 싸움의 대상은 유교와 불교이다. 그는 "길은 탄탄한 큰길 한아쑨이다. 한데 백이 백 말하고 천이 천 말하야 이 세상사람들로 하여금 갈 길을 몰으게 한다"[139]며 궁예대왕경을 지어 백성들을 하나로 규율하려 한다.

> 왕건아. 너는 칼이나 활로 싸우는 싸움만 싸움으로 아느냐. 그박게 그보다 더 큰 싸움이 잇느니라. (…중략…) 안이다. 석가와 공자가 죽엇다 하니 참 죽은 줄 아느냐? 그 몸은 죽엇지만 그 혼은 살어잇다. 팔만대장경은 석가의 혼이오 『사서삼경』은 공자의 혼이다. 그래서 석가와 공자의 혼이 우리나라에 왕노릇을 하고 잇다. (…중략…) 석가는 이 세상의 고통을 못 니기어 산으로 달아난 패견자인 까닭에 그 경문이 세상사람을 권하야 이 세상을 닛고 극락세계란 짠 세계로 가자는 말이오. 공자는 벼살을 어더 하랴고 세력가에 아첨하던 노예인 까닭에 그 경문이 이 세상을 권하야 백성들은 사대부에게 종노릇을 잘하고 사대부들은 공경대신들은 님금에게 종노릇을 잘하라는 말이니 그갓짓 썩은 경문이 무엇이 그리 대단하랴마는 다만 시대가 오래야 밋는 사람이 너무 만흐니 이것이 걱정이다. 내가 간밤에 성안을 돌아보고는 석가와 공자의 세력이 내 세력보다 멧백쳔 갑절이나 더 큰 줄을 알엇다. 하나 내가 기어히 경문을 지어 세상에 반포하고 석가나 공자의 경문

138 위의 책, 601면.
139 위의 책, 594면.

을 폐지하랴 한다. 네 뜻에는 엇더하냐?[140]

궁예는 칼이나 활로 싸우는 싸움보다 더 큰 싸움은 바로 유교, 불교와의 정신적인 싸움이라고 말한다. 석가는 세상 사람들로 하여금 현실을 부정하고 도피하게 하며 공자는 현실의 억압적인 신분질서를 수동적으로 받아들이기를 강요하기 때문에 대단한 종교가 못 된다는 것이다. 그러나 궁예는 두 종교를 비판하고 있지만 종교 존재 자체를 부정하고 있지는 않다. 이는 곧 자신을 신격화하는 신종교 탄생의 필요성을 역설하는 것이라 할 수 있다. 불교나 유교가 오늘날까지 유지될 수 있는 것은 팔만대장경과 『사서삼경』이 있기 때문이라고 하며 자신도 그러한 경문을 짓겠다고 한다. 그는 이미 문자가 가지는 기억의 힘을 인지하고 있는 것이다. 따라서 그가 만든 문자 역시 자신을 신격화하는 작업과 치적을 기록할 수단으로 이용될 가능성을 배제할 수 없는 것이다.

궁예는 스스로를 미륵불이라 하며 신격화하고 궁예나라 만들기에 착수한다. 새 글자 스물여덟 개를 만들고 궁예대왕경을 지어 세상 사람들에게 이를 읽도록 강요한다. 그가 명분으로 내세우는 것은 사대적인 종교에 세뇌된 백성을 구원하여 자주성을 확보하자는 것이다.

글을 맨들자면 범서(梵書)나 한자(漢字)나 계단자(契丹字)에 참고하야 맨들 것이나 륜니와 도덕의 조목은 남의 것으로 맨드는 것이 안이라. 우리의

---

140 위의 책, 582~583면.

풍속과 습관에 맞추어 선과 악의 표준을 세워 학리로써 설명할 뿐이다.[141]

옛적에 부처에게 득죄하면 죽어서 디옥에 간다 하얏지만 오늘에 미륵불에게 득죄하면 살아서 철추를 밧는다. 옛적에 부처를 잘 위하면 죽어서 텬당에를 간다 하얏지만 오늘에 미륵불을 잘 위하면 이 셰상에서 안락을 누리고 복을 밧는다. 나를 미륵불이 안이라 하면 가장 큰 죄니 이는 이 세상에서 철추의 벌을 바들 쑨 안이라 죽어서도 철추의 벌을 바들 것이오.[142]

궁예는 불교는 천당을 이야기하면서 현실의 고통을 감내하도록 강요하고, 유교는 후세에 명예로운 이름 남기기를 주문하면서 상하 위계질서에 복종하도록 한다며 비판한다. 그러면서 자신을 잘 믿으면 이 세상에서 복을 받고 그렇지 않으면 역시 이 세상에서 벌을 받고 죽어서도 받을 것이라 한다. 그는 우리에게 맞는 도덕적 표준을 세워야 한다고 했지만 궁예대왕경의 구체적인 내용은 알려져 있지 않고 자신을 믿지 않거나 궁예대왕경을 읽지 않으면 철추를 받을 것이라는 내용만 전해진다. 궁예가 요구하는 것은 무조건적인 궁예대왕경 '읽기' 강요뿐이다. 유교와 불교에 세뇌된 자들을 다시 자신의 종교로 세뇌시키겠다는 것이다.

신체적, 정신적으로 콤플렉스를 지닌 궁예가 이처럼 궁예나라 만들기에 집착하는 것은 바로 '인정 욕구' 때문이다. 궁예는 혼란한 통일신라시대에 호족 세력을 규합하여 권력을 쟁취한 사람이다. 따라서 그에게는 무엇보다 정권의 합리성과 타당성을 획득하는 것이 필요했을 것

141 위의 책, 590면.
142 위의 책, 584면.

이다. 무의식 속에 잠재한 궁예의 열등감은 바로 정당하게 권력을 얻지 못했다는 것이다.[143] 따라서 그의 신경을 건드리는 것은 바로 그를 왕으로 인정하지 않는 타인들의 시선과 태도들이다. '인정'을 받고 싶은 과도한 열망이 스스로 백성들로부터 숭배 받고 있다는 자기 착각에 빠지게 한 것이다. 그러나 백성들은 그를 배척하고 있으며 왕건 역시 궁예를 배신할 기회를 엿보고 있다. 궁예는 어느 누구로부터도 진정으로 인정받고 추앙받지 못하는 인물인 것이다. 자기착각에 빠져 스스로 자기 내면의 콤플렉스를 억압하며 현실에 대응하던 궁예는 백성들로부터 부정당하는 현실에 봉착하면서 그 간극을 종교로 '승화'해 보고자 한다.[144] 이러한 의도가 '반외세', '자주'라는 말로 은폐되고 있는 것이다.

궁예는 "인제는 내가 맨든 글에 내가 지은 경문을 읽으니 석가나 공자를 찬송하던 소리 쑥 들어가고 나를 찬송하겠지. 내가 한번 가만히 나아가 알어 보리라"[145] 하며 궁예나라 만들기에 집착한다. 결국 궁예가 만든 문자가 권력자 궁예 자신을 숭배하는 수단으로 작용하길 기대하고 있었음을 알 수 있다. 그러나 궁예의 노력에도 불구하고 백성들은 궁예를 존경하기는커녕 자신들을 세뇌시키려는 데 반항한다. 궁예를 비난하며 궁예대왕경 읽기를 거부했던 석총은 죽음 앞에서도 "궁예대왕경은 요괴한 마귀의 말"[146]이라 하며 장렬하게 죽는다. 외래 사상에

---

143 "열등기능은 무의식의 고태적인 층에 깊이 뿌리박고 있는 것이므로 그것이 움직임으로써 신화적인 것, 신성한 힘, 누멘(Numen)이 함께 의식에 전달되어 의식의 자아팽창(Inflation)을 일으킬 가능성도 있다." 이부영, 『분석심리학』, 일조각, 2008, 181면. 궁예의 지나친 자기 착각은 열등감의 보상 심리로 과도한 자아팽창이 일어난 경우라 할 수 있다.
144 "승화는 사회적으로 부끄러운 욕망을 사회적으로 인정받을 만한 고상한 형태로 변형하는 것이다." 이상섭, 『문학비평 용어사전』, 민음사, 2004, 314면.
145 「일목대왕의 철추」, 앞의 책, 591면.
146 위의 책, 596면.

깊이 물든 석총이나 그의 죽음은 폭력적 권력에 당당히 맞서는 순교자의 죽음과 같이 그려져 있다. 게다가 석총의 말이 끝나기도 전에 그 머리를 철추로 죽이는 궁예의 폭력성은 오히려 석총의 죽음을 돋보이게 만들며 반외세, 자주의 필요성을 희석되게 한다. 궁예의 정신적 싸움은 종교 자체에 대한 비판이나 애민정신의 발로, 혹은 사대주의 극복이 아니라 권력을 공고히 하여 결핍된 자기 욕망을 채우고자 하는 데 있었음을 알 수 있다. 그는 종교의 신성한 이미지를 빌려 스스로를 미륵불이라는 종교적 숭배의 대상으로 삼고자 했던 것이다.

궁예는 궁궐 안에서 스스로의 이러한 만족감에 충만해 있었다. 궁궐은 온 세상의 시공간이 자신을 중심으로 돌아간다는 행복한 착각을 가능하게 하는 환상적인 공간이다. 궁궐의 화려함은 곧, 스스로가 지나치게 이상화해 놓은 궁예 자신의 이미지를 상징한다. 이에 반해 궁궐 밖은 용상과 곤룡포를 벗어던지고, '불편한 진실'을 만나게 되는 공간이다. 궁궐 안에서의 화려한 모습과 달리, 궁궐 밖에서 타인을 통해 투영되는 궁예의 모습은 한없이 초라하게 일그러진 왕의 모습이다. 그 누구의 평가 속에서도 궁예 자신이 생각하는 위대한 대왕으로서의 모습은 찾아볼 수가 없다.

궁예가 이처럼 여러 번 궁궐 밖으로 나가 자신의 권력을 확인하고 싶어하는 것은 그가 영원히 충족될 수 없는 욕망의 노예임을 상징적으로 보여주는 것이다. 스스로 충족되지 못하고 끊임없이 외부를 통해 자신을 확인받고 싶어하는 모습은 궁예 스스로 주장하는 바와는 달리, 그가 미륵신이 아니라 결핍을 내재한 나약한 인간일 수밖에 없음을 말해 주는 것이다. 서사는 치열한 전장의 모습을 담아내는 대신 궁예가 끊임없이 자기 확인을 위해 움직이는 궁궐 내외부를 그림으로써 우리 내부의 정체(停滯)와 분열을 경험하게 한다.

인간은 근원적으로 신체적, 정신적 결함을 내재한 존재로 신이 될 수 없다. 이러한 인간이 자의적인 법률로 세상을 규율하고자 할 때, 필연적으로 폭력이 동반될 수밖에 없다. 궁예는 자기만이 백성을 구원할 미리라고 하고 자주의식으로 포장된 궁예대왕경으로 백성들을 통제하려고 했지만 이는 신이 되고자 하는 궁예의 충족될 수 없는 욕망의 발현일 뿐이다. 궁예가 백성에게 가하는 폭력은 육체적 싸움이라기보다 이러한 정신적 싸움에서 패배한 자의 왜곡된 자기 치유의 방식일 뿐이다. 그는 자신이 구원의 존재, 미륵불이 아님을 스스로 폭로하고 있는 것이다. 이처럼 서사는 권력이 인간의 욕망을 그릇된 방식으로 채워주는 무기가 될 수 있음을 보여주고 있다.

살펴보았듯이 궁예는 결코 민족이 닮아가야 할 모델이 될 수 없다. 오히려 그는 반면 교사적인 영웅이며 따라서 이는 신체적, 정신적으로 본받아야 할 역사전기소설 속 영웅과는 차이가 있는 것이다. 궁예의 모습은 반영웅적인 왕의 모습임과 동시에 민중을 계몽의 대상으로 삼고 근대적 지식을 주입하며 제국적 국민을 창출하려 했던 계몽기 지식인들의 좌절과 그 한계를 이야기하는 것이기도 하다. 이는 결국 민족 내부가 지니고 있는 문제가 권력을 지닌 자의 폭력으로 치유될 수 없다는 사실과, 자기 착각에 빠진 한 영웅의 행보가 불러올 위험성을 경고하는 것이라 할 수 있다.

신채호는 외세의 종교도 부정하고 있지만 이렇게 하늘이 보낸 미륵불, 미리라 하며 자신을 신성한 존재로 몰아가는 권력화된 종교적 지식과 지배 역시 긍정하지 않는다. 반영웅의 모습은 자주와 민족이라는 이름으로 백성들을 현혹하게 하여 자신의 권력을 공고히 하려는 지배자의 내면을 고발하는 장치가 되고 있기 때문이다. 종교나 자주의식이 권력을 창출하는 데 이용되는 것, 그리고 그것이 가진 폭력성을 경계하고 있다는 점에서 이것은 민족 내부에만 한정되는 문제가 아니다. 이는 종교나 자주의식 등을 통한 정신적인 식민지를 만들어내는 작업이 제국주의 시대에 내선일체, 황국신민화, 혹은 권력화되는 민족주의 등 여러 변형된 모습으로 재창조되는 것을 미리 경계하는 작업이기도 하다. 이러한 태도는 「꿈하늘」, 「용과 용의 대격전」 등에서 종교 일체를 부정하는 데까지 나간다.

궁예뿐만 아니라 서사에서는 구국의 영웅처럼 민족의 표본이 될 만한 인물이 등장하지 않는다. 이는 신채호가 역사전기소설에 이어 여전히 권력의 집중화를 가져올 수 있는 특출한 개인적인 영웅 출현을 기대하지 않았다는 것을 말해주는 것이다. 왕건 역시 백제국을 물리친 큰 영웅이나 음흉한 자로 등장한다. 그는 권력욕을 감추고 궁예의 도착적인 권력행사에 동조하는 이중적인 인물이다.

오히려 이 작품에서 주목해 볼만한 인물들은 왕후 강 씨와 석총을 비롯한 백성들이다. 궁예는 한때 행각승으로 떠돌던 중, 신라 진성왕이 퇴폐적인 유희와 향락을 즐겨 백성들의 인심이 소요하자 송악군을 치려한다. 그러나 그 계획이 실패로 돌아가자 다시 떠도는 신세가 되는데, 이때 우연히 강 씨를 만나게 되었다. 강 씨는 귀족출신이 아니라 농가의 계집으로 스무 살이 되기도 전에 과부가 된 이다. 그녀는 미천한 신분출신이나 애정 어린 충고로 궁예의 잘못을 일깨워 주는 인물이다.

칼로 맨든 세력은 칼로 부실 수 잇건이와 칼로 맨든 것이 안인 셰력은 칼로 부시지 못합니다. (…중략…) "왼 셰상사람을 다 인도할 만한 길이 '도'가 안임닛가? 왼셰상 사람을 다 감복하게 하는 사랑이 '덕'이 안임닛가? 대왕이 글과 경문을 지어 대왕의 '도'로 셰상을 인도하시려면 사람을 사랑하여야 합니다. 사랑이 업스면 사람들이 더욱 더욱 반감이 나아 대왕이 가라는 길로 안이 가고 짠 길로 달어남니다. 여긔에는 칼이 쓸대업슴니다. 만일 우리 백성이 칼을 들고 닐어나 대왕의 경문을 배척한다 하면 대왕이 칼로 경복하시려니와 대왕이 보지도 듯지도 못하는 곳에서나 속마음으로 대왕을 훼방하거던 사랑으로 경복하소서.**147**

무엇보다 궁예의 가장 큰 착각은 자신의 폭력적인 행보가 애민 사상에서 나왔다고 믿는 자기 합리화에 있었다. 강 씨는 우선 어느 누구에게도 진심으로 존경받지 못하는 궁예를 사랑 많은 사람으로 인정하며 백성들로부터 숭배를 받으려면 폭력으로 백성들을 정복할 것이 아니라 덕과 사랑으로 다스려야 한다고 말한다. 그녀는 궁예의 '인정 욕구'를 충족시켜 주고 폭력 속에 감추어진 그의 인간미를 깨우쳐 주는 인물이다. 이러한 그녀의 진실한 충고 앞에 궁예 역시 무릎을 꿇고 만다. 왕후를 통해 자기착각을 깨닫고 민중의 눈으로 세상을 보려 하는 것이다. 폭력으로 몰락을 자초하는 궁예가 사랑으로 자기 극복을 시도하는 찰나이다. 궁예가 마지막에 회개하는 영웅이 되기 때문에 석총의 예견과는 달리 무목(無目)대왕이 되지 않는 것이다.

· · · · · · · · · · · ·
147 위의 책, 599~600면.

하층 출신의 여성인 왕후가 폭력의 위험성을 경고하는 것은 나약한 백성의 호소에 다름 아니다. 그녀가 권력자가 아닌, 인간적인 아녀자의 모습으로 등장해 궁예를 일깨운다는 점에서 그녀는 자각한 민중의 전형이라고 볼 수 있다. 결국 궁예를 자각하게 하는 것은 아래로부터의 비판과 인간애에서 시작됨을 얘기하고 있는 것이다. 이러한 인간애는 이후, 「꿈하늘」의 한놈이 자기 갱생을 통해 최종적으로 깨닫는 인간애로 이어진다. 그녀의 활약은 눈물로 궁예를 일깨우는 데서 끝나지만, 이처럼 앞으로 주체적이고 자각적인 민중의 출현을 예고한다는 점에서 중요한 것이다.

석총은 궁예대왕경을 정면으로 비판하여 죽임을 당한다. 사대주의에 물든 석총이기는 하나, 그는 맹목적으로 궁예의 지배욕에 편승하지 않고 자신의 신념을 끝까지 지키며 궁예의 폭력에 저항한다. 또한 궁예에게 굴복하는 자들 역시 근본적으로 자신의 신념을 꺾었다고 볼 수 없는 사람들이다. 궁예의 폭력으로 어쩔 수 없이 그에게 동조하지만, 폭력적인 권력에 저항하는 정신은 면면히 유지되고 있다고 봐야 할 것이다. 이들의 활약은 미미하기는 하지만 서서히 개인들이 자기 목소리를 내며 절대 권력에 균열을 시도한다는 점에서 자율적인 아나키즘적 민중 탄생을 예고하는 작업이 되고 있다.

「일이승(一耳僧)」은 서자로 태어난 설움 때문에 왕이 되고자 하는, 16세 소년 정을진의 이야기를 다루고 있다. 총 6장으로 이루어진 서사는 을진이 스승이라 할 수 있는 세 명의 인물들을 만나고 헤어지는 과정들로 진행된다.

정을진 역시 궁예와 마찬가지로 신체적, 정신적으로 결함이 있는 인물로 단지 개인적인 한을 풀고자 무모한 꿈을 꾸는 자이다. 그에게는 애초에 왕이 되고자 하는 대의적 명분이나 사명감이 없었다. 1장에서 '상상봉'에 올라 왕 되기를 비는 장면에서부터 그의 꿈은 헛된 상상에 지나지 않음이 암시되고 있다.

"네가 임금이 무엇인지 아느냐?" 한대 을진이

"백성의 우에 앉아 백성을 살리고 죽이는 권리를 가진 사람의 칭호인 줄 압니다." 함허가

"을진아, 네가 어떤 사람이 임금이 되는 줄 아느냐?" 을진이

"만인을 거느릴 지혜와 만인을 누를 용맹이 있으면 임금질 할 만한 줄 압니다." 함허가

"그러면 을진이 너는 그런 지혜와 용맹이 있느냐?"

을진이 다시 고개를 숙이고 눈물을 흘리더니

"을진이 제가 지혜와 용맹이 있어 임금되려 함이 아니오라 다만 아까 아뢰인 말씀과 같이 을진의 품은 한을 풀려 생각한즉 평안 감사가 되여도 못 될 일이요, 령의정이 되여도 못 될 일이요, 오직 임금이나 되여야 이에 국법을 고쳐 적서의 명분을 타파하여 을진도 아비를 아비라 할 수 있삽기에 그런 생각을 함이오이다."**148**

아버지를 잃고, 적서차별 때문에 거리로 내몰린 을진의 한은 곧 망국

· · · · · · · · · · · · · · · · · · · ·
148 「일이승」, 『전집』 7, 80~81면.

의 한과 유사하다. 그러나 어린 을진은 감정적으로 현실의 모순에 접근함으로써 혁명적 주체로 나아가지 못하고 우매한 개인으로 남는다. 또한 을진이 만나는 스승들도 그에게 깨달음을 주지 못한다. 함허, 일이승, 홍경래 모두 한계를 내정한 인물들이기 때문이다.

첫 번째, 함허는 칠십 여세의 늙은 중이다. 이미 시대의 정신적 지주 역할을 잃어버린 쇠퇴한 불교를 상징하는 자이다.[149] 그는 왕실의 보호를 받는 석왕사[150] 주지이나 오히려 을진에게 "네가 하려는 일을 다행히 나만 알았기에 망정이지 만일 다시 딴 사람이 아는 이가 있으면 너의 목이 곧 너의 몸을 하직하는 날이니 경계할지어다. (…중략…) 가서 말 없이 기다려라. 내가 너를 위하여 많이 생각하여 보마"[151]라며 을

---

[149] 「최도통전」에 등장하는 스님 현린은 신과 같은 존재로, 최영에게 정신적인 자각을 주는 인물이었다. 그러나 이후의 작품에 등장하는 스님들은 애욕에 사로 잡혀 있거나 세상을 등지고 피안의 세계에 머무는 등, 불교를 통해 깨달음을 얻는 자의 모습은 그려지지 않는다. 불교는 퇴색한 종교로서 구원의 장이 되지 못하는 것이다. 이러한 태도는 「용과 용의 대격전」 등에서 종교에 대한 전면적인 부정으로 나아간다. 스님 형상화는 신채호가 정신적 방황과 함께 현실을 타개할 다양한 방법적 모색을 시도하였음을 말해주는 것으로서 이 역시 신채호의 소설을 민족주의 사관만으로 규정지을 수 없는 이유이다. 역사학계에서는 김정배가 신채호의 사론을 불교의 大乘起信論과 연결하여 고찰한 바 있다. 그는 신채호가 일찍이 불교에 상당한 지식이 있었으며, 북경에서 1년여 승려로 지낸 적이 있었던 실증적인 자료들을 바탕으로, 신채호의 역사관에 담겨 있는 불교적 성격을 밝혔다. 김정배, 「단재 신채호의 사론과 불교」, 단재 신채호선생기념사업회, 『단재 신채호와 민족사관』, 형설출판사, 1980.
신채호의 작품 중, 승려가 등장하는 소설은 다음과 같다.

작품명	인물
「최도통전」	현린
「일목대왕의 철추」	궁예(왕이 되기 전, 동자승으로 지낸 적 있음)
「일이승」	함허, 일이승
「백세 노승의 미인담」	노승

[150] 석왕사(釋王寺)는 조선 태조 때 무학대사가 창건한 것으로 조선 왕실의 보호를 받았던 절이다. 무학대사는 이성계가 꿈에서 서까래 세 개를 가로진 것은 '王' 자를 의미하는 것이라 하며 이성계가 조선을 창건할 것이라 예측하였다 한다.
[151] 「일이승」, 앞의 책, 81면.

진을 위로하고, 그의 꿈을 이루게 할 방책을 고민한다. 그러나 을진이 석왕사에 머묾에도 불구하고 부처에게 빌지 않고 밤마다 산에 올라가 "하느님께 빌었다"[152]는 데서 알 수 있듯이 불교는 구원으로서의 역할을 다하지 못한다. 따라서 늙은 함허는 을진에게 정신적 깨달음을 주지 못하고 일이승에게 을진의 욕망을 책임 지운다.

두 번째, 일이승과의 만남이다. 귀가 하나뿐인 일이승은 이름이 상징하는 바, 을진과의 소통이 부재한 인물이다.

> 일이승은 천하의 기사(奇士)이니 네가 같이 가면 너의 운명의 길이 열리리라. 그러나 너의 경계할 바는 첫째로 일이승을 년소하다 말고 꼭 선생으로 섬길 일이요, 둘째로는 일이승의 명령만 복종하여 그가 하는 대로 따라갈 뿐이요, 그의 하는 일이 무엇이며 그의 가는 길이 어데이며 그가 너에게 대하여 어떤 생각을 가지고 있는지 그런 것을 도모지 묻지 말지니라.[153]

함허는 맹목적으로 종교적인 신념을 따르듯이 무조건 일이승을 따르라 이른다. "도모지 묻지 말지니라"라고 하는 것은 곧 일이승과 을진과의 일방적인 관계를 의미하는 것이다. 자기 세계에 빠져있는 일이승은 을진과 창조적인 대화를 낳지 못하고, 을진은 결국 깨달음을 얻지 못한다.

일이승은 상보고 사주보는 일을 하면서도 고대 실패한 영웅들에 대해서는 진보적인 사고를 지니고 있는 인물이다.[154] 그는 궁예와 최영

----

152 위의 책, 80면.
153 위의 책, 82면.

이 역사에서 홀대를 받는 이유가 "사필(史筆) 잡는 자의 거짓말이요, 사실이 아니니라" 하고, "이 같이 문자(文字)에 홀리지 아니한 비밀인 일을 알아 내지 못하면 글 읽을 줄 아는 사람이라 못 할지니라"[155]며 역사를 비판적으로 사유할 것을 언급한다. 특히 그는 최영의 예를 들어 태조 이성계에 의해 북벌이 좌절된 것을 신랄하게 비판하고 있다.

고려가 몽고에게 근 백 년의 압제를 받아 조선 전국의 인심이 아주 유약(懦弱)된 때니 이 때에 최 형이 료동(遼東)을 차지하려는 계획이 성공되여야 조선의 원기가 회복될지어늘 불행히 리씨 태조가 최 형을 반대하여 불의에 위화도(威化島)에서 회군(回軍)하여 중국을 침범한 죄로 최 형을 죽이매 이 뒤부터 조선 4천 년에 처음 있는 대변(大變)이요, 또 리조 사백 년래의 미약한 장본인이니 최 형의 실패에 대하여 눈물을 흘리지 않은자는 조선 사람이 아니이니라.[156]

일이승은 조선 창업 자체가 부당한 권력욕에서 비롯됐다고 보면서 조선의 정통성 자체를 인정하려고 하지 않는다. 그는 이성계 때문에 요동 정벌이 실패로 돌아간데다가 최영까지 잃은 것은 역사적인 불행이라 보고 있다. 이성계가 정권의 정당성을 확보하기 위해 최영의 북벌을 대죄로 몰았으며, 사대주의에 빠진 이씨 조선에서는 최영은 더더욱 용납되지 못할 인물이었기 때문에 역사에서 제대로 평가되지 못하였다

---

154 선행연구에서는 자주의식을 표출하고 있는 일이승을 주인공으로 보기도 하였다. 그러나 서사의 중심은 어디까지나 올진이라 할 수 있다.
155 「일이승」, 앞의 책, 83면.
156 위의 책, 84면.

는 것이다. 그는 세상의 바깥 경계에서 역사의 기록을 문제 삼고, 현실에 대한 반성적 사유를 진행한다. 그는 이렇게 '승리사관'[157]을 비판하고, 역사에서 삭제된 인물들 중에서 특히 실패자에 대한 재평가를 실시한다.

승리 사관을 비판하는 일이승의 이러한 태도는 신채호의 역사관을 반영하고 있는 것이다. 그는 김부식의 사기(史記)를 노예성의 산출물이라며 승리 사관을 신랄하게 비판하였으며 시인, 소설가들이 성공자만 노래하는 것도 경계하였다.

실패자를 웃고 성공자를 노래함도 또한 우부(愚夫)의 벽견(僻見)이라, 성공자는 앉은뱅이 같이 방안에서 늙는 자는 아니나 그러나 약은 사람이 되어 쉽고 만만한 일에 착수하므로 성공하거늘 이를 위인이라 칭하여 화공이 그 얼굴을 그리며, 시인이 그 자취를 꿈 꾸며, 력사가가 그 언행을 적으니 어찌 가소(可笑)한 일이 아니냐. (…중략…) 실패자와 성공자를 비하면 실패자는 백 보나 되는 큰 물을 건너 뛰던 자이요, 성공자는 일 보의 물을 건너 뛰던 자이어늘 이제 성공자를 노래하고 실패자는 웃으니 인세(人世)의 전도(顚倒)가 또한 심하도다.[158]

. . . .
157 "푸코에 따르면 역사는 승리자의 전리품에 지나지 않는다. 따라서 그는 승리자의 관점에서 쓰인 역사서술에 대해 비판하고 패배한 자들의 입장에 선, 새로운 역사관으로 바꿀 것을 역설하였다. 또한 역사주의에서 사용했던 방법, 즉 과거에 있었던 사실들을 우열 없이 객관적으로 복원하는 재구성을 지양하고 경험된 매 순간의 특정 사건들을 지금 이 순간에 불러내어 현장화하는 구성의 방법을 제시한다. 구성은 파괴를 전제로 하는 창조적 행위이다. 여기서 구성, 즉 경험된 세계의 생생한 현장화는 회상과 기억을 매개로 이루어진다." 최성철, 「파국과 구원의 변증법─발터 벤야민의 탈역사주의적 정치철학」, 『서양사론』 79호, 한국서양사학회, 2003.12, 63~65면 참조.
158 「실패자의 신성」, 『전집』 7, 193면.

이제 고금(古今)의 인류의 눈이라 하는 시인, 소설가, 력사가 등의 의견이 모두 이와 같아 오직 성공자를 노래하며 절하며 기리며 찬미하나니 아으, 실패자보다도 시인, 소설가, 력사가 등이 더 가조(可吊)할 만 하도다.[159]

과거는 현재와 미래의 시공간 속에서 재해석 될 수 있는, 계보학적으로 '열린' 과거들이다.[160] 신채호는 권력에 의한 역사의 배치와 전략을 거부하고, 허구적 이야기인 소설에 과거의 진실을 담아냄으로써 민족 내부의 규율화 된 질서를 끊임없이 회의한다. 그는 역사가들에 의해 최영이나 궁예의 이력과 성과가 날조됐다고 보면서 이를 비판적으로 사유할 것을 요구하는 것이다. 또한 전통적인 유교적, 봉건적 역사 서술에서 말하는 '참과 거짓'을 전복하고 열등한 자리에 위치한 실패자들을 복원함으로써 은폐된 과거 속에서 역사의 저항 지점들을 발견, 서사에 표면화하고 있다. 이는 공적인 기록 서사인 역사의 권위를 해체하고, 사료를 바탕으로 작가의 상상으로 창출된 서사물에 그 권위를 이양하는 작업이 되고 있다.[161]

이처럼 세상의 주변부에 위치한 역사를 추적하는 것은 근대 질서의

----

159 「실패」, 위의 책, 184면.
160 "계보학은 국부적이고 불연속적이며 폄하되고 합법성을 인정받지 못하는 앎들에 활기를 불어넣어야 한다. 이는 한 사회 안에서 형성된 한 과학적 담론의 기능과 제도화에 관련된 중앙집중적 권력의 효과에 대항하는 봉기이다. 계보학은 앎들을 과학 고유의 권력의 위계질서 안에 편입시키는 것과는 달리 역사적 앎들의 예속상태를 풀고 그것을 자유스럽게 만들기 위해, 다시 말하면 통일적이고 형식적이며 과학적인 이론적 담론의 강제성에 대항하여 투쟁하고 반대할 수 있도록 하기 위한 과업이다." 미셸 푸코, 박정자 역, 『사회를 보호해야 한다』, 동문선, 1998, 26~28면.
161 "예술적 가상은 단순한 거짓이 아니다. 데리다의 논법을 빌면 예술적 가상은 진(眞)과의 대립 관계, 즉 현실, 역사, 실제의 세계보다 열등한 위치라는 폭력적인 서열 구조를 뒤집고 새로운 우위를 점한다." 한순미, 『가의 언어, 이청준 문학 연구』, 푸른사상사, 2009, 156면.

중심을 해체하는 강한 전복성을 지닌 자리에 놓인다. 즉 세상의 주변인으로 밀려난 일이승과 을진의 삶이 공적인 역사를 재구하는 핍진한 삶의 현장이 되고 있는 것이다. 그러나 일이승은 을진에게 현실에 대한 비판의식을 체득시키는 데 머물 뿐, 그러한 의식들을 집약시켜 혁명적 행동으로까지는 나아가지 못한다. 그는 을진과 헤어지며 자신의 심정을 담은 노래를 한다.

> 칼로 치면 갈라를질가?
>
> 몽치로 때리면 부서를질가?
>
> 어찌하면 송두리째를 베여를 볼가?[162]

비판적인 역사의식, 진보적인 사고와 개혁의지를 지니고 있다는 점에서 일이승은 봉건적인 사고에서 벗어나 새로운 주체화를 모색하는 과도기적 인물로도 볼 수 있다. 그러나 그는 역사에서 외면당한 실패자들에 대해 애통한 마음만 가지고 있을 뿐, 이를 『사기(史記)』에 적어 전하는 데는 소극적인 자세를 취하는 나약하고 허무주의적인 인물이다. 물음표들로 끝나는 일이승의 노래는 곧 그가 추진력과 행동력이 결핍된 인물임을 말해주는 것이다. 그는 "소승이 원래 산 속의 사람이요, 산 밖의 사람이 아닌데 다만 대왕을 만나 지우(知遇)에 감격하여 우충(愚忠)을 다 하였습니다. 그러나 일이 어울리기 전에는 소승이 얼마큼 쓰일 곳이 있으나 이미 착수된 뒤에는 소승이 전장에 오를 용사도 못 되며

162 「일이승」, 앞의 책, 85면.

유악(帷幄)에 참여할 모사도 못 되니 있어야 그리 쓸 데가 없습니다. 산으로 들어 가 불경이나 읽으려 하나이다"[163]며 끝내 자기만의 동굴로 들어가 버린다.

이처럼 일이승은 현실 개혁에 대한 구체적인 방도를 모색하는 데서 비켜나는 소극적인 모습을 보여줌으로써 끝내 떠도는 자로만 머문다. 잃어버린 한 귀는 세상에 귀를 열지 않는 그의 폐쇄성을 상징적으로 드러내는 것이다. 따라서 "성도 없고 이름도 없는 사람"[164]으로 시대의 경계에서 방황하다가 함허와 마찬가지로 정을진을 홍경래에게 맡기고 표연히 사라져버린다.

세 번째, 홍경래는 일이승도 대왕으로 부를 만큼 가장 긍정적으로 그려진 인물이다. 그는 민중영웅으로서 권력에 의해 구획된 현실을 파기하고 새로운 역사적 장을 창출하고자 한다. 그는 을진이 겁 때문에 운산 초목을 적군으로 오인하여 전투에 차질을 빚자 그의 귀를 잘라 버린다. 또한 이후에도 을진이 여전히 헛된 망상으로 왕 되지 못하는 신세를 한탄하자 그의 목을 친다. 혁명군으로서의 사명과 명분을 찾지 못하고 자기 분수를 깨닫지 못하는 데 대한 응징이다. 그 역시 실패하는 영웅이며 활약상도 자세하게 묘사돼 있지 않다. 그러나 서사에서 유일하게 자각을 통해 혁명으로 나가고 있으며, 죽지 않고 사라짐으로써 또 다른 혁명의 잠재태로 남는 인물이다.

살펴보면 을진이 만난 세 명의 스승들은 다음과 같은 유기적인 흐름을 갖는다.

---

163 위의 책, 88~89면.
164 위의 책, 92면.

함허(봉건적인 인물) → 일이승(시대의 경계에서 방황하는 인물) → 홍경래(적극적으로 주체화를 모색하는 인물)

이들 스승과의 만남과 헤어짐의 반복은 새로운 주체화 과정 속에서의 회의와 반목을 상징하는 것이다. 정을진의 이러한 애매한 상황은 일이승 노래에 대한 정을진의 답가에 드러난다.

> 새가 되었으면 날아나 볼 것을
> 짐승이 되었으면 뛰여를 볼 것을
> 어찌하여 날도 뛰도 못 하는
> 사람의 그물에 떨어를저 아 ……**165**

한계를 뛰어넘을 수 없는 비영웅적인 자신의 상황을 노래로 풀어낸 것이다. 이런 저런 만남들 속에서 해방의 길을 찾지 못하고 뛰도 날도 못하는 처지에 처했다는 것이다. 일이승을 두고 부른 노래였지만, 사람의 그물이란 그가 만났던 세 명의 스승이라 할 수 있다. 이들은 한계를 지닌 인물들로 정을진의 허황된 욕망을 채워주지도, 주체적인 인물로 이끌어 주지도 못하고 비영웅적 인물을 생산하기 때문이다.

그러나 무엇보다 을진이 영웅으로 성장하지 못하는 것은 그 자신이 가진 근본적인 한계 때문이다. 그는 신체적 결함뿐만 아니라 과대망상, 나약한 성정과 같은 정신적인 결핍을 내재한 인물이다. 이는 그의 '눈

----

165 위의 책, 85면.

물'로 잘 나타난다.[166] '눈물'은 욕망 충족이 이루어지지 않은 데 대한 지극히 개인적인 울분과 자기 연민에 기인하는 것으로, 그의 죽음은 곧 자기를 과대평가하는 자의 욕망과, 그 욕망에 지배되는 몸이 결국 파멸해 가는 것을 상징하는 것이라 할 수 있는 것이다. 병자호란의 명장 이봉수의 후손이긴 하나, 이름 없는 정모(鄭某)의 서자라는 그의 위치는 과거의 위엄을 이어받지도 못하고 새로운 인물로 갱생하지도 못하는 을진의 근본적인 결함을 의미한다. 이러한 결함들은 곧 주체적인 자기 확립을 이루어내지 못하는 을진의 근본적인 한계와 회의를 말하는 것이다.

---

166 「일이승」에 드러나는 눈물들을 살펴보면 다음과 같다.

인물	눈물 흘리는 상황	이유
정을진	땅에 엎드러져 울며 하는 말이	서자로서의 억울함, 울분
	눈물을 씻고	이야기 시작, 안정, 차분
	고개를 숙이고 눈물을 흘리더니	지혜와 용맹 없음에 대한 자괴감
	목마친 소리로	함허에 대한 감사, 이별의 슬픔
	목을 놓고 울며	신세 한탄
	목을 놓고 울다가	신세 한탄
	느껴 울며	함허에 대한 감사, 슬픔
함허	눈물을 흘리며 위로하며	정을진 위로
	손목을 잡고 눈물을 흘리며	정을진과의 이별의 슬픔
일이승	눈물을 아니 흘릴 적이 없더라	궁예, 최영에 대한 안타까움
	두 줄 눈물로	정을진, 홍경래와의 이별의 슬픔
홍경래	눈물을 흘리며	일이승과의 이별의 슬픔

「일이승」뿐만 아니라 망명 이후 소설에서는 '눈물'이 빈번하게 등장한다. 특히 「꿈하늘」에서 눈물을 서술한 표현이 가장 많다. 그러나 「꿈하늘」에서 흘리는 눈물은 개인적인 이유로 흘리는 눈물들이 아니라 정신적인 자각에서 비롯된 눈물로서, 비영웅들이 흘리는 눈물과는 차이가 있다. 신채호 소설에서 인물들이 흘리는 눈물의 함의들은 대체로 다음과 같은 변화를 보인다. 구국의 민족영웅(민족 현실에 대한 울분과 안타까움) → 비영웅(충족되지 못한 개인적 욕망에 대한 울분, 恨) → '한놈'(대의적인 주체로서의 세계인식, 깨달음)

「철마(鐵馬) 코를 내리치다」에서는 '코'의 상실이 나타난다. 주요 서사를 정리하면 다음과 같다.

① 마울은 지혜가 놀랍고 배당은 힘이 셌다. 마울의 제자 여수기도 힘과 용맹이 천하에 드날렸으나 사람들은 천하의 장사는 배당이라고 일렀다. ② 어느 날 여수기는 힘을 겨뤄 보러 배당을 찾아갔으나 배당은 사냥 가고 없었다. 그래서 배당의 아내에게 "남편이 있었더면 몽둥이로 뚜들기려 했더니 분하게 되었다" 하고 돌아갔다. ③ 여수기가 스승 마울에게 배당을 찾아갔던 일을 말하자 마울은 "네가 어찌 그를 대적할 수 있겠느냐!"라며 나무라고, 위험을 모면할 수 있는 한 꾀를 생각해낸다. ④ 마울은 여수기를 뒷산에 숨겨 두고는 여수기가 죽었다고 헛소문을 낸다. 그리고 문 밖에 큰 철마 하나를 세워 놓게 하고는 배당이 오기를 기다렸다. ⑤ 여수기가 자기를 찾아왔던 얘기를 들은 배당은 화가 나 여수기를 찾아간다. 그러나 마울은 여수기는 이미 죽었다고 전하면서 옆에 있는 철마는 무게가 3천여 근이나 되는 것으로, 여수기는 이 철마를 코로 받을 정도로 드문 역사(力士)였다고 말한다. ⑥ 배당은 자기도 철마를 코로 받을 수 있다 하고는 철마를 공중에 던져 코로 받았다. 철마는 사정없이 배당의 코를 때려서 마침내 그는 피를 흘리며 죽는다.

배당과 여수기는 둘 다 자기 힘을 과신하는 인물들이다. 배당은 마울의 계책에 속아서 코로 철마(鐵馬)를 받다 죽는다. 그도 궁예와 마찬가지로 철추를 잘 쓰는 인물이지만 그 힘을 과신하다 죽음을 맞이하는 것이다. 여수기는 배당에게 싸움을 걸었다가 스승 마울의 도움으로 가까스로 목숨을 건진다. 자신의 물리적인 힘을 과신하다 위기에 봉착한다는 점에서 그 역시 배당과 같은 무모한 인물로 볼 수 있다. 결국 마을이 지혜로 이 두 사람을 이기는 것이다.

배당의 코 상실은 지혜의 힘 앞에서 무력해지는 육체적인 힘을 상징하고 있다. 배당의 최후는 곧 자가당착에 빠진 콧대 높은 인간에 대한 경계이자 약육강식, 육체적 싸움을 바탕으로 건설된 제국주의에 대한 비판과 경계 작업이 되고 있다. 이는 현실의 모순을 타개할 수 있는 것은 육체적인 싸움에 있는 것이 아니라 정신적인 힘에 달려있음을 말해주는 것이다. 그러나 마을의 지혜 역시 일시적인 미봉책이라는 점에서 여수기를 이끌어주는 적극적인 스승상이라고 보기는 힘들다.

「백세노승의 미인담」에 등장하는 노승은 백 살 가량 되는 인물이다. 노승의 나이가 상징하는 바, 그는 신체적으로나 정신적으로 노쇠한 인물이다. 서사의 시작은 남이 장군이 이웃 동무와 함께 호국사라는 절에 놀러가 아내를 자랑하는 데서 시작된다.

남이 장군은 「이순신전」에서는 호연한 기개를 지닌 장군으로 "빅두산 돌은 칼을 갈아진ᄒ고 두만강 물은 물를 먹여업시ᄒ리로다 남ᄋ가 이십에 도적을 평뎡치못ᄒ엿스니 후세에 누가대쟝부라 칭ᄒ리오"[167] 라며 민족적 기상을 노래하던 자였다. 신채호는 이 시 때문에 남이 장군이 죽음에 이르게 된 것을 안타까워하면서 영웅의 '외경사상(外競思想)'이 펼쳐지지 못함을 한탄하였었다. 그러나 이제 그는 아내 자랑에

---

167 「이순신전」, 앞의 책, 208면.

빠져 있는 인물로 형상화된다.

남이장군이 자기 아내는 외모도 아름다울 뿐만 아니라 마음까지 철석같아 믿을 만한 여자라 자랑하자, 다른 친구들도 서로 자기 아내가 낫다느니 하면서 아내 자랑에 열을 올린다. 옆에서 그 다툼을 듣고 있던 한 노승이 "남자가 잘나면 역적질을 하고 여자가 어엽부면 서방질을 합니다. 서방들은 어엽분 안해를 밋지 마시오"[168]라며 자기 아내를 잃게 된 내막을 이야기하기 시작한다.

노승이 살았던 고려는 문무의 대립, 무신 정권의 권력 남용 등으로 무너지기 시작한다. 최영이 북방 영토 회복을 노래하며 민족적 애상감을 불러일으키던 고려 땅이 민족 내부의 권력 다툼이 끊이지 않는 소모적인 피흘림의 장으로 변모한 것이다.

몽고의 적병이 고려에 침범하매 처음에는 송도 군신들이 전력을 다하야 방어하얏슴니다. 몽고가 아모리 강하다 하나 만일 상하가 화목하야 방어를 잘하야 왓스면 나라가 안전하얏슬는지도 몰을 것임니다. 그러나 이째는 문무당(文武黨) 싸흠 뜻치요, 최씨가 세도하는 판임니다. 그리하야 문신과 무신이 서로 잡어먹으랴 하야 황실과 최씨가 서로 잡어먹으랴 하야 마침내 서로 몽고의 세력을 쓸을어 저긔 미운 파를 업시하야 하얏슴니다. 그리하야 최씨가 망하고 무신이 망하고 그박에도 망한 놈이 만흠니다. 그러나 필경에는 너나 할 것 업시 다 망하게 되얏슴니다.[169]

168 「백세노승의 미인담」, 『전집』 7, 561면.
169 위의 책, 562면.

결국 고려는 몽고 침입 16년 만에 몽고의 지배하에 들게 된다. 고려는 몽고 항전에 대한 의지도 박약해 치열한 대외투쟁의 땅도 되지 못하는 것이다. 서사는 역사상 치욕스러웠던 역사의 시공간을 드러냄으로써 민족 내부에 대한 비판의 강도를 높여간다. 몽고가 아무리 강하다 하더라도 상하(上下)가 화목하였다면 나라가 무너지지는 않았을 것이라면서 고려의 정치적인 내부 분열을 강하게 비판하고 있는 것이다.

노승은 이러한 혼란한 고려를 떠나 오래 전에 몽고군에게 잡혀간 아내를 찾아 나선다. 몽고에 대한 항전 의지를 가지고 길을 떠난 것이 아니라 아내를 다시 찾고자 하는 애절한 마음에 젖어 고난의 길을 떠난 것이다. 노승은 교육받은 귀족 집안의 자제이나, 몽고 침입으로 혼란에 빠진 민족을 구원하겠다는 시대적 자각이 결여돼 있는 인물이다. "하늘을 처다보며 갈길을 물어도 대답이 업습되다"[170]라고 말한 데서 알 수 있듯이 그는 귀족에서 도망자, 그리고 스님으로 어느 한 시공간에 정착하지 못하고 고려, 몽고, 조선을 떠돌아다니는 자인 것이다. 그는 옛 사람들은 싸움하러 이 땅에 왔는데 자신은 이러한 웅혼한 전장터에서 도망자 신세가 된 데에 비애를 느낀다.

로승이 몽고인이라 가장하고 려관에 들어가 선박을 사 먹고 엇지하야 이 마을 일홈이 고려영이냐 물은즉 고려 개소문이 당태종과 싸우던 곳인 고로 고려령이란 일홈이 전하야 왓다 합되다. 중국인은 고구려 고려를 분별업시 씁니다.

. . . .
170 위의 책, 575면.

"아, 녯적의 고려는 싸움하러 이곳에 와섯는대 오늘의 고려는 도망하다가 이곳에 왔구나."[171]

구국의 민족영웅들이 전쟁을 통해 민족의 구원을 노래하던 신성한 영토가 이처럼 애욕에 눈이 먼 도망자의 공간으로 전락하고 있다. 노승이 거쳐 가는 '여관', '길', '협실', '동대문 밖 호국사' 등은 바로 삶의 터전을 잃어버린 노승의 현실을 상징적으로 보여주는 곳이다. 특히 여관은 집과 유사한 이미지를 띠고 있지만 일상성이 부재한 일회적이고 소모적인 공간으로서 노승의 불안한 현실을 반영하고 있는 공간이라 할 수 있다.

잘못하다가 소문이 나면 게집 잇는 곳을 알기 젼에 내 목숨부터 쩔어질 넘려가 잇서 자조 려관을 옴기여 가며 비밀히 탐문하느라고 가저간 금은만 소비하고 게집 잇는 곳을 몰낫슴니다. '연산설화대여석(燕山雪花大如席)'이라 한 말과 갓히 쌔는 십월 초순인대 주먹 갓흔 눈이 퍽퍽 소다짐니다. 로승이 려관 한상에 눕엇다가 창박게를 내다보고 쌈짝 놀래여 아아 저 눈이 나올 째 오던 눈이 안이냐? 하고 벌떡 일어나서 손을 곱아 보니 꼭 북경 간 지가 일주년이 되얏더이다.[172]

노승은 전 재산을 탕진하면서 오직 아내를 찾고자 하는 마음으로 일년의 시간을 보내지만 아무런 단서도 얻지 못한다. 그의 아내 찾기 과

. . . .

171 위의 책, 576면.
172 위의 책, 564면.

정은 곧 근원적으로 결핍을 내재한 인간의 끊임없는 욕망 충족에의 과정을 상기시킨다. 그 욕망이 강열해질수록 노승의 결핍은 깊어질 따름이다. 일 년여의 여관 생활은 곧 노승이 자신의 무기력과 결핍을 처절하게 확인하는 시간이었던 것이다.

노승의 아내 황 씨는 이미 몽고 장수 차손다다의 부인이 되어 노승을 잊은 채 안락한 생활을 한다. 몽고 땅에서 우연히 만난 시종 엽분이는 자신은 얼굴이나 달라졌지만 황 씨는 마음까지 달라졌다며 그녀를 더 이상 찾지 말라 이른다.

"아씨는 맛나 무엇을 하랍니가? 이 길로 곳 고국으로 돌아가십시소. 고국으로 돌아가시지 안하다가는 황천으로 돌아가시리다."

"황천으로 돌아갈지라도 아씨를 맛나보고야 돌아가겠다."

한즉 그 녀종이 한참이나 무엇을 생각하더니 당장 얼골빗치 새파래지며 로승의 수죄를 합되다.

"령감 들으시오. 산아희란 것이 무엇으로 산아희라 하압난닛가. 적국이 내 나라에 침입하면 칼 들고 활 메이고 전장에 나아가서 적병을 물니치고 개선가를 불며 돌아오거던 그의 안해는 낫에 봄빗을 쓰고 나아가 맛게 하거나 그러치 못하면 차라리 전장에 싸우다가 죽어 바리어 울긋불긋한 피두루막이 입은 송장으로 돌아오거든 그의 안해가 눈물을 쑤리며 나아가 맛게 하는 것이 산아희의 일이 안임니가. 적국의 정복을 바더 죽도 사도 못한 몸이야 제 게집이나 쌔앗기지 안하랴고 깁히깁히 도랑 속에 가두어 노코 그 속에서 부처의 행복을 누리랴 하얏스니 네가 무삼 산아희냐?"[173]

엽분이가 황 씨를 만나 무얼 하겠느냐며 고국으로 돌아갈 것을 청하자 노승은 죽더라도 황 씨를 만나봐야겠다고 한다. 이에 격분한 엽분이는 "네가 무삼 산아희냐?"며 주인인 노승을 크게 꾸짖는다. 나라가 빼앗겨도 찾을 줄 모르면서 계집을 찾겠다고 목숨까지 거는 것이 무슨 사나이냐는 것이다. 그러나 노승은 미인 아내를 찾고자 하는 욕망에 사로잡혀 그녀의 꾸지람에도 그저 종으로서 저럴 수가 있느냐는 개인적 분노에 떨 뿐, 자신의 우매함을 깨닫지 못한다.

이후 노승은 배신한 아내를 죽임으로써 자기 욕망에서 벗어나려 한다. 궁예처럼 폭력으로써 자기의 그릇된 욕망을 보상받으려는 것이다. 그러나 끝내 그 채워지지 못한 욕망은 수십 년이 지나도 그대로 남았다고 볼 수 있다. 백 살이 가까이 되는 노인이 되었음에도 미인 아내를 얻었다 낭패를 보게 된 이야기를 하면서 자신이 스님 된 것을 아내 탓으로 돌리고 있기 때문이다.

노승이 만법개공(萬法皆空)의 진리를 깨달았다며 자기 이름을 오공화상(悟空和尙)이라고 이름 지은 데서 알 수 있듯이 그는 세상일을 다 섭렵했다며 자기 착각에 빠져있던 궁예 같은 인물이다. 그는 절에 들어온 지 60년이 지나 백 살 정도가 됐음에도 여전히 깨달음을 얻지 못하고 눈물로 아내 뺏긴 이야기를 구구절절 한다. 눈물은 노승이 여전히 세속적 욕망의 부림을 당하며 사는 인물임을 말해 주는 것으로서 그가 여전히 만법개공의 진리를 깨닫지 못한 인물임을 역설적으로 보여주는 것이다. 노승의 우매함은 바로 염불이나 하며 시대를 빗겨 사는 몽매한

. . . .
173 위의 책, 565면.

지식인에 다름 아니다.

우여곡절 끝에 노승이 마지막에 이른 공간은 동대문 밖 호국사이다. 고려에서도 내쳐지고, 몽고에서도 결핍을 보상받을 수 없게 됨으로써 노승은 안과 밖 모든 곳에서 안주할 수 없게 된다. 그런 그가 마지막으로 선택할 수 있는 곳이 바로 속세를 무화하는 종교적인 공간이다. 그러나 노승은 여전히 미인 아내와 잃어버린 속세에 대한 미련으로 개인적 한(恨)을 안고 사는 인물이다. 특히 호국사는 이름에 걸맞지 않게 아내 자랑으로 말다툼을 하는 세속적인 공간이 됨으로써 오히려 불교에 대한 불신과, 민족적 이상과의 괴리를 강화하고 있다.

이렇게 보면 노예의 삶을 사는 것은 엽분이가 아니라 오히려 노승이라고 볼 수 있다. 귀족의 신분이긴 하나 노승은 애욕의 노예, 시대의 노예, 운명의 노예, 끝내는 모든 것을 체념한 듯한 중이 됨으로써 부처의 노예로 사는 인물이기 때문이다. 백 살 가량 되는 그의 나이는 곧 자각하지 못한 노승의 지속적인 노예적인 삶을 상징하는 것이다. 제목「백세노승의 미인담」은 이러한 노승의 미각성(未覺醒)을 해학적으로 풍자하고 있는 것이라 할 수 있다.

노승과 대조되는 인물은 엽분이다. 엽분이는 출생부터 비참하였던 천민이다. 흉년이 든 어느 해, 노승의 아비가 죽은 어미의 등에서 울고 있던 아이를 데려 왔는데 그 아이가 바로 엽분이였다. 엽분이는 몽고의 침입에 근심이 깊은 노승의 아비에게 고려의 병폐에 대해 비판하면서 현실을 타개할 방책으로 우선 신분제를 철폐하고 공만 세우면 노예에게도 높은 벼슬을 줄 것, 둘째, 귀인의 토지를 뺏어 백성에게 나누어 줄 것, 셋째, 해군을 부흥하여 바다를 건너 중국의 남방으로 들어가 송(宋)

나라의 후예를 세워 몽고를 쫓을 것, 넷째, 여진과 함께 몽고를 쳐 북방을 경영할 것 등을 제시한다. 그리고 이러한 정책을 실행할 수 있도록 자신을 조정에 천거해 줄 것을 부탁한다. 엽분이는 국제적 감각과 내부 분열에 대한 예리한 분석을 바탕으로 자기 능력에 대한 확신을 가진 비범한 인물이다. 국정을 자기에게 맡기라는 당돌한 엽분이의 태도는 개인적인 울분으로 왕이 되겠다며 눈물로 인생을 소모하는 정을진이나 일목대왕 궁예 및 여타의 결함적 비영웅들의 태도와는 사뭇 다르다. 그녀는 타당한 시대적 안목과 논리로 적극적인 현실 참여 의지를 드러내고 있기 때문이다.

엽분이의 이러한 남다른 의식은 배움에서 온 것이었다. 노승의 아비가 엽분이의 총명함을 사랑하여 노승과 같이 한 등잔 밑에서 글을 읽게 하였다. 그녀의 과감하고 결연한 태도는 '배움'에서 온 자기 믿음과 확신으로서 그녀가 무지한 민중이 아니라 자각한 민중적 지식인의 전형임을 말해 주는 것이다. 따라서 그녀는 열정만으로 무모한 혁명을 감행하는 여타의 민중영웅과도 차별화된다.

그러나 노승의 아비는 이러한 엽분이를 사랑하긴 하나 천민이라는 그녀의 태생적인 신분적 한계와 여자라는 데 대한 편견을 뛰어넘지는 못한다. 그녀를 인재로 키우겠다는 원대한 포부보다는 그녀를 며느리로 삼고 싶어하는 데에서 멈춘다. 그리고 아비는 끝내 엽분이를 며느리로도 받아들이지 못한다.

로승의 아비는 엽분을 항상 녀개소문(女蓋蘇文)이라 일홈하야 엽분이 만일 남의 집이나 나라를 맛흐면 아조 흥망의 판단을 낼 게집아이라 하시며 로승의 어미는 더욱 실여하야 어대서 온 쪄인지도 몰으며 엇지 나의 아들과 짝을 삼으리오 하야 긔쓰고 반대하며 로승아비의 친구들도 그 말을 듯고는 놀래여[174]

아무리 엽분이를 사랑하는 노승의 아비였지만 결국 그녀를 나라 흥망을 판단 낼 위험한 인물로 간주하고, 노승의 어미 역시 그녀가 비천한 신분이기 때문에 아들과 짝을 지을 수 없다는 입장이다. 결국 엽분이의 시대적 안목은 봉건질서 속에서 무화돼 버리고 만다.

엽분이를 대하는 노승의 태도 역시 봉건적 시각에서 벗어나지 않는다. 엽분이가 자살을 하자, 노승은 애초에 그녀와 부부가 되지 못했던 것을 애석해 한다.

오냐 당초에 잘못이다. 엽분과 부처 되얏더면 내가 이 디경이 되얏겟느냐? 이번에는 돌아가 문벌이니 무엇이니 하는 것은 아조 집어바리고 엽분을 정실을 삼아 다리고 살으리라. 하얏습니다 …… 엽분이도 그런 눈치를 의례히 채울 지혜가 잇지만 그러나 이것도 저것도 실타고 자살하고 말앗습니다.[175]

노승은 엽분이의 대담한 도움을 통해 자각의 세계로 나가는 것이 아니라 미인의 아내에게 배신당한 후에 그녀를 아내로 삼겠다는, 자기 욕심을 채우는 데 머문다. 이것을 모를 리 없는 그녀가 죽음을 선택한 것이다. 그녀가 아무리 뛰어난 재주를 가졌다 할지라도 여자이며 노예인 이

---

174 위의 책, 574면.
175 위의 책, 574면.

상, 현실 개혁에 적극적으로 나설 수 없다는 것을 알고 있기 때문이다.

노승이 차손다다와 황 씨를 죽이고 같이 달아나자고 하자 엽분이는 "한 사람도 다라나기 어려운대 엇지 두 사람이 갓히 갈닛가"[176]라며 반문한다. 이는 곧 노승을 따를 수 없다는 말이다. 시대적 사명감 없이 애욕에 눈이 멀어 먼 길까지 온 노승에 대한 항거이다. 그녀는 민족적 자각이 부재한 노승으로부터, 또한 여성에 대한 사회적 억압으로부터 자신을 지키기 위한 마지막 저항으로 죽음을 선택한 것이다. 자살은 엽분이가 마지막으로 할 수 있는 주체 찾기 방식으로서 자신의 태생적인 신분의 한계에 대한 도전이자 정신적으로 노예의 삶에 빠진 노승에 대한 경고인 것이다. 따라서 그녀의 죽음은 왕이 되겠다는 무모한 꿈을 꾸다 죽임을 당하는 정을진의 죽음과 다르다. 그녀의 삶이 서사 안에서 적극적으로 이루어지지 못하고 비극적으로 끝남으로써 시대적 한계와 모순은 극대화되고 있다. 이런 점에서 그녀의 죽음은 타인에 의해 구획되는 삶에 대한 거부이며 미래를 유예(猶豫)하고 지연하는 실천적인 죽음이라 볼 수 있다.

살펴본 바와 같이 궁예, 노승, 정을진, 배당은 자기를 과대평가한다는 공통점이 있다.[177] 궁예는 자신을 신격화하고, 노승은 만법개공의 진리를 깨달았노라 하면서도 백 살이 먹도록 욕망이 좌절된 상처에서 헤어나지 못한다. 정을진은 왕이 되겠다는 허황된 꿈을 꾸었고, 배당은 자기 힘을 과신하다 죽는다. 이들은 근원적으로 결핍을 내재한 인물들로서 그 누구도 자신의 욕망을 채우지 못하고 그 욕망 때문에 파멸에

176 위의 책, 571면.
177 비영웅들의 신체적, 정신적 결함과 그 결과들을 정리해 보면 다음과 같다.

이르고 만다. 신채호는 이렇게 신체적, 정신적 결함을 지닌 다양한 인물들을 통해서 폭력적인 세계 구성에 대한 병폐를 보여주며 진정한 주체 확립을 위한 소설적 모색과 반목을 보여주고 있다.

이에 반해 왕후 강 씨와 엽분이, 홍경래 등은 민중의 역량에 대한 신채호의 기대에서 재현된 인물들이다. 이들의 삶은 실패와 죽음으로 마무리되기도 하며 활약도 미미하지만 이러한 것들은 혁명적 삶의 투쟁의지를 강화하는 데 기여하며, 민중영웅의 출현을 암시하는 효과를 발휘하고 있다. 특히 남성 인물들이 강인한 민족영웅에서 방황하는 인물로 변모되는 데 반해 여성 인물은 류화보다 적극적으로 자기 목소리를 담아내고 있는 인물로 그려진다. 결론적으로 궁예↔왕후 강 씨, 노승↔엽분, 정을진↔홍경래, 배당↔마을로 대립되는 비영웅과 민중영웅들의 반목들은 식민지라는 비극적 현실에서 계몽지식인의 역할에 대해 본질적 물음을 제기하며, 역사적 진실이 온전히 구성되지 못하는 시대적 상황을 드러내는 작업이 되고 있다. 이것은 근대계몽지식인들

작품명	인물	신체 결손 (사유)	정신적 결핍	결과
「일목대왕의 철추」	궁예	눈 상실 (심술 때문이라는 소문도 있고, 유모의 손가락에 찔려서 그렇게 되었다는 소문도 있음)	폭력적, 자기 착각	폭력적인 왕이 됨
「백세노승의 미인담」	노승	백세의 나이	폭력적, 미인 아내에 대한 원망	자각하지 못한 노승으로 남음
「일이승」	일이승	귀 상실 (알 수 없음)	현실 개혁에 대한 적극적인 의지 없음	표연히 사라짐
	정을진	귀 상실 (怯心)	怯心, 나약함, 자기 분수를 모름	죽임당함
「철마 코를 내리치다」	배당	코 훼손 (자기 힘에 대한 과신)	자기 힘 과신, 어리석음	죽음

의 자기반성과 새로운 주체화 모색에 다름 아니다.

신채호는 국권 침탈 이후 지배와 피지배의 관계가 명확해진 가운데 오히려 이처럼 권력의 문제를 민족 내부에서 살펴보고 비영웅들과 민중영웅들의 반목을 그려내고 있다. 이는 민족 내부의 저항 지점들과 향방에 대한 근본적인 고민과 성찰이며 저항을 통해 또 다른 권력의 모순에 빠질 수도 있다는 것을 앞서서 경계한 것이라 할 수 있다. 이는 근대 기획을 단순히 파괴하는 것을 넘어서 역사를 근본적으로 재검토하고, 자율성이 살아있는 새로운 삶을 모색하고자 하는 작가의 현실 인식에서 비롯된 것이라 하겠다. 그리고 이러한 성찰이 이후, '아나키즘 민중'을 발견해 가는 추동력이 된 것이라 볼 수 있다.

5. 역사의 주변 인물상

「박상희(朴象羲)」, 「리괄(李适)」, 「○○○부원군(府院君)으로 견자(犬子)」는 모두 조선시대 사화(士禍)를 바탕으로 하고 있다. "신채호의 역사 다시쓰기의 목표는 전통적인 유교적 역사 서술에서 자격이 박탈된 사건들과 의미가 폐쇄된 서사들, 즉 과거에 있었을지도 모르는 무수한 저항 지점들을 구속 상태에서 풀어내어 다시 활성화하는 것이었다. 계보학자로서 신채호는 과거를 상기하고 전승하는 행위가 사건들과 서사들을 전유, 억압, 은폐하려는 순간과 그 과정을 추적했다."[178] 특히 「박상희」와

---

[178] 김현주, 「신채호의 '역사' 이념과 서사적 재현 양식의 연관성에 대한 연구」, 상허학회, 『상허학보』 14집, 깊은샘, 2005.2, 314면.

「리괄」 두 작품에서는 야사(野史)에서 취한 정보들을 서사에 적극적으로 수렴하여 인물에 대한 재해석을 시도하고 있다. 이는 기존의 공적인 역사적 기록들을 전복하는 시도로서 야사를 조합하여 역사의 중심에 편입되지 못한 주변인물에 대한 다층적인 시각을 마련하고자 하는 것이다.

박상희는 세상 풍문에 풍수쟁이로 알려진 인물이다. 혹자의 말을 들으면 박상희는 책사(策士)이자 명장으로서 청태조, 청태종이 겁내던 일등 인물이다. 작가는 "말쟁이의 말이냐? 참 사실이냐? 그 진가는 고사하고 아직 그 전설 대로 적어 두려 한다"[179]고 하며 공적인 역사에 수렴되지 못한 야사의 인물을 전면에 부각시킨다. 야사에 전하는 박상희의 활약을 정리하면 다음과 같다.

① 광해조(光海朝)에 청태조가 중국을 병탐하려는 야심을 품었다. 그는 명조(明朝)와 친밀한 조선을 먼저 쳐 후환을 없애고자 하였다. 광해의 동서인 박엽(朴曄)은 청태조의 이러한 동정을 알고 있었다. 하루는 사람을 시켜, 무학재에 가서 어떤 사람들이 오거든 그 원행을 위로하라 하였다. 그 원행은 청태조가 보낸 사람들이었다. 자신들의 동태를 알고 미리 마중 나온 것을 보고, 청태조의 일행들은 자기들의 비밀이 박엽의 수중에 있음을 깨닫고 생명의 보존을 애걸하였다. 박엽에게 이러한 지략을 얘기해 준 자가 박상희라 한다. ② 박엽이 성천 부사로 있을 때, 청태조가 성천을 침입하였다. 박엽이 산적을 구워 청병에게 보내 하나 앞에 한 꼬치씩 들려 먹이는데 산적 꼬치와 청병의 수효가 꼭 맞아 떨어졌다. 청장이 이에 놀라 즉시 회군하

. . . .
179 「박상희」, 『전집』 7, 142면.

였다. 이 같은 신비한 정탐술은 사실, 박엽의 것이 아니라 소년 시대 박상희가 낸 것이라 한다. ③ 광해가 폐출된 후, 박엽은 죽고 박상희는 도망갔다. 청은 정묘호란을 일으키지만 겨우 평산까지 왔다가 퇴각한다. 혹자는 이를 박상희의 지도로 박엽의 재략이 뛰어났으므로 너무 깊이 침입하지 못한 것이라 한다. ④ 정묘호란의 맹약을 지키지 않는다며 청병이 쳐 들어오자, 한 걸인이 최명길에게 밀화 갓끈을 달고 가 청장을 만나라고 하였다. 최명길이 돌아올 때 짐짓 갓끈에 꿰인 밀화를 흩어지게 한 후, 다시 하나씩 주워서 갓끈에 꿰였다. 이렇게 시간을 끄는 동안 인조가 남한으로 파천하였다. 그 걸인이 박상희였다 한다.

신채호는 사화의 뒤에 숨겨진 박상희라는 역사의 주변인물을 서사의 중심으로 불러오면서 지술과 풍수에 대해 그리고 있다. 그는 박상희의 신비한 정탐술과 지략이 국난을 극복하는 데 큰 역할을 했으나 결국 불량한 사회 제도 때문에 역사에서 묻혀 버렸다며 애석해 한다. 서사는 공적인 역사적 기록을 비켜난 자리에서 시각 중심주의적인 지각의 서열화를 무화하고, 청각과 촉각적인 감각의 세계를 환기시킨다. 역사의 주변인물을 통해 역사의 주변에 머무는 구술적인 세계, 주변화된 지각의 세계를 담아내고 있는 것이다. 박상희는 자기의 재략을 펼칠 기회가 없자 지술책 몇 권을 들고 천촌만락(千村萬落)을 돌아다니며 풍수를 하다가 일이승이 그랬듯 자기만의 세계로 사라지고 만다.

또한, 신채호는 박엽에 대한 역사적 기록 역시 사실과 다른 바가 많다고 하며 동국인물총기(東國人物叢記)에 기록돼 있는 박엽에 대한 평가를 모두 낭설이며 신화에 가까운 이야기라 믿을 수 없다고 말하고 있다. 박엽이 그렇게 용재(庸才)는 아니었을 것이나 실패자이기 때문에 왜 곡됐으리라 보고 있는 것이다.

　선악을 물론하고 사회 상에 무슨 세력을 가졌었거나 영향을 끼친 인물이 면 그 사적을 사적 대로 적어 줌이 가하거늘 우리 력사에는 너무 실패한 인 물을 박대하여 연개소문이 당서(唐書) 때문에 전하고 궁예대왕(弓裔大王) 의 사실이 몇 줄 못 되고 근세의 정여립(鄭汝立) 같은 이도 또한 일시에 걸출 한 학자로되 그 일구(一句)의 유문(遺文)이 전치 못 하니 어찌 가석하지 안 하냐. 박엽이 비록 인명 암살의 대죄는 있다 할지라도 기실은 용렬한 재왕 장상의 일생에 직접 간접으로 죽인 이명이 각기 천명 뿐 아닐 것이니 어찌 홀로 박엽만 죄하며 또한 그 죄로 인하여 그 천재적 대외 수완까지 엄폐함 은 너무 부당한 일이 아니냐.[180]

　그는 일차적으로 야사에 전하는 실패자, 주변인물에 대해 그리면서 사적을 담당하는 몇 사람에 의해 승리자 중심으로 구성되는 실증적인 역사적 기록에 대해 반기를 제기하고 있는 것이다. 그리고 역사의 주변 인물로 남을 수밖에 없는 인물들의 내재적인 한계에 대해서도 비판한 다. 박상희나 박엽 모두 사건을 만들어 내거나 서사를 주체적으로 이끌 어 나갈 만한 인물이 되지 못한다. 박상희는 박엽의 주변인물이며, 박 엽 역시 봉건질서의 한계를 넘어서지 못하는 인물이다. 그는 광해군의 몰락과 함께 반역자로 낙인찍힌 채 세상을 하직하는 주변화된 인물이

180 위의 책, 149면.

다. 이들은 적극적으로 사회의 모순을 개혁하지 못하고 순순히 운명을 받아들이거나 현실을 도피하는 소극적인 자들인 것이다.

광해군이 몰락하자 광해의 동서로 광해의 신임을 받던 박엽도 위험에 처한다. 이에 박상희는 박엽이 회생할 수 있는 안들을 제시한다.

> "평안도의 군사를 뽑아 소인이 대장이 되어 거느리고 림진강을 건너 한성을 치면 10의 9는 승리가 사또에게 있으리니 이것이 상책이올시다.
>
> 북으로 만주와 화친하고 남으로 림진강을 막고 따로 한 나라를 건설할 수 있으니 이것이 중책이올시다. 하나 상책과 중책을 행하려면 빨리 번개 같은 수단으로 병사와 군수 몇을 유인하여 베이고 평안, 황해 량 도를 수중에 넣어야 할 것이니 그 성패의 수를 미리 알 수 없은 즉 사또 일신의 생사를 하늘에 맡기고 조정의 명령을 기다리는 것이 하책이올시다."
>
> 박엽이 이 말을 듣고 한참 아무 말 없이 앉았더니 한숨을 휴 쉬며
>
> "나는 너의 하책을 나의 상책으로 쓰려 한다"고 하였다. 박상희가
>
> "그러면 소인은 물러 갑니다."[181]

박상희는 혁명을 일으키길 추동하지만 박엽은 현실을 받아들여 죽음을 선택하겠다고 주저 없이 말한다. 그는 박엽의 지략에 의지하다 쉽사리 운명에 순응하는 나약한 봉건 신하로서 스스로 역사의 주변에 남고자 하는 인물이다.

박상희 역시 스스로 개혁자로 나서기보다는 누군가로부터 선택되어

181 위의 책, 144면.

소용되길 바라는 소극적인 인물이다. 그는 두 번에 걸쳐 자신을 소용해 주길 청한다. 첫 번째는 박엽에게 군을 일으키길 청하면서 자신이 대장이 되어 한성을 치도록 해달라고 한다. 두 번째는 인조 앞에 걸인으로 나타나 만주 호병이 들어와 대란이 시작될 터이니 자신에게 병권을 맡기라고 호소한다. 그러나 두 번 다 성사되지 못한다. 첫 번째의 경우, 자신의 인생을 박엽에게 걸고 있지만 박엽이 개혁을 포기함으로써 본인의 미래 역시 좌절될 수밖에 없었으며, 두 번째도 광인으로 몰려 옥에 갇힘으로써 청병을 막을 수 있는 기회를 얻지 못한다. 그는 훌륭한 지략을 가진 인물이지만 스스로 주인이 되지 못하고 주변인으로서의 자기 역할을 강구하는 인물이다. 그의 의지가 번번이 좌절되는 것은 자신의 포부를 타인의 힘을 빌려 이뤄보겠다는 소극성 때문이며 또한, 자신의 운명을 맡길 주인을 제대로 찾지 못했기 때문이다. 그는 적극적으로 삶을 기획해 나가는 주체적인 인물이 못 되는 것이다.

혹자는 박상희를 일러 자기가 제왕이 되지 못하면 다른 이라도 제왕을 만들어 볼 야심을 가진 인물로 보기도 한다. 그러나 박엽의 결정에 순순히 따르는 점이나 걸인 행색으로 왕 앞에 나타나 자신을 기용해 줄 것을 부탁하는 것 등으로 볼 때, 그러한 야심을 품고 있다고 보기는 어렵다. 행동의 계획성이나 치밀성이 떨어지는 것으로 보아 계산적인 인물로 보기는 힘들기 때문이다. 그리고 박엽을 버리지 않는 것이나 왕권이 실추된 인조에게 자신의 운명을 맡기는 것으로 봐서 시류에 편승된 자라기보다는 여전히 유교적인 봉건 신하로서의 명분을 중시하는 자라 할 수 있다. 그는 풍수쟁이로 낭패를 본 다음에는 홀연히 그 자취마저 감춰버린다. 을진의 스승, 일이승처럼 현실을 개혁하기 힘들게 되자 풍수쟁이로, 또 풍수쟁이 삶 또한 녹록하지 않자 홀연히 세상을 등져 버림으로써 소극적인 자기 구현에 머무는 것이다.

이들은 기존의 신채호 소설에서처럼 주체적인 자기 모색을 이루는 인물들도 아니며 자기 욕망 때문에 반역을 일으켜 스스로 파멸을 자초하는 인물이라 보기도 힘들다. 이들은 운명에 자신을 맡기고 떠밀려 가는 자들이다. 대단한 정탐술과 지략을 가진 박상희 같은 인물이 역사의 주요 인물로 등장하지 못하고 실패하게 되는 것은 첫째, 그 인물됨을 알아보지 못하는 나약한 권력자들 때문이며, 둘째로는 시대에 소용될 만한, 인물 스스로의 주체성이 결핍돼 있기 때문이다. 이들을 서사의 중심으로 떠올리는 것은 곧 반역적인 시대와 역사, 비주체적인 인물에 대한 비판과 함께 이에 대한 반성적 계기를 마련하는 일이다.

「리괄」에서는 왕권 쟁탈전을 둘러싼 당파 간 음모와 인물들의 권력욕을 이야기하고 있다. 신채호는 당파 간 싸움으로 인조반정이 일어나고, 결국 리괄의 난이 정묘호란을 촉발시키게 된 사건들을 그리면서 민족 내부의 소모적인 다툼과, 중심 없는 민족의 암울한 현실을 우회적으로 비판하고 있다.

리괄이라는 인물은 권력욕 때문에 인조반정에 가담하지만 리귀 등의 반정 중심 세력들에게 이용만 당할 뿐, 결국 권력의 중심이 되지 못하고 주변적인 인물로 남는다. 한문의 좀책으로 외국을 정복하는 전략은 없으나 제왕의 생살도 감쪽같이 하는 재주가 있는데 일개 무인인 리괄이 이들에게 이용당한 것이 오죽했겠냐는 것이다. 따라서 신채호는 "리조 5백 년 간에 외읍(外邑)에서 거병(擧兵)하여 한성을 침입하여 본 자를 리 괄 일인을 친다 하나 기실은 리 괄 평생에 다만 일대의 노정략가(老政畧家)의 수중에서 놀다가 그 최후를 마치였을 뿐이다"[182]며 광해를 폐하고 인조를 세운 것이 리괄이라 하는 데 이의를 제기하고, '리괄의 난' 또한 혁명이 아니라 반란이었을 뿐이었다고 평가한다.

> 이의 일을 말하자면 리귀는 칼자루를 잡은 사람이요, 김류와 김자점은 칼자루요, 리괄은 칼날이다. 리괄이 칼날로써 칼자루와 칼자루 잡은 사람의 공을 무시하였으니 이것이 그의 우한한 소치다. (…중략…) 성공의 핵심은 일이 인의 음모이니 홍제원의 집회에 만일 리괄이 개연히 대장으로 출두한 일이 없을지라도 성공 못 될 일은 없는 것이다.[183]

리괄은 진짜 실세인 리귀(李貴)같은 자의 술책에 속은 것뿐이다. 리귀는 그를 병조판서로 추천하지만 이 역시 리괄을 치살리어 농락하려 함이었다. 김류는 반란 계획이 누설되자 화(禍)가 미칠까봐 반정에 늦게 참여한 인물이다. 리괄은 이런 김류보다 공을 인정받지 못한데다가 지방으로 밀려 평안 병사 겸 부원사로 가게 돼 불만이 쌓이게 된다. 그러다가 리귀 등의 은밀한 정치적 공략으로 수세에 몰리게 되자 결국 반란을 일으킨다. 리귀 등은 '리괄의 난'을 막아내지 못해 도망치고 인조는 난을 피해 남행한다.

신채호는 "전쟁으로 한 성공이 아니요, 음모로 한 성공인즉 리괄의 공이 그리 크다 할 것이 없는 것이다. 하나 우한한 사람은 매양 자기의

---

182 「리괄」, 『전집』 7, 128면.
183 위의 책, 128면, 133면.

소공을 대공으로 생각하는 것이다"[184]라고 하며 음모로 이루어진 공은 대의명분 상에서도 정당한 평가를 받기 어렵다고 본다. 따라서 혹자들은 리괄을 대단한 혁명가로 알고 있기도 하지만, 리괄의 행동들은 시종일관 권력욕과, 권력에서 배제당한 데 대한 사사로운 분노 때문에 야기되는 것이므로 그를 혁명가로 볼 수 없다고 말하고 있다.

신채호는 리괄뿐만 아니라 이씨 조선의 성립 과정이나 이시애 등의 반란도 성패는 다르나 모두 혁명이 아니라 한다.

> 如何한 者가 革命이냐? 하면 반듯이 歷史上 進化의 義를 가진 變化가 그것이다. 歷史란 것이 어느 날 어느 째에 進化의 道程으로 나아가지 안는 째가 업슨즉, 또한 어느 날 어느 째에 革命 업는 째가 업슬 것이다. 그러면 全部 歷史를 가저 革命史라 稱함이 可하나, 歷史家들이 特히 革命이란 名詞를 貴重視하야 文化上 惑 政治上 顯然히 時代를 區劃할 만한 進化의 義意를 가진 人爲的 大變革을 가르처 革命이라 稱한 것이니, 이런 意味로써 政治史上의 革命을 求하자면 우리 朝鮮 數千年의 歷史에 몟몟히 못될 것이다. 漢陽의 李氏로 松都의 王氏를 代한 것이나 李朝에 李施愛 李适 等의 叛亂이 그 成敗는 다르나, 其實은 다 政權攘奪의 行動에 不過한즉 內亂이라 易代라 稱함은 可하나 革命이라 稱함은 不可하다[185]

시대를 구획할 만한 진화의 의의를 가진 것이야말로 혁명이라 할 만한 것인데, 리괄 등의 반란은 정치양탈의 행동에 불과함으로 내란이라

184 위의 책, 133면.
185 「朝鮮史」, 『전집』 1, 813면.

칭할 수 있지 혁명이라고 볼 수 없다는 것이다. 리괄은 그간의 평가와는 달리 권력가들에게 이용당하는 무인, 그리고 스스로의 위치를 모르고 무력으로 권력을 쟁취하려는 우매하고 폭력적인 인물로 재해석된다. 따라서 리괄은 민중적 혁명을 주도하는 홍경래와는 근본적으로 차이가 있다.[186]

리괄뿐만 아니라 작품에는 누구도 긍정적인 인물로 등장하지 않는다. 광해는 유교의 강상을 위반하고 학정을 저지르면서 화를 자초하는 인물이며 인조는 당파 싸움의 허수아비다. 리귀는 서인의 권력을 회복할 야심으로 광해의 궁이 된 과부 딸을 이용하여 반정을 계획하고, 김개똥은 뇌물에 눈이 멀어 반정의 움직임을 저지하지 못한다. 실추된 왕권, 북인과 서인 간의 당파 싸움과 권력 암투, 그리고 뇌물 수수 등, 어느 누구도 이상적으로 형상화된 인물이 없다. 이들은 모두 자신의 야망에 눈이 멀지만 그것을 온전히 채워 가지지도 못한 채 욕망의 주변인으로 서로 의심하고 죽거나 쫓기면서 불안한 암투를 지속할 뿐이다. 이들의 죽음과 실패에는 역사전기소설의 영웅들이 보여주는 장엄한 죽음의 표상이나 애국심을 고양하는 힘이 응축되어 있지 않다. 또한 민중영웅들의 실패와 죽음에서 볼 수 있는 혁명의 잠재태도 그려져 있지 않다.

이처럼 신채호는 역사의 주변인물들을 전면에 부각하면서 역사적 구성의 자의적 태도에 대해 비판하는 한편, 권력을 둘러싼 내부 분열

---

186 채진홍은 홍경래와 이괄은 "내가 나하고 싸우는 경우에서 민중에 대한 속임수에 저항한 혁명아들로서, 신채호 소설에서 구현된 근대인관에 민중적 정통성을 부여하는 인물들"이라 보고 있다. 채진홍, 「신채호 소설에 나타난 근대인관」, 한국언어문학회, 『한국 언어문학』 55집, 2005.10, 436면.

과, 인물들의 내재적인 한계들로 말미암아 민족적 주체의 탄생이 어려움을 보여주고 있다.

「○○○ 부원군으로 견자」는 고종이 황제로 등극하기까지의 과정을 그린 작품이다. 그러나 서사의 중심은 고종이 아니라 당파 싸움에 모아져 있다.

덕영이란 사람은 돈 칠백 냥을 가지고 과거를 보러 서울에 왔다. 서울 온 김에 친구, 이하응의 집에 갔더니 이하응은 둘째 아들이 역질이 들었는데 돈 칠백 냥이 없어 약을 못 지어 먹인다며 걱정하고 있었다. 덕영은 선뜻 자기 돈 칠백 냥을 건넨다. 그의 도움으로 살아난 이가 바로 철종의 계통을 이은 광무황제, 고종이었다.

신채호는 당파 싸움을 "리조의 정권이 방락(旁落)한 력사"[187]라고 본다. 복잡하게 얽힌 당파 싸움이 나라를 파멸로 이르게 했다는 것이다. 등장인물들 누구도 대의를 위해 움직이는 모범된 자가 없으며 왕권은 추락할 대로 추락하였다.

> 리조가 선조(宣祖) 때부터 동서가 분당(分黨)하고 동인(東人)이 또 남북으로 갈리며 숙종 때에 와서는 서인이 또 로론 소론으로 갈리며 영종(英宗) 때부터 국가 대권이 아주 로론으로 돌아 갔는데 그 원인은 로론이 세세로 황실과 결혼하여 세력을 가지 까닭이러라.
>
> 정종(正宗) 이후로는 남인(南人)과 소론이 아주 실세(失勢)하고 로론의 박

187 「○○○ 부원군으로 견자」, 『전집』 7, 150면.

동(磚洞) 조씨(趙氏)와 장동(長洞) 김씨가 번갈아 세도를 잡았으며 철종 때에는 김씨가 더 할 나위 없이 발호(跋扈)하여 철종은 한 허두잽이가 되고 김문근(金汶根), 김병기(金炳冀) 등이 군주의 실권을 가져 백관의 출척(黜陟)과 인민의 생살을 모두 그 임의로 하였었다.[188]

우선 김병기는 무소불위의 권력을 휘두르는 자이다. 철종이 옛 스승에게 여러 번 관직을 내린 바 있으나, 스승은 그런 명을 받은 적이 없다 하며 지금이라도 관직을 내려주길 청한다. 이에 김병기가 철종의 스승을 잡아다 죽인다. 또, 종친 중 한 명이 철종에게 관직을 부탁하자 철종이 이를 허락했다. 그러나 김병기가 반대하여 그 자리에서 무효가 되었다. 이에 그 종친이 "조선은 임금이 둘이로구나" 하였더니 김씨들이 그를 압상(押上)하여 죽이려 하였다. 김병기는 유교의 기본적인 덕목조차 지키지 않는 안하무인의 인물이다. 그는 신하의 도리를 벗어나 왕의 권력을 자기가 좌지우지하며 조선을 방락하게 하는 대표적인 인물로 그려지고 있다.

외족(外族)이 이처럼 권력을 누리는 것은 바로 대왕대비나 왕후가 그들의 후원이 되는 까닭이다. 김씨의 세력은 정순왕후가, 조씨 세력은 신정왕후가 후원이 되었다. 이들 왕후들 역시 종족의 강성함과 궁내(宮內), 자신들의 위치를 위해 당파 싸움을 부추긴다. 조후(趙后)는 고종이 익종의 통을 계승한다고 선포함으로써 김씨 세가를 누르고 정치의 중심 세력이 된다. 이들은 모두 권력 다툼의 중심에서 조정을 몰락으로 몰고 가

188 위의 책, 151면.

는 데 한몫을 하는 인물들로, 이들에게는 폭력적인 궁예를 인간적인 깨달음으로 이끌던 현명한 왕후 강 씨의 모습을 찾아 볼 수가 없다.

또한 철종은 왕권 추락의 전형을 보여주고 있다. 자신이 내려준 관직이 스승에게 가지 않았다는 것을 알고는 스승의 손목을 잡고 "락루하며 그러니 나도 할 수 없다. 아마 너의 운이 그런가 보다"[189]라고 한다. 그는 왕권 회복을 위해 적극적으로 정사(政事)를 돌보는 인물이 아니라, 쉽게 자신의 한계를 인정하고 부당한 현실을 운명으로 받아들이는 나약한 왕이다. 모든 것을 체념하고 죽을 날만 기다리는 듯한 철종의 모습에서 국정을 책임져야 할 왕으로서의 기본적인 자세가 결핍돼 있음을 볼 수 있다. 철종의 이러한 모습이 갈수록 당파 싸움이 난무하게 만들었다고 볼 수 있다. 그는 왕이지만 권력을 제대로 소용할 줄 몰라 역사의 주변인물로 전락한다.

이하응 역시 권력을 향한 야심으로 조후와 내통하고, 온갖 술수를 발휘하여 아들을 왕의 자리에까지 앉히는 인물이다. 이러한 이하응의 모습에서는 "너는 나라를 ㅿ랑ㅎ더 집과 ㄳ치ㅎ라 (…중략…) 형아 너는 황금을 보더 돌과 ㄳ치ㅎ라 나라일이 이러케 날마다 글너가는거슨 사롬마다 황금을 ㅿ랑ㅎ고 나라를 ㅿ랑치아니ㅎ는 고ㅡ니라"[190]라며 아들에게 대의를 위해 봉사하도록 가르치던 최영의 아버지 모습을 찾아 보기 어렵다. 이하응은 오로지 아들을 왕으로 만듦으로써 권력을 누려 보고자 하는 야심만이 가득한 인물로 그려지고 있는 것이다. 서사가 미완으로 끝남으로써 고종 등극 이후의 권력 쟁탈은 그려져 있지 않지만,

189 위의 책, 151면.
190 「최도통전」, 앞의 책, 321면.

권력의 희생양인 고종의 삶 역시 순탄치 못할 것임이 예고된다.

작품에 등장하는 인물들은 모두 역사의 주변인물들이다. 때로는 사회제도 때문에 역사에서 묻혀 버리기도 하였으며, 역사의 주체로 떠오를 만한 인물됨이 부족하여 야사에 떠돌기도 한다. 또한 자신의 위치를 지키지 못해 결국 긍정적인 주체화 모색을 이루지 못하고 비극적인 결말을 맞이하기도 한다.

신성하고 강인한 민족영웅을 그려내던 신채호는 국권이 침탈당하고 망명자가 된 후, 이처럼 다양한 인물들의 주체화 모색과 반목들을 그려낸다. 거기에서 탄생하는 인물들은 하나의 국민상으로 수렴되는, 막연히 이상화된 민족영웅이 아니다. 이는 전통적인 역사적 기록을 전복하는 한편, 과거의 실증적인 기록과 문학적인 상상력, 그리고 야사 등을 취해 새로운 주체상을 찾아보고자 하는 고심의 흔적이다. 그러나 이들은 어지럽혀진 민족의 현실을 사실적으로 드러내는 자들로서 누구도 이상적인 국민상으로 떠오르기 힘든 결핍된 자들이다. 신채호는 오히려 이러한 민족 내부의 모순을 가감 없이 직시하고 있다. 이는 결국, 근대 기획에 대한 전면적인 재검토이자 근대에 대한 회의와 반목을 보여주는 것으로서 현실주의자로서의 작가의식이 깊어진 태도라고 볼 수 있다.

또한 「리괄」, 「박상희」, 「○○○ 부원군으로 견자」에서는 찬란한 조선을 그리지 않고 권력 암투로 혼란했던 시절, 인조반정으로 사회적 혼란이 초래되던 때, 병자호란 당시 등, 치욕적이었던 역사의 장을 그려내고 있다. 일본과의 전투를 그림으로써 승리의 역사를 기억화 하던 것과 달리 끊임없이 상처받는 조선으로 표상하는 것이다. 이는 국난을 초래한 조선에 대한 객관적인 시각을 확보하여 민족 내외부의 문제를 드러내는 작업이 되고 있다.

6. 대화적 관계를 통한 민중영웅의 재탄생

신채호는 역사 속에서 다양한 인물들을 재평가하면서 새로운 인물상을 찾아보고자 하였다. 그러나 모두 결핍을 내재하고 있어 그 누구도 이상적인 인물로 부상할 수 없었다. 따라서 그는 「꿈하늘」에서 새로운 인물 구상을 시도한다.

「꿈하늘」에서는 '한놈'이 대화적 관계를 통해 민중영웅으로 탄생해 가는 과정을 그리고 있다. 이와 함께 시공간 역시 역동적으로 구성되고 있다. 서사에서는 현재와 과거, 님나라와 지옥 등의 환상적인 시공간이 펼쳐지는데 이들은 서로 유기적으로 연결되어 있는 것이 아니라 한놈의 정신적 자각에 따라 펼쳐졌다가 곧바로 폐기되면서 비현실적인 상상의 영역을 확장시킨다. 이들은 인물들의 다성적인 목소리를 가능하게 하는 열린 시공간으로서 유동적으로 만들어졌다 폐기되고 다시 되살아나는 것이다.

"환상은 생명이 있는 대상과 없는 대상, 자아와 타자, 삶과 죽음 사이의 엄격한 구별을 무화시키면서 시간·공간·인물 간의 통일성을 따르는 것을 거부해왔다. 환상은 문화적 속박으로부터 야기된 결핍을 보상하려는, 욕망에 관한 문학으로서 부재와 상실로 경험되는 것들을 추구한다. 문화의 말해지지 않은 부분, 보이지 않는 것, 즉 지금까지 침묵

당하고 가려져왔으며 은폐되고 부재하는 것으로 취급되어온 것들을 추적하는 것이다. 따라서 환상은 한계들, 한계 짓는 범주들과 그것들이 투영된 분해 작업에 몰두하게 된다. 그것은 리얼리티를 하나의 일관된 단일 관점의 실체로 보는 지배적인 철학적 전제, 바흐찐이 단성적이라고 명명한 편협한 시각을 전복시킨다."[191] 이는 현실이 비이상적인 세계임을 통찰하는 효과를 낳는 한편, 억압적인 역사를 파괴하고 그 간극에서 결핍된 자아를 재구축하려는 전복성을 띤다.

「꿈하늘」에서는 을지문덕, 강감찬 등, 과거 영웅들과 아울러 다양한 인물군들이 새롭게 출현하고 있다. 그리고 서사에 이들의 목소리가 개입됨으로써 변전 중인 한놈의 존재 양상을 지속적으로 환기시킨다. 바흐찐은 "작가는 미완결 상태로 계속 변전 중인 지극히 복합적이고 충만한 동시대성의 관점에서 관찰을 하는데, 그때 작가는 자신이 묘사하는 현실과의 접선상에 위치한다고 말할 수 있다"[192]고 하면서 작가와 등장인물, 독자 등이 다양한 대화적 관계를 만들어낸다고 보았다.

역사전기소설에서 을지문덕과 같은 구국의 영웅들이 이상화된 이미지에 갇혀 주로 침묵하고 있었던 데 반해, 여기에서는 자신의 목소리를 적극적으로 담아내면서 한놈을 새로운 주체로 이끌고 있다. 모범적인 근대 국민상을 표상하던 영웅들이 한놈으로 대변되는 민중의 주체화 과정에 참여자로 등장하는 것이다. 한놈 역시 영웅들이나 작가의 일방적인 목소리에 담기지 않고 작가와 화자의 역할을 동시에 수행하는 인물이다. 그는 구국의 민족영웅들처럼 절대적인 진리를 전달하는 완결

---

191 로지 잭슨, 서강여성문학연구회 역,『환상성』, 문학동네, 2004, 10~13・69면.
192 바흐찐, 전승희・서경희・박유미 역,『장편소설과 민중언어』, 창작과비평사, 2002, 465면.

된 존재가 아니라, 독자와 등장인물들과의 대화적 관계를 구성하면서 서사를 주도적으로 이끌어 나가는 인물이다. 대화성의 확보가 독자들로 하여금 한놈의 주체화 과정에 참여적 사유를 동반하게 함으로써 각자의 자리를 반추하게 하는 동력으로 작용하고 있는 것이다.[193]

본격적인 서사에 들어가기 앞서, 한놈은 독자에게 말걸기를 시도함으로써 독서코드를 주문하고 있다. 첫째, 이 글을 꿈꾸고 지은 줄 알지 말고 곧 꿈이 지은 줄로 알라는 것이다.

> 한놈은 元來 꿈 만흔 놈으로 近日에는 더욱 꿈이 만허 긴 밤에 긴 잠이 들면 꿈도 그와 갓이 길어 잠과 꿈이 서로 終始하며 또 그뿐만 안이라 곳 멀건 대낮에 안저 두 눈을 멀둥멀둥히 쓰고도 꿈 갓흔 디경이 만허 (…중략…) 讀者 여러분이여, 이 글을 꿈꾸고 지은 줄 아시지 말으시고 곳 꿈이 지은 줄로 아시압소서.[194]

꿈은 인위적인 질서와 원칙들을 무화함으로써 오히려 현실을 객관화하는 효과를 획득한다. 이는 현실이 비이상적인 세계임을 통찰하는 효과를 낳는 한편, 억압적인 현실을 파괴하고 그 간극에서 결핍된 자아를 재구축하려는 전복성을 띤다. 특히 "꿈에 뜻이 있는가 없는가 하는 것은 무엇보다도 경험의 문제이며 있다 없다 하는 설득의 문제가 아니

---

193 "바흐찐에게 있어서는 사유, 감정, 행위가 모두 행동이다. 그가 말하는 참여적 사유가 바로 그것으로서 이런 것들이 혼연일치되어 대화에 참여할 때 대화적 사건이 만들어지고 대화적 진리가 열리며 존재와 세계가, 그리고 역사가 사건으로 등장한다는 것이다." "의미는 타자의 반응이 전제되고 다른 의미의 도움을 빌어야만 의미가 발생하는, 대답하는 성격을 가진 대화론적인 것이다." 이득재, 『바흐찐 읽기』, 문화과학사, 2003, 55·61면.
194 「꿈하늘」, 『전집』 7, 513면.

다. 꿈에 대한 관조를 통하여 무엇이든 얻은 것이 있는 사람에게는 꿈은 의미가 있는 것이며 그것을 경험하지 못했거나 경험하고자 하지도 않은 사람에게는 꿈은 아무 의미가 없는 것이다. 꿈의 뜻을 알기란 그리 쉬운 일이 아니다. 어떤 꿈은 정말 아무 뜻도 없는 것처럼 보인다. 어떤 꿈은 도저히 무슨 뜻인지 잘 알 수 없는 것도 있다. 이 꿈의 뜻은 바로 이것이다 하고 단정하는 순간, 우리는 그 꿈에 더욱 엉뚱한 해석을 내리는 수도 있다. 꿈은 그야말로 우리의 의식이 쉽게 닿지 않는 미지의 세계─무의식이다. 그러므로 이 미지의 세계 의미를 조금이라도 알기 위해서는 무엇보다도 자기 자신이 자기의 꿈을 들여다보고 생각해 보고 또한 다른 경험 있는 사람과 함께 의논하는 오랜 경험의 과정이 반드시 필요하다."[195]

꿈인 이상, 한놈 역시 자신의 꿈에 대해 이러한 관찰자의 입장일 수밖에 없다. 따라서 한놈 스스로 자기 꿈에 대한 해석자로 동참함으로써 인물들과의 대화적 관계를 유지할 수 있는 것이다. 그는 독자들로 하여금 자신의 꿈을 함께 경험해 나가도록 하면서 다양하고 창조적인 참여를 유도하고 있다. 이러한 능동적인 경험과 해석, 그리고 통찰을 통해 한놈의 꿈꾸기가 어떤 세계를 열어 주는가를 독자 스스로 발견해 가도록 하는 것이다. 꿈을 통한 대화성의 확보가 인물과 시공간의 존재 양태에 대한 다양한 해석을 가능하게 함으로써 인물과 사건의 현장은 적극적으로 재구성, 재해석된다. 이 속에서 얻어지는 깨달음은 한놈에 의해 일방적으로 주어지는 세계가 아니라 한놈과 내포독자, 등장인물

---

195 이부영, 앞의 책, 184~186면.

과의 대화적 관계를 통해 얻어지는 다성성(多聲性)의 세계이다.[196]

꿈이 고정된 세계상을 갖지 않음으로써 시점의 이동도 자유롭게 나타나고 있다. 서사의 앞부분에서는 한놈 본인이 자신의 얘기를 쓰고 있다고 밝히고 있다. 또 '이 몸'이라고 지칭하는 등, 부분적으로 1인칭 시점이 드러나는 듯하다. 그러나 전체적으로 3인칭 시점으로 그려짐으로써 서술자와 독자의 거리감을 없애고 있다. 이러한 다중시점으로 인해 실제 작가, 내포작가, 서술자 사이의 혼용이 일어난다.[197] 따라서 시공을 초월한 인물들과 자유분방한 대화가 가능하게 되며, 독자들은 다양한 해석자의 위치에 놓이게 되는 것이다. 이는 서사 전달자, 해석자를 탈중심화함으로써 다층적인 세계를 구현하려는 서사 전략이라 할 수 있다.

----

196 "융은 꿈의 해석이 꿈을 보는 사람에 따라 다양할 수 있다는 것을 지적한다. 그것은 꿈의 본질에 속하는 것이다. 똑같은 꿈에 대해서 같은 분석심리학자라 할지라도 서로 다르게 해석할 수 있다. 해석하는 사람도 개성을 가지고 있기 때문이다. 그런데 이 모든 해석은 옳을 수 있다. 문제는 그 꿈을 어떠한 자세로 어떠한 관점에서 보았느냐 하는 것이다. 우리가 꿈을 그 최후의 비밀을 아직 모르는, 그러나 의미 있는 현상으로서 겸허하게 그 뜻을 살펴 나갈 때 이 자세는 옳은 것이다." "프로이트처럼 인과론적 입장에서 꿈을 본다고 할 때 꿈의 내용을 과거의 어떤 원인에 대한 결과로밖에 보지 않게 된다. 이런 관찰 방법은 그 해석의 단일명백성(單一明白性)을 목적으로 하는 경향이 있고 고정된 상징해석을 하게 된다. 그러나 목적론적 관찰방법은 변화하는 꿈의 상(像) 속에서 변화하는 심리적 상황을 발견하고자 하므로 고정된 싱징 해석을 일삼지 않는다고 융은 말한다. 꿈은 단일성보다 다양성 속에서 스스로를 표현하고 있기 때문이다." "융의 태도상의 특징은 꿈의 의미는 궁극적으로 완전히 설명할 수 없는 것이라고 보는 데 있다." 위의 책, 203・189・194면.

197 "헤겔에게 예술은 진리가 감각적으로 나타난 것이었다. 이 고전주의적 예술관에 따르면, 진리는 예술 작품 속에 이미 완성된 형태로 존재한다. 그럼 수용자는 예술가가 작품에 담아놓은 진리를 원형 그래도 발굴해야 한다. 따라서 예술가가 품고 있던 상은 언제나 수신자의 머릿속에서 구성되는 상과 일치한다. 고전주의적 예술관은 수용자에게서 작품을 주체적으로 해석할 권리를 빼앗는다. 이에 반해 이저는 '내포된 독자'라는 걸 내세운다 즉 텍스트 속엔 이미 독자가 발휘할 역할이 들어 있다는 거다. 이미 텍스트의 구조 속에 독자의 자리가 마련되어 있다. 그가 누구며, 어떠한 역할을 발휘할지는 아직 정해져 있지 않다. 그러므로 텍스트의 구체화는 독자에 따라 달라질 수 있다. 독자는 이미 텍스트의 개념(Konzept)속에 들어 있다. 그러니 텍스트의 '내용' 자체도 독자에 따라 다르게 구체화된다." 진중권, 『미학오디세이』 2, 휴머니스트, 2008, 175~178면.

이어서 한놈은 이 글이 정돈되고 논리 정연한 글쓰기가 아닌, 붓 가는 대로 적은 글이라 하면서 둘째, 이 글의 앞뒤가 맞지 않는다, 위아래 문체가 다르다고 책하지 말라, 셋째, 시적인 신화와 사실적인 기록인 역사와 섞지 말고 나누어 보라고 이른다.

글을 짓는 사람들이 흔히 배포가 잇서 몬저 머리는 엇더케 내리리라, 가온대는 엇더케 버리리라, 꼬리는 엇더케 마르리라는 대의를 잡은 뒤에 붓을 댄다지만, 한놈의 이 글은 아모 배포업시 오직 붓씃 가는 대로 맥기여 붓씃치 하늘로 올라 가면 하늘로 쌀어 올나가며, 쌍속으로 들어가면 쌍속으로 쌀어 들어가며, 안지면 쌀어 안지며 셔면 쌀어 셔서 마듸마듸 나오는 대로 지은 글이니 독자 여러분이시여, 이 글을 볼 쌔에 압뒤가 맛지 안는다, 위아래가 문체가 달다 그런 말은 말으소서.[198]

붓 가는 대로 적는다는 것은 규격화, 규율화된 글쓰기를 거부하고, 무질서한 무의식의 세계에서 흘러나오는 대로 자유롭게 서술하겠다는 뜻이다. 이는 현실의 속박에서 벗어나 비현실적인 꿈의 세계를 자동기술하며 열린 서사를 지향할 것임을 밝히는 것이다.

한놈은 작자로서 바라는 점 또한 적고 있다.

一. 책 짓는 사람들이 모다 그 책을 만히 사보면 하는 마음이 잇지만 한놈은 이 마음이 업슴니다. 다만 바라는 바이 우리 안 어늬 곳에던지 한놈갓히

----

198 「꿈하늘」, 앞의 책, 513면.

어리셕어 두 팔로 太白山을 안으며 한 닙으로 東海물을 말니고 기나긴 半萬年 時間 안의 노픈 뫼, 나진 골, 피는 곳, 지는 닙흘 세면서 넉 없이 안저 눈물 흘니는 쏘 한놈이 잇서 이 글을 보면 할 쑨이니이다.

二. 책 짓는 사람들이 흔히 그 책으로 무삼 影響이 잇스면 하지만 한놈은 그러치 안함니다. 다만 바라는 바이 이 글을 보는 이가 우리나라도 美國 갓허저라 德國 것허저라 하는 생각이나 업스면 할 쑨이니이다.**199**

그는 많은 사람이 이 책을 사 보길 바라는 마음이 없다고 하면서, 단지 자신처럼 어리석은 사람이 있으면 이 글을 읽었으면 한다고 말하고 있다. 그가 말하는 어리석은 사람은 "두 팔로 태백산을 안으며 한 입으로 동해물을 말릴" 정도로 거대한 이상을 품고 근대기획을 시도했으나, 지금은 좌절감에 빠진 계몽지식인을 말하는 것이라 할 수 있다.

따라서 '한놈'이라는 이름 역시 다양한 의미로 해석된다. 우선 한놈은 첫 번째라는 뜻이다. 이는 두 번째, 세 번째로 이어지는 다중적, 다변적인 한놈의 존재 양상을 말해주는 것이자 새로운 인물의 출현과 그 시작을 상징하는 것이다. 둘째, 한놈은 구국의 영웅과 같은 '큰 놈'을 지칭하는 것이 아니라 억압받는 민중을 의미한다. '어떤', '어느 하나'는 권력화된 공간에서 출현하는 특정한 인물을 지칭하는 것이 아니라 무작위로 등장하는 혁명적 민중의 탄생을 예고하는 기호이다. 또한 한놈은 "책으로 무슨 영향이 있으면" 하는 바람도 버린 소박한 자리로 내려온 자이다. 그는 스스로의 힘을 과대평가하지 않고 낮은 인간의 자리에서

199 위의 책, 514면.

여러 인물들과의 만남을 통해 새로운 주체화 모색을 시도하는 것이다. 셋째, 한놈은 자신의 꿈 얘기를 서술하면서 '나'라고 하지 않고, 스스로를 이름 없는 '한놈'이라 칭하고 있다. 자신의 이름을 지우는 것은 자신을 객관화하여 반성적 사고를 담아내려는 의도이자 독자와의 적극적인 소통을 시도하는 것이라 할 수 있다.

이런 점으로 미루어 볼 때 서(序)는 본격적인 서사에 앞선 한놈의 자기고백의 장으로서, 이는 곧 권위를 내려놓고 개방적인 담론 생산을 시도하고자 하는 신채호의 의지를 반영하고 있는 것이라 할 수 있다.

서(序)를 시작으로 총 6장으로 이루어진 서사는 한놈이 우여곡절 끝에 님나라를 찾아가는 과정으로 진행된다. 정을진이 세 명의 스승을 만나 헛된 꿈을 쫓아가는 것과 달리 그는 무궁화, 고대 영웅들의 이끌림으로 꿈나라에 이른다. 한놈은 근대적 화자가 드러낼 수 없는 역사적 사건과 현실의 문제를 이들에게 토로함으로써 다양한 대화적 장을 마련한다. 이를 통해 정체성을 확립하고 자신의 위치와 소명을 깨달아 가는 것이다.

본격적인 서사가 이루어지는 1장의 시공간은 단군 4240 몇 해, 무궁화 꽃송이 위에서 시작한다. 어디에 있는지도 몰랐던 한놈은 어느 날, 꽃송이에 앉아 있는 자신을 발견한다.

째는 檀君 紀元 四千二百四十 몇 해 어늬 달 어늬 날이던가. 짜는 서울이던가, 시골이건가, 海外 어대던가, 도모지 記憶할 수 업는대 이 몸은 어대로서 왓는지 듯지도 보지도 못하던 크나큰 無窮花 몃만 길 되는 가지 위 널으기가 큰 房만한 꼿송히에 안젓더라.[200]

한놈이 꽃송이 위에서 내려가려 하자 꽃송이는 자신을 떠나면 아무것도 보이지 않을 것이라 이르며 떠나지 말 것을 주문한다. 이는 한놈의 자각이 어디에서 비롯돼야 하는지를 각성시키는 것이다. 꽃송이는 국토를 상징하는 곳으로서 역사에 대한 자각과 자기인식이 출발하는 곳이다. 여기에서 한놈은 천관(天官)으로부터 "인간(人間)에는 싸홈뿐이니라. 싸홈에 니기면 살고, 지면 죽나니 님의 명령(命令)이 이러하니라"[201]라는 목소리를 듣는다. 이는 앞으로 온갖 '비아(非我)'들과 싸워 나갈 한놈의 주체화 과정을 예시하는 목소리이다. 천관이 사라지고 한놈은 한 차례의 싸움을 목격한다.

> 그러나 이싸흠은 東洋歷史나 西洋歷史에서 보던 싸흠은 안이더라. 싸우는 사람들이 손에는 아모 연장도 가지지 안코 오직 입을 딱딱 블이면 그 목구멍에서 불도 나오며 물도 나오며 칼도 나오며 활살도 나와 칼이 칼과 싸우며 활이 활과 싸우며 불과 불이 서로 치다가 내종에는 사람은 맞추니 그 맞는 사람은 목이 썰어지면 팔로 싸우며 팔이 썰어지면 쏘 다리로 싸우다가 긋긋내 살이 다 썰어지고 쪄가 한아도 업시 부서저야 고만두는 싸흠이라.[202]

이 싸움은 무기를 가지지 않고 오직 입으로 하는 싸움으로, 온몸이 소멸할 때까지 계속된다. 천관이 말한 이 싸움은 단순한 육체적 싸움을 넘어선 담론으로 이루어지는 정신적 싸움, 그리고 '비아(非我)'와 끊임없

---

200 위의 책, 514면.
201 위의 책, 514면.
202 위의 책, 515면.

이 싸우면서 스스로를 만들어가야 하는 인간의 숙명을 얘기하는 것이라 할 수 있다. "주체는 이성을 중심으로 한 근원적 실체가 아니라, 역사적·물질적 문맥의 장에 위치하는 가변적인 존재이다. 이성은 주체의 중심으로 고정된 것이 아니라 가변적인 물질적 문맥에 의해 구성된다. 미결정적이고 가변적인 탈중심화된 주체는 죽음이 아니라 (해체를 통해) 새로운 주체의 구성을 목표로 한다."[203] 즉 한놈의 싸움은 '주의'를 파기하고 생성되는, 탈중심화된 주체 형성의 과정인 것이다.

한놈은 싸움의 참혹함에 눈을 감는다. 이에 꽃송이가 "한놈아 눈을 써라. 네 이대지 약하냐? 이것이 우주(宇宙)의 본 면목(本面木)이니라. 네가 안이 왓스면 할 일이 업지만 임이 온 바에는 싸움에 참가(參加)하여야 하나니 그러치 안하면 도로혀 너의 책임(責任)만 방기(放棄)함이니라. 한놈아 눈을 쌜리 써라"[204]며 싸움을 외면하려는 한놈을 꾸짖고 그의 각성을 유도한다. 꽃송이는 이렇게 천관의 목소리를 다시 각인시키면서 한놈을 싸움의 세계로 불러들인다.

꽃송이의 부름 이후, 한놈이 첫 번째 각성을 하는 것은 꽃송이와 을지문덕의 노래를 들으면서이다.

> 녜날 우리 全盛할 때에
> 이 꽃헤 구경가니 꽂송이가 크기도 하더라
> 한 엽흔 黃海渤海를 건너 大陸을 덥고
> 쏘 한 엽흔 滿洲를 지나 우수리에 늘어졋더니

203 나병철, 『한국 문학의 근대성과 탈근대성』, 문예출판사, 1998, 18면.
204 「꿈하늘」, 앞의 책, 516면.

어이해 오날날은

옷이 이다지 여윗느냐[205]

을지문덕은 과거에 황해 발해, 만주와 우수리를 덮었던 꽃송이가 오
늘날 너무 야위었다며 슬퍼한다. 을지문덕은 과거에 머물지 않고, 현
재적 목소리로 육화돼 광활한 영토를 다스렸던 과거와 쇠락한 현재를
대비시킨다. 이렇게 을지문덕이 눈물로 민족의 비애를 노래하자, 꽃송
이도 눈물로써 "영웅(英雄)의 시원한 눈물 열사(烈士)의 매운 피물"[206]에
목마르다고 화답가를 부른다. 이에 한놈 역시 슬픔을 이기지 못하고 눈
물을 흘린다.

옷송히 위에 안젓던 한놈은 두 노래 끗헤 크게 늑기여 짱에 업들여서 울
며 일어나지 못하니 옷송이가 쏘 가만히 "한놈아" 불으며 꾸짓되 "울음을 썩
그처라. 世上일은 슯다고 닛는 것이 안이니라."[207]

그러나 한놈의 눈물에 꽃송이는 슬퍼한다고 해서 세상일을 잊는 것
은 아니라고 충고하면서 허무주의에 빠지는 것을 경계한다. 삶이란 끊
임없는 싸움에 놓이는 것으로, 이는 인간의 피할 수 없는 운명임을 깨
우쳐 주는 것이다.

꽃송이와 을지문덕, 그리고 한놈의 이러한 만남은 수천 년의 시간적

----

205 위의 책, 516면.
206 위의 책, 517면.
207 위의 책, 517면.

간극을 초월한 것이다. 또한 한놈 눈앞에 생생하게 펼쳐지는 과거는 현재와 공존함으로써 환상적인 시공간을 창출하고 있다. 과거는 고정된 실체로 주어지는 것이 아니라 한놈이 존재하는 꽃송이 위, 현재적 시공간과의 대화를 통해 재구성되고 한놈의 자각에 의해 의미화되고 있는 것이다.

을지문덕이 존재하는 과거는 영계(靈界)로 이어진다. 한놈 앞에서 펼쳐진 고구려와 수나라의 전쟁은 영계에서 벌어진 싸움으로, 육계(肉界)에서 일어났던 싸움이 지속되고 있는 것이다. 을지문덕은 영계는 육계의 사영(射影)으로서 육계의 싸움이 그치지 않으면 영계의 싸움도 그치지 않는다고 이른다. 이는 육계를 사는 인간 존재 자체에 대한 근원적인 통찰이라 할 수 있다. 인간은 자기에 대한 물음을 가지고 사는 존재로서 이에 대한 답을 얻지 못하면 인간으로서의 삶이 끝났다고 할 수 없다는 것이다. 즉 물리적 삶이 끝났다 하더라도 자기 발견의 치열한 투쟁의 결과들은 영계까지 이어진다는 것을 역설하는 것이다.

또한 육계 싸움의 승리자는 천당에, 패배자는 지옥으로 떨어진다며 현실의 시공간이 영계도 지배함을 역설한다. 따라서 사후 세계를 약속하는 종교적인 시공간은 모두 부정되고 육계에서의 현실적인 삶의 구성과 주체성 확립을 위한 끊임없는 싸움의 필요성이 제기된다. 을지문덕이 존재하는 과거와 영계는 현실에서의 투쟁적인 삶을 고무시키는 데 기여하는 것이다.

"놈은 듯자오니 사람이 죽으면 착한 이의 넉슨 天堂으로 가며 모진 이의 넉슨 地獄으로 간다더니 이제 그 말이 다 그진말임닛가? 그러면 靈界도 肉界

도 갓히 항상 칼로 질으며 총으로 쏘어 서로 죽이는 慘狀이 잇슴니다."

선배님이 허허 탄식하시며 하시는 말이 (…중략…)

"대져 宗敎家 始祖된 釋迦나 예수가 天堂이니 地獄이니 한 말은 별로히 寓意한 곳이 잇거늘 어리석은 사람들이 그 말을 집어먹고 消化가 못되야 亡國滅族 모든 病을 알는도다. (…중략…) 亡한 나라의 種子로서 혹 부처에게 빌며 上帝께 긔도하야 죽은 뒤의 天堂을 구하랴 하니 엇지 눈을 감고 해를 보랴 함과 달으리오."[208]

육계의 싸움에서 승리해야만 영계에서도 평화를 누릴 수 있다는 을지문덕의 말은 곧 비영웅들과 역사의 주변인물들이 보여준 현실도피적인 태도를 경계하고, 과거와 미래를 결정하는 현실적인 삶의 무게를 역설하는 것이다. 따라서 사후의 세계를 말하는 종교는 패배자의 현실도피처로 인식되고 있다.

을지문덕과의 만남을 통해 인간으로서의 본분을 자각한 한놈은 역사에 눈을 떠 역사서들을 짓기 시작한다. 이러한 역사 짓기는 곧 담론을 생산하는 일로서 끊임없는 싸움에 놓인 인간의 숙명을 쫓는 일이다. 여기에서 한놈에게 요구되는 '아(我)'와 '비아(非我)'의 투쟁은 '아국(我國)'과 '비아국(非我國)'이라는 근대 국가 경계를 환기하는 투쟁이나 혈연 공동체를 바탕으로 규정되는 개념이 아니다. '비아'란 지배계급과 제국주의, 그리고 온갖 부정적인 '아'의 모습을 총체적으로 지칭하는 것이다.

----

208 위의 책, 518~519면.

내란 範圍는 시대를 짤어 줄고 느니니 家族主義 시대는 가족이 내요, 國家
主義의 시대는 國家가 내라. 만일 時代를 압서 가다가는 다리가 찌저지고 時
代를 뒤서 오다가는 머리가 붗어지나니 네가 오날이 무삼 時代인지 아느냐?
씨리시는 地方熱로 强國의 資格을 일코, 인도는 部落思想으로 亡國의 禍를
어드니라.[209]

따라서 한놈은 국가를 넘어선 '비아', 그리고 내부 '비아'와의 투쟁을
수행해야하는 이중적인 과제를 안고 있는 인물이다.
한놈은 이제 을지문덕의 말에 박론(駁論)하며, 수나라를 전멸시키지
않고 여러 번 적국을 용서하여 화(禍)가 되게 한 것을 책한다. 이에 을지
문덕은 조정이 자신을 믿지 못하고, 의견 또한 일치하지 못하여 뜻을
이루지 못했다고 한다. 그러면서 역사에서 을지문덕이 한 일이라 알려
져 있지는 않지만 스스로 암살자가 돼 수양제(隋煬帝)를 죽였다 이른다.
이에 한놈이 당당한 대신(大臣)이 암살자가 됐다는 데 의아해 하자 그는
나라를 위하는 일인데 무엇을 돌아보겠느냐고 말한다.

"當時에 나를 偵探大王으로 조롱하는 이가 잇더니 오날에 쏘 暗殺이 大臣
의 일이 안이라고 책망하는 이 잇도다. 갓히 나라에 충성하자는 사람들이
지만 그 意見이 이갓히 한결갓지 못하도다. 한놈이여, 이러케 생각말지어
다. 털끗만치라도 나라에 유익할진대 무엇을 도라보리오." 한놈이 다시 "나
라에 유익하면 하지만 暗殺이 무삼 유익이 잇슴닛가?" 물은대, 乙支文德이

209 위의 책, 521면.

막 대답하려 하더니 별안간 東天에 푸른 구름 쓰며[210]

을지문덕은 나라를 위하는 일이라면 암살도 행할 수 있다고 말하고 있다. 이 둘의 대화는 이후 신채호가 아나키즘 사상으로 경도되는 단서가 된다.[211] 암살이 무슨 유익이 있느냐고 하는 한놈의 질문은 곧 폭력적 아나키즘으로 경도되기 전, 신채호의 고민을 담고 있는 것이다. 이는 폭력으로밖에 대의를 구할 수밖에 없는 현실에서 폭력적인 아나키즘에 대한 정당성을 찾고자 하는 고뇌의 흔적이라 할 수 있다. 이러한 정당성은 곧 구국의 영웅에 의해 찾아지는가 싶지만 을지문덕이 대답하려는 순간, 이야기가 전환됨으로써 그 물음에 대한 답은 열려진 채 마무리된다.

대화가 진행될수록 한놈은 역사와 세계에 대한 인식이 깊어진다. 한놈은 을지문덕의 일면, 순응적인 태도에 강하게 반발하고 나선다.

아무리 어른의 말슴이지만 한놈의 듯기에 엇지 결이 나던지 와락 니러서며 "그것이 무삼 말삼임닛가. 어대 震壇九變局圖가 잇단 말슴임닛가. 만일 人間興亡이 이와 갓히 定한 運命이 잇슬진대 압허도 뛰지 말며 슯허도 울지 말며 죽어도 살랴 하지 말미 올치 안함니가. 그러면 알는다고 약 먹을 것 잇스며 곱호다고 밥 먹을 것 잇슴닛가. 그러면 넘어지는 나무를 치는 이가 슬금

210 위의 책, 525면.
211 신채호는 이후, 폭력이 생존과 독립을 위한 정당한 수단이라고 밝힌다. "우리는 日本强盜政治곧異族統治가 우리朝鮮民族生存의 敵임을 宣言하는同時에 우리는革命手段으로 우리生存의敵인 强盜日本을盜伐함이 곧 우리의正當한 手段임을宣言하노라." 「朝鮮革命宣言」, 『전집』8, 892면.

한 사람이오, 망하는 나라를 붓잡으랴는 이가 어리석은 제 아비란 말임닛가." (…중략…) "안이다, 안이다. 그래도 運命의 일은 運命이 하고 사람의 일은 사람이 하나니 여름이 되면 홋옷 입고 겨울이 되면 솜옷 입지 안느냐."[212]

한놈은 잘못된 운명은 깨야 한다고 믿는다. 이에 을지문덕은 인간이 어쩔 수 없는 한계 또한 있음을 일깨우며 인간이 할 수 있는 역(逆)한 운(運)은 막아 싸우면 된다고 이른다. 이에 한놈은 을지문덕을 쫓아 님이 있는 싸움의 현장을 찾아간다. 길을 떠나기 전에 을지문덕과 꽃송이가 한놈에게 했던 이러한 말들은 곧 신탁(神託)과 같은 역사의 부름이라 할 수 있다.

이처럼 한놈은 영계에서 벌어지는 을지문덕의 싸움을 보고, 자신이 서 있는 현재적인 시공간을 자각한다. 이후, 님나라에 이르기까지 거치는 고됨벌, 황금산, 새암, 싸움터 역시 한놈이 자각의 세계로 나아가는 부단한 자기 갱생의 여정이다. 그는 끝없는 모험의 여정을 떠나며 자아를 탐색하고 자기 성찰의 계기를 마련함으로써 현실적인 삶의 유혹들을 하나씩 버리게 되는 것이다.

한놈은 하늘과 땅, 동서남북에서 여섯 동무를 얻어 함께 길을 떠난다.

"네 하늘에 향하여 한놈을 불으라."

하거늘 한놈이 힘을 다하여 머리를 들고 한놈을 불으니 하늘에서

"간다."

---

212 「꿈하늘」, 앞의 책, 533~534면.

대답하고 한놈 갓흔 한놈이 내려오더라 쏘

　"네가 짱에 향하여 한놈을 불으라."

하거늘 한놈이 쏘 힘을 다하여 머리를 숙이고 한놈을 불으니 땅속에서

　"간다."

대답하고 한놈 갓흔 한놈이 소사나더라. 꼿송이가 식이는 대로 동편에 불너 한놈을 얻고, 서편에 불너 한놈을 얻고, 남편 북편에서도 각기 다 한놈을 얻은지라. 세여본즉 원래 잇던 한놈이와 불너나온 여섯 한놈이니 합이 일곱 한놈이러라. 낫도 갓고 꼴도 갓고 목뎍도 갓지만 일홈이 갓흐면 서로 분간할 수 없슬까 하여 차례로 일홈을 지어 한놈 둣놈 셋놈 넷놈 닷째 놈 엿째 놈 잇놈이라 하다.[213]

　여섯 동무들은 한놈과 얼굴도 같고 모양도 같다. 이는 "울어도 홀로 울고 우서도 홀로 우서 사십 평생(四十平生)에 동무 한아 업시 자라난"[214] 한놈이 자신 안의 여러 인격체를 온전히 만나는 것을 말해주는 것이다. 즉 여섯 동무는 한놈 안에 있는 또 다른 한놈들로서 한놈 안의 타자들인 셈이다. 한놈은 단성적인 주체가 아니라 온갖 '비아(非我)'적인 모습을 동반한 분열적이고 다중적인 인물이다. 이러한 인물 설정은 한놈을 이분법적 시각에서 해체시켜 그의 내면을 존재 그 자체로 바라보도록 한다.
　닙나라로 가는 여정에서 여섯 동무는 세속의 유혹을 이기지 못하고 무너진다. 첫 번째로 고됨벌에서 잇놈이 아픔을 견디지 못하고 편함을 선택함으로써 무리에서 탈락한다. 남은 여섯 명은 마지막 싸움을 잘하

---

213 위의 책, 537~538면.
214 위의 책, 537면.

여야 한다, 최후 오 분을 잘 지내란 말도 있다며 서로를 다독이고, 넘나라에 이르기까지 인내심을 잃지 말 것을 다짐한다.

황금산에 당도한 그들은 한 쌍의 옥동자가 노래하는 것을 듣는다.

잰 사람이 그 누구냐 내 이 山을 내여 주리라. 이 山만 가지면 옷도 잇고 밥도 잇고 高臺廣室 놉흔 집에 足過平生 잘 살리라. 이 山만 가지면 맛아들은 皇帝되고 둘째 아들은 諸侯되고 세째 아들은 芭蕉扇 밧고 네째 아들은 쌍가마 타고 네 압혜 절하리라.

이 山을 가지랴거던 檀君을 바리고 나를 한아비하며 震壇을 더지고 내 집에서 네 살님하여라. 이 山만 차지하면 金剛石으로 네 갓하고 眞珠구슬로 네 목도리하고 紅寶石으로 네 옷 말녀주마 잰 사람이 그 누구냐 너희들도 어리석다 싸움에 다달으면 네 목은 칼바지며 네 눈은 살관혁이며 네 몸은 탄알밥이다. 人生이 얼마라고 호강을 실타고 압흔 길로 드느냐. 어리석다 불상하다 너희들[215]

옥동자는 이들에게 황금산에서 한평생 즐기며 살 것을 종용하면서, 황금산에 머물기 위해서는 단군을 버려야 한다고 말한다. 역사에 대한 소명의식이나 가비[魔]와의 싸움도 외면하라는 것이다. 이에 엿놈이 황금의 유혹을 이기지 못하고 황금산에 머물러 버린다. 황금산은 황금을 쫓아서는 대의를 완성할 수는 없음을 확인시켜주는 공간이다. 한놈은 여기에서 넘나라의 싸움터로 가야만 하는, 여정에 대한 목적의식을 다

. . . .
215 위의 책, 540면.

지고 스스로를 담금질한다.

황금의 유혹을 이기고 이들이 도착한 곳은 새암이다. 한놈 일행은 새암 냇물에서 들려오는 한 목소리와 대화를 한다.

"그러면 네 일홈이 새암이니 남의 집과 남의 나라도 만히 망쳐겟고나."

"암, 그럼. 檀君神祖째에 내 비록 이 마음이 잇스나 道德의 아래라 감히 나타내지 못하다가 夫餘의 末年부터 내 일홈이 비로소 나타날새 金蛙의 아들들이 내 맛을 보고는 東明聖帝를 죽이랴 하며 (…중략…) 나의 물결이 가는 곳이면 반다시 禍患을 내여 三國의 强盛이 더 느지 못함이 내 솜씨에 말미암음이라고도 할지니 (…중략…) 百濟에 들매 義慈의 君臣이 서로 새암하여 成忠이며 興首며 階伯이 갓흔 賢相 猛將을 멀니하여 亡함이 일으며, 高句麗에 들매 男生의 兄弟가 서로 새암하여 平壤이며 國內城이며 蓋牟城 갓흔 名城을 敵國에 밧처 悲運에 싸지고, 福信은 萬古의 名將으로 豊王의 새암에 掌心 꿰이는 惡刑을 받어 中興의 事業이 꿈결로 도라가며"[216]

새암은 질투의 강이다. 냇물은 역사상에 일어난 영웅들의 고난이나 국난 등이 모두 질투에서 말미암은 것이며, 이 때문에 결국 금수강산에 피비린내가 나게 됐다고 말한다. 한놈 일행은 질투의 강을 건널 수 있으리라 여기지만 결국, 넷놈이 가장 앞서 뛰는 셋놈을 질투하여 죽이고 넷놈 또한 그 벌로 죽임을 당한다.

편하게 살고자 하는 마음, 황금에 대한 끝없는 욕망, 타인에 대한 끓

216 위의 책, 541면.

어오르는 질투의 감정 등은 인간의 가장 원초적인 성정(性情)들이다. 이러한 것들을 다스리고 보듬은 한놈과 둣놈, 그리고 닷놈만이 드디어 가비와 싸우고 님의 싸움에 참여하게 된다. 그러나 지휘자 전술의 잘못으로 님의 군사가 대패한다. 이에 둣놈은 현실에 대한 집착을 놓고, 도피하듯이 청산백운문(靑山白雲門)에 사슴 친구나 찾아간다고 하며 떠난다. 닷놈은 싸움에 자신감을 잃고 종질이라도 하며 세상에 어정거림이 옳지 장부(丈夫)로서 이렇게 적막하게 살 수는 없다 하고는 적진에 투항해 버린다. 둣놈과 닷놈의 마지막은 대의에 실패한 인간이 흔히 선택할 수 있는 삶의 형태이다. 즉 허무주의에 빠지거나 오히려 더욱더 철저한 세속적인 현실주의자가 되는 것이다.

이처럼 여섯 동무는 세상 인간 군상들의 흔한 삶의 형태를 대변하는 인물들이다. 이들은 속세의 유혹과 욕망에 눈이 멀어 떠나 버린다. 여섯 동무들의 선택은 곧, 한놈이 자기 확립을 위해 극복해야 할 갖가지 삶의 행태들로서 님나라를 향해 가는 한놈의 여정과 대비된다. 마치 『서유기(西遊記)』의 삼장법사가 요괴들의 온갖 유혹들을 떨치고 불경을 얻는 과정처럼, 여섯 명의 떠남은 평범한 한놈이 세상의 유혹들을 하나씩 버리면서 님나라의 사람으로 거듭나는 것을 부각하고 있다. 함께 길을 떠났던 이들이 모두 사라짐으로써 한놈은 진정한 한놈으로 수렴되는 시초를 마련하게 되는 것이다.

여섯 동무들이 모두 현실 논리 앞에서 무릎을 꿇고 결국, 한놈 혼자만이 남는다. 그리고 한놈 역시 어찌할 바를 몰라 왔던 길을 찾아 다시 뒤로 물러서려고 할 때, 어디선가 님의 목소리가 들려온다.

"쌘 칼을 다시 박으라."

소리를 질으고 압흘 헤치며 나아가니 님의 갓흔 보이지 안하나 님의 말소리 가 귀에 들닌다.

"네 오나냐, 홀로 오나냐?"

하시거늘 한놈이 고되고 외로워 엇지할 줄 모르던 차에 仁慈하신 말슴의 늑 김을 받어 눈에 눈물이 핑 돌며 목이 탁 메여 겨오 대답하되

"예. 홀로 옵니다." (…중략…)

"이 칼은 三千九百二十五年 壬辰倭亂에 義兵大將 鄭起龍이 쓰던 三寅劍이 다. 네 이것을 가지고 敵陣을 처라."

하시더라. 한놈이 칼을 받어들고 나서니 하늘이 개이며 해도 다시 나와 범 과 사자들은 모다 달어나 압길이 탁 틔이더라.[217]

여섯 동무들이 모두 떠나고 고됨과 외로움만 남아 스스로의 힘으로 는 무엇도 할 수 없는 척박한 한놈이 되었다. 이제, 왔던 길을 회의하며 돌아가는 것밖에 남지 않았다. 정신적인 자각이 실천적 행동이 됐을 때 한놈은 그 이상과 현실의 괴리, 특히 현실의 지난하고 외로운 투쟁에 모든 것이 소진된 듯한 느낌을 받는 것이다. 이렇게 한놈의 인간적인 노력이 끝나고 한계에 다다랐을 때, 어디선가 님의 목소리가 들려와 한 놈의 주춤거림을 꾸짖고 적진으로 나갈 것을 추동한다.

깊은 절망의 끝에서 들려오는 이 님의 목소리는 곧 한놈 안에 공명하 는 자기 자각의 목소리라 할 수 있다. 무력했던 한놈이 고단한 자기 성

217 위의 책, 544~545면.

찰의 과정 속에서 한 단계 성숙한 인물로 거듭난 것이다. 이러한 자각이 이루어지자 "범과 사자들도 모다 달아나 압길이 탁 틔"인다. '범과 사자'는 곧 삶에 대한 사소한 감정, 두려움을 상징하는 것으로서, 한놈이 이러한 감정들을 극복하고 세계인식을 확장하게 된 것이다.

한놈의 세계는 끊임없이 틈입하는 '비아(非我)', 즉 타자들에 의해 전복되고 의식의 자각 속에서 갱생된다. "타자는 자아의 구성에 참여하게 된다. 이때 나와 타인은 서로 다르고, 상호구성적인 대화적 존재이다. 주체는 타자에 의해 구성되면서, 타자를 구성하는 입장에 있다."[218] 여섯 동무와의 만남과 침묵적인 대화들, 그리고 변절들은 한놈이 님나라에 이르도록 하는 필연성으로 작용하는 것이다. 분열됐던 한놈은 이러한 싸움을 통해 다시 온전한 한놈으로, 주체적인 한 몸으로 융합돼 간다. 즉 다성적인 목소리를 내던 또 다른 한놈인 여섯 동무들은 새로운 주체로 거듭나기 위한 한놈의 자기 투쟁을 말해 주는 것이다. 그는 이러한 내부의 '비아'들을 물리친 다음에야 강감찬에게 칼을 건네받아 외부 '비아'들과 싸울 자격을 얻는다.

님에 의해 싸움의 장으로 옮겨진 한놈은 전의를 가다듬고 먼 과거, 역사의 적(敵)인 풍신수길과 현재적 공간에서 싸움을 벌인다.

"뎌놈이 곳 壬辰倭亂에 朝鮮을 드럽히랴던 日本關白 豊臣秀吉이라."
하거늘 원수를 외나무다리에서 만난 한놈이 엇지 용서가 잇스리오. 두 눈에 쌍심지가 올으며 憤氣가 뎡수박이를 쿡 질너 곳 한칼에 이놈을 고기쟝을

---

218 권덕하, 『소설의 대화이론―콘라드와 바흐찐』, 소명출판, 2003, 45~47면.

맨들리라 하야 힘쓴 견워치랴 한즉 豊臣秀吉이 썩 처다보며 뱅그레 웃더니 그 怪惡한 얼골은 어대 가고 一代美人이 되어 안젓는대 곳본 나뷔인 듯 물찬 제비인 듯 도다오는 半月인 듯 한놈이 그것을 보고 팔이 썰으해지며 차마 치지 못하고 칼이 쌍에 덜넝 나려지거늘[219]

여정을 통해 담금질된 한놈이 처음으로 대의를 위한 싸움에 임하는 것이다. 그는 충만한 자신감으로 과감하게 풍신수길과 맞서지만 곧 그가 미인으로 변하자 전의를 상실하고 지옥에 떨어지고 만다. 넘나라에 오기까지 안락과 황금, 질투의 감정을 견뎌낸 한놈이 미인의 유혹 앞에 무너지고 마는 것이다. 그동안 쌓아온 모든 것을 한순간에 잃어버리는 한놈의 모습은 그가 아직은 자기 성찰이 부족한 인물이라는 것을 암시한다. 그는 적에 대한 강한 전의를 불태우지만 첫 번째 싸움에서 그러한 것이 자신에 대한 과한 믿음과 허상이었음을 눈앞에서 확인하는 것이다.

지옥은 한놈의 끝없는 절망과 추락을 상징하는 공간으로서 가장 큰 시험의 장이다. 지옥에서 만난 순옥사자(巡獄使者) 강감찬은 나라를 그르친 자들은 잔인하게 "하로 열두 번을 이대로 죽이고 열두 번을 이대로 살니여 죽으며 살니고 살면 죽이나니 이는 큰 매국적(賣國賊)을 처치하는 겹겹지옥(地獄)이니라"[220]고 한다. 한놈은 강감찬과의 이러한 대화를 통해 애욕을 버리고, 마지막 정신적 단련을 이루게 된다.

. . . .
219 「꿈하늘」, 앞의 책, 545면.
220 위의 책, 549면.

"나라 사랑하는 사람은 美人을 사랑하지 못하오릿가?"

姜邯贊이 짱 위에 노힌 칼을 가라치며

"이 칼 노흔 자리에 다른 것도 쏘 노흘 수 잇느냐?"

"안될 말임니다. 한 물건이 한 시에 한 자리를 차지할 수가 잇슴니가?"

姜邯贊이 이에 손을 치며

"그러하니라. 한 물건이 한 시에 한 자리를 못 차지할지며, 한 사샹이 한 시에 한 머리속에 갓히 잇지 못하나니, 이 줄로 밀워 보아라. 한 사람이 한 平生에 두 사람을 가지면 두 사랑에 한아도 일우기 어려운 고로 니야기도 일으되, 두 졀개가 되지 마라 하니 그 부졍함을 남으램이니다." (…중략…)

한놈이 졀하여 그 고맙한 뜻을 올니고 그러나 地獄에서 나가게 하여 달나 하니 姜邯贊이 갈오대

"뉘가 못 나가게 하나냐?"

"못 나가게 하는 이는 업사오나 몸이 쇠사슬에 묵기여 나갈 수 업슴니다."

姜邯贊이 우스시며

"뉘가 너를 묵더냐?"

하니 한놈이 이 말에 大徹大悟하여

"本來 묵기지 안한 몸을 어대 풀 것이 잇스리오?"

하고 몸을 쓸치니 쇠사슬도 업고 한놈의 한 몸만 웃둑하게 섯더라.[221]

한놈은 두 졀개를 가지는 것은 불가(不可)하며 대의를 위해서는 사사로운 감정들을 놓아야 한다는 것을 깨닫는다. 그리고는 강감찬에게 몸

---

221 위의 책, 551~552면.

의 쇠사슬을 풀어 지옥에서 나가게 해 달라고 한다. 그러자 강감찬은 누가 너를 묶었더냐고 반문한다. 이에 한놈이 크게 깨닫는다. 즉 지옥에 떨어진 것, 그리고 쇠사슬에 묶여 있다고 생각한 것은 한놈 스스로가 자초하여 만든 자기족쇄의 시공간들이었던 것이다. 이를 깨달은 후, 비로소 한놈은 자유의 몸이 되어 님나라로 가 하늘을 깨끗이 하는 데 쓰임이 된다. 모든 세속적인 욕망과 자기 집착을 버린 투명한 한놈이 되자 님나라에 소용되는 인물이 되는 것이다.

인간으로서의 모든 노력을 다한 후 한계를 느꼈을 때 님의 목소리가 들려와 한놈을 싸움의 장으로 옮겨 왔다. 그러나 여기서 그가 진정한 한놈으로 태어나는 것이 아니었다. 님의 도움 뒤에, 스스로 큰 깨달음을 얻은 후에야 비로소 진정한 자유인(自由人) 한놈으로 태어나고 있다. 이는 최종적으로는 자기구원을 통해서만 대의적인 주체로 거듭날 수 있음을 말해주는 것이다.

지옥과 천국은 결국 자기 스스로가 짓는 곳임을 깨달은 한놈은 천국에 당도한다. 그는 도령군의 시조인 화랑도의 유래에 대하여 듣고 도령군 놀음곳에 입장할 자력을 논한다. 그리고 이제 신채호 소설에 나타났던 무수한 눈물 중에서 진정한 눈물이 무엇인지도 밝혀진다.

"네가 바칠 것 이서야 들어가리라."하거를
"밧칠 것이 무엇입니가? 돈임닛가, 쌀임닛가, 무삼 보배임닛가."
한대
"그것이 무삼 말이냐? 돈이던지 쌀이던지 보배이던지는 人間에서 貴한 것이오. 님나라에서는 賤한 것이니라."

"그러면 무엇을 밧칠닛가?"

"다른 것 안이라 대개 情이 만코 苦痛이 깁흔 사람이라야 우리의 놀음을 보고 깨닷는 배 잇스리니 네가 人間三十餘年[222]에 눈물을 몃 줄이나 흘엿느냐? 눈물 만흔 이는 情과 苦痛이 만흔 이매 이 놀음에 참여하여 上等손이 될지오, 그 남어는 中等손 下等손이 될지오. 아조 격은 이는 들어가지 못하나니라."

"어려서 졋 달라고 울던 눈물도 눈물임닛가?"

"안이다. 그 눈물은 못 쓰나니라."

"열한아 열두 먹던 째에 남과 싸우다가 분하여 운 눈물도 눈물임닛가?"

"안이다. 그 눈물도 갑업나니라."

"그러면 오직 나라사랑이며 동포사랑이며 대적에 대한 의분의 눈물만 씀닛가?"

"그러니라. 그러나 그 눈물에도 眞假를 골으니라."[223]

젖을 달라고 우는 울음, 분하여 우는 울음 등은 진정한 울음이 아니라고 한다. 나라와 동포 사랑, 대적에 대한 의분의 눈물이 진정한 눈물이며 이에도 진가(眞假)가 있다고 본다. 도령군 놀음곳에는 이러한 진정한 눈물을 흘릴 줄 아는 자만이 들어갈 수 있다. 정과 고통이 많았던 이, 즉 인간적인 고뇌와 현실적인 투쟁의 장에서 치열하게 산 자들만이 도령의 놀음을 이해할 수 있고 진정한 역사적 화합의 장에 합류할 수 있

---

222 길을 떠날 당시, 한놈은 "四十平生"을 산 인물이었으나, 여기서는 "三十餘年"이라 하고 있다. 시공간의 환상만큼 한놈의 나이, 존재 양태도 고형화돼 있지 않다.
223 「꿈하늘」, 앞의 책, 559~560면.

는 것이다. 한놈은 눈물을 흘리며 "나는 원래(元來) 무정(無情)하야 나의 인간(人間)에 대(對)하여 뿌린 눈물은 몃 방울인가"[224]며 반성한다. 그의 눈물은 비영웅들이 흘리는 감상적인 자기연민의 눈물이 아니라 인간에 대한 이해에서 출발, 인물들과의 깊은 교감과 자기반성에서 비롯되는 눈물이다. 서사는 한놈의 깨달음 끝에 도령군 놀음곳으로 마무리됨으로써 제국적 폭력에 의해 상처받은 시공간을 희망의 제의적 공간으로 전환, 역사와의 화해를 시도한다.

이처럼 한놈이 자기 존재의 물음에서 최종적으로 깨닫는 것이 바로 인간애이다. 신채호는 『이태리건국삼걸전(伊太利建國三傑傳)』에서 우리나라 이천만 인구가 번성하여 이천억, 이억조가 되어도 축하할 일이 아니고, 나라가 이만 삼만 리 확장되어도 축하할 일이 아니라고 하였다. 또한 파는 곳마다 황금이 물처럼 솟아나고, 오곡이 넘쳐나 썩어나는 것도 구하는 바가 아니라고 하면서 오직 애국자가 있기를 기원한다고 말한 바 있다.[225] 한놈의 여섯 동무 같은 인물은 아무리 숫자적으로 많아진다 해도 소용이 없는 것이며, 황금의 유혹 등을 이겨내고 애국심, 나아가 인간애를 자각한 한놈이야말로 그가 구하고자 한 인물상이라 할 수 있다. 오래 전부터 그가 구하고자 했던 인물이 「꿈하늘」에서 비로소 구현되고 있는 것이다. 여기서 한놈이 깨달은 애국심은 곧 자아 발견의

---

224 위의 글, 560면.
225 "無涯生이 日 我國 二千萬口가 繁衍至 二千億二千兆도 非我所祝이라. 我所祝者는 只是 我國에 有愛國者며 我國三千里地가 延長至三萬里 三億里도 非我所欲이라. 我所欲者는 只是我國에 有愛國者며 到處黃金이 湧出如水도 非我所願이오, 到處五穀이 紅腐如土도 非我所求라. 我所願而所求는 只是我國에 有愛國者로니 嗚呼라, 雖無量의 人口, 無量의 土地, 無量의 寶貨, 無量의 産業이 有홀지라도 愛國者가 無ㅎ면 虎吻眈眈에 皮肉이 鑠盡ㅎ고 屠刀霍霍에 苦痛이 滋甚ㅎ리니, 其誰保之 其誰救之리오." 「伊太利建國三傑傳」, 『전집』 4, 568~569면.

다른 이름이며, 이는 최종적으로 인간애에 도달하는 동력이 된다. 따라서 국가주의를 강화하는 애국심 개념과는 차별화되는 것이다. 한놈이 깨달은 인간애는 육계의 인간이 추구해야 할 삶의 지향점으로서 도령군 놀음곳은 바로 육계의 삶에 대한 이러한 해답을 얻은 자들의 축제의 장인 것이다. 이는 신채호가 궁극적으로 지향하는 바가 싸움의 세계가 아니라 삶을 축제로 만드는 인간애의 장임을 말해주는 것이다.

살펴본 바처럼 한놈의 여정에 가시적, 비가시적 인물들과 무수한 시공간들이 나타났다 사라진다. 불연속적이고 환상적인 시공간들은 현실의 이데올로기적 강제를 탈주하려는 여러 주체들이 일시적으로 만났다 해체되는 시공간들이다. 한놈이 정신적 혼돈에 빠질 때마다 꽃송이, 을지문덕, 님, 강감찬은 홀연히 나타나 그를 꿈나라까지 이끌기도 한다. 인물들은 시공을 자유롭게 드나듦으로써 합리성으로 위장한 근대의 제국적 폭력의 광기를 해체하고 재구성할 수 있는 역동적인 존재가 되고 있다. 이는 인물과 역사적 시공간이 긴밀하게 밀착돼 있던 역사전기소설과 차별화되는 것이다.

이러한 시공간은 한놈의 정신적인 자각에 따라 획기적으로 변화하므로 한놈의 존재 양상과 연관된 시공간이다. 한놈의 정체성은 고정된 상징체를 가지지 않고 시공간의 변화 속에 다양하게 펼쳐진다. 이 속에서 그는 자기구원의 세계에 도달하고, 인간애를 깨달음으로써 세계인식을 확장하게 된다. 평범한 한놈이었던 그가 여러 시험들을 통과하고 의식의 각성을 이루는 과정은 통과제의(通過祭儀)와 같다. 그가 등장인물들과의 관계 속에서 주체화로 나가는 과정은 다음과 같다.

무력한 한놈 → 꽃송이 위(역사적 시공간 인식) → 천관의 목소리(싸움에 놓인 인간의 숙명 인식) → 靈界 속, 을지문덕의 싸움터(肉界 삶의 무게 인식) → 고됨벌(인내심을 기름) → 황금산(물질에 대한 유혹을 이겨냄) → 새암(질투의 감정을 버림) → 님의 싸움터(허무주의와 세속주의에 빠지지 않고 견뎌냄) → 풍신수길과의 싸움터(미인의 유혹에 빠짐) → 지옥, 강감찬과의 만남(애국심에 대한 자각, 자기 족쇄에서 벗어남) → 님나라(역사적 소임을 자각함) → 도령군 놀음곳(역사와의 화해, 인간애에 눈뜸)

특히 한놈을 자각의 세계로 이끄는 을지문덕, 강감찬 등은 영웅적인 활약이 아닌 그 목소리, 말로써 한놈을 일깨운다. 민족영웅들의 목소리는 곧 억압된 타자로서의 자기 치유의 목소리이자 재생을 위한 현실 참여의 적극적인 목소리이다. 이는 모범적인 근대인상으로 주어지던 영웅의 모습과도, 일이승과 정을진과 같이 대화가 부재한 일방적인 관계와도 차별화된다. 특히 민족영웅들로 현현되는 끊임없는 과거와의 만남들은 한놈이 현실을 인식하고 새로운 주체로 거듭나는 데 가장 기초적인 자기인식의 발로가 된다. 과거는 한놈의 자각 안에서 끊임없이 해석되며 현재에 대한 비판적이며 통시적 시각을 확보하게 한다. 이를 통해 그는 자기 안에 갇히지 않고 세계 인식을 확립할 수 있게 되는 것이다.

그러나 민족영웅들의 나타났다 사라짐의 반복적인 등장은 곧 이들이 현실세계의 인물이 아니라 유령적인 존재임을 말해주는 것으로서, 이들의 목소리는 사실 하나의 환상에 불과한 것이다. 따라서 실제로 한놈과 민족영웅들 사이에 이루어지는 대화는 한놈의 자각과 깊은 성찰에서 울리는 한놈의 자기 대화, 자기구원의 목소리라고 할 수 있다. 말하자면 신채호는 꿈의 세계를 통해 시점을 흔들어 놓고 다양한 목소리를 개입시킴으로써 비가시적인 존재를 서사 전면에 가시화하는 전략을 취하고 있는 것이다.

이처럼 「꿈하늘」에서 펼쳐지는 세계는 억압된 현실에 대한 다양한 관찰적 시선을 가능하게 하며 대안 모색을 위한 확장된 세계인식을 가능하게 한다. 이를 통해 볼 때 신채호가 꿈의 세계를 그린 것은 현실도피나 현실패배 의식에서 나온 것이 아니라, 폭력적으로 구획되는 세계를 벗어나 소통의 관계로 이루어지는 자율적인 세계를 지향하는 것으로 이해된다. 즉 근대적 서사가 견지해온 리얼리즘 기반에서 이탈하는 것을 통해 대안적인 현실을 깊이 탐구해 나간 것이라 볼 수 있는 것이다. 이는 실천적 문학 활동의 심화 과정이라 할 수 있다.

서사는 꿈의 세계를 통해 중심을 해체하고 무엇이 현실인지, 대안적인 꿈의 세계는 무엇인지에 대한 성찰과 고민을 하게 한다. 「꿈하늘」은 이후, 모든 권력을 무화하고 있는 「용과 용의 대격전」의 서사양상으로 긴밀하게 연결되고 있다. 다중적인 한놈의 존재 양상은 탈중심화된 주체를 상징하는 '0'으로 현현되며, 한놈과 등장인물들과의 대화는 비가시적인 드래곤의 출현을 알리는 "드래곤이 왔다"라는 목소리로 이어진다. 을지문덕이 나라를 위하는 폭력에 대한 긍정은 대의적인 폭력을 정당화하는 아나키즘적 세계로, 도령군 놀음굿은 천국과 지국이 역전하는 혁명적 시공간으로 확장된다. 또한 종교에 대한 부정적인 인식도 이후 더욱 확대 심화되는 모습을 보인다. 이를 통해 볼 때, 「꿈하늘」은 아나키즘적 세계 구현을 보여주는 「용과 용의 대격전」을 예고하는 작품이라 볼 수 있다.

7. 해체와 전복의 아나키즘적 세계 구현

신채호가 언제부터 이러한 아나키즘을 받아들였느냐에 대해 여러 논의들이 있어왔다.[226] 신용하는 "3・1운동의 충격, 반 임정 활동, 독립군 활동의 난항, 사회진화론의 강권주의에 대한 비판 등의 복합적인 이유가 작용하였다"[227]고 하였으며, 서은선 외는 "1917년 러시아 혁명 이후부터 대동사상과 크로포트킨의 상호부조론에서 출발한 아나키즘 사상을 수용하게 되면서"[228]부터라고 보고 있다.

대표적인 아나키스트 크로포트킨은 '생존경쟁'을 통한 '적자생존'이 진화를 낳는다는 다윈의 학설에 의문을 제기하면서 '상호부조(相互扶助)'가 진화를 낳게 하는 요인으로 작용한다고 주장하였다. 그는 '생존경쟁'은 다윈이 『종의 기원』에서 이미 밝혔듯이 '존재의 상호의존'까지 의미하는 것인데 다윈 추종자들이 그것을 간과하고 있다고 비판한다.[229] 또한 "평균적인 지식을 가지고 있는 사람이 이해하지 못하는 말은 과학적, 사회적, 자연적 총체에서 추출된 일반화가 아니다"[230]라며 현란한

---

226 동아시아에서 아나키즘을 '무정부주의'라고 칭하게 된 것은 케무야마 센타로가 펴낸 『근세무정부주의』에서 비롯되었다. 그러나 "아나키즘의 어원인 그리스어 아나르코스(αναρχος)는 선장이 없는 배의 선원"(하승우, 『아나키즘』, 책세상, 2008, 26면)이라는 뜻으로, 이는 인간의 '자유와 자율성'을 지향하는 보다 보편적이고 인류애적인 의미를 내포하는 것이라 할 수 있다.
한국의 아나키즘 사상 흐름에 대해서는 조세현, 『동아시아 아나키즘, 그 반역의 역사』, 책세상, 2001; 이호룡, 『한국의 아나키즘』, 지식산업사, 2002 참조.
227 신용하, 「신채호의 무정부주의 독립사상」, 『증보 신채호의 사회사상 연구』, 나남, 2004, 376~392면.
228 서은선・윤일・남송우・손동주, 「신채호 아나키즘의 문학적 형상화ー하늘(天)과 용(龍) 이미지의 전도(顚倒)」, 『한국문학논총』48집, 한국문학회, 2008.4
229 크로포트킨, 김영범 역, 『만물은 서로 돕는다』, 르네상스, 2005.
230 하승우, 앞의 책, 111면.

개념으로 민중을 속이는 자들을 경계하였다.

강권에 대한 비판, 민중을 신뢰하는 크로포트킨의 이러한 태도는 신채호의 아나키즘 성격과 일치하는 점이 많다. 그러나 크로포트킨의 사상이 신채호에게 결정적인 영향을 끼쳤다고는 볼 수 없다. 신채호는 독립운동으로 투옥된 이후, "언제부터 무정부주의에 공명하였나"라는 질문에 "내가 황성신문사에 잇슬째에 행덕추수(幸德秋水)의 무정부주의의 장광설(長廣舌)을 읽은 째부터이오. 나는 의심업는 무정부주의자요"[231]라고 말하였다. 그러나 이후, "나는 그간 오래 동안 옥중(獄中)에서 시달리어 이따금 정신상(精神上) 착각(錯覺)이 되므로 내가 한 말도 알 수가 없으니, 이전(以前)에 말한 것은 다 어떻게 되었는지 모르겠지만, 전번(前番) 공술(供述)한 가운데서 어렴풋이 기억(記憶)되는 점(點)은 내가 본시(本是) 무정부주의연맹(無政府主義聯盟)을 조직(組織)할 때 어떤 책자(冊子)를 보고 동기(動機)가 되었다고 말한 듯하나, 절대(絶對)로 그런 것은 아니고 오직 현(現) 제국주의제도(帝國主義制度)에 불평(不平)과 약소민족(弱小民族)의 미래(未來)를 위(爲)하여 단행(斷行)한 것"[232]이라고 하였다. 그가 『황성신문』의 논설위원으로 위촉된 것은 1905년이다. 이로 미루어보면 이미 망명 전부터 아나키즘 사상에 대한 이해가 있었음을 알 수 있다. 따라서 크로포트킨의 영향이나 3·1운동의 충격 등이 결정적인 요인이 되었다고 보기는 힘들다.

신채호의 아나키즘적 추동력은 망명 전부터 잠재해 있었다고 볼 수 있다. 그는 '주의'를 거부한 인물이었다. 신채호는 "공자(孔子)로 선생(先

---

231 「皇城新聞째부터 나는 無政府主義者」, 『전집』 8, 920면.
232 단재 신채호선생 기념사업회, 『단재 신채호전집』 하, 형설출판사, 1995, 428면.

生)을 작(作)홀짜 야소(耶蘇)로 선생(先生)을 작(作)홀짜 마합맥(痲哈麥)으로 선생(先生)을 작(作)홀짜 왈(日) 개부부(開否否)라 오즉 진리(眞理)로 선생을 작(作)ㅎ리라"[233]라며 늘 새로운 진리를 위해서는 구사상들이 파괴돼야 한다고 주장하였다. 이러한 사상적 유연성이 그가 아나키즘에 공명할 수 있었던 첫 번째 이유였다고 볼 수 있다. 둘째, 신채호는 "형식(形式)만 중시(重視)하고 보수(保守)만 도상(徒想)"하는 유교의 억압적인 태도에 반발하면서 유교 개량을 목적으로 「유교구신론(儒敎求新論)」을 쓴 양명학자 박은식의 활동에 기대를 거는 모습을 보이기도 하였다.[234] 그러면서 "유교(儒敎)의 진리(眞理)롤 확(擴)쟝ㅎ야 허위(虛僞)롤 기(棄)ㅎ고 실(實)학을 무(務)하며 소강(小康)을 기(棄)ㅎ고 대동(大同)을 무(務)ㅎ야 유교(儒敎)의 광(光)을 우주(宇宙)에 조(照)홀지여다"[235]라며 유교의 참뜻을 확장하고 진취적으로 실천해 가야한다고 보았다. 이는 사대부들의 계급적 우월의식과 사농공상의 우열을 파기하고 대동사상(大同思想)을 열어가고자 하는 양명학적인 태도를 보여주는 것이다. 셋째, 그가 신숙주(申叔舟)의 18대손으로 양반가문 출신이긴 하나, 집안이 몰락하여 늘 가난하게 살았다는 점에서도 일찍이 지배계급에 대한 저항의식과 민중에 대한 기본적인 이해가 바탕이 돼 있었다고 볼 수 있다.

---

233 「惟眞理」, 『전집』 6, 542면.
234 "嗚呼라 韓國은 儒敎國이라 今日 韓國의 衰弱이 此에 至홈은 其惟 儒敎롤 信仰혼 所以가 아 닌가. 曰否라 奚其然이며 奚其然이리오. 儒敎롤 信仰홈으로 衰弱홈이 아니오 儒敎의 信仰이 其道롤 不得혼 故로 衰弱이 此에 至ㅎ니라. (…중략…) 儒敎界에 果然 眞心으로 儒家의 道德을 踐ㅎ며 儒門의 法規를 守호 者ㅣ 幾人이나 有ㅎ가. 太半 是儒敎愚學輩가 口頭로는 曰 孟子曰顔會ㅎ나 其腦에는 惟富貴를 是求하며 外面으로는 曰仁義曰禮智ㅎ나 其內容은 惟 名譽롤 是釣홀 쑨이라. (…중략…) 儒敎의 信仰이 其道를 不得홈으로 衰弱이 此에 至ㅎ얏다 ㅎ노라." 「儒敎界에 對혼 一論」, 위의 책, 667~668면.
235 「儒敎擴張에 대혼 論」, 위의 책, 676면.

신채호의 아나키즘적 성격은「조선혁명선언(朝鮮革命宣言)」에 가장 잘 나타나 있다. 그는 저항으로서의 폭력을 정당화하는 한편, 조선 독립을 위한 외교론과 준비론의 허구성을 폭로하고 '민중직접혁명론'을 제창하였다. 지금까지의 혁명은 권력계급의 교체에 불과한 것이었으나 앞으로는 민중이 민중 자신을 위하여 하는 혁명이 되어야 한다는 것이다. 그리고 이러한 민중직접혁명을 완수하기 위해서는 민중들의 각오가 요구되며 신인(神人), 성인, 영웅호걸이 아니라 선각한 민중이 혁명의 선두에 나서야 한다고 주장하고 있다.[236] 그는 "정치(政治)며 법률(法律)이며 도덕(道德)이며 윤리(倫理)이며 기타(其他) 일체(一切) 문구(文具)를 부인(否認)하자는 군대(軍隊)며 경찰(警察)이며 황실(皇室)이며 정부(政府)며 은행(銀行)이며 회사(會社)며 기타(其他) 모든 세력(勢力)을 파괴(破壞)하자는 분노적(憤怒的) 절규(絶叫) '혁명(革命)'이라는 소리가 대지상(大地上) 일반(一般)의 이막(耳膜)을 울니엇다. (…중략…) 우리 민중(民衆)의 생존(生存)할 길이 여기 이 혁명(革命)에 잇슬 쑨이다"[237]라며 권력 일체를 거부하고 민중의 자율성을 바탕으로 한 혁명을 추동한다.

이러한 민중혁명의 주창은 식민지 조선 민중만을 염두에 둔 것은 아니다. 그는 "무정부주의로 동방의 긔성국톄를 변혁하야 다가튼 자유로서 잘살자는 것이오"[238]라고 하며 조선 식민지인뿐만 아니라 억압받는 전 민중을 상상한다. 말하자면 그의 아나키즘은 반일 독립운동에 한정되는 것이 아니라 모든 강권과의 투쟁이라 할 수 있는 것이다. 일국주

<hr>

236 「朝鮮革命宣言」,『전집』 8, 891~901면.
237 「宣言」,『전집』 7, 656면.
238 「日本印度, 中國等 東方同志가結託」,『전집』 8, 916면.

의에 갇히지 않는 이러한 태도가 제국주의, 동양주의 등의 '주의'의 허구에 함몰되지 않을 수 있었던 힘이었다고 볼 수 있다. 이런 점에서 그의 아나키즘은 '민중의 자율적인 혁명을 통해 강권에 저항하고, 상호부조의 세계를 열어가는 것'으로 요약될 수 있다.

또한 그는 "무정부주의는 내가 강구하는 바는 아니니 어찌 불가(不可)를 말하겠는가? 이때를 당해 가장 급한 것은 적을 몰아내는 데 있다. 인류의 진보는 그칠 때가 없고 1,100년은 진실로 한 순간이다. 사물의 생겨남을 모두 깨달으면, 타인과 내가 모두 공(空)해지니 무정부주의 또한 유치하고 부족한 도(道)가 되고, 크로포트킨을 옛 사람으로 여기지 않을지 어찌 알겠는가"[239]라고 한다. 이처럼 신채호가 의식적으로 아나키스트로 전환한 것이 아니라 강권에 대한 저항을 바탕으로 새로운 '진리'를 추구하던 것이 어느 지점에서 민중에 대한 발견으로 표면화되고, 사상적으로도 크로포트킨이 주장하는 바와 일치하였을 가능성이 높다. 이는 아나키즘적 성격이 근대 기획의 단계에서 흔적으로 보이다가 이후, 민족 내외부 권력에 대한 비판의 과정을 거쳐 「용과 용의 대격전」에 와서 본격적으로 문학적 형상화를 이루어내는 유기적인 흐름 안에서도 확인되는 바이다.

「용과 용의 대격전」, 「구미호와 오제」에서는 아나키즘 세계 모습이 두드러지게 나타나는 소설이다. 특히 「용과 용의 대격전」에서는 천국과 지국을 전도(顚倒)시키고, 웃음과 해학의 풍자효과를 누린다. 이제 국가 단위의 역사적 장은 더 이상 등장하지 않는다. 서사는 천국을 중

---

239 「크로포트킨의 죽음에 대한 감상」, 『전집』 5, 412~416면.

심으로 전개되다가 드래곤의 등장으로 천국이 점차 멸망하고 지국이
건설되는 과정을 그리고 있다.

천국은 민중들의 우는 소리, 비는 소리가 들리지 않는 아득하고 비현
실적인 몽환적 공간이며 지국 인민들을 착취하는 데만 골몰하는 총체
적인 부정적 권력의 장이다. 천국의 타락한 모습은 곧 정신적 세계의
타락과 폭력적인 권력의 종말을 암시하는 것이다. 서사는 천국에 살고
있는 지배 세력들의 실체를 낱낱이 드러냄으로써 종교와 이념 등, 정신
적 세계의 타락을 폭로하고 천국 종말에 대한 필연성을 부여하고 있다.
그것은 '미리'와 '드래곤'이라는 대립적인 두 괴물을 통해 형상화되고
있다.

첫 장은 미리의 강림으로 시작된다. 미리가 하늘에서 내려온다는 것
은 상하 수직적인 신분질서, 지배와 피지배 관계를 내재한 절대 권력자
미리의 등장을 예고하는 것이다. 이는 새로운 도약이 돼야 할 신년이
오히려 아세아 민중에게는 또다시 권력과 폭력의 강림을 예고하는 해
가 됨으로써 고통의 시간이 될 것임을 말해주는 것이다. 그러나 미리가
내려온다는 말에 지국 민중들은 정성을 다해 제물을 준비한다.

　　나리신다, 나리신다, 미리龍님이 나리신다. 新年이 왔다고, 新年 戊辰이

　　왔다고 미리님이 東方 亞細亞에 나리신다.

　　太平洋 바다에는 물결이 친다, 蒙古의 沙漠에는 大風이 닌다. 太白山 쪽대기

　　에는 五色 구름이 모이여 든다. 이 모든 것의 모도가 다 미리님이 나리신다는

　　報告다. 미리님이 나리신다는 報告에 우랄山 以東의 모든 衆生들이 일제히 머

　　리를 들엇다. 富者와 貴者들은 勿論 미리님의 입에 맛도록 支那料理, 西洋料理

等 가즌 음식을 쟝만하야 미리님이 귀에 흐뭇하도록 거문고, 伽倻琴 피아노 등 모든 音樂을 대령한다. 그러나 可憐하고 헐벗고 굼주린 貧民들은 미리님께 정성을 들이랴 하나 아모 가진 것이 업다. 가진 것은 그 빨간 몸뿐이다. 이에 할일업서 피를 쏩아 술을 빗고 눈물을 짜아 썩을 맨들어 莊嚴한 祭壇 위에 창피하게 모양 업시 벌이어노코 미리님의 나리심을 기다린다.[240]

미리의 등장을 묘사하고 있는 이 부분은 전통적으로 신령스러운 존재의 강림을 기원하며 부르던 주술적인 집단가무를 연상케 한다. 그러나 표면적으로는 미리의 강림을 축원하는 것처럼 보이나 사실은 미리의 모습을 희화화하여 풍자함으로써 그가 신령스러운 존재가 아님을 폭로하고 있는 내용이다. 따라서 이 축원의 말들은 "드래곤이 왔다"라는 혁명의 목소리로 바뀔 잠재태가 되고 있으며, 미리가 강림하는 장은 민중 축제의 장으로 전도될 것이 암시되고 있다. 전통적인 요소를 차용하되 신령스러운 용 이미지를 전복시킴으로써 주제를 표면화하는, 신채호의 문학적 발상이 돋보이는 장이다. 또한 미리와 민중, 부유한 민중과 가난한 민중을 대립적으로 드러냄으로써 민중혁명의 주체가 누구인지도 보여주고 있다.

특히 '미리'라는 이름이 상징하는 데서 알 수 있듯이 그는 이중적인 인물이다. '미리'는 전통적으로 '미륵', 혹은 '용'을 의미한다. '미륵'은 성불하여 인간 세상에 내려와 중생들을 구제하는 신앙적인 존재이다. 그러나 '용'은 승천하느냐 하강하느냐에 따라 인간에게 득을 줄 수도 해

---

240 「용과 용의 대격전」, 『전집』 7, 603면.

를 끼칠 수도 있다. 전통적으로 용은 신성한 절대 권위를 상징하지만 이러한 신성성은 용이 승천함으로써만 얻어지는 것이다.

미리는 '용'이다. 이는 소설의 제목에서도 확인해 주는 바이다. "나리신다, 나리신다, 미리[龍]님이 나리신다. 신년(新年)이 왔다고, 신년(新年) 무진(戊辰)이 왔다고, 미리님이 동방(東方) 아세아(亞細亞)에 나리신다"[241]에서 볼 수 있듯이 미리는 아래로 하강하는 인물이다. 이는 곧 미리가 승천하지 못하는 이무기처럼 권위를 획득하지 못한 해악적인 인물임을 상징하는 것이다. 말하자면 미리는 진정한 용으로 승천하지 못하고 땅과 하늘 사이를 오가는 괴물 같은 존재인 것이다. 이 점에 있어서 미리는 궁예와 닮아 있다. 궁예는 "나는 사람의 탈을 쓰고 하늘에서 나려온 '미리'다"[242]라며 자신이 미륵이라 말하였다. 그러나 그 역시 하강하는 이미지이며 폭력적인 권력을 행사하는 인물이라는 점에서 '미륵보살'이 아니라 해악적인 '용'이라고 볼 수 있는 것이다.

미리가 내려오자 부자들은 춤을 추고 노래하며 기뻐하는 반면, 일반 빈민들은 엎어져 울면서 미리에게 고통을 덜어달라고 빈다.

님이시여, 미리님이시오. 今年에는 稅納이나 만히 안 물니도록 하여 주옵소서. 今年에는 賭租나 만히 안 달나게 하여 주옵소서. 今年에는 監獄구경이나 안케 하야 주옵소서. 今年에는 生活難의 鐵道自殺이나 안케 하야 주옵소서. 今年에는 他國 他鄕의 빌엉거지나 안되게 하야 주옵소서. 今年에는 이 興旺하게 하야 주옵소서.[243]

. . . .
241 위의 책, 603면.
242 「일목대왕의 철추」, 위의 책, 595면.

빈민들은 세납과 도조(賭租)에 허덕이며 생활난 때문에 철도자살까지 하는 비루한 삶을 이어가고 있다. 그러나 미리의 귀에는 이런 울부짖음은 들리지도 않는다.

> 그 비는 소리가 미리님의 귀에는 들니지도 안하고 다만 그 可憐하고 모양 업는 祭物만 미리님의 눈에 씌엿다. 그래서 미리님이 골을 잔뜩 낸다.
> "이놈들 精誠을 내지 안코 幸福을 찾는 놈들 죽어보아라."
> 하고 아가리를 싹 벌니인다.
> 아이구 어머니 그 아가리가 놀보의 박이던가. 그 속에서 쏭통 쏜 皇帝이며 쇠가죽 두룬 大元師며 니마가 반질어운 財産家며 대통이 뒤로 달은 大地主며 냄새 피우는 巡査며 其他 …… 모든 초란이들이 쏘다저 나온다. 나와서는 모든 貧民들을 잡어먹는다. 피를 싸먹고 살을 쓰더 먹고 내종에는 뼈까지 밧삭밧삭 쌔물어 먹는다. 먹히지 안하랴면 彈알의 바지오 監獄의 책임이다. 地獄의 世界－可憐한 人民－[244]

미리는 폭력적인 권력자들을 총체적으로 상징하는 인물이다. 그의 입에서는 초란이들이 쏟아져 나오는데 그들은 폭력으로 민중을 착취하는 황제, 대원사, 재산가, 대지주, 순사 등의 부정적인 인물들이다. 이들은 미리의 분신들로서 존경의 대상이 될 수 없는 인물들이다. 이들은 모두 상제라는 종교적 아우라를 통해 그 폭력적인 지배 권력에 정당성을 부여받으며 상제 또한 그러한 미리를 통해 하늘나라에서 안락을

---

243 「용과 용의 대격전」, 위의 책, 603면.
244 위의 책, 604면.

누린다. 미리와 상제는 바로 민중들을 착취하는 데 있어 공생관계에 놓여있는 것이다.

미리의 횡포에 민중들의 우는 소리가 하늘에까지 닿는다. 이 울음소리에 잠에서 깬 상제는 오히려 요구가 반항이 되고 반항이 혁명이 된다며 요구하는 인민을 죽여야 한다고 말한다. 그리고 미리의 온갖 악행들을 칭찬한다. 혼곤한 잠에 빠진 상제는 바로 정신적 세계인 종교의 혼미함과 타락, 현실과의 괴리를 상징하는 것이라 할 수 있다. 그는 미리가 만들어낸 숭배에 길들여져 민중들을 억압하고 오래도록 그들 위에서 군림할 수 있는 방책을 고민한다.

"하하 짝한 사람—우리의 맨든 政治法律이 코뚤네보다 더 殘惡하지 안하냐? 倫理道德이 굴네보다 더 凶慘하지 안하냐? 軍隊의 총과 警察의 칼이 챗직보다 멧萬 培나 더 戰慄한 武器가 안니냐? 그래도 고놈들이 叛逆을 도모하는고나—"

"그러면 一等 짝터를 불러 魔醉藥을 製造하야 고놈들을 永遠히 魔醉식히여 우리에게 잡히여 먹히는 줄 모르고 잡히여 먹이게 합시다."

"흥— 그 藥도 내ㄱ 써보앗지—孔子놈을 식히여 名分說을 지어 貧者 賤子는 貧賤의 天分을 安受하야 勢力者의 命令을 잘 바더 忠信烈士의 名譽를 後世에 끼치라고 속이며 釋迦놈과 耶蘇놈을 식혀 너희들이 남에게 苦痛을 밧을지라도 이것을 反抗 업시 安過하면 죽어서 너희의 靈魂이 天國으로 蓮花臺로 가리라고 속이엇다. 이러한 魔醉藥들이 쏘 어대 잇겟느냐? 二千年 동안이나 크게 그 藥效를 보앗더니 지금에는 그 藥力도 다하야 고놈들이 점점 自覺하야 叛逆이니 革命이니 하고 써드는고나."

"그러면 오날은 科學 文學 등이 크게 威力을 가진 째의 多數한 科學者 文學者들을 꾀여다가 富者 貴子 一支配階級의 走狗를 맨들어 學說로써 支配階級의 權利를 擁護하며 詩와 小說로써 支配階級의 莊嚴을 謳歌하면 될가 합니다."

"오! 이것은 내가 方今 實施하야 非常한 效果를 보는 것이다. 그러나 學者 놈들이 間或 내의 命令을 어긔고 民衆 속으로 쒸여 들어가아 叛逆을 꾀하는 놈이 잇고나."[245]

민중들을 억압할 정책은 폭력, 윤리도덕, 정치법률, 종교 등이다. 폭력과 종교 등은 이미 궁예가 실험해 본 것들이다. 이러한 것들로 그동안 민중들을 착취할 수 있었으나 이제 그들이 자각하여 혁명을 도모하니 지배하기 어렵다 한다. 더 이상 종교로는 민중의 절대적 복종을 기대할 수 없다는 것이다. 이제 민중을 착취할 수 있는 가장 효과적인 방책으로 학설과 시나 소설이 등장한다. 그러면서 상제는 혹시나 문학자가 민중 속으로 들어가 함께 혁명을 꾀할까 두려워한다.

신채호는 "일원(一圜)이면 일가(一家) 인구(人口)의 몃칠 생활(生活)할 민중(民衆)의 눈에 들어갈 수도 업는 이원삼원(二圜三圜)의 고가(高價)되는 소설(小說)을 지어노코 민중문예(民衆文藝)라 호호(呼號)함도 알미운 짓이어니와 민중생활(民衆生活)과 접촉(接觸)이 업는 상류사회(上流社會) 부귀남녀(富貴男女)의 연애사정(戀愛事情)을 그리으로 위주(爲主)하는 장음문자(獎淫文字)는 더욱 문단(文壇)의 수치(羞恥)이다"[246]라고 하며 난해한 학설로 지배계급의 우월성을 조작하는 것을 경계하고 민중과 밀착된 현실적

245 위의 책, 605면.
246 「浪客의 新年漫筆」, 『전집』 6, 589면.

인 문학 활동이 이루어져야 한다고 주장한 바 있다. 상제가 두려워하는 것도 바로 이러한 혁명적인 문학 활동이다. 그러나 미리는 이러한 상제의 걱정을 불식시키면서 민중들을 억압할 방책들을 내 놓는다.

　地上의 民衆을 대개 두 部分으로 난울 수 잇으니 (一)은 强國의 民衆이오 又 (一)은 植民地의 民衆이올시다. 强國의 民衆은 (…중략…) 支配階層—資本主義의 先鋒이 되게 하면 彼等의 곱흔 배(腹)가 다시 私益 업는 虛榮에 불녀져어 우리가 비록 멧십 년 동안 彼等의 피를 빨아먹어도 압흔지를 모를 것이오. 植民地의 民衆은 그 苦痛의 程度가 다른 民衆보다 萬倍나 되지만 매양 그 虛妄한 僥倖心을 가져 (…중략…) 惡刑과 虐殺을 行하야 그 種族을 滅亡토록 하면서도 부어터질 同族同文의 情誼를 말하면 속음니다.[247]

　미리는 지국 민중들의 어리석음을 얘기하면서 그들을 통치하는 것이 어렵지 않다고 얘기한다. 강국의 민중들은 자본주의의 선봉이며, 식민지 민중은 요행을 바라고 동족동문(同族同文)의 정의(情誼)를 말하면 속는다는 것이다. 이는 곧 신채호가 제국주의의 동화 정책, 내선일체 등의 수사적 지배전략들을 앞서서 경계하고 있음을 보여주는 것이다. 식민지 동화 정책을 경계하는 이러한 태도는 동양주의를 비판하는 데서 잘 나타나고 있다.

　或者는 又云호디 彼東洋主義를 唱호는 者도 眞個 東양을 爲홈이 아니라 但

- - - - - - - - - - - - - - - - - -
247 「용과 용의 대격전」, 앞의 책, 606면.

只 此主義를 利用하야 國家를 救코즈 홈이라 하나 吾儕는 觀컨디 韓人이 東양
主義를 利用ᄒ야 國家를 救ᄒᄂᆫ 者는 無ᄒ고 外人이 東洋主義를 利用ᄒ야 國
魂을 奪하ᄂᆫ 者ㅣ 有ᄒ나니 戒하며 愼홀지어다.[248]

금일 동양의 평화를 말하려면 가장 좋은 방법은 조선의 독립만한 것이 없
다. 조선이 독립하면 일본은 방자하게 탐욕스러운 데 이르지 않게 되고 사
방을 경영하여 그 힘을 모아 바다와 섬을 보호하게 된다. 러시아의 과격파
또한 약소민족을 돕는다는 핑계를 대지 않고 날개를 접어 치타 북쪽을 찾아
들어 있을 것이다. 중국 역시 한가히 수습하여 수년의 혁명으로 어지러운
국면을 정돈할 수 있을 것이다. 이것은 진실로 동양평화의 요의이다. 저들
왜인은 동양평화라고 말할 때 입으로는 인의도덕을 말하면서 속으로는 남
도여창(男盜女娼)을 지껄인다. 이것이 동양평화를 말하는 것인가?[249]

신채호는 동양주의가 식민지 정책에 이용당하는 것을 경계하면서
전략적인 지배를 위해서가 아닌, 동양평화를 위해서 조선이 독립해야
한다고 피력하고 있다. 조선이 독립하면 일제는 자신들의 영토 보호에
힘을 쏟을 수 있고, 러시아 세력도 견제할 수 있다는 것이다. 또한 중국
도 내정을 정비할 수 있는 기회가 된다. 그는 민중을 억압하는 폭력적
인 서구 자본주의를 비판하는 한편, 식민지의 동화정책에도 비판을 가
하고 있는 것이다. 이는 '주의'의 수사적 지배 전략들을 경계하고 민중
의 자각 위에 건설되는 현실적인 지국의 탄생을 기대하는 아나키즘적
태도를 견지하는 것이다.

- - - - - - - - - - - -
248 「東洋主義에 對ᄒ 批評」, 『전집』 6, 688면.
249 「조선독립과 동양평화」, 『전집』 5, 315~316면.

미리의 장담과는 달리 이러한 민중들의 자각에 의해 천국은 서서히 무너진다. 혁명에 참여하는 지국 민중들은 국가 단위로 현현된 인물들이 아니라 "우랄산(山) 이동(以東)의 모든 중생(衆生)들"[250]로서 식민지 민중을 비롯한 제국주의 폭력에 노출돼 있는 빈자(貧者) 등, 전 세계의 약소민중 전체를 상상하는 것이다.

일체의 제도와 종교를 전면적으로 부정하고, 그 권위와 권력에 도전하는 인물은 드래곤이다. 천국은 "드래곤이 왔다"라는 소리에 의해 점차적으로 무너져 간다. 미리가 나리시는 존재인데 반해 새로운 영웅 드래곤은 '왔다, 왔다, 드래곤이 왔다'라고 말해진다. '나리시고, 오시는' 존칭의 대상이 아니라 '온' 것이다. 이는 수평적인 새로운 질서의 도래를 암시하는 언표이다. 절대 복종을 강요하는 미리와 달리 평등하고 광범위한 민중 연대와 평화의 시공간을 상정하는 것이 이 드래곤의 출현이다. 드래곤은 숭배의 대상이 아니라 곧 수평적인 일반 민중, 시혜와 수혜의 관계가 아닌 크로프트킨이 말한 '상호부조(相互扶助)'적 관계에 있는 인물임을 암시하는 것이다. 상호부조는 곧 상호평등을 의미하는 것이다. 또한 미리의 출현이 '나리시는' 존재로서 민중들이 그 강림을 추앙하며 기다려야 하는 추상적인 존재인데 반해 드래곤은 이미 '온' 존재로 민중과 밀착된, 현실적인 에너지를 담지한 영웅으로 그려진다.

드래곤은 그 출처가 드러나지 않고 숫자 '0'으로 나타날 뿐이다. "드래곤의 '0'은 총도, 칼도, 불도, 베락도, 기타(其他) 모든 '테로'가 될 수 잇다."[251] 출처가 불명한 드래곤의 형상은 그가 권력화된 누군가에 의해

---

250 「용과 용의 대격전」, 앞의 책, 603면.
251 위의 책, 610면.

이름 붙여진 강제된 존재가 아니라, 무엇도 아닐 수도 있고 무엇도 될 수 있는 가변적이고 유동적인 존재임을 암시하는 것이다. '0'은 현실의 모든 걸 삼켜서 하나로 환원해 버리는 것과 같다. 실체가 부재함으로써 드래곤은 숭고의 대상이 됨과 동시에 두려움의 대상이 된다. 드래곤의 형상부재는 지국 민중들에게는 파괴를 통한 건설의 동력으로, 천국의 사람들에게는 두려움의 대상이 되는 것이다.

더 이상 바깥의 대상을 표상하지 않는 이러한 추상성은 문학이 세계의 거울, 자연의 모방이라는 근대의 재현적 인식론에 공격을 시도하는 것이다. 극도의 모순된 현실 속에서 신채호는 재현 신화를 거부하고, 모든 것을 다시 '0'으로 돌려 해체시켜 버린다. 드래곤은 곧 자기 반성적, 자기 해체의 논리를 내포한 괴물로서 눈에 보이는 고정된 실체로서의 세계 형상, 영웅상을 지워 버리고 근원적 존재의 물음으로 돌아가는 것이다. 그리고 다시 이 '0'에서 모든 것이 현실적 가능태를 담고 쏟아져 나오기를 기대하고 있다. 즉 '0'은 건설과 파기를 통해 당대의 현실 모순을 타개할 실천적 가치가 되는 사상적 유연성을 말하는 것이라 할 수 있다. 또한 "수학상(數學上)의 '0'은 자리만 잇고 실물(實物)은 업지만 드래곤의 '0'은 일(一)도 이(二)도 삼(三)도 사(四)도 내지(乃至) 십(十) 백(百) 천(千) 만(萬) 등(等) 모든 수자(數字)로 될 수 잇다"[252]는 것은 곧 '0'이 다수 민중들의 출현을 기대하는 상징적인 기호임을 말해주는 것이다.

재현에 대한 거부와 함께, 드래곤의 침묵은 가시화된 질서와 이성을 의심하게 하는 위반의 성격을 가짐으로써 사회 저항적 수단이 되고 있

252 위의 책, 610면.

다. 미리가 말로써 민중을 지배하는 데 반해 드래곤은 침묵한다. 어디에도 드래곤의 언어는 드러나지 않는다. "드래곤이 왔다"는 소리에 의해 그 정체가 현현될 뿐이다. 그 소리가 커질수록 시각의 혼란이 일어나 천국의 두려움은 커진다. 드래곤의 활약이 드러나지 않는데도 불구하고 미리는 파멸해 간다. 미리가 스스로 부끄러움을 느끼는 것은 실체를 드러내지 않은 채, 자신을 주시하던 드래곤의 시선 때문이다. 보이지 않는 실체와의 싸움에서 가시적인 존재들은 파멸해 갈 수밖에 없다. "드래곤이 왔다"는 소리가 두려움과 공포를 불러일으킴으로써 미리의 세계를 전복하는 것이다. 침묵과 비가시성의 전복성은 비판적 정치성을 내포함으로써 오히려 드래곤의 존재를 드러내고 강화하는 전략이 되고 있다. 그는 부재로써 증명되는 역설적인 존재인 것이다.

천국의 멸망은 예수의 참사(慘死)로 시작된다.

耶蘇 基督은 그 聖父인 上帝를 꾀쏘듯한 奸諂險惡한 性質을 골고루 가지신 聖子이엿섯다. 그 出生 後에 「聖父의 道」를 펴라다가 겨오 三十이 넘어 예루살렘에서 猶太人의 凶手에 걸니엇섯다. 그러나 그째의 猶太人은 너무 얼씬 百姓이엿던 째문에 다 잡히엿던 耶蘇를 다시 놋쳐 十字架를 진 채로 逃亡하야 「復活」하다 自稱하고 歐洲 人民을 쇠기시사 모다 그 校旗下에 들게 하섯다. (…중략…) 「苦痛者가 福 밧는다. 逼迫者가 福 밧는다.」는 거진말로 亡國民衆과 無産民衆을 거룩하게 속이사 實際의 敵을 닛고 虛妄한 天國을 꿈쑤게 하야 모든 强權者와 支配者의 便宜를 주엇스니 그 聖德神功은 萬古歷史에 남을 것이다. (…중략…) 地國民衆들이 耶蘇를 죽인 뒤 未久에 孔子, 釋迦, 마호멧도 … 등 宗敎 道德家 等을 다 째리여 죽이고 政治, 法律, 學校, 敎科書 等 모

든 支配者의 權利擁護한 書籍을 불질으고 敎堂, 政府, 官廳, 公廨, 銀行, 社會 …… 等 建物을 破壞하고 過去의 社會制度를 一切 否認하고 地上의 萬物은 民衆의 公有임을 宣言하얏다.[253]

민중들은 기독교는 고통자, 핍박자가 복 받는다는 거짓말로 민중들을 속였으며, 이 때문에 민중들이 현실에서의 적을 잊어버리고 천국을 꿈꾸게 돼 강권자, 지배자의 억압이 심해졌다고 본다. 유, 불교를 비판하던 데서 이제 서양 종교인 기독교에까지 그 범위를 넓히면서 종교의 이중성을 전면 부정하고 있는 것이다. 따라서 천국을 노래하는 모든 종교적 세계와 함께 정치와 법률 제도 등, 지배자의 권리를 옹호해 주던 서적들로 불살라진다. 이는 정신적 지식체계에 대한 근본적인 해체와 전복을 내포한다.

이제 민중들은 지상의 모든 것이 민중의 것임을 선언한다. 그리고 "전 지구(全地球)를 총칭(總稱)하야 지국(地國)이라 하고 천국(天國)과의 교통단절(交通斷絶)을 선언(宣言)"[254]한다. 천국과의 단절은 곧 사상, 종교, 제도 등과의 결별이다. 하늘을 버리고 지국에 천국의 삶을 구현하겠다는 것이다. 또한 '전 지구를 총칭하여 지국'라 명명함으로써 일국적인 민족 창출을 넘어서 세계적 민중 연합을 상상하고 있다. 조선 민족의 문제에서 확장하여 세계 안의 민중, 특히 식민지 민중들의 자각과 힘의 응집을 기대하고 있는 것이다. "고립한 한 나라의 혁명은 성공하기 어렵다. 사회혁명은 필연적으로 세계혁명이 아닐 수 없기 때문이다."[255]

---

253 위의 책, 608 · 611면.
254 위의 책, 611면.

지배계급들이 많은 황금을 걸고 새로운 군대를 모집하나 민중들은 한 명도 황금의 유혹에 현혹되지 않고 오직 자율적인 지국 건설에 앞장선다. 이 민중들은 곧 황금의 유혹을 이겨내고 마침내 도령군 놀음곳에 당도하던 한놈과 같은 인물들이다. '첫 번째' 민중영웅을 상징하던 한놈이 둘째, 셋째 등으로 다수의 '0', 민중들의 탄생으로 이어지고 있는 것이다.

민중들의 자각에 의해 천국은 곧바로 공황에 빠진다. 천국의 허상이 깨지고 전복됨으로써 지국은 민중들의 천국으로 변모한다. 세계 민중 연합으로 천국과 지국이 전도되고 모든 권위와 폭력을 거부하는 아나키즘적 세계가 구현되는 것이다. 천국은 불지옥이 되고, 동냥할 바가지를 걱정하던 상제는 맹풍(猛風)에 어디론가 날아가 버린다. 이에 천사는 지국으로 내려와 상제를 찾아 떠돌아다닌다. 맹풍은 곧 민중들의 자율적인 힘으로 형성된 파기와 전복, 거침없는 혁명의 바람이다. 하늘나라의 방책이 민중들의 거센 혁명의 물결에 대패한 것이다.

드래곤에게 참패를 당한 미리는 이제 용신묘(龍神廟)에 머물고 있다. 미리의 묘 앞에는 한 접시 제물도 놓여 있지 않은 초라한 형색이다. 지상으로 내려온 천사는 온갖 모욕을 당하고, 천국에서 도망쳐 온 상제는 쥐로 변해서 쥐구멍으로 숨는다. 신채호는 「실패자의 신성」에서 '약은 사람'을 '쥐새끼'라 하며 손쉽게 성공하여 영웅 대접받는 것을 혐오하였다.[256] 따라서 그가 상제를 쥐로 표현한 것은 지배계급에 대한 비판을

255 다니엘·게렝, 하기락 역, 『현대 아나키즘』, 신명, 1993, 143면.
256 "약은 사람이 되어 쉽고 만만한 일에 착수하므로 성공하거늘 이를 위인이라 칭하여 (…중략…) '약은 사람'의 별명을 '쥐새끼'라 하니 약은 사람의 성질을 이에서 얼마큼 추상할 수 있도다." 「실패자의 신성」, 『전집』 7, 182~183면.

극대화한 것이라고 볼 수 있다.

교묘한 방책으로 지국을 지배하던 이들은 이처럼 지상에서 완전히 몰락한다. 이는 곧 미리적 민중이 만들어낸 종교적 신성이란 공허한 것이며 지상이라는 현실적인 공간 위에서는 소멸되어야할 생명력이 없는 사상임을 말해주는 것이다. 이제 대황제가 천제를 올리던 행사는 "민중(民衆) 경절(慶節)의 연극(演劇)"으로 민중 축제의 한 장으로 변해 있다. 축제의 장은 "지나(支那) 북경(北京)"이다. 이는 민중 혁명이 식민지 제국주의를 비판하는 조선 민중만의 것이 아님을 말해주는 것이다. 이 축제는 세계의 약소 민중 연합으로 얻어진 대축제의 장인 것이다.

이처럼 신채호는 지배자의 권력을 공고히 하는 수단으로 작용하는 일체의 제도와 조직들을 부정하며 민중의 자각을 통한 혁명을 긍정적으로 그려내고 있다. 이는 역사전기소설에서 보여주던 민본주의에서 출발, 그간 축적돼 온 신채호의 민중에 대한 믿음과 민중의식에서 비롯된 것이라 볼 수 있다.

이렇게 신채호는 민중 혁명을 통해 드래곤 세력에 의해 미리가 참패하는 모습을 그리면서 이 둘을 대비시키고 있다. 그러나 중요한 것은 미리는 민중들에 의해 생명을 부여받았다는 사실이다. 미리는 자연에서 잉태된 조화로운 유기체가 아니라 민중들의 조작으로 만들어진 구성체이다. 그는 천사에게 "기실(其實) 내나 네나 상제(上帝)가 모다 상고(上古) 민중(民衆)의 일시(一時) 미신(迷信)의 조작(造作)이 아이엿더냐"[257]며 허상으로 만들어진 자신의 존재를 스스로 폭로하고 있다. 그러면서

----

257 「용과 용의 대격전」, 위의 책, 618면.

상제도 멸망해야 옳다고 하며 자신들의 몰락과 재앙을 이야기한다. 미리의 말대로 그는 민중들에 의해 진정한 괴물로 태어났다. 미리는 민중에 의해 만들어졌으나 결국 그의 폭력성은 민중도 감당하기 어려울 만큼 혐오스러운 결과만을 낳는다. 이는 민중에 의해 만들어진 사회가 오히려 혼란과 무질서를 낳고 있음을 폭로하는 것으로서 신격화되는 영웅 창출의 위험성에 대한 경고이며 재현 신화에 대한 비판이다. 민중 허상이 만들어낸 공허한 가치와 질서에 대한 이러한 비판은 바로, 괴물을 만들어낸 민중 자체가 괴물임을 말하는 것이다. 즉 '미리의 괴물성'은 곧 '민중의 괴물성'이라고 할 수 있는 것이다.

또한 미리는 말하는 괴물이라는 점에서 드래곤과 마찬가지로 비판적 정치성과 전복성을 내포한다. 미리가 '민중들의 조작'으로 자신이 탄생했다고 말했다. 말하자면 그는 민중들 욕망의 결집체라고 할 수 있는 것이다. 그러나 이러한 미리는 더 이상 민중의 힘에 의해 통제가 불가능한 존재가 된다. 즉 민중들은 자신들이 만든 욕망의 노예가 됨으로써 사회를 폭력적으로 구성해 가는 것이다. 모든 것이 민중에서 나서 부메랑처럼 민중에게 닿는다. "모든 혁명은 민중 속에서 시작되었다"[258]는 말처럼 미리와 같은 지배자 역시 민중에게서 시작되었으며, 민중이 이러한 지배를 지속하게끔 하는 것이다. 상제는 민중이 만들어낸 종교적 허상일 뿐이다. 민중 안에 도사리고 있는 광기는 언제든지 또 다른 파시즘적인 미리를 만들어 낼 수 있다. 따라서 미리의 말은 곧 자신의 추악함은 민중의 것임을 폭로하는 것으로서 미리적 민중에 의

---

258 크로포트킨, 하기락 역, 『근대과학과 아나키즘』, 신명, 1993, 137면.

해 구성된 사회 질서에 대한 강력한 저항과 전복을 시도하는 것이라 볼 수 있다.

또한 "다수(多數)한 0"[259]으로 표시되는 드래곤의 형상 역시, 영원히 채울 수 없는 인간의 욕망을 회의하는 상징적인 기호라고도 할 수 있다. 드래곤은 순결무구하게 완결한 민중을 상징하는 것이 아니라 이중적인 민중 안에서 찾아내야 하는 긍정적이고 자율적인 힘을 상징하는 것이다. 그는 민중혁명의 선동자가 아니라 다수 민중의 결집의 힘이 될 수도 있고, 그러한 힘이 왜곡되게 작용해 미리와 같은 존재를 만들어 낼 때 다시 파기할 수 있는 자율성 그 자체다. 말하자면 미리는 잘못된 결과로서의 민중의 모습이며, 드래곤은 그 왜곡된 결과를 다시 치유하고 전복할 수 있는 민중의 힘인 것이다.

이는 더 이상 미륵과 같은 영웅의 도래를 기다리는 것이 아니라 민중의 직접 혁명을 요구하는 태도이다. 이러한 점에서 드래곤은 몰락과 자기반성을 통해 민중영웅으로 재탄생한 궁예의 모습이라 할 수도 있다. "드래곤이 왔다"라는 외침 역시 누군가 민중들을 계도하고 선동하여 이루어진 것이 아니라 민중 스스로의 자각의 목소리인 것이다. 드래곤의 출현을 알리는 소리가 갈수록 커지는 것은 곧, 혁명에 동참하는 민중의 세력이 커지고 있음을 말해주는 것이다. 이는 현실적 모순을 해결하는 데 있어서 어떠한 '주의'나 행동 지침을 이야기하지 않고 민중의 자율성에 맡김으로써 해답을 기다리는 아나키즘적인 태도라 할 수 있다.

---

259 「용과 용의 대격전」, 앞의 책, 610면.

특히 주목할 점은 미리와 드래곤은 "동생이성(同生異性)"[260]인 한 형제라는 사실이다. 이들은 "일태쌍생(一胎雙生)의 괴물(怪物)"[261]로 미리는 동양의 용이 되고, 드래곤은 서양의 용이 되었다. 이는 곧 미리와 드래곤은 따로 떼어내서 생각해 볼 수 없는 분신관계에 있음을 말해주는 것이다. 미리가 드래곤이 될 수 있고, 드래곤 역시 미리가 될 수 있다. 이러한 점에서 미리와 드래곤의 괴물성은 선과 악, 어느 쪽에도 완전히 흡수되거나 통합되지 않는다. 말하자면 미리와 드래곤은 민중의 야누스적인 두 얼굴을 말하는 것으로 민중의 자기모순적인 딜레마를 폭로하는 것이라 할 수 있다. 이는 인간의 원초적인 양면성, 이중적인 내면에 대한 주시이다. 미리는 민중 밖에서 '아(我)'와 투쟁하는 무엇이 아니라, '아(我)' 속에 존재하는 '비아(非我)'의 모습이다. 즉 한놈 안에 있던 여섯 놈과 같은 인물이라 할 수 있다. 미리는 민중이 스스로를 냉소하며 자기비판해야 하는 대상인 것이다. 결국 미리와 드래곤의 충돌은 스스로 허상적인 권력과 올가미를 만들어내는 우매한 민중과, 또 그것을 파기하여 새로운 가능성을 만들어 내는 자율성을 가진 민중과의 충돌과정을 상징하는 것이라 볼 수 있다. 즉 민중 안에 내재된 양면성을 미리와 드래곤이라는 각기 다른 두 인물로 구현하여 대립시켜 보여준 것이다. 따라서 미리를 일본 제국주의 세력의 주구로 드래곤을 민중혁명 선동자로 단순화 할 수 없는 것이다.

'천국'과 '지국' 역시 대립적으로 그려지고 있지만 이는 '미리'와 '드래곤'의 대립처럼 민중의 자율성과 연합에 의해 역전될 가능성을 지닌 긴

---

260 위의 책, 609면.
261 위의 책, 610면.

장 관계를 형성하고 있다. 천국과 지국의 전도는 완결된 존재로 유지되는 것이 아니다. 지국은 언제나 억압적인 천국을 만들어낼 위험성이 있으며, 이럴 때 또다시 민중의 혁명이 요구되는 것이다. 천국과 지국은 고정불변한 것이 아니라 환경과 민중 연대에 의해 달라질 수 있는 가능태인 것이다. 말하자면 중심과 주변, 지배와 피지배의 이분화된 시공간 기획 의도를 탈주하여 얻는 파기와 건설의 순환 속에 놓여 있음으로써 "극단적 지점까지 나아가, 최종적으로 열려있고 만족되지 않으며 영원히 욕망하는 상태로 남아 있고자 한다."[262] 영원한 지국은 존재하지 않으며, 늘 유토피아의 상태로 남아 있는 것이다.

용 이미지는 동서(東西)로 완전히 분리되지도 않는다. 신채호는 일반적으로 서양 용은 악하고 동양 용은 선하게 그려지는 전통적인 용의 이미지를 전복하고 동양 용인 미리를 부정적으로, 서양 용인 드래곤을 긍정적으로 그림으로써 동서양의 이미지 전복 효과를 누린다. 또한 긍정적인 서양 민중에 대해서는 호의를 보내고 있지만 기독교에 대해서는 부정하고 있다. 서양에 대한 절대적인 시각을 버리고 열린 자세를 보여주는 것이다. 기독교 부정도 자주나 민족주의적 입장에서 비판한 것이 아니라는 점에서 국가주의의 틀을 넘어 세계주의적 입장에 서 있다는 것을 알 수 있다. 동서양 역시 어느 하나의 이미지로 수렴되지 않고 서로를 넘나드는 결합으로 완전해지는 것이다. 이러한 이미지 전도를 통한 파괴성과 전복성은 조화와 교류를 통해 합일에 도달하려는 혁명성까지 내포하고 있다.

----

262 로지 잭슨, 앞의 책, 19면.

전통적으로도 용은 양성(兩性)적인 동물이다. "용이 양성(兩性)을 구유하는 동물이라는 점에서 결정적인 신화소라 할 수 있다. 용은 음양오행의 원리를 따른다. 음양(陰陽)은 하나인 동시에 둘이고 곧 하나인 조화의 상태를 말하며, 용은 음양조화의 관념물이다. 특히 용은 두 마리가 있을 때 그 개성을 전체의 맥락 속에서 서로를 보완해주므로 서로를 필요로 하는 상호교호를 의미한다."[263] 이러한 점에서도 이분법적으로 미리를 부정적인 인물로, 드래곤을 긍정적 인물로 구분하기가 애매해진다. 쌍룡은 지금까지 형상화되었던 남성 인물과 여성 인물의 혼합체라 할 수 있다. 미리와 드래곤은 대립적인 인물상으로 드러나지만 이들의 형상은 전혀 다른 두 인물들이 대립하는 것으로 그치지 않고 서로가서로를 비추는 거울 관계를 형성하는 것이다.

미리가 드래곤이고 드래곤이 미리이다. 여성이자 남성이고, 동양이자 서양이며, '아(我)'이자 '비아(非我)', 선이며 악이다. 미리와 드래곤, 이 쌍룡은 "태극 패턴의 운용"[264]을 상징하는 것이기도 하다. 두 괴물은 선악과 같은 이분법적 구조의 체계로 환원되지 않고, 이 대립항들을 와해시키고 그 사이를 넘나드는 이중적인 존재인 것이다. 이들은 선악으로 이분화되어 있는 것이 아니라 미리 안에 드래곤이, 그리고 드래곤안에 미리가 들어와 있음을 드러낸다. 이들은 개별적으로 완전한 것이아니라 상호관계에 의해서만 존립가능하다. 즉 분신관계에 있는 미리와 드래곤은 "기호의 양면을 이루는 기표와 기의의 관계처럼 분리불가

---

263 김영진, 「현대 시각문화에서의 신화적 상징차용과 그 의미에 관한 연구 — 용(龍)포스터를 중심으로」, 홍익대 석사논문, 2003, 2 · 90~93면.
264 위의 글, 50면.

능한 것이다."²⁶⁵ 이러한 주체의 이중화는 어느 한 인물이 절대적인 선을 재현할 수는 없다는, 재현에 대한 회의와 거부 전략의 심화이다. 이는 무엇이 옳다고 결론내리는 사상의 억압과 권력의 강림을 경계하고, 다수 민중들의 무한한 가능성과 자율성을 지지하는 아나키즘 세계의 다른 이름이라 할 수 있다.

신채호의 이러한 아나키즘은 식민지 국가의 망명 지식인이 보여줄 수 있는 전형적인 사상적 변화 과정을 보여주는 것이다. 그가 궁극적으로 바라는 것은 인간애의 실현 장인 '상호부조'의 세계이다. 이러한 점에서 국권이 침탈당한 이후 신채호가 개인적, 국가적 권력을 부정하고 민중의 자율적 연대를 추구하는 것은 반일 독립 운동을 포괄하는 보다 고차원적인 투쟁 과정을 대변하는 것이다. 즉 제국과 식민지, 지배와 피지배, 억압과 착취의 이분법적 대립을 노골화하는 것을 넘어 현실의 모순을 타개하고, 새로운 주체의 정립을 이끌어낼 수 있는 민중주의, 세계주의를 희구하는 상징체라 할 수 있는 것이다.

그러나 지배와 피지배라는 식민지 상황에서 상호부조 관계란 성립될 수 없다. 어느 한쪽으로 힘이 기운다면 이것은 상하수직적인 시혜와 수혜의 관계에 머물 따름이기 때문이다. 따라서 폭력적인 혁명을 통한 약소 민중들의 권리 찾기는 이상적인 상호부조 사회의 전제조건이다. "아나키즘은 폭력주의, 테러주의의 그것이 아니다. 즉 폭력에 대한 마지막 저항권으로서의 불가피한, 예컨대 폭력적 권력에 대한 정당방위로서의 폭력까지를 부정하는 것은 아닌 것이다."²⁶⁶ 그러나 모든 폭력

265 한순미, 앞의 책, 250면.
266 박홍규, 『아나키즘 이야기』, 이학사, 2007, 48면.

과 권위를 부정하는 아나키즘의 완성이 식민지 상황에서는 폭력으로 기대할 수밖에 없다는 사실이 민중들이 처한 딜레마이기도 했다. 역사전기소설에서 민족주의가 제국주의 논리에 흡수될 수 있는 위험성을 내재하고 있었듯이 신채호는 망명 이후 아나키즘의 심화로 나가면서 폭력으로 비폭력의 세계를 완성할 수밖에 없는 사상적 딜레마에 빠지기도 한다. 이는 때로는 폭력적인 수단과 방법을 동원하여 현실의 모순을 타개하려 했던 세계적 식민지 아나키즘 성격을 대변하는 것이기도 하다.

결론적으로 신채호가 더 이상 과거의 영웅들을 불러들이지 않고 이처럼 용과 용이라는 추상적인 두 인물을 통해 새로운 자율적인 주체의 탄생을 암시하는 것은 그의 문학적 형상화의 발전인 한편, 한 개인적인 영웅의 이름을 빌려서는 지칭할 수 없는 민중, 그들 속에 내재한 이중성의 갈등과 충돌을 그려내고자 하는 방법적 성찰이라 할 수 있다. 역사전기소설에서부터 시작된 권력에 대한 신채호의 비판이 '민중'에까지 이어지고 있는 것이다. 이런 점에서 용과 용, 즉 민중과 민중의 싸움은 곧 신채호가 지속적으로 제기해온 '아(我)'와 '비아(非我)'의 투쟁의 결정판이자 대안적인 세계를 찾아가는 사상적 대격돌이라고 할 수 있다. 이는 '상호부조'라는 아나키즘 세계를 현실화해 가는 도정임을 말하는 것이다.

서사는 천국 멸망 후에 세워지는 지국의 구체적인 모습은 그려지지 않은 채, "드래곤이 왔다"라는 말만 남긴 채 끝나있다. 지국의 모습은 오직 "드래곤이 왔다"라는 상상력에 의존할 수밖에 없는 것이다. 즉 서사는 종결되고 있으나 결말이 완결되지 않고 지연됨으로써 지국에 대한 다층적인 해석을 가능하게 한다. 이는 자율적인 아나키즘 세계를 미학적으로 승화시키기 위한 결말의 심미적인 개방이라 할 수 있다.

「구미호와 오제」에서는 신화를 차용하고 있으나, 역사성보다 비현실성이 강화된다. "원래 신화란 모두 괴탄한 것으로서 읽을 것이 못 되나 옛 사람의 사상과 습속은 이로써 짐작할 수 있으니 고사를 연구하는 이는 이를 무시할 수도 없다"[267]라며 신화의 비현실성을 받아들임으로써 현실 전복의 의지를 강화하고 있다.

수긍은 어려서 스승, 태화 선인에게서 글을 배웠다. 어느 날 수긍에게 한 나그네가 찾아오는데 그는 "천문, 지리, 정치, 학술이며 사람들의 일용 필수품에 이르기까지 또는 만물의 창조 기원에 대하여 물어 보니 대답하지 못 함이 없었다."[268] 수긍은 나그네의 박식함에 미혹되어 스승인 태화 선인의 능력도 이에 못 미칠 것이라 생각하였다.

나그네가 왔다갔다는 말을 들은 태화선인은 수긍에게 벽을 마주하고 앉아 주문을 365회 외라 한다. 주문이 끝나자 둘은 사방이 4백 리씩 되는 어느 섬에 이르는데, 그 섬 중간에는 큰 나무가 한 그루 서 있다.

수긍과 태화선인은 몸도 가벼이 둥둥 떠서 구름 밖으로 날아 동쪽으로 7일 동안 가다가 한 곳에 이르렀다. 그 곳은 네 모가 반듯한 섬이였는데 사방이 각각 4백 리씩 되고 그 중간에 큰 나무 한 그루가 서 있었다. (…중략…) 태화 선인이 누른 가지 하나를 꺾어서 게다가 황제라 쓰고 다음으로 푸른

---

267 「구미호와 오제」, 『전집』 7, 156면.
268 위의 책, 155면.

가지, 붉은 가지, 흰 가지, 검은 가지에 다 그 빛깔 대로 동쪽은 청제, 남쪽은 적제, 서쪽은 백제, 북쪽은 현제라 썼다.[269]

나무에서는 황제를 비롯하여 청제, 적제 등의 오제가 나온다. 그 큰 나무는 바로 광활한 영토에 대한 자각을 환기시키는 '무궁화'이다. 태화선인이 주문을 외자 오제는 여우와 싸움을 벌여 승리한다.

이 여우는 일전에 나그네로 변신하여 수궁의 정신을 흐리게 만든 인물이다. 태화선인은 "이 여우는 본시 천궁의 권속으로서 향반(香飯)을 훔쳐 먹다가 죄를 입어 여우가 된 다음 이미 5만 년이나 되었다. 그리하여 익은 것도 안 먹고 초록의 열매도 안 먹고 오직 지혜 있는 사나이들을 미혹시키고는 그 정혈을 빨아 먹는다"[270]며 여우의 실체를 말해준다. 말하자면 여우는 하늘의 금기를 어긴 자이다. 그가 먹은 향기로운 음식은 곧 온갖 현란한 지식들을 말하는 것으로, 천궁의 참진리가 아니라 여우에 의해 오염된 것들이다. 그는 천궁의 질서를 깨뜨리고 얻은 지식을 가지고 내려와 수궁을 현혹시켰던 것이다. 즉 여우는 「용과 용의 대격전」에서 교묘한 학술과 지식으로 민중을 교란시키던 '미리' 같은 인물이라 할 수 있다.

여우가 지니고 있는 천문, 지리, 정치 등의 지식은 곧 근대적 지식체계들이다. 태화선인은 이러한 지식들을 교묘한 술수들이라고 비판하고 있는 것이다. 이러한 점에서 여우와의 싸움은 국가적 경계를 두고 벌어지는 영토 싸움이 아니라 지식을 둘러싸고 일어나는 정신적인 싸

269 위의 책, 155면.
270 위의 책, 156면.

움이다. 이는 곧 사상적 세뇌를 경계하는 아나키즘적 세계를 확보하기 위한 싸움이라 할 수 있다.

수긍은 여우의 실체를 알고 나서 태화선인에게 절하고 울며 스승의 신임을 알았다고 한다. 그리고 7일간 자고 깨어보니 방은 텅 비어 있고 죽은 여우도 보이지 않는다. 7일 간의 잠은 곧 수긍이 새로운 주체로 거듭나는 정화(淨化)와 재생의 시간이며 여우가 사라진 텅 빈 방 안은 곧 현란한 지식의 체계를 벗어난 시공간, 즉 드래곤의 형상처럼 '0'을 환기시키는 아나키즘적 세계를 상징한다. 여우로 인하여 오염되었던 천궁의 질서는 모든 것을 '0'으로 환원시켜 태초의 시공간으로 돌아가는 근본적인 전복으로만 회복될 수 있는 것이다.

8. 에필로그

1장은 신채호의 문학적 행보는 외적인 논리 이전에 작품으로 해명되어야 한다는 문제의식에서 출발하였다. 그동안 다각도에서 신채호에 대한 연구가 이루어졌으며 주목할 만한 성과도 상당히 축적된 상태이다. 그러나 신채호 소설은 담론의 변화 속에서 늘 화려하게 재해석되고 있지만 초기에는 강력한 민족주의가 표출되다가 이후 아나키즘 수용이라는 사상적 굴절로 인해 새로운 문학적 모색이 비약적으로 시도됐다는 분석들이 지배적이라 할 수 있다. 이 과정에서 단재 소설은 민족주의를 구현한 작품으로, 때로는 제국의 논리에 포섭되는 민족주의의 내적 지배 논리를 보여주는 단초로 평가되기도 하였다. 그러나 하나의 이론적 틀로 신채호 소설의 복합적이고 역동적인 성격을 구명하기는 힘든 것이다. 따라서 '문학가 신채호'를 구명하는 일은 그의 사상 역시 문학의 장 안에서 새롭게 논의될 수 있는 계기를 마련하는 일이며, 이는 곧 '주의'의 허구를 비판해 왔던 신채호의 문학적 본령을 되찾는 작업이라 할 수 있다.

특히 신채호 소설에 대한 논의가 몇몇 대표작품에 한정돼 있다는 것이 가장 큰 문제라고 할 수 있다. 따라서 본 논의에서는 주요 작품을 비롯하여 그동안 주목받지 못했던 작품까지 논의의 대상으로 삼아 신채호 소설의 문학적 간극에 대한 구체적인 해석의 근거를 마련하고자 하였다. 이를 통해 그의 문학이 '주의'에 고착되거나 다양한 사상 속에서 분절되어 있는 것이 아니라 '근대 기획과 그에 대한 비판과 극복의 과정'이라는 유기적인 흐름 안에 있음을 확인하였다. 지금까지의 논의를 정리해 보면 다음과 같다.

역사전기소설에 등장하는 구국의 전쟁영웅들은 신체적, 정신적으로 결함이 없는 인물들로 문명, 진보에의 열망을 환기시키는 강인한 국민상이었다. 또한 남성들로부터 버림을 받았던 류화는 성모(聖母)로 갱생되면서 자기 위치와 정체성을 부여받으며, 유교 봉건 사회의 이상적 인간상인 '효자'는 배움을 통해 애국심이 충만한 근대인으로 재탄생된다. 특히 전시(戰時)의 역사적 공간과 단군에 대한 상상력은 영토 수호에 대한 의지를 상기시키고 국가 단위의 인식을 가능하게 하였다. 이는 일본의 한반도 식민지화 열망을 제지하는 것이기도 했으며, 유교적 봉건 왕조를 근대국민국가의 장으로 새롭게 정비하고 질서화하는 것이었다.

이러한 신채호의 소설 형상은 망명을 기점으로 변화된다. 신성하고 강인한 인물들이 그려지던 것과는 달리 이제 신체적, 정신적으로 결함을 내재한 반영웅, 실패와 죽음에 이르지만 미래의 잠재태가 되는 민중영웅, 그리고 사회적 모순과 스스로의 내재적 결함으로 역사의 주변인으로 머무는 인물들이 등장하고 있다. 이들은 어지럽혀진 민족의 현실을 사실적으로 드러내는 자들로 국민적 모델이 될 수 없는 결핍된 자들이다. 이는 근대에 대한 회의와 반목을 보여주는 것으로서 역사적 진실이 온전히 구성되지 못하는 시대적 상황을 핍진하게 드러내는 작업이 되고 있었다.

인물들의 반목을 통해 새롭게 등장하는 인물이 한놈이다. 그는 고정된 상징체를 가지지 않고, 환상적인 시공간의 변화 속에서 자기 갱생을 하고 세계인식을 확장해 가는 모습을 보여준다. 이 속에서 얻어지는 깨달음은 한놈에 의해 일방적으로 주어지는 것이 아니라 다양한 인물들과의 대화적 관계를 통해 얻어지는 다성성(多聲性)의 세계이다. 이러한 대화는 실제, 한놈의 자각 속에서 공명하는 한놈의 자기 대화, 자기구원의 목소리라 할 수 있다. 신채호는 환상적인 꿈의 세계를 통해 다양한 목소리를 개입시킴으로써 비가시적인 존재를 서사 전면에 가시화하는 전략을 취한다. 이로써 한놈은 다양한 관찰자적 시선을 확보하여 현실을 타개할 확장된 세계 인식을 유지할 수 있게 되었다. 이처럼 서사가 몽환적인 꿈의 세계를 그린 것은 근대적 서사가 견지해 온 리얼리즘 기반에서 이탈하는 것을 통해 대안적인 현실을 탐구해 나간 것이라 볼 수 있다.

이어 부정적 권력의 총체인 '미리'와 민중영웅 '드래곤'이 형상화되고 있었다. 그러나 이들은 '일태쌍생(一胎雙生)의 괴물(怪物)'로 서로 대립하는 것으로 그치지 않고 서로를 비추는 거울관계를 형성한다. 특히 미리는 '민중(民衆)의 일시(一時) 미신(迷信)의 조작(造作)'으로 태어난 괴물로서 '미리의 괴물성'은 곧 '민중의 괴물성'을 폭로하는 것이었다. 이러한 주체의 이중화는 근대 재현 신화에 대한 회의와 거부의 전략이자, 자기 반성을 통해 자율적인 민중이 탄생되기를 기대하는 작업이었다. 천국(天國)과 지국(地國) 역시 민중연합에 의해 역전이 가능한 것으로 파기와 건설의 순환에 놓여 있었다. 서사에는 민중 혁명으로 이루어진 지국의 모습이 구체적으로 그려지지 않고 지연됨으로써, 지국에 대한 다층적인 해석을 가능하게 한다. 이는 아나키즘 세계를 미학적으로 승화시키기 위한 결말의 심미적인 개방이라 할 수 있다.

지금까지의 논의를 통해 추출된 주요 결론들은 다음 여섯 가지로 요약된다.

첫째, 신채호는 '주의'에 고착되지 않는 문학을 지향하였다. 탄생과 몰락의 순환 속에 있는 인물 형상화는 민족주의만으로 환기되지 않는, 근대에 대한 회의와 반목 양상을 보여주는 것이다. 또한 민족 내부의 모순에 대한 비판의식이 갈수록 강화되고 있다는 점에서 그가 이상적인 민족만을 현현하는 국수주의자가 아님을 확인할 수 있었다. '아(我)'와 '비아(非我)'의 투쟁에서도 내외부가 구분되지 않는다. 이는 식민시기 문학이 제국의 구조와 논리에 흡수되거나, 정치적 헤게모니를 뒷받침하는 이데올로기로 변질되어 현실을 강제하는 모습을 보이는 것과 차별화되는 것이다. 따라서 그의 문학은 제3의 자리에서 '주의' 문학의 허구를 드러내고, 당대 문학의 한계들을 보완하는 중요한 위치에 있다.

둘째, 신채호는 권력을 승인하지 않는 방식으로 인물들의 주체화 모색을 진행하였다. 그는 민본주의를 바탕으로 근대주체 형성에서 해체 작업까지 진행하였다. 초창기 작품들에서는 권력화된 유교적 봉건질 서를 비판하는 한편, 폭력적인 제국에 대한 저항으로서 근대국민국가 기획을 단행하였다. 이 속에서 탄생한 구국의 영웅은 특출한 한 개인으로 머무는 것이 아니라, '무명(無名)의 다수(多數) 소영웅(小英雄)'을 불러 들이는 상징적인 존재였다. 이러한 인물 형상화는 갈등과 반목을 통해 '한놈'으로 대변되는 민중영웅의 재탄생으로 이어지고, 다시 드래곤의 출현에서는 '다수(多數)의 0'으로 탈중심화된 기호로 현현되고 있었다. 이러한 점에서 신채호가 일찍이 권력의 집중화를 경계하고 아나키즘적 '민중'을 발견하는 시초를 마련하고 있었다고 볼 수 있다.

셋째, 신채호는 갈수록 인물에 의해 유동적으로 구성되는 시공간 형상화를 보여준다. 시공간이 인물의 존재 양태를 결정짓는 것이 아니라 인물들, 특히 민중들의 연합에 의해 결정되는 시공간이 부각된다. 이러한 시공간은 이분화된 근대의 이데올로기적 강제를 탈주하려는 여러 주체들이 일시적으로 만났다 해체되는 장이었다. 인물들은 고정된 역사적 시공간을 소유하지 않고 시공간을 자유롭게 드나듦으로써 합리성으로 위장한 근대의 제국적 폭력의 광기를 해체하고 재구성할 수 있는 역동적인 존재가 된다. 이는 그의 문학이 인물들의 실천적 행동을 촉구하는 현실 문학이었음을 확인해 주는 것이다.

넷째, 신채호 문학은 '인간애'를 지향하고 있다. 육계(肉界)의 인간인 한놈이 내외부의 투쟁이라는 자기구원의 여정을 통해 최종적으로 깨닫는 것이 바로 민족을 넘어서는 인간애이다. 그의 인간애는 삶의 핍진한 부침 속에서 얻는 깨달음이라는 점에서 보편적인 윤리로 비약되는 관념적인 휴머니즘과 차별화되는 것이다. 도령군 놀음곳은 삶에 대한 근원적인 해답을 얻은 자들의 축제의 장으로서 제국적 폭력에 의해 상처받은 시공간을 희망의 제의적 공간으로 전환, 역사와의 화해를 시도한다. 이는 신채호가 궁극적으로 지향하는 바가 싸움의 세계가 아니라 삶을 축제로 만드는 인간애의 장임을 말해주는 것이다. 이러한 성찰이야말로 그가 아나키즘의 세계로 나갈 수 있는 원동력이 되었다고 볼 수 있다.

다섯째, 신채호의 문학적 실천들은 '상호부조(相互扶助)의 아나키즘적 세계'를 지향하는 것이었다. 그러나 식민지 상황에서 상호부조적 관계란 성립할 수 없었다. 따라서 그의 문학 행보는 제국주의적 세계 재편에 대한 대항의 논리로서 인간의 가장 최소한의 '자기 지시성'을 확보하는 방법이었다. 이는 민족의 문제를 포괄하는, 보다 고차원적인 세계주의 의식을 보여주는 것으로서 끊임없이 자율성을 찾아가는 세계 식민지국의 아나키즘 성격을 대변하는 것이기도 하다.

여섯째, 신채호 소설은 구조적인 한계를 지니고 있지만 몇몇 작품들에서는 문학적으로 상당한 미적 성취를 이루고 있다. 「일목대왕의 철추」는 궁예의 신체적, 정신적 결함을 상징적으로 드러내면서 그의 숨겨진 내면을 절묘하게 형상화하고 있었으며, 「백세노승의 미인담」에서는 백 살 가까이 되는 노승이 여전히 욕망의 노예로 살아가고 있는 모습을 해학적으로 풍자하고 있었다. 특히 「꿈하늘」과 「용과 용의 대격전」의 경우에는 당대의 문학에서 찾아볼 수 없는 독특한 서사 전략들을 활용하여 아나키즘 사상의 미학적 성취를 보여주고 있어 '문학가 신채호'의 역량을 확인해 주는 데 손색이 없었다. 이는 그가 문학을 사상의 실험장으로만 본 것이 아니라 미학적인 측면에서도 여러 고민을 진행하였음을 말해 주는 것이다.

그러나 신채호의 이러한 실천적인 문학 작업들이 '민중'과 괴리되어 있었다는 점은 한계로 지적될 수 있다. '주의'의 허상을 거부하고 무엇보다 현실을 중시했던 그였지만 결국 문학적 성찰들은 현실화되지 못하고 '유토피아'로 남았다. 이는 곧 시대적 한계라고 할 수 있다.

신채호 소설은 현실에 대한 끊임없는 도전과 전복, 건설의 순환에 놓여 있다. 본 연구는 신채호의 대표 소설뿐만 아니라 그동안 주목받지 못했던 소설까지 함께 조망해봄으로써 그의 문학적 행보에 대한 구체적인 해석에 접근하였다는 데 의의를 둔다. 그러나 여타 작가들과 차별화되는 신채호의 근대, 탈근대적인 성격을 명확하게 드러내지 못하였다. 또한 신채호 문학 연구의 일차적인 과제인 자료 발굴과 원전 확정 작업을 수행하지 못하고 진행됐다는 점도 한계이다. 이 때문에 일련의 작품들에서는 미완, 탈고 등, 작품의 내재적 한계를 뛰어넘지 못하고 피상적인 접근으로 마무리한 경우가 있다. 이는 앞으로 보완을 해 나가야 할 점이다.

작품에 대한 접근이 용이하지 않은 만큼 신채호의 문학적 향방에 대한 고민과 작업이 계속될 것으로 본다. 이러한 점에서 신채호 자체가 열린 텍스트라고 볼 수 있다. 특히 고전과 현대, 리얼리즘과 모더니즘을 뛰어넘는 작품의 독특한 미학적 성취들에 대해서는 여러 각도에서 논의를 진행할 만한 가치가 있다. 앞으로 자료 발굴 등의 기초 작업을 통해 이에 대한 고찰이 보다 섬세하게 이루어져야 할 것으로 본다. 또한, 국외 망명지 문학인들과의 비교 연구, 당대 중국 문인들과의 지속적인 비교 연구를 통해 신채호 문학의 특징을 제고해 나가야 할 것이다. 신채호가 문학을 시작할 당시가 동아시아 근대 형성기였다는 사실, 그리고 그가 국내 문단을 떠나 중국에서 망명자로 문학 활동을 지속해 왔다는 점에서 이러한 연구는 동아시아 근대 문학의 형성과 그 변용 과정을 해명하는 데 기여할 것으로 본다.

제2장

카니발 상상력의 미학적 성취

1. 프롤로그

　신채호는 문학의 효용성과 계몽성을 주장하였던 바, 애국 계몽운동 시기에 쓴 역사전기소설 등은 국민을 계도하는 "국민(國民)의 나(羅)침반(盤)"[1]으로서의 역할을 충실히 하였다. 그러나 1910년 4월, 망명 이후에 쓴 소설에서는 독특한 인물 형상화와 문학적 기법들을 보여주고 있어 서사의 주제적 특징을 포착하기 힘든 면이 있다. 이는 신채호 문학 연구에서뿐만 아니라 사학자, 사상가 신채호 연구에 있어서도 문제 지점들이라 할 수 있다. 그러나 이들 소설들은 망명 전후(前後) 신채호 문학 세

1　「近日 小家說의 趨勢를 觀ᄒ건디」, 『전집』6, 523면.

계의 간극을 해명하는 데 주요한 열쇠가 되는 작품들이라 할 수 있다.

따라서 2장에서는 망명 이후 소설 자체에 천착하여 이들을 관류하고 있는 문학적 지향점이 무엇인가를 찾아보고자 한다. 특히 이 소설들에서 해학과 풍자, 아이러니, 환상성 등의 수사적 기법이 두드러진다는 점에 주목, 이것이 모두 규격화, 정전화(正典化)된 가치 체계를 전도(顚倒)시킴으로써 풍자와 웃음, 카타르시스를 이끌어내는 카니발 문학 장치들임에 착안하였다.[2] 또한 망명지 지식인으로서 신채호가 취하는 세계관 역시 이러한 카니발적 특성과 무관하지 않을 것이라 보고 논의를 진행하였다.

"지배이데올로기가 사회질서에 통일되고, 고정되고 완성된 텍스트의 권위를 부여하려 할 때 카니발은 질서를 위협한다."[3] 무엇보다도 망명 이후 소설에 형상화돼 있는 인물들 역시 이분법적으로 재단할 수 없는 복합적이고 이중적인 성격을 내재하고 있다. 이들의 희화화된 모습, 이중성, 비가시성(非可視性) 등은 웃음을 유발하는 한편, 폭력적이고 권위적인 현실을 파기하려는 전복적인 효과를 발휘한다. 이는 논설체의 정제된 언어를 사용하여 공식적인 기억의 서사를 기획하던 것과는 차별화되는 것으로 현실을 해체, 전복하고자 하는 카니발적 세계관에 닿

---

2 "카니발(carnival)은 사순절(四旬節) 직전의 일주일 전에 벌어지는 축제로 억압적인 현실을 파기, 갱신하기 위한 변용의 장으로 활용된다. 이는 민중을 주축으로 삼아 위계질서에 무질서를 도입함으로써 생명력과 생동감을 주는 것으로 이해될 수 있다. 카니발은 생성과 변화, 갱생의 축제로서 획일적인 질서를 강요하는 세력을 무화하고 모든 계층에게 즐거움과 함께 평등과 긴장의 해소를 경험하게 한다. 그러나 모든 종류의 영구화(永久化), 완성, 그리고 완결성과도 적대적이며 완성되지 않은 미래를 응시하고 있다." 바흐찐, 이덕형·최건영 역, 『프랑수아 라블레의 작품과 중세 및 르네상스의 민중문화』, 아카넷, 2004, 20~36면 참조.
3 박승규, 「광장, 카니발과 미학적 정치 공간」, 『공간과 사회』 통권 34호, 2010.12, 65면.

아 있는 것이다.

지금까지 신채호 소설의 카니발적 특성에 대해서 주목한 바가 없다. 카니발리즘의 한 특성이라고 할 수 있는 '전도적 상상력'이나 '희극성'에 대한 연구는 부분적으로 이루어져 왔으나[4] 몇몇 작품에 한정돼 있으며, 작품 간의 내적 원리에 대한 연구가 부족하였다는 점이 한계로 지적될 수 있다. 따라서 여기에서는 망명 이후 소설 중에서 서사 구조를 확보하고 있는 「일목대왕의 철추」, 「백세노승의 미인담」, 「꿈하늘」, 「용과 용의 대격전」 이 네 작품을 동시에 연구대상으로 삼아 작품 간의 유기적 흐름을 고찰하고 신채호 소설의 미학적 성취들을 검토해 보았다.

2. 희화적 인물 구성과 가치의 전복성

신채호는 망명 이후, 구국의 영웅이나 계몽 지식인 대신, 세속적인 욕망으로 비루한 삶을 이어가는 희화적인 인물을 전면에 내세워 그들을 냉소와 풍자의 대상으로 전락시킨다. 「일목대왕의 철추」와 「백세노승의 미인담」은 이미 제목부터 희화적이다. 서사에서는 대왕이라는 이름에 걸맞지 않게 철추를 휘두르며 권력에 집착하는 왕이 등장하는가 하면, 백 세 가까이 됐음에도 여전히 미인 아내에 대한 집착을 버리지

---

4 이와 관련된 논문은 다음과 같다. 서은선·윤일·남송우·손동주, 「신채호 아나키즘의 문학적 형상화—하늘(天)과 용(龍) 이미지 전도(顚倒)」, 『한국문학논총』 48집, 한국문학회, 2008.4; 이정석, 「신채호 소설의 전도적 상상력과 그 서사적 효과—「백세노승의 미인담」과 「용과 용의 대격전」을 중심으로」, 『한국 문학이론과 비평』 46집(14권 1호), 한국문학이론과 비평학회, 2010.3; 김희주, 「신채호 서사의 희극성 연구—「일목대왕의 鐵椎」, 「용과 용의 대격전」을 중심으로」, 『현대소설 연구』 44호, 한국현대소설학회, 2010.8.

못하는 노승이 등장하기도 한다. 봉건 시대 왕이나 노승은 존경과 존귀함의 상징적인 존재들이었으나, 이제 고상함 속에 가려진 그들의 세속적 욕망이 폭로됨으로써 기존의 가치들이 전복된다. 이들은 권력욕과 정욕에 사로잡혀 대의(大義)를 이루지 못하는 인물들이다.

「일목대왕의 철추」에 등장하는 궁예는 자주의식을 내세우며 백성들을 계도하려 한다. 그가 늘 궁궐 밖을 순찰하면서 외부로부터 자기 확인을 받으려는 데서 알 수 있듯이, 그는 내부적으로 결핍을 안고 있는 인물이다. 그는 백성들에게 자신이 지은 궁예대왕경을 읽도록 강요하지만 백성들은 궁예를 추앙하기는커녕 외눈박이에 심술궂은 왕이라며 그를 경멸한다. 이에 궁예는 철추로 백성들을 응징하기 시작한다. 그러나 궁예의 폭력은 자신을 험담하고 공경하지 않았다는 사적인 복수에 머물고 있으며, 또한 백성들의 죄를 묻는 근거가 되는 것이 관심법(觀心法)이라는 자의적인 해석에 있기 때문에 그의 폭력은 정당성을 얻지 못한다. 철추는 그의 정신적 상처를 일시적으로 치료해 주는 방편이 되고 있지만 이러한 카타르시스는 백성들과의 갈등만을 자초하며 스스로가 결핍의 인물임을 폭로하는 것이 된다. 철추를 휘두르며 준엄한 왕으로 행세하려 하면 할수록 왕으로서의 신성성만 강등될 뿐인 것이다.

이러한 궁예의 폭력에 대항하는 자는 석총이다. 그는 "흥 궁예대왕경이 몟칠 갈 줄 아느냐? 론어 맹자는 만 년이나 나가리라"[5]라며 유교사상을 견지하는 태도를 보인다. 그는 궁예의 철추 앞에서도 "궁예대

---

5 「일목대왕의 철추」,『전집』7, 586면.

왕경은 요괴한 마귀의 말이니 대왕이 만일 이 경문을 물에 던지지 안하면 살아서 불그덩이에 올나 안질 것이요, 죽어서는 십팔청 디옥에 떨어리라고 ……"[6]라며 자신의 신념을 버리지 않는다. 궁예의 철추에 죽음을 맞이하는 석총의 모습은 의연해 보이기까지 한다. 그러나 석총이 유교 사상을 추종하고 궁예대왕경을 배척하는 모습은 일방적인 데가 있다. 그는 궁예의 외눈박이라는 신체적 결함과 버려진 아이였다는 결핍을 내세워 궁예대왕경을 배척한다. 석총의 이러한 태도는 사상적 유연성이 결여된 사대주의자, 보수자의 모습 그대로이다. 그의 폐쇄적인 이러한 태도 때문에 의연한 태도를 보일수록 그 역시 궁예와 마찬가지로 희화화의 대상으로 전락되는 것이다.

이는 매우 의도적인 서사이다. 신채호는 일찍이 유교 사상을 비판하던 인물이었다. 그는 유교의 참뜻은 적극적으로 확장해 가야 한다고 보았으나[7] "형식(形式)만 중시(重視)하고 보수(保守)만 도상(徒想)"[8] 하는 태도는 강하게 비판하였던 것이다. 그럼에도 불구하고 서사에서는 유교라는 배격의 대상을 오히려 궁예의 폭력성을 비판하는 근거로 삼고 있는 것이다. 또한 석총 역시 비판의 대상에서 벗어날 수가 없다. 따라서 궁예를 자주의식을 고취하는 자나 혹은 폭군으로, 석총을 사대주의에 물든 자나 혹은 폭력적 권력에 대항하는 의연한 자로 이분법적으로 환원할 수 없게 된다. 표면적으로 궁예의 자주의식을 높이 사는 것처럼 보이지만 그의 폭력성으로 '자주의식'이라는 가치가 희석돼 버리고, 유

6 위의 책, 596면.
7 「儒教擴張에 대흔 論」, 『전집』6, 676면.
8 「儒教界에 대한 一論」, 위의 책, 542면.

교 사상을 고수하나 하면 그것 역시도 아니다. 이는 '가치'의 결정을 미루고 가치 전복과 해체의 과정 안에 독자를 끌어들이는 신채호의 심리적 전략으로 보인다. 이는 왕후 강 씨를 형상화하는 데서 강화된다.[9]

　서사에서 가장 긍정적으로 형상화된 인물은 강 씨이다. 그녀는 "적국을 정복하려면 칼로 하려니와 백성의 마음을 정복하려면 덕으로 하는 것이올시다"[10]며 궁예의 폭력을 제지한다. 이에 궁예도 회개의 눈물을 흘린다. 전체 서사를 보자면 이 부분이 가장 극적인 부분이라고 할 수 있다. 독자는 궁예가 어떤 사람으로 거듭날지, 강 씨가 궁예의 보조자로서 어떤 역할을 할지에 대해 기대를 하게 된다. 그러나 서사가 여기서 미완으로 끝나 버린다. 사대주의, 권력에 대한 가치 전복만 일어나고 새로운 가치는 흔적만 보여주고 사라져 버리는 것이다. 이는 신채호가 자주의식 자체를 부정한 것은 아니나, 궁예라는 한 영웅이 만들어

9　궁예에 대해서 김병민은 "포악한 전제군주로서의 궁예의 반인민적 본질을 신랄하게 폭로규탄하면서도 때론 그를 불교와 유교의 신성한 파괴자로 때론 강 씨의 견책 앞에서 스스로 참회하는 인물로 그려냄으로써 역사적 사실과 인물의 성격발전논리와도 맞지 않게 형상하는 점도 없지 않다." "역사적 사실과 생활세부에 대한 이런 비진실성은 성격형상의 미학적 의미를 어느 정도 저락시키기도 하였다"고 본다. 김병민, 『신채호 문학 연구』, 아침, 1989, 137~138면. 그러나 선행연구에서는 주로 궁예를 민족주의, 자주의식을 고취한 인물로 보고 있다. 성현자는 "표제가 시사하는 바, 일목대왕은 궁예의 애꾸눈을, 철퇴는 모든 외래적 노예사상과 사대적인 존화사상에 맹종하는 당대 민중에 대한 준엄한 비판과 응징의 상징임을 그 서사구조에서 알 수 있다"고 하며 궁예의 행동을 사대주의 극복의지로 보고 있다. 성현자, 「역사적 인물의 허구적 서사구조 (1)－신채호의 「일목대왕의 철퇴」, 「박상희」, 「이괄」을 중심으로」, 『비교문학』 21, 한국비교문학회, 1996.12, 83면. 양진오는 "궁예는 외래문화 표상인 불교와 유교를 대체하는 자주적 종교, 즉 국수적 종교를 창조하기 위해 고뇌하는 문화영웅의 면모를 보여준다"고 하며 궁예가 폭력적이기는 하나 자주의식을 고취한다는 점에서 긍정적이라 평가하였다. 양진오, 「영웅의 호출과 민족의 상상－망명 이후 신채호의 소설을 중심으로」, 『현대소설 연구』 38호, 한국현대소설학회, 2008.8, 191면. 김희주는 신채호가 상무정신을 지닌 궁예를 긍정적 인물로 환원하고 있다고 보고 있다. 김희주, 앞의 글.

10　「일목대왕의 철추」, 앞의 책, 598면.

내는 가치를 끝까지 경계하고 있는 것으로 보인다. 그러나, 주목할 점은 궁예가 일반 백성들을 통해 자신의 권좌를 확인받고 싶어 하고, 그들의 반응에 촉각을 세우고 있다는 것이다. 그와 대립을 이루는 것은 주변국 왕이나, 혹은 왕건과 같은 신하가 아니다. 가치의 정립은 미루고 있지만, 이는 민중에게 새로운 가치가 탄생할 것임을 기대하고 암시하는 것이라 할 수 있다.

「백세노승의 미인담」에 등장하는 노승은 원래 고려시대, 귀족 집안의 자제였다. 그는 몽고군에 의해 미인 아내를 잃게 되자 가산을 정리하여 아내 황 씨를 찾아 몽고 땅을 헤매고 다닌다. 그가 귀족이라는 신분까지 망각한 채 비루한 삶을 감수해 가는 것은 미인 아내를 되찾고자 하는 욕망 때문이다. 이는 아내에 대한 사랑 때문이라기보다 자기 상실에서 오는 집착이라고 할 수 있다. 봉건 시대, 귀족 집안에서 소유와 지배만을 알았던 노승에게는 상실에 대한 내성이 부재하였다. 따라서 한순간에 아내를 빼앗기게 되자 그 공허를 견딜 수 없었던 것이다. 미인 아내는 바로 노승의 '화려한 과거'를 상징하는 하는 것으로서 이러한 화려함이 아내의 성(姓), '황'이 상징하는 바대로 신기루처럼 노승을 떠나버린 것이다.

노승은 아내를 찾지만 그녀가 변심했다는 것을 확인하고는 아내와 그녀의 새 남편인 차손다다를 살해해 버린다. 이는 자기가 가지지 못하는 것을 파괴해 버림으로써 일시적인 심리적 해방 출구를 찾고자 하는, 자기 파괴적인 카타르시스에 다름 아니다. 그의 아내 찾기는 사랑 찾기가 아니라 바로 노승의 화려했던 과거 찾기 행보였음이 확인되는 바이다. 그러나 노승의 이러한 파괴적인 욕구 표출은 근본적인 자기 치유가 되지 못한다. 역설적으로, 노승은 아내를 죽임으로써 과거와 단절되는 것이 아니라 오히려 과거에 얽매여 살게 된다. 아내는 노승의 기억 속에 영원히 늙지 않은 아름다운 모습 그대로이기 때문에 그의 과거 영화(榮華)에 대한 그리움과 자기 연민을 불러일으키는 향수(鄕愁)로 남아 있게 된다. 따라서 노승은 백 살이나 되었으나 여전히 유아기적 집착에서 벗어나지 못하는 것이다. 금욕과 절제의 '성(聖)'스러운 이미지가 미인 아내에 대한 '성(性)'적인 집착으로 결합됨으로써 노승의 이미지는 희화화된다.

과거는 이처럼 노승에게 상실감을 불러일으키지만, 또한 노승을 살게 하는 힘이기도 하다. 이러한 이중적인 심리는 스스로를 '놈'이라 칭하기도 하고 '만법 개공(萬法 皆空)'의 진리를 깨달은 오공화상(悟空和尙)'이라고 자칭하는 데서도 엿볼 수 있다. "양극이 한 인간 속에 혼재한다는 모순, 극과 극의 혼재가 카니발적 세계의 한 특성이기도 하다."[11] 노승의 아내 이야기는 바로 이런 자기 자만과 자기 비하의 이중 심리를 강화하는 데 기여한다. 남이 장군 일행의 이야기가 아내 자랑에 이르자 노승도 슬쩍 그 대화에 끼어든다.

"남자가 잘나면 역적질을 하고 여자가 어엽부면 서방질을 합니다. 서방들은 어엽분 안해를 밋지 마시오."

하며 쌀쌀 웃는다. 그 중은 나히 멧친지 모르나 중으로 그 절에 와서 륙십여 년을 지냇스니 적어도 백살은 되얏겠다고 하는 늙은 중이라. 그의 귀와 눈

11 이보영, 「카니발 소설의 의미―이상의 『종생기』론」, 『문예 연구』 15권 1호(통권 56호), 문예연구사, 2008 봄, 262면.

은 쇼년갓히 밝그며 안즈면 나미타불이나 찻으며 만법개공(萬法皆空)의 진리를 깨달란노라고 졔가 제 일흠을 오공화상(悟空和尙)이라고 지은 중이라. 그러나 중을 천대하는 시절에 아모리 늙은 중일지라도 이갓히 남의 말긋헤 토다는 당돌한 중을 누가 용서하리오. 일행 세 사람이 일제히 노하야

"서방님네의 말긋헤 중놈이 무삼 참견이냐?"

고 주먹을 들어 치랴한즉

"네, 로승이 죽을 죄를 지엇습니다마는 서방님네의 말을 듯다가 지난 일이 감촉되야 죄 짓는지를 몰으고 죄를 지엇습니다. 용서하시면 로승이 미인의 안해 까닭에 중된 니야기를 하겟습니다."**12**

노승이 미인 아내를 믿지 말라고 하는 것은 가시적인 아름다움을 경계하는 것으로 보이기도 한다. 그러나 그가 아내 자랑에 끼어드는 것은 곧 화려했던 과거를 과시하고픈 노승의 심리를 말해주는 것이라 할 수 있다. 귀족의 신분으로서 미인 아내와 행복하게 살았던 과거를 이야기하는 것은 비루한 현실을 잊고 견디게 해주는 심리적인 방어기제이다. 노승은 여전히 봉건 시대 '도령'이고 싶은 것이다. 그의 이러한 '소공자' 의식은 바로 그가 과거 집착형 인물임을 말해 주는 것으로서 그가 근본적으로 현실 인식이 부재한 인물임을 폭로하는 것이다. 그는 "몽고가 아모리 강하다 하나 만일 상하가 화목하야 방어를 잘하야 왓으면 나라가 안전하얏슬는지도 몰을 것입니다"**13**라며 고려가 망한 것은 문무(文武)의 대립, 황실과 최씨의 권력 다툼 때문이라며 애통해하지만 이러한

---

12 「백세노승의 미인담」, 『전집』 7, 561면.
13 위의 책, 562면.

현실 비판 역시 공감을 이끌어내지 못한다. 그는 신랄한 비판과는 달리 현실에 적극적으로 대처하지 못하고 아내를 찾는 데 전 재산을 탕진한 과거를 가진 자이기 때문이다.

　노승은 "고려때에는 중이 매오 존귀하얏습니다. 그러나 로승은 그 존귀를 위하야 중이 된 놈이 안임니다"[14]라고 말하고 있지만 어떻게 보면 노승이 종교의 세계로 귀의한 것은 당연한 결과라 할 수 있다. 우선 그는 스스로의 힘으로는 몰락한 자신의 신분을 다시 회복할 수 없는 인물이다. 또한 과거에 대한 망상 때문에 비천한 신분이 된 자신의 현실을 받아들일 수도 없다. 따라서 이 모든 것을 초월하여 자존벽을 지킬 수 있는 곳은 종교의 세계밖에 없는 것이다. 그러나 종교의 세계 역시 노승의 소공자 의식을 충족시켜 주지는 못한다. 이제 노승은 존경받는 존재가 아니라 '중놈'으로 천대를 받는 처지로 강등돼 있기 때문이다. 특히 노승이 도망자 신세가 되는 데까지는 서사가 구체적으로 그려져 있지만 후반부에서 서사가 미완으로 끝나버린다. 그가 어떻게 해서 스님이 되었는지 그동안의 행적이 묘연하며 수행 과정도 전혀 드러나지 않는 것이다. 그러나 노승의 언행으로 미루어 보건대 그는 수행을 통해 자기 깨달음을 얻은 것이 아니라 종교라는 초월의 세계로 비약하여 스스로를 '오공화상'이라 말하고 있음을 짐작할 수 있다. 이러한 자기 최면을 통해 과거의 과오를 무마하고 몰락한 자신의 처지를 보상받으려 하는 것이다. '호국사'라는 이름 역시 결국 세속의 노예로 사는 노승의 비주체적인 삶을 반어적으로 보여주는 상징적인 공간이라 볼 수 있다.

---

14 위의 책, 562면.

그는 나라를 보호하고 구하기는커녕 백 살이 넘도록 자기의 욕망 하나도 다스리지 못하는 인물이기 때문이다.

이처럼 노승은 화려했던 과거와 해탈의 숭고미로 현실의 비루함을 만회해 보려 한다. 노승이 진지하게 자신의 이야기를 풀어낼수록 노승의 세속적인 모습이 폭로되어 스스로가 희화화되며 종교라는 숭고한 이미지 역시 하부차원으로 끌어내려진다. 희극적인 노승의 모습에 의해 독자는 그와 거리감이 형성되고, 이로써 독자는 현실 비판적인 안목을 유지할 수 있는 것이다. 이는 망명 전, 구국의 영웅들에게서 느끼던 감정이입과는 상이한 것이라 할 수 있다.

노승과 대비되는 인물이 바로 노예 엽분이다. 엽분은 노예의 신분임에도 애욕에 사로잡힌 노승을 "네가 무삼 산아희냐"[15]며 준엄하게 꾸짖는다. 그리고 결국 노승을 따르지 않고 자결하고 만다. 그녀의 죽음은 자기 갱생을 위한 적극적인 죽음이라 할 수 있으며, 이런 점에서 엽분이는 "식민 상황과 완전히 절연하고 자신을 온전히 소진하는 방식으로 외세에 대응한 혁명가"[16]라고 볼 수도 있다. 그러나 서사는 단순히 권

----

15 위의 책, 565면.
16 양진오, 앞의 글, 190면. 선행연구들에서는 주로 엽분을 중심인물로 보면서 그녀를 자주의식, 민족의식을 고취시키는 민중영웅으로 평가한다.(김병민, 『신채호 문학 연구』, 아침, 1989; 성현자, 「허구적 인물의 역사적 해석 (II)—신채호의 「백세노승의 미인담」, 「일이승」, 「꿈하늘」을 중심으로」, 『개신어문 연구』13, 개신어문학회, 1996.12; 박상석, 「신채호 소설 「百歲老僧의 美人談」의 근원설화와 변개양상」, 『국어국문학』150호, 국어국문학회, 2008.12; 이정석, 앞의 글 등) 김교봉 외는 "단재가 남성이 아닌 여성을 주체적이고 저항적인 중심인물로 삼은 것은 인구의 반을 차지하고 있는 여성도 분발하여 국권회복 항쟁의 대열에 앞장서는 민중적 영웅인 여영웅이 탄생하기를 바라는 역사인식을 드러낸다"고 밝히고 있으며(김교봉·설성경, 「역사전기체소설의 특성」, 『근대 전환기소설 연구』, 국학자료원, 1991, 101면) 최원식은 여성주의적 관점에서 이 소설이 "두 고려 여성의 뛰어난 형상을 제시하고 있으며, 이들은 페미니즘 관점에서도 중요한 인물들이다"라고 하였다.(최원식, 『문학의 귀환』, 창작과비평사, 2003, 115면 참조) 이렇게 엽분을 부각하는 이유는 신채호가 '민족주의, 민중의식'을 구현하는 작가라는 사실을 규정하고 있기 때문은

선징악의 세계를 그리거나 엽분과 노승을 선악이라는 이분법적인 시각으로 규정하는 것은 아니다. 왜냐하면 그녀를 민중영웅의 전형이라 보기에는 아쉬움이 있기 때문이다. 엽분의 적극적인 활약이 기대되는 순간, 아이러니하게도 그녀는 죽음으로써 사라져 버린다. 그녀는 노승의 우매함을 부각하는 효과를 주고 있지만 노승의 우매함을 끝까지 깨우쳐 주지는 못하였으며, 특히 정작 중요한 현실 개혁을 추동하는 적극적인 주체로 발전돼 나가지 못한 한계를 내정하고 있다. 그녀의 삶은 이름대로 민중의 '어여쁜' 꽃처럼 상징적인 죽음으로 마무리된다. 자신의 능력을 펼쳐 보일 수 없었던 신분적인 한계를 감안하더라도 구국의 영웅들이 보여주던 비장하고 숭고한 죽음의 파급 효과만큼은 주지 못하는 것이다.

영웅의 부상을 누구보다 잘 그려냈던 신채호가 문학적 역량 부족으로 엽분을 영웅화하지 못한 것은 아닐 것이다. 그렇다면 왜 왕후 강 씨나 엽분의 성공적인 활약으로 서사를 이끌어가지 않는가? 이는 곧 「일목대왕의 철추」에서와 마찬가지로 민중 영웅의 탄생을 지연하는 신채호의 의도된 서사 전략이라 볼 수 있다. 말하자면 엽분이가 위대한 민중 영웅으로 현현하는 순간, 또 다른 '가치'가 탄생함으로써 억압적, 권위적인 세계가 일어날 수도 있음을 경계하고 있는 것이다. 봉건시대에 대한 전복은 또 다른 가치 체계로 정립, 고형화 되는 것이 아니라 미완, 사라짐으로써 끊임없는 생성의 가능성을 담지하는, 보다 적극적인 메시지를 주는 것이다.

. . . .
아닌가 한다. 엽분이 서사에서 중요한 위치를 점하고 있으나, 주인공은 어디까지나 노승이라 할 수 있다.

이처럼 신채호는 민중영웅이라 할지라도 일개의 위대한 영웅을 탄생시키려고 하지 않는다. 궁예는 '미리'가, 노승은 '오공화상'이 아님을 스스로 폭로하게 함으로써 희극에 도달한다. 이들은 자아도취와 패배주의를 동시에 안고 있는 자존벽 환자에 다름 아닌 것이다. 「이순신전」에서 호연한 기개를 자랑하던 남이 장군도 아내 자랑에 빠져 있는 인물로 형상화돼 있다. 강 씨도 엽분의 활약도 아쉽게 마무리된다. 그렇다면 누가 궁예와 석총, 그리고 노승을 깨우쳐 줄 것인가? 그것은 바로 그들 자신이다. 엽분이 아무리 노승을 꾸짖고 대의를 위해 싸운다 해도 노승 스스로의 자각이 없는 한, 그는 백 살이 넘도록 몽매한 인물로 아이러니한 삶을 살아갈 수밖에 없는 것이다. 궁예와 강 씨 관계의 극적 마무리, 엽분의 사라짐, 형상 부재는 곧 현실에 대한 민중 개인 스스로의 주체 찾기 방식을 고무하는 메시지인 것이다.

또한 기존의 가치 체계 역시 전도되고 있다. 첫째, 궁예와 백성들의 대립 속에서 왕과 민의 관계가 전도된다. 둘째, 궁예와 왕후 강 씨, 노승과 엽분의 관계에서 볼 수 있듯이 남성과 여성의 권위가 전도된다. 이제 여성이 남성의 권위를 파기하고 계도하기까지 한다. 셋째, 노승과 엽분의 관계에 주목해 보면 주인과 노예의 관계가 전도된다. 넷째, 노승이 일개 남아의 의식도 넘어서지 못한다는 점, 그리고 사람들에게 조롱과 멸시의 대상이 되고 있다는 점에서 종교적인 가치와 신성성이 전복된다. 이는 모두 봉건적 가치에 대한 전복이라 할 수 있다. 다섯째, 삶과 죽음이 역전된다. 노승은 백 살이 넘도록 죽지 않았지만 죽음과 같은 굴욕적인 삶을 살아가는 반면, 엽분은 죽음으로써 새 삶을 기약한다. 삶은 죽음으로, 죽음은 삶으로 역전되는 것이다. 여섯째, 전복된 가치 위에 새로운 가치를 정립하지 않으려는 점에서 계몽주의적, 권선징악적 가치 체계를 지연하고 전복한다. 이는 권위의 성립, 완결성을 거부하는 카니발적 특성을 보여주는 것이다. 결국 신채호는 희화화된 인물 형상과 가치의 전도를 통해 현실 인식을 강화하는 한편, 문학적 형상미도 획득하고 있는 것이다.

3. 메니피아적 풍자와 자기 구원의 여정

「꿈하늘」에 이르면 위의 두 소설에 남아있던 의혹들이 해소된다. 이제 궁예나 노승이 이루지 못한 자기 갱생, 구원의 여정을 한놈이 열어 가는 것이다. 그 여정 가운데 여러 고대 영웅들이 나타났다 사라지기를 반복한다. 또, 한놈은 한 살도 되었다가 마흔 살이 되기도 한다. 시공간은 물리적 이해를 넘어서서 과거와 현재, 그리고 삶과 죽음의 영역 등으로 전방위로 열려 있다. 이곳은 '다성성(多聲性)'이 지배하는 공간, '광장'이다.

전방위에서 출몰한 영웅들은 한놈을 자각의 세계로 이끌고는 왕후 강 씨나 엽분이가 그랬듯이 신기루처럼 잠시 왔다 사라진다. 고대 영웅들은 한놈에게 메시지만 전달할 뿐, 한놈은 스스로를 달래며 방황의 길을 가야할 운명에 처해 있다. "방황은 나와 타자의 부딪힘의 기록이자 부단한 대화의 증거로, 그 흔적으로 남게 된 구불구불한 길은 나와 타자가 때론 밀치며 그려낸, 상대를 찾아가는 지도가 된다. 반듯한 직선 도로와 달리 쌍방향적 의사소통을 추구하는 구불구불한 길은 카니발적 세계관과 만난다."**17** 궁예나 노승은 산 자들과 대면하고 있었다면 그는 주로 죽은 자들과 만난다. 이로 미루어 보면 신채호가 '꿈하늘'이라는 환상적인 시공간을 설정할 수밖에 없는 이유가 드러난다. 즉 이는 궁예나 노승 등, 산 자들의 힘으로는 해결하기 힘들었던 모순들을 환상이라는 시공간의 확장을 통해 적극적으로 치유, 극복해보고자 하는 소설적 장치인 것이다.**18**

서사에서는 불연속적인 시공간이 생성과 파기를 반복하며 인물들의 신체 변형 또한 자유롭게 일어난다. 이러한 기법들은 메니피아적 풍자 효과를 기대하게 한다. "메니피아(menippea)적 풍자는 역사적 사실주의 혹은 개연성의 요구를 깨뜨린 장르였다. 메니피아는 지상과 지하 그리고 천상 세계를 쉽게 이동하고, 과거와 현재와 미래를 하나로 결합하며, 죽은 사람과의 대화를 허락한다. 환상과 몽상, 비정상적 상태, 기이한 행동과 말, 신체의 변형, 어이없는 상황 등이 그것의 규범이 되었다. 이것은 카니발화 현상을 가장 두드러지게 나타낸다."**19**

서사의 제1장 첫 부분에서는 마치 천지창조를 연상케 하는 새로운 세계가 열린다.

---

17 김경화, 「블레이크의 숭고와 카니발적 세계관─『천국과 지옥의 혼인』을 중심으로」, 『19세기 영어권 문학』 10권 2호, 19세기영어권문학회, 2006.8, 54면.
18 "인간을 억압하는 전체주의적 힘을 거부하고 인간의 개성과 자유의 본질을 규정하려는 욕망 역시 환상문학이 추구하는 지향점일 것이다. 이런 점에서 환상문학은 욕망의 문학이라 해도 과언이 아니다. 수많은 도피와 탈출이야기들로부터 성공과 정복의 이야기, 유령과의 대화 등 어리석게 보일 수 있는 환상적 이야기들이 대중적으로 관심을 끌고 있는 이유는 일상의 삶에서 욕망이 충족되지 않고 있다는 것과 관련된다." 장한, 「미하일 불가코프의 『거장과 마르가리타』─풍자와 알레고리의 환상적 메타소설」, 『세계문학 비교연구』 15, 세계문학비교학회, 2006.6, 202~203면.
19 로지 잭슨, 서강여성문학연구회 역, 『환상성─전복의 문학』, 문학동네, 2004, 25면.

째는 檀君 紀元 四千二百四十·몃 해 어늬 달 어늬 날이던가. 짜는 서울이던
가, 시골이건가, 海外 어대던가, 도모지 記憶할 수 업는대 이 몸은 어대로서
왓는지 듯지도 보지도 못하던 크나큰 무궁화 몃만 길 되는 가지 위 널으기
가 큰 房만한 꼿송히에 안젓더라. 별안간 하늘 한복판이 짝 갈너지며 그 속
에 불그레한 光線이 쎄쳐 나오더니 半空에 테를 지어 둘우고 그 위에 뭉을뭉
을한 고흔 구름으로 갓쓰고 그 光線보다 더 불근 비츠로 두루매기 입은 天官
이 안저 올흔손으로 번개칼을 둘으며 우레 갓흔 소리로 위여 갈오대

"人間에는 싸홈쑨이니라. 싸홈에 니기면 살고, 지면 죽나니 님의 命令이
이러하니라."[20]

한놈은 자기도 모르게 무궁화 위에 앉아 천관의 목소리를 듣는다.
이는 마치 태초의 인간 존재 양태를 보여주는 것과 같다. 인간은 어디
에선가 와서 전쟁 같은 삶을 보낸다. 이런 점에서 천관이 말하는 싸움
역시 단지 대외 투쟁을 통한 민족의식의 고취만을 얘기하는 것이 아니
라, 오히려 한놈이 인간으로서 태생적으로 가지고 있는 자기 욕망과의
싸움이라는 의미가 더 크다고 볼 수 있다. 자기 구원은 종교의 세계가
아닌, 바로 한놈 스스로의 자기투쟁으로 가능한 것이기 때문이다.

한놈이 이(二)천 년이라는 시간적 간극을 뛰어넘어 을지문덕을 만나
자, 을지문덕은 "영계(靈界)는 육계(肉界)의 사영(射影)"[21]이라고 얘기한다.

宗敎家 始祖된 釋迦나 예수가 天堂이니 地獄이니 한 말은 별로히 寓意한 곳

....
20 「꿈하늘」, 『전집』 7, 514면.
21 위의 책, 519면.

이 잇거늘 어리석은 사람들이 그 말을 집어먹고 消和가 못되야 亡國滅族 모든 病을 알는도다. (…중략…) 소가 개를 나치 못하고 복숭화나무에 오얏열매가 맷지 못하나니 肉界의 싸움이 엇지 靈界의 平和를 나흐리오. (…중략…) 亡한 나라의 種字로서 혹 부처에게 빌며 上帝쎄 긔도하야 죽은 뒤의 天堂을 구하랴 하니 엇지 눈을 감고 해를 보랴 함과 달으리오. (…중략…) 天堂이란 것은 오직 주먹 큰 자의 차지하는 집이오, 주먹이 약하면 地獄으로 쏙기어 가느리라.[22]

천국은 따로 있는 것이 아니라 이승에서, 자기와의 투쟁에서 승리한 자만이 가질 수 있는 집이다. 육계 삶의 양태에 따라 영계의 삶 또한 결정되는 것이다. 말하자면 '하늘은 스스로 돕는 자를 돕는다.' 이는 인간이 짊어지고 가야할 숙명과도 같은 것으로서, 자신 외에 누구도 자신을 구원해 주지 못한다는 것을 말해 주는 것이다. 따라서 인간인 한, 한놈 역시 외로울 수밖에 없다. 한놈은 "나면 갈 곳이 업스며, 들면 잘 곳이 업고, 울면 미들만한 니가 업스며, 굴면 사랑할 만한 아오가 업시 한놈으로 와 한놈으로 가는 한놈이라"[23]고 말한다. 세상 어디에도 의지할 곳이 없다는 것이다. 이런 점에서 '한놈'이라는 이름은 홀로이 삶을 엮어가야 할 인간의 숙명적인 고독을 말해주는 것이라고 할 수 있다.

인간이 절대 고독에서 마주치는 것은 깊이 숨겨져 있던 다중적인 자아와의 만남으로, 이는 필연적으로 자아 간의 충돌을 유발한다. 그리고 꿈과 현실이 구분되지 않는 극도의 분열 상태에 놓이게 되는 것이

22 위의 책, 519면.
23 위의 책, 520면.

다.[24] 한놈의 자아 분열 상태는 왼 몸이 오른 몸과 싸우기 시작하는 것으로 표현된다.

올흔손이 졀잇졀잇하더니 차차 거저 어대써지 쎄첫는지 그 씃흘 볼 수 업고, 손가락 다섯이 모다 손 한아식 되여 길길히 길어지며, 그 손가락 씃헤 다시 손가락이 나며 그 손가락 씃에 다시 손이 되여, 아들이 손자를 나며 손자가 증손을 나니 한 손이 몟萬 손이 되고, 왼손도 여보라드시 올흔손대로 되여 쏘 몟萬 손이 되더니, 홀흔손에 쌸닌 손들이 낫낫히 풀은긔를 들며, 왼손에 쌸닌 손들은 낫낫히 불근긔를 들고, 두 편을 갈너 싸움을 시작하는대 풀은긔 밋헤 모힌 손이 일졔히 범이 되여 아가리를 짝짝 버리며 달녀들더니, 불근긔 밋헤 모힌 손들은 노루가 되여 달아나더라. 달아나다가는 큰물이 압헤 꽉 막키여 할 일없는 디경이 되니, 노루가 일졔히 고기가 되여 물속으로 들어간다. 범들이 배암이 되야 쏘치니, 고기들은 쒱이 되여 썰썰 푸두둑 쒱이 되여, 물밧긔로 향하야 날더라.[25]

마치 판소리의 자진모리처럼 한놈의 신체 변형이 숨 가쁘게 이어지고 있다. 오른손은 범이 되었다가 뱀 → 매 → 불덩이가 되고, 이에 맞서는 왼손은 노루에서 고기 → 꿩 → 큰뫼 → 뫼쪼각 → 구름이 되어 격전을 벌인다. 한놈의 이러한 기이한 신체 변형은 영웅들이 가지고 있던

24 "한놈은 元來 꿈 만흔 놈으로 近日에는 더욱 꿈이 만허 긴 밤에 긴 잠이 들면 꿈도 그와 갓이 길어 잠과 꿈이 서로 終始하며 쏘 그뿐만 안이라 곳 멀건 대낮에 안저 두 눈을 멀둥멀둥히 쓰고도 꿈 갓흔 디경이 만허 (…중략…) 이 글을 꿈꾸고 지은 줄 아시지 말으시고 곳 꿈이 지은 줄로 아시압소서." 위의 책, 513면.
25 위의 책, 520면.

신성한 이미지를 파기하고, 가시적인 세계에 대한 믿음을 상실하게 한다. 한놈은 표면적으로는 하나의 인격체로 보이지만 사실 그의 내면에는 수많은 다른 인격체의 한놈들이 존재하는 것이다. 이런 점에서 한놈이라는 이름 자체는 그의 고독을 말함과 동시에 굉장히 반어적인 의미를 품고 있다고 할 수 있다. 이는 하나이자 여럿인, 인간의 숙명적인 모순을 상징적으로 풍자하고 있는 것이나 다름없다. 인간은 하나의 인격체로 수렴될 수 없는, 다중적인 존재인 것이다. 또한 여기에는 그가 거부하는 절대적인 하나의 인격체, '하나님'을 강등시키고자 하는 의도까지 숨어 있다고 볼 수 있다. '님'과 '놈'은 대립적인 의미로 신채호 서사에서 자주 등장하는 언표이다.

이제 한놈의 오른손은 파괴적인 강열함으로 왼손의 여린 순박함을 쫓는다. 이는 "한놈이 여들 놈도 되어"[26] 라는 말에서도 짐작할 수 있듯이 곧 한놈 안의 이중적이고 다중적인 자아와의 싸움을 상징하는 것이다. 이렇게 보면 한놈이라는 이름은 또한, 한놈에서 두놈, 세놈 등으로 끝없이 이어지는 분열적인 자아를 상징하는 것이기도 하다. 왼손에서 변형된 노루나 꿩 등은 평화와 순수를 상징한다면 오른손에서 변형된 범 속 등은 파괴와 폭력적인 자아에 다름 아니다. 이들은 모두 한놈의 자아인 것이다. 그런데 여기서 주목할 점은 '왼 몸과 오른 몸'이 싸우는 것이 아니라 "왼몸이 올흔몸"[27]과 싸운다는 것이다. 즉 한놈 자아에 중심을 잡고 있는 것은 왼몸이 상징하는 '평화와 순수'라 볼 수 있다. 이러한 중심된 가치들이 또 다른 폭력적인 자아에 의해 쫓기고, 위협당하는 것이다.

26 위의 책, 513면.
27 위의 책, 519면.

이제 극도의 자아 분열로 "한놈의 손짓호로 말니울 도리는 아조 업다."[28] 스스로를 통제 못하게 된 한놈은 "싸우거던 내가 남하고 싸워야 싸움이지, 내가 나하고 싸우면 이는 자살(自殺)이오, 싸움이 안이니라" 라는 꽃송이의 말을 듣고 크게 느낀다. 그리고 "왼손으로 올흔손을 만지니 다시 전날의 올흔손이오, 올흔손으로 왼손을 만치니 쏘한 전날의 왼손이러다."[29] 마주 잡은 두 손은 곧 한놈 안에서 분열하고 충돌을 일으키던 다중적인 자아와의 일시적인 화해와 공존을 말하는 것이다. 이로써 한놈은 자아를 액면 그대로 들여다보게 된다. 이것이 곧 한놈의 일차적인 자기 인식이다.

꽃송이와 을지문덕을 만난 한놈은 무력감을 극복한다. 그리고 "나는 어대로 가리오?"[30]라며 자기 길에 대한 첫 물음을 던진다. 그리고는 하늘과 땅, 동서남북에서 여섯 동무를 얻어 함께 님[神]이 가비[魔]와 싸우고 있는 곳으로 떠난다. 이 여섯 동무는 한놈과 얼굴과 모양이 같다. 이들은 곧 한놈 안에 있는 또 다른 한놈들로, 자기 탐색 속에서 구체적으로 드러난 한놈의 비아(非我)들이라 할 수 있다. 한놈의 존재 양태처럼 "문학적 환상물에 흩어져 있는 부분적이고 이중적이며 다중적이고 분할된 많은 자아들은 모든 인간적 통일성들 중에서 지금까지 가장 소중히 여겨져 온 것, 요컨대 인물의 통일성을 위반한다. 환상적 서사들은 불안정한 형태를 가진, 보다 덜 실체적인 몸들을 어지럽게 흩뜨려놓는다. 그들의 정체성은 결코 명확하게 확립되지 않는다. 자아의 다양한

---

28 위의 책, 521면.
29 위의 책, 521면.
30 위의 책, 537면.

부분들의 확대, 축소, 재구축은 그것들이 지각을 상대화하거나 하나의 놀라운 신세계를 소개하기 때문에 알레고리적이고 풍자적인 환상물에서는 일반적인 것이 된다."[31] 한놈은 고형화되고 완성된 인격체가 아니라, 여러 자아 간의 충돌 속에서 언제나 전복되고 변형될 가능성을 담지하고 있다. 신체 변형들과 다양한 인격체의 등장은 한놈의 통일된 정체성을 파악하기 어렵게 만들기 때문에 독자는 시시각각 변하는 한놈의 존재양태를 해석해야 하는 과제를 부여받는다. 즉 작가에 의해 일방적인 메시지를 전달받는 것이 아니라, 텍스트를 끊임없는 해석의 장으로 마주하게 되는 것이다.

여섯 동무들은 세속의 유혹들에 모두 떠나 버린다. 고됨벌에서는 잇놈이 아픔에 굴복하여 편안한 삶을 쫓아가고, 황금산에서는 엿놈이 무너지고, 새암(질투의 강)에서는 넷놈이 가장 앞서 뛰는 셋놈을 질투하여 죽이고 넷놈은 그 죄로 태워져 죽는다. 듯놈은 싸움에서 지자 속세를 떠나버리고, 닷놈은 적진에 투항해 버린다. 세속의 가치들은 님나라에 닿고자 하는 열망만큼이나 강렬하게 이들을 미혹시키는 것이다.

　　님의 키가 열 길이 되더니 가비의 키도 열 길이 되며, 님의 손이 닷 발이 되더니 가비의 손도 닷 발이 되며, 님의 눈에 번개가 치면 가비의 눈에도 번개가 치며, 님의 입에 우례가 울면 가비의 입에도 우례가 울며, 님이 날면 가비도 날며, 님이 쮜면 가비도 쮜며, 님의 군사가 九九 八十一萬인대 가비의 군사도 꼭 그 수효이더라.[32]

31 로지 잭슨, 앞의 책, 111~112 · 114면.
32 「꿈하늘」, 앞의 책, 543면.

가비는 키도 크고 손도 닷발이나 되는 등, 님도 대적하기 힘든 위협적인 존재이다. 가비의 형상은 곧 속세의 가치들로서, 그것을 버리려고 하면 할수록 더 강하게 한놈을 흔들어 놓는다. 님나라, 대의를 찾기보다 쉽사리 현실 논리에 안주하려는 것들은 곧 악마적인 가비이다. 이것들과 적당하게 타협하며 사는 것이 또한 속세의 인간이라 할 수 있다. 그러나 이 모든 것을 극복하여야만이 오롯이 정제된 자기 자신을 마주할 수 있는 것이다. 한놈은 이러한 비아(非我)들, 동무들을 버림으로써 대의적인 존재로 거듭나기 시작한다.

그러나 한놈은 풍신수길이 미인으로 변하자 전의를 상실하고, 지옥에 떨어지고 만다. 그는 이곳에서 자신을 얽매고 있던 모든 쇠사슬들이 결국 스스로가 자초하여 만든 자기족쇄였음을 깨닫는다. 그리고 애욕을 버린 한놈은 마침내 님나라로 가 하늘을 깨끗이 하는 데 쓰인다. 노승이 백 살이 넘도록 버리지 못했던 애욕이 한놈에 와서야 버려지는 것이다. 이러한 자기 욕망들은 종교의 세계에서조차도 버리지 못하는 것이었다.

살펴보면 한놈의 여정은 무엇을 '얻기' 위한 것이 아니라 곧 '버리기', '비우기' 위한 것이다. 한놈을 포함한 이 일곱 명의 동행자들은 곧 불교에서 말하는 '오욕칠정(五慾七情)', 즉 '재욕, 색욕, 식욕, 명예욕, 수면욕의 다섯 가지 욕망'과 이에 휘둘리는 '기쁨[喜]·성냄[怒]·근심[憂]·두려움[懼]·사랑[愛]·미움[憎]·욕심[欲]'[33]을 이르는 것이라 할 수 있다. 여정을 통해 한놈은 인간의 이러한 부질없는 감정들을 덜어낸다. 궁예의

---

33   국립국어원 표준국어대사전, http://www.korean.go.kr/

권력욕도 노승의 애욕도 모두 버려진다. 노승은 애욕을 따라 길을 떠나지만 한놈은 애욕을 버리는 길을 떠난다. 한놈의 자아는 채워 넣음으로써 깊어지는 것이 아니라 '비아'적인 요소들을 덜어냄으로써 채워져 갔던 것이다. 이러한 '버림의 미학'은 곧 죽음으로써 부활하는 한놈의 진정한 해탈을 의미하는 것으로서 노승이 취하는 자기 기만적인 해탈과는 차이가 있다.

인간은 권력으로도, 종교로도 자기 구원에 도달하지 못한다. 단지 심연의 자기와 마주하기, 대화하기, 버리기를 통해 자기구원에 다다를 수 있는 것이다. 한놈의 떠남은 곧 여러 자아들 속에서 오롯한 한놈 자신을 구원해 내는 지난한 삶의 여정이라고 할 수 있다. 이러한 과정을 거쳐 한놈은 비로소 이름에 걸맞는 진정한 '하나', 그리고 '큰 놈'으로 수렴되는 것이다. 그리고 그는 마침내 인간애를 자각하고 도령군 놀음곳에 다다른다. 이곳은 자각의 세계에 다다른 자들의 축제의 장으로서, 상처받고 지난했던 과거의 삶을 걷어내고 자신과 화해하는 축제의 장인 것이다.

「꿈하늘」은 이처럼 정제된 인격체가 주는 신성함을 탈각하고, 좌충우돌하는 한놈이 스스로를 구원해 가는 과정을 가감 없이 보여주고 있다. 삶과 죽음, '아'와 '비아', 천국과 지옥, 과거와 현재의 넘나듦, 하나이자 여럿인 한놈의 존재 양태 등의 메니피아적 풍자는 곧 신성하게 포장된 현실의 가치들을 무화하고 억압적인 현실을 파기, 다성성의 세계를 구현해 내는 데 기여한다. 애국심도 인간애도 스스로를 구원한 이후에야 비로소 깨닫게 되는 가치들이다. 신채호는 자기 성찰 없이 세워지는 가치들은 인간을 사상의 노예로 만들 수 있다는 것을 경계하고 있는 것이다. 서사는 쉽사리 화해의 세계를 열지도, 해탈의 세계로 비약하지도 않는다. 한놈은 눈물과 비애감으로 여정을 이어가고, 또 이것을 극복해 가면서 전복과 자기 해방의 카타르시스를 경험하는 것이다. 위기 때마다 한놈을 추동하던 영웅들의 목소리는 한놈과 그들과의 대화 역시 한놈 안에 공명하던 자기 구원의 목소리에 다름 아니다. 이는 영웅의 도래를 기다릴 것이 아니라 평범한 민중들이 스스로 자기 구원의 길을 가야함을 역설하는 것이라 할 수 있다. 또한 거시적 담론에서 내려와 삶의 규칙성, 현실의 족쇄들을 털어내고, 진정한 자아를 마주하고자 하는 작가의 자기 성찰에서 비롯된 문학적 전략이었다고도 볼 수 있다.

4. 가면극의 변용을 통한 순환적 세계 구축

「용과 용의 대격전」에서는 미리와 드래곤이라는 두 인물의 대립을 보여 준다. 미리는 온갖 부정적인 요소들을 지닌 인물이며 드래곤은 그에 대항하는 민중영웅으로, 실체가 묘연한 인물이다. 궁예나 노승, 한놈의 언어는 자기 내면과 싸우는 독백체에 가깝다면 여기에서는 미리와 드래곤의 대립과 갈등을 민중 축제의 열린 장으로 끌고 나와 공론화한다. 또한 앞서의 소설에서 보여주었던 모든 수사적 전략들과 메시지가 총집결되고 있으며, 특히 한국 전통 가면극에서 볼 수 있는 전복성을 담은 대화체 구성, 희화화된 다양한 인물들의 등장, 민중이 주축이 되는 축제의 장 등을 확인할 수 있다는 점이 주목된다.[34]

"한국의 가면극은 주로 정월 대보름, 단오, 백중, 추석 등 세시풍속이나 명절 때 행해졌다. 이때 민중들은 평상시에 억압되었던 욕구와 감정을 표출할 수 있었으며, 특히 축제가 지니는 카니발적 특성은 가면극이라는 축제적 연행을 통해 집약되어 나타났다."[35] 「용과 용의 대격전」은 가면극이 연회되던 시기와 같은, 1928년 무진년 새해에 쓴 소설이다. 서사는 노래로 시작된다.

> 나리신다, 나리신다, 미리[龍]님이 나리신다. 新年이 왔다고, 新年 戊辰이 왔다고, 미리님이 東方 亞細亞에 나리신다. (…중략…) "님이시여, 미리님이시여. 今年에는 稅納이나 만히 안 물니도록 하여 주옵소서. 今年에는 賭租나 만히 안 달나게 하여 주옵소서. 今年에는 監獄구경이나 안케 하야 주옵소서. 今年에는 生活難의 鐵道自殺이나 안케 하야 주옵소서. 今年에는 他國 他鄕의 빌엉거지나 안되게 하야 주옵소서. 今年에는 이 興旺하게 하야 주옵소서."[36]

미리의 강림을 기원하는 이 노래는 가면극의 첫 장을 여는 주술적인 집단 가무를 연상케 한다.[37] "단조로운 일상의 대사와 달리 율동감 있

----

34 민찬은 「용과 용의 대격전」의 우화소설 및 심성소설의 요소를 밝히는 자리에서 이 서사에 10개의 소제목이 있다는 점, 그리고 서두의 미리가 내리는 장면 서술 등에서 판소리적 특성을 찾을 수 있다고 하였다. 민찬, 「단재 소설 「용과 용의 대격전」의 내용 및 형식」, 『어문 연구』 48권, 어문연구학회, 2005, 359면.
35 신혜영, 「카니발 이론으로 본 한국의 가면극」, 『민속학 연구』 26호, 국립민속박물관 민속연구과, 2010.6, 118면.
36 「용과 용의 대격전」, 『전집』 7, 603면.
37 김윤식은 "「용과 용의 대격전」은 귀신내리기를 부르는 글 곧 '降神筆'의 일종이지 소설도 비소설도 아니다" 하며 '강신굿'에 대해 언급한 바 있다. 「단재사상의 앞서감에 대하여 – 근대문학과 관련하여」, 단재 신채호선생기념사업회, 『신채호의 사상과 민족독립운동』, 형설출판사, 1986, 568면.

는 대사는 가면극의 신명나는 대방놀이적 성격을 창출하는 중요한 요소 가운데 하나이다. 이는 가면극 언어의 카니발적 특성"[38]이라 할 수 있다. 서사에서는 '나리신다', '~주옵소서' 하는 구절의 반복으로 리듬감을 주고 있는데, 이러한 리듬감은 서사 전체에 걸쳐서 이루어지고 있다. 특히 민중들의 목소리가 어우러져 "왔다 왔다 드래곤이 왔다"라고 하는 말은 집단 가무의 여음구처럼 곳곳에서 울리고 있다. 이는 단순한 리듬감뿐만 아니라 서사의 메시지를 효과적으로 전달하는 데도 기여하고 있다.

첫 장에서는 축제의 한마당이 온갖 부정적인 요소를 지닌 미리의 등장으로, 그 홍이 깨지는 모습을 보여준다. 미리의 강림을 기원하던 민중들의 노래는 노래가 아니라 울음이었다. 기쁨과 축원의 노래들이 절망의 탄식으로 전환되는 것이다. 첫 장의 이러한 반전은 민중의 고통을 극대화하는 효과를 발휘한다.

미리는 민중들이 차린 초라한 제물에 화를 낸다.

"이놈들 精誠을 내지 안코 幸福을 찾는 놈들 죽어보아라."
하고 아가리를 짝 벌니인다.

아이구 어머니 그 아가리가 놀보의 박이던가. 그 속에서 쏭통 쓴 皇帝이며 쇠가죽 두룬 大元師며 니마가 반질어운 財産家며 대통이 뒤로 달은 大地主며 냄새 피우는 巡査며 其他 …… 모든 초란이들이 쏘다저 나온다. 나와서는 모든 貧民들을 잡어먹는다. 피를 짜먹고 살을 쓰더 먹고 내종에는 뼈

---

38 전경옥, 『한국의 가면극』, 열화당, 2007, 273면.

까지 밧삭밧삭 째물어 먹는다. 먹히지 안하랴면 彈알의 바지오 監獄의 책임이다. 地獄의 世界-可憐한 人民-**39**

미리의 입에서는 민중을 억압하는 인물들이 쏟아져 나온다. 미리의 분신들이라 할 수 있는 이들의 등장은 「꿈하늘」에 등장하던 한놈의 오른손과 왼손의 변형을 상기시킨다. 한놈의 오른손이 그랬듯 미리는 민중들을 쫓고 억압하는 것이다. 즉 미리와 드래곤의 관계는 결국 한놈의 오른손과 왼손의 관계와 같은 것이라 할 수 있다. 그런데 황제가 금관 대신 누런 똥통을 쓰고 있고 대원사가 쇠가죽을 두르고 있는 등, 이들의 모습은 하나 같이 희화화되어 '초란이'**40**들로 전락되고 있다. 이들은 근엄함을 상실한 상제의 하수인들인 것이다. 특히 이들의 게걸스러운 모습은 황제나 승려의 근엄함, 절제, 금욕적인 이미지를 강등시켜 그들 스스로가 자신들이 숭배의 대상이 아니라 조롱과 멸시의 대상임을 폭로하는 효과를 발휘한다.

외양적인 모습뿐만 그들의 대화 역시 희화적이다. 상제가 민중들을 억압하는 방책을 고민하자 천사는 우스꽝스럽고 잔인한 방책들을 내놓는다.

"소와 갓히 코쑬내하고 굴네하고 챗직질하야 쓰웁시다."

"하하 짝한 사람-우리의 맨든 政治法律이 코쑬네보다 더 殘忍하지 안하

---

39 「용과 용의 대격전」, 앞의 책, 603~604면.
40 초라니는 하회 별신굿 탈놀이에 등장하는 양반의 하인으로, 행동거지가 가볍고 방정맞은 인물이다. 국립국어원 표준국어대사전, http://www.korean.go.kr 참조.

냐? 倫理道德이 굴네보다 더 凶慘하지 안하냐? 軍隊의 총과 警察의 칼이 챗
직보다 멧萬 培나 더 戰慄한 武器가 안이냐? 그래도 고놈들이

叛逆을 도모하는고나-"

"그러면 一等 딱터를 불러 魔醉藥을 製造하야 고놈들을 永遠히 魔醉식히여
우리에게 잡히여 먹히는 줄 모르고 잡히어 먹게 합시다."

"홍- 그 藥도 내가 써보앗지-孔子놈을 식히여 名分說을 지어 '貧者 賤子는
貧賤의 天分을 安受하야 勢力者의 命令을 잘 바더 忠臣烈士의 名譽를 後世에
끼치라'고 속이며 釋迦놈과 耶蘇놈을 식혀 '너희들이 남에게 苦痛을 밧을지
라도 이것을 反抗업시 安過하면 죽어서 너희의 靈魂이 天國으로 蓮花臺로
가리라'고 속이엇다. 이러한 魔醉藥들이 또 어대 잇겟느냐?" (…중략…)

"그러면 오날은 科學 文學 등이 크게 威力을 가진 때의 多數한 科學者 文學
者들을 꾀여다가 (…중략…) 詩 와 小說로써 支配階級의 莊嚴을 謳歌하면 될
가 합니다."[41]

이들이 주고받는 대화를 통해 종교, 법률, 윤리도덕의 억압성이 폭로
된다. 서사는 민중들의 발화를 통해서가 아닌, 천국 인물들 스스로 자
가당착적인 모습을 보여줌으로써 객관적인 비판의식을 확보하게 한
다. 이와 같은 초라니들의 등장, 그리고 인물들이 주고받는 대화 속에
서 스스로가 강등되고 희화화되는 모습들은 가면극에서 취하는 웃음
의 카니발적 전략들과 유사한 것이다.

「꿈하늘」에서 왼손이 쫓기기만 했다면 이제 드래곤 세력들의 대반

---

41 「용과 용의 대격전」, 앞의 책, 605면.

격이 일어난다. 민중들은 천국(天國)을 지국(地國)으로 끌고 나와 마음껏 조롱하고 쫓아낸다. 민중들에 의해 일체의 종교와 제도들이 파기되고 "억만(億萬) 민중(民衆)들은 고양이가 되고 과거(過去) 모든 세력자(勢力者)는 쥐"[42]가 되는 역전이 일어나는 것이다. '미리님'은 '미리놈'으로 전락되고, 천사는 거지가 되며, 상제는 "철도(鐵道) 자살(自殺)이나 하얏스런 조켓다만 천궁(天宮)에 어대 철도(鐵道)가 잇느냐? 칼로 자살(自殺)은 참아 못하겟고……"[43]라며 철도 자살까지 생각하는 희극을 연출한다. 앞서 절박한 상황에 몰린 민중들이 "금년(今年)에는 생활난(生活難)의 철도 자살(鐵道自殺)이나 안케 하야 주옵소서. 금년(今年)에는 타국(他國) 타향(他鄉)의 빌엉거지나 안되게 하야 주옵소서"라며 철도 자살을 하지 않게 해달라고 미리에게 자비를 호소하던 것이 이제 부메랑처럼 민중을 억압하던 그들에게 고스란히 돌아온 것이다. 이러한 천국의 모습은 마치 판소리에서 잔치를 즐기던 탐관오리들이 '암행어사 출도' 소리에 당황하고 허둥대며 도망 칠 방책을 찾던 모습과 닮아 있다.

상제는 맹풍에 어디론가 사라져 버리고, 자신의 하수인인 미리에게조차 조롱과 멸시의 대상이 된다. 천사는 상제를 찾아 나서지만 "이놈-미친 놈-지금(至今)에도 상제(上帝)를 찾는 미친 놈아", "이놈아 쑴쑤지 말어라. 이것은 민중(民衆) 경절(慶節)의 연극(演劇)이다. 상제(上帝)가 무슨 쏭 쌀 상제(上帝)-"[44] 등의 욕설을 듣는가 하면, 돈이 없다고 그의 주머니에게까지 멸시를 당한다. "'동전(銅錢) 열 닙은 고만두고 귀 떨어진

---

42 위의 책, 618면.
43 위의 책, 613면.
44 위의 책, 616면.

엽전(葉錢) 한푼도 업다'고 주머니가 방귀를 픽 뀐다."[45] 미리 역시 드래곤에게 패전하고 처참한 몰골로 용신묘(龍神廟)에 숨어있다. 용신묘는 미리의 완전한 사회적 죽음을 상징하는 것이라 할 수 있다.

민중들은 거침없는 욕설로 천국의 세계를 모욕하는데 욕설은 민중뿐만 아니라 바울이나 미리 등, 천국의 인물들도 내뱉고 있는 것이다. 이는 풍자적인 효과를 연출하여 심적인 억압을 해소하는 카니발적 언어세계를 구현하는 것이다. "언어 중에서 욕설이나 상소리 혹은 저주와 같은 언어는 매우 중요하다. 지배 계급에 의해 사용되는 언어가 공식적인 언어라고 한다면 주로 일반 대중에 의해 사용되는 이 언어는 비공식적인 언어라고 할 수 있다. 이런 비공식적인 언어는 공식적 언어가 일반적으로 받아들이는 인습이나 형식 혹은 품위와 같은 규범을 의식적으로 깨뜨리고자 한다. 그것은 공식적 언어의 특징을 일체 거부한다는 점에서 일종의 언어적 반항이라고 할 수 있다."[46] 이들의 욕설은 천국이 교묘한 학술과 지식체계로 민중들을 지배하던 언어를 전복한다. 특히 천국의 인물들이 내뱉는 욕설들은 고상하게 포장됐던 관념적이고 위계적인 천국의 얼굴을 와해하고, 거리낌 없는 해방의 카타르시스를 제공하는 효과를 발휘하는 것이다.

서사에서는 욕설과 함께 언어유희도 두드러지게 나타난다. 상제는 예수가 죽었다는 말에 "이놈-미리야 네가 동양(東洋)에 '쏙쏙'인가 무엇이 되야 엇더케 인민(人民)을 잘 감화(感化)하엿기에 이갓흔 언어도절(言語道絶)한 흉참(凶慘)한 사건(事件)-상제(上帝)님의 외아들이신 지긋지긋

---

45 위의 책, 616면.
46 김욱동, 『대화적 상상력』, 문학과지성사, 1988, 255~256면.

하신 야소(耶蘇) 기독(基督)은 부활(復活)할 수도 업게 아조 죽이여바린 사건(事件)이 발생(發生)하도록 하얏느냐-이놈-네 대가리에는 칼이 들지 안느냐"[47]며 대노한다. 그는 현신(賢臣)이라 하던 미리를 '통독'이 아닌, '쏭쏙'이라 칭하는가 하면, 자신의 외아들인 예수의 죽음에 분노하면서 '지긋지긋한'예수라고 말하는 언어도단을 범하기도 한다. 그의 신하들은 "귀대감(鬼大監)", "귀영감(鬼令監)", "귀중(鬼衆)", "귀신(鬼臣)"[48]들이다. 또한 천사는 "일등(一等) 싹터를 불러 마취약(魔醉藥)을 제조(製造)하야"[49] 민중들을 잡아먹자고 간언하고 있는데, 서사는 '귀(貴)'를 '귀(鬼)'로, '마(痲)'를 '마(魔)'로 재치 있게 바꿔 씀으로써 천국의 '마귀성(魔鬼性)'을 고발하는 풍자효과를 거두고 있다. 이와 같은 유음어, 동음이의어, 다의어 등의 사용 역시 가면극에서 흔히 볼 수 있는 언어유희들이다. 이는 '말'이 가지고 있는 억압을 해소하고 정신적 자유를 누리고자 하는 민중들의 목소리를 담은 것으로, 천국 인물들이 내뱉는 대사들역시 가면을 쓴 민중들의 언어를 변용한 것이라 볼 수 있다.

미리와 드래곤의 관계 역시 의미심장하다.[50] 미리와 드래곤은 둘 다 '용'을 의미하는 것으로, 발음은 다르지만 뜻은 같은 '이음동의어(異音同意語)'이다. 이들은 "일태쌍생(一胎雙生)"의 형제지간이다. 그런데 미리의

---

47 「용과 용의 대격전」, 앞의 책, 609면.
48 위의 책, 609·611면.
49 위의 책, 605면.
50 김주현은 "미리는 일본 제국주의 세력의 주구이고 드래곤은 민중혁명의 선동자"라고 본다. 김주현, 「신채호 문학 연구」, 수원대 국어국문학회, 『기전어문학』 10·11, 1996.11, 157면. 최원식도 이들을 대립적인 관계로 보고 있다. 최원식, 「단재 신채호의 용과 용의 대격전」, 『한국 계몽주의문학사론』, 소명출판, 2003. 이에 반해 최현주는 "식민지의 이항대립을 넘어선 자기중심성의 해체"라 보고 있다. 최현주, 「신채호 문학의 탈식민성 고찰」, 『한국 문학이론과 비평』, 20집(7권 3호), 한국문학이론과 비평학회, 2003.9, 339면.

동생인 드래곤은 "출처(出處)가 불명(不明)한 괴물(怪物)"로,[51] '0'으로 표시될 뿐이다.[52] 그의 실체는 "드래곤이 왔다"라는 사람들의 목소리에 의해 현현될 뿐이다. 천국의 질서는 보이지 않는 드래곤의 출현과 그 목소리에 의해 무너진다. 신채호는 비가시적인 존재인 드래곤을 "청각적 상상력"[53]을 통해 서사 전면에 가시화하는 효과를 극대화하고 있는 것이다. 이는 "새로운 주체와 대상을 공동체 안으로 끌어들여 보이지 않던 것을 보이게 만들고, 다양한 사람들의 목소리를 듣는 것"[54]을 유도하는 수사적 전략이라 할 수 있다. "말의 진실성과 무관하게 혹은 언표의 사실여부와 관계없이 말은 발화되자마자 새로운 현실을 구성하기에 이른다. 유언비어가 사실이든 거짓이든 현실 이면에 놓인 인물들의 욕망의 축도를 구성해내는 것이다. 발화된 기표보다는 기표가 수용되는 맥락, 즉 사람들이 원하던 기표라는 사실이 중요하다. 따라서 권위적으로 기표의 확실성이 분명한 상명하복의 언어는 웃음거리가 되며 유언비어와 말장난 언어의 비틀림 등이 더 초점화 된다."[55]

드러나지 않음으로써 드래곤의 실체에 대해 민중들은 더욱 열광하고, 천국은 혼란에 빠져 지국으로 바가지 구걸을 계획하기에 이른다. 드래곤은 대립적인 국면을 와해시키고 두 세계의 상호교란을 일으킴

---

51 「용과 용의 대격전」, 앞의 책, 608면.
52 민찬은 드래곤을 "신념의 대상이자 신념을 지닌 자의 의식"이라 하였으며(민찬, 앞의 글, 369면), 이정석은 "작가적 욕망에 의해 상상적으로 혁명의 성공이 달성될 뿐 실제의 객관적 정세에 있어서는 혁명의 실현이 불가능함을 암시하는 서사적 징후"라고 보고 있다. 이정석, 앞의 글, 193면.
53 돈아이디, 박종문 역, 『소리의 현상학』, 예전사, 2006 참조.
54 자크 랑시에르, 주형일 역, 『미학 안의 불편함』, 인간사랑, 2008, 54면.
55 박숙자, 「『국민문학』 속 카니발, 저항과 유희의 가능성 – 오영진 초기 시나리오를 중심으로」, 『한국 민족문화』 32, 부산대 한국민족문화연구소, 2008.10, 171~176면 참조.

으로써 다양한 담론이 형성되고, 천국과 지국이 역전되는 역동적 혁명을 가능하게 하는 것이다. 드래곤의 힘은 그의 실체에 있는 것이 아니라, 바로 이렇게 다양한 목소리를 내게 함으로써 대안적인 합일점을 만들어가는 정치성에 있다.

따라서 천국과 지국은 대립적인 관계로 끝나는 것이 아니라 서로를 비추는 거울관계를 형성한다. 상제는 구걸하러 떠나는 미리에게 "오날 격노(激怒)한 민중(民衆)을 위력(威力)으로 눌러서는 안될 일이니 아모조록 정리(情理)로 애걸(哀乞)하소"[56]라며 궁예를 일깨우던 왕후 강 씨의 목소리를 내고 있으며, 미리는 천사에게 "내나 네나 상제(上帝)가 모다 상고(上古) 민중(民衆)의 일시(一時) 미신(迷信)의 조작(造作)이 아이엿더냐. 민중(民衆)의 조작(造作)으로 얼마나 민중의 해(害)를 끼처왔느냐?"[57]며 스스로 천국의 세계에 대해 바른 목소리를 낸다. 이렇게 보면 드래곤의 실체만큼이나 미리의 실체도 묘연해진다. 천국이 미리가 드래곤의 형임을 알고 난 뒤, 그가 드래곤과 동당(同黨)이 아닌가 의심하는 장면, 그리고 지국에 내려온 미리가 드래곤에게 패전하여 처참한 몰골로 있는 모습, 자각하는 모습 등은 미리를 절대적인 악(惡)으로 규정할 수 없게 만들기 때문이다.

말하자면 미리의 자각하는 목소리는 곧 미리 안에 있는 드래곤의 목소리라고도 할 수 있다. 형 미리의 세계는 동생 드래곤의 세계로 변화를 겪는다. 즉 드래곤이 동생으로 설정되어 있는 것은 미리의 내부에서 울리고 있는 변혁, 새로움을 상징하는 것이라 할 수 있는 것이다. 또한

---

56 「용과 용의 대격전」, 앞의 책, 614면.
57 위의 책, 618면.

용신묘가 상징하는 그의 사회적 죽음은 엽분의 죽음, 한놈의 여러 번에 걸친 존재론적 죽음과 닮아 있다. 이것은 죽음과 동시에 재생의 가능성을 상상하게 하는 카니발적 세계관에 다름 아니다. 즉 "죽음이 생명을 잉태하고 생명이 죽음을 안고 있는 시간의 거대한 순환, 즉 시간의 흐름 속에서는 절대적이거나 영속적인 것이 없음을 가리킨다."[58] 상제와 미리의 변화는 결국, 천국과 지국민이 함께 어울릴 수 있는 가능성을 열어 두는 것이라 할 수 있는 것이다.

또한 서사에서 천국의 세계만을 풍자하고 있다고는 볼 수 없다.

> 것흐로 '너의들의 生存 安寧을 保障하여 주노라'고 쩌들면 속읍니다. (…중략…) 新聞社의 設立이나 許可하고 '文化政治의 惠澤을 바드라'고 소리하면 속읍니다. (…중략…) 부어터질 同族同文의 情誼를 말하면 속읍니다. (…중략…) 自治參政權 等을 주마 하면 속읍니다. (…중략…) 속이기 쉬운 것은 植民地의 民衆이니 上帝시여, 마음 노십시오. 世界民衆들이 다 自覺한다 하야도 植民地 民衆만은 아즉 멀업습니다.[59]

'속읍니다'를 반복하는 미리의 말들은 천국의 교묘함을 얘기하는 것이기도 하지만, 민중 역시 유쾌하게 웃을 수만은 없는 쓸쓸함을 심어준다. "카니발적 웃음은 유쾌하고 의기양양하고 동시에 비웃고 조소적이다. 긍정하고 부정하며 매장하고 부활한다. 그러한 것들이 바로 카니

---

58 박희경, 「카니발적 웃음-토마스 브루시히의 『우리같은 영웅들』 분석」, 『독일문학』 49권 4호(108집), 한국독어독문학회, 2008. 12, 173면.
59 「용과 용의 대격전」, 앞의 책, 606~607면.

224   단재 신채호 소설 연구

발적 웃음인 것이다."[60] 민중들이 언제나 선하고 올바른 것만은 아니다. 민중들은 '말'에 쉽게 흔들리고 현혹된다. 따라서 드래곤의 비가시성, 침묵들은 "언어를 둘러싼 세계를 불신하고 말해지지 않는 진실에 주안점"[61]을 두고자 하는 것이라 볼 수 있다. 이는 결국 천국을 풍자함으로써 민중들을 자각하게 하고자 하는 신채호의 바람을 담은 것이라 하겠다.

이처럼 신채호는 민중들의 화합을 이끌었던 전통 가면극을 새롭게 변용하여 억압적인 세계에 저항하는 결집의 장으로 새롭게 재편한다. 그는 지배세력을 풍자하면서 규범화된 질서 체계, 상하의 구조를 와해시킨다. "국가주의 안에서 숭고하게 호명되는 전통이 아니라 대중들의 삶에서 길어 올린 카니발적 감각과 해학을 그 근거로 삼아 언어와 공식문화 두 가지 모두 해체 재구성하고 있는 것이다."[62] 그러나, 천국과 지국이 전도되는 것으로 끝나는 것이 아니다. 천국의 대화들은 결국 천국과 지국 모두의 모순들을 동시에 끌어내어 신나게 풍자하는 이중적인 함의를 담고 있는 것이다. 미리와 드래곤이라는 "양극의 설정에는 그 양극 병존이 우리 사회의 진상이라는 리얼리스트의 인식"[63]이 작용한다. 천국과 지국민들은 서로를 조롱하고 무시하지만 끝내 함께 웃음의 카니발로 들어설 수 있는 가능성을 담은 관계이다. 이들의 세계는 서로가 전복과 파괴의 순환 관계에 놓여 있는 것이다.

「용과 용의 대격전」은 한놈이 자기 구원을 통해 다다랐던 도령군 놀

---

60 김경화, 앞의 글, 41면.
61 박숙자, 앞의 글, 181면.
62 위의 글, 182면.
63 이보영, 앞의 글, 263면.

음굿판에 다름 아니다. 서사는 거리로 출동한 민중들이 "왔다 왔다 드래곤이 왔다"라는 합창을 하는 것으로 마무리된다. 이는 가면극의 '뒷풀이'에 해당하는 것으로, "이러한 풀이를 통하여 공동체의 구성원들은 묵었던 감정의 응어리를 토해 내고 정서를 순화시키며, 대동적인 연대의식을 갖게 된다."[64] 그러나 한바탕 축제를 끝내고 일상으로 복귀하는 전통적 뒷풀이와는 달리 이들의 노래는 또 다른 삶의 가능성을 구축하기 위한, 혁명적 전의로 확대돼 나가는 목소리라 할 수 있다. 또한 이 거리 행렬은 천국과 지국을 대립으로 매듭짓는 것이 아니라 결국 한놈이 꿈에서 깨달았던 '인간애'를 실현하고, 두 세계를 화합과 순환의 세계로 새롭게 재편하고자 하는 몸짓이라 볼 수 있다.

5. 에필로그

지금까지 「일목대왕의 철추」, 「백세노승의 미인담」, 「꿈하늘」, 「용과 용의 대격전」을 대상으로 망명 이후 신채호 소설의 카니발적 특성에 대해 살펴보았다. 이 소설들에서는 아이러니, 환상성, 언어 파괴, 비속어 등의 수사적 기법이 두드러지게 나타나는데 이는 현실을 해체, 전복하고자 하는 카니발적 세계를 구현하는 데 기여하고 있었다.

신채호는 더 이상 일개의 위대한 영웅을 탄생시키려고 하지 않는다. 아이러니한 상황 설정을 통해 궁예는 '미리'가, 노승은 '오공화상'이 아

---

64 서연호, 『산대탈놀이』, 열화당, 1987, 49면.

님을 스스로 폭로하게 함으로써 희극에 도달한다. 이들을 깨달음의 세계로 적극적으로 끌고 가는 인물 또한 없다. 이는 곧 현실에 대한 인물 스스로의 판단과 주체 찾기 방식을 고무하는 적극적인 메시지라 할 수 있다. 또한 왕과 민, 남성과 여성, 주인과 노예, 현실과 종교, 삶과 죽음의 관계가 전도되고, 계몽주의적, 권선징악적 가치 체계의 성립 역시 지연되고 전복된다.

궁예나 노승이 이루지 못한 깨달음의 세계는 「꿈하늘」의 한놈이 자기 갱생, 구원의 여정을 통해 열어간다. 서사에서는 삶과 죽음, 아(我)와 비아(非我), 천국과 지옥, 과거와 현재의 넘나듦, 하나이자 여럿인 한놈의 존재 양태 등의 메니피아적 풍자가 일어난다. 이는 곧 신성하게 포장된 현실의 가치들을 무화하고 억압적인 현실을 파기, 다성성의 세계를 구현해 내는 데 기여하고 있었다. 서사는 쉽사리 화해의 세계를 열지도, 해탈의 세계로 비약하지도 않는다. 한놈은 눈물과 비애감으로 여정을 이어가고, 또 이것을 극복해 가면서 자기 해방의 카타르시스를 경험하는 것이다.

이후, 「용과 용의 대격전」에서는 민중들의 화합을 이끌었던 전통 가면극을 새롭게 변용하여 억압적인 현실을 해학적으로 극복하는 한편, 현실에 저항하는 결집의 장으로 새롭게 재편하고 있었다. 미리와 드래곤의 등장은 곧 용모양의 탈을 쓴 민중 연희의 한 장면을 연출한 것이라 할 수 있다. 여기에서 신채호는 지배세력을 풍자하면서 규범화된 질서 체계, 상하의 구조를 와해시킨다. 그러나, 미리와 드래곤의 세계인 천국과 지국이 전도되는 것으로 끝나는 것이 아니라 이들 모두의 모순들을 동시에 끌어내어 신나게 풍자한다. 인물들은 서로를 조롱하고 무시하지만 끝내, 함께 웃음의 카니발로 들어설 수 있는 가능성을 담은 관계로 마무리된다. 이들의 세계는 서로가 전복과 파괴의 순환 관계에 놓여 있는 것이었다.

정리하자면 궁예와 노승이 얻지 못한 깨달음은 한놈의 자기구원의 여정을 통해 얻게 되고, 이는 미리와 드래곤의 대화합, 대통합의 장으로 대단원을 이루고 있다. 또한 엽분의 사라짐, 한놈의 '버림'의 미학 등, 가치 정립의 지연은 드래곤의 형상이 '0'으로 드러나는 것과 연결되고 있었다. '0'은 시작이자 끝을, 그리고 미리와 드래곤을 동시에 품고 있는 기표로서 신채호의 순환적 세계관을 함축하고 있는 것이라 할 수 있다. 이는 신채호 소설이 완결성을 거부하고 현실을 재구성, 전복하는 카니발적 세계관 속에 유기적으로 연결되어 있음을 보여주는 것이다. 크게 보면 이들 각각의 작품들은 가면극의 한 과장(科場)씩을 담당하는 것이라고 볼 수 있다. 공교롭게도 「일목대왕의 철추」, 「백세노승의 미인담」, 「꿈하늘」은 미완성작인데 반해, 「용과 용의 대격전」은 완성작이다. 즉 앞서 세 편의 소설들에서 보여준 갈등과 대립들이 「용과 용의 대격전」에서 한바탕 굿판으로 신나게 마무리 되는 것으로 연결되는 것이다.

살펴보면 「일목대왕의 철추」의 경우, 궁예가 깨달음을 얻고 기록된 역사와 다른 행보를 나가려는 찰나에 서사가 미완으로 마무리되고 있으며, 「백세노승의 미인담」에서는 노승이 도망자에서 스님이 되는 과정이 그려져야 할 순간에, 「꿈하늘」은 한놈이 각고 끝에 님나라에 다다른 순간에서 끝이 난다. 완성작이라 하더라도 「용과 용의 대격전」은 천국(天國)의 멸망 이후, 지국(地國)의 세계가 구체적으로 그려져야 할 때 서사가 끝나고 있다. 이런 점에서 서사의 종결을 미룸으로써 작품과 세계의 심미적 통일성을 거부하려는 작가의 의도가 잠재했을 가능성 또한 배제할 수는 없다.

이처럼 망명 이후 신채호 소설은 억압적 현실이 미학적으로 어떻게 승화되고 있는지를 잘 보여주고 있다. 이들은 기존의 계몽적 서술 방식에서 문학적 언어로 고양시켜 나간 작품들로, 신채호 소설 독법에 익숙한 독자들에게 '낯설게 하기'를 통하여 현실을 재인식하도록 유도한다. 그의 소설에 나타난 카니발적 특성은 사상의 노예가 되기를 거부하였던 신채호의 사상의 유연성과 실천성을 잘 보여주는 것이며, 또한 현실 비판이라는 문학 정신을 미학적으로 심화, 발전시키고자 하는 작가 정신을 확인시켜 주는 것이다. 말하자면 그의 문학은 '주의'문학의 허구성과 문학이 미의 기교 수단으로 전락하는 것을 비판하고, 우리 근대 문학사의 문학적 한계들을 보완하는 중요한 위치에 있는 것이다.

신채호의 문학은 우리 문학사에 등장하는 다양한 문학 활동의 원류 지점들을 확인할 수 있을 만큼 전방위로 열려 있다. 이는 어디에도 규정될 수 없는 식민국가, 망명지 지식인의 위치이기도 하다. 따라서 신채호의 사상적 행보로 그의 문학적 가치와 주제를 단순화할 수는 없다. 앞으로 논의를 확대하여 그의 문학이 1930년대 문학들과 어떻게 연결되고 있는지, 그리고 당대 중국의 풍자문학들과는 어떤 연관성이 있는지를 살펴봄으로써 근대 문학의 다양한 길항들을 밝혀내야 할 것으로 본다.

제3장

자기 치유로서의 소설 쓰기

1. 프롤로그

신채호는 일찍이 논설을 통해 "기국(其國)에 세계(世界)와 교섭(交涉)홀 영웅(英雄)이 유(有)ㅎ여야 세계(世界)와 분투(奮鬪)ㅎ리니 영(英)웅이 무(無)하고야 기국(其國)이 국(國)됨을 기득(豈得)ㅎ리오"[1]라며 국가 건설에 영웅이 필요함을 역설하였을 뿐만 아니라 「을지문덕전」, 「이순신전」, 「최도통전」 등의 역사전기소설에서도 강인한 구국의 영웅을 형상화하며 새로운 국민 모델을 창조한 바 있다. 그러나 이외의 소설들에서는 개인적, 사회적 자아로서 결핍된 반(反)영웅적인 인물이나 역사의 주변 인

1 　「英雄과 世界」, 『전집』 6, 622면.

물 등이 등장하고 있으며 작품 자체도 미완으로 끝나고 있어 인물 형상화나 시점 처리, 구성적인 면에서 일관성이 없는 경우가 많다.[2]

본 논의에서는 인물들이 보여주는 돌출된 행동과 심리적 불안의 동인이 무엇인가를 찾던 중, 이들 상당수가 고아(孤兒)라는 사실에 주목하였다.[3] 지금까지 발굴된 신채호의 소설은 모두 15편이다. 이 중, 고아가 등장하는 예는 「익모초」, 「류화전」, 「일목대왕의 철추」, 「백세노승의 미인담」, 「일이승」, 「꿈하늘」 등 총 6편으로 전체 소설 편수에 비하면 적지 않은 비율을 차지하고 있다. 특히 이들은 신채호의 다른 작품들에 비해 상당한 서사성을 확보하고 있다는 점에서 고아 인물은 소설 창작에 주요한 테마였음을 짐작할 수 있다.

이처럼 고아 인물을 형상화한 것은 작가 자신의 유년기 체험과도 무관하지 않은 것으로 보인다. 신채호는 고아로 자라지는 않았으나 여덟 살이라는 어린 나이에 아버지를 여의고, 이후에는 아버지를 대신하던 형 재호(在浩)마저 잃었다.[4] 이러한 불운한 가족사와 식민지의 망명 지

---

2 홍기문은 "家親의 이야기로 드르면 申丹齋는 자기가 일껏 著作을 해가다가 말고 갑자기 업새 버리는 버릇이 잇다고 한다"(홍기문, 「申丹齋學說의 批判」, 『전집』 9, 266면)라며 신채호의 유별난 집필 습관에 대해 언급한 바 있다. 이에 기대어 보면 신채호 스스로 원고를 없앴을 가능성도 배제할 수 없다.

3 고아의 사전적 의미는 "부모를 여의거나 부모에게 버림받아 몸 붙일 곳이 없는 아이"이다.(국립국어원 표준국어대사전, http://www.korean.go.kr) 본 연구에서도 이에 준하여 고아 인물들을 분류하였다. 또한 관례(冠禮)를 치르지 않은 스무 살 이전의 인물들을 아이로 보았다.

4 형이 언제 요절하였는지, 그때 신채호의 나이가 몇이었는지에 대해서는 분명하지가 않다. 본 연구에서 기본 자료로 삼고 있는 『전집』 9권에서는 1899년에 형이 요절하였으며 당시 신채호가 20세, 형이 27세였다고 한다.(427면) 그러나 같은 책에 실린 신영우의 글을 보면 형이 20세에 요절하였다고 밝히고 있다.(신영우, 「朝鮮의 歷史大家 丹齋 獄中會見記」, 249면) 신용하는 1892년에 형이 요절하였으며 당시 신채호가 12세, 형이 20세였다고 한다.(만 나이로 계산하고 있음. 신용하, 『증보 신채호의 사회사상 연구』, 나남, 2004, 17면) 김병민도 이와 같이 본다.(김병민, 『신채호 문학 연구』, 아침, 1989, 174면) 또, 『단

식인이라는 사회적 고아로서의 위치는 소설의 인물 구상에 깊이 관련되었을 것으로 짐작된다. 따라서 신채호 소설의 인물들을 탐색하는 데 있어 그들의 가족사를 짚어 보는 것은 소설의 갈등 구조와 인물의 성격을 보다 명확히 파악하는 데 도움을 줄 것으로 본다.[5]

또한, 신채호는 신숙주(申叔舟)의 18세손으로 뼈대 있는 가문에서 태어났으나 가세가 기울어 콩죽으로 연명하며 유년기를 보냈다.[6] 그러나 평생을 가난으로 고통 받았음에도 신채호는 소설에서 가난을 전면에 부각하여 형상화하지는 않는다. 고아들은 자의식의 과잉과 소외의 극단 사이에서 자아분열적인 태도를 보이기도 하는데, 이는 몰락한 양반 가문의 가난한 천재로서 이상과 현실의 괴리에서 자존감을 지켜나가야 했던 신채호의 삶과도 닮아 있는 것이다. 가난 체험은 그를 더더욱 정신적

재 신채호전집』 하에서는 신채호는 18세, 형이 20세였다고 밝히고 있으며(단재 신채호 선생기념사업회, 형설출판사, 1995, 496면) 최옥산은 당시 신채호가 13세였다고 하고 있다.(최옥산, 「문학자 단재 신채호론」, 인하대 박사논문, 2003, 12면) 신채호의 시 「우리 형님 돌아 가신 날에」을 보면 "선친께서 끼친 혈육 우리 형제 두 사람, 기구한 이십 년에 고난 겪기 그 얼만고"(『전집』 7, 224면)라고 읊고 있다. '기구한 이십 년'이라는 말로 미루어 볼 때, 형님이 스무 살에 요절한 것이 아닌가 한다. 그러나 연구자들마다 다르게 밝히고 있어 당시 형과 신채호의 나이에 대해서는 정확한 확인 작업이 필요한 상황이다.

5 신채호 소설 중에서 가정이 주요 테마로 등장하는 예는 드물다. 「익모초」와 「백세노승의 미인담」에서 가정이 배경으로 등장하긴 하나 가족 관계가 크게 부각되지는 않는다. 특히 「백세노승의 미인담」의 경우, 유일하게 아버지와 어머니가 등장하고 있으나 이들과 고아인 엽분의 관계만 언급돼 있을 뿐, 정작 아들인 노승과의 관계는 드러나지 않는다. 두 작품의 공통점은 집안의 중심인 아버지의 가르침 덕분에 무지한 고아들이 의식 있는 지식인이 된다는 것이다. 이처럼 그의 소설에서는 온전한 가정의 형태나 부모형제의 관계가 살아있지 않고 피상적으로 그려진다. 이는 신채호의 성장 과정과도 관련성이 있다. 신채호는 아버지를 여읜 집안에서 할아버지의 엄격한 교육 속에서 성장하여 당대의 개화지식인으로 성장한다. 또한 "丹齋는 決코 家庭的 人은 안이다. 放浪生活을 繼續하야 家庭生活과는 아조 因緣이 적은 사람이엇다"라는 신영우(신영우, 위의 글, 248면)의 말에서도 가정에 대한 묘사가 잘 드러나지 않는 것이 작가의 체험과 깊은 관련이 있음을 짐작하게 한다.

6 최옥산은 신채호의 집안은 그의 직계 5대조 斗模 때부터 급격히 몰락하기 시작하였는데 이는 이인좌의 난과 관련이 있다고 한다. 최옥산, 앞의 글, 11~12면 참조.

세계에 대해 천착하도록 만들었으며, 이는 그가 정통 유학을 공부하였음에도 보수적인 유림(儒林)의 세계로 흐르지 않고 개혁적이고 저항적인 식민지 지식인이 될 수 있었던 힘이었다고 볼 수 있는 것이다.

고아 인물들이 등장하는 이들 소설들은 「일이승」 외에 모두 미완성작이라는 것도 특이한 점이다.[7] 소설의 초벌 단계를 보여주는 듯한 이러한 미완성작들은 작가의 무의식적 작품 창작 동인을 찾는 데 주요한 근거를 제공하고 있다고 볼 수 있다. "무의식은 우리 존재의 가장 깊은 곳으로 끌어들이는 역동적 본질이다. 이들 억압된 상처나 공포, 범죄 욕망, 풀리지 않는 갈등 등은 변장과 왜곡, 자기 파멸적인 방식으로 우리의 행동에 나타나기 때문에 이들의 실체를 찾아내기란 쉬운 일이 아니다. 우리는 무의식에 억압된 어린 시절의 상처를 치유받기 위해 성장하여서도 어린 시절에 못다 채운 자신의 욕망을 채우려 든다. 특히 가족 속에서 자기의 위치를 어떻게 받아들이고 그것에 어떻게 반응해 왔느냐에 따라 우리의 일상 행동은 결정된다. 이들 행동의 근저에는 항상 가족 콤플렉스가 자리 잡고 있다."[8]

이런 점에서 「꿈하늘」에 대한 새로운 논의 역시 필요하다 하겠다.[9] 이 작품은 신채호가 중국 망명 이후, 문학의 발표 지면을 잃은 후에 쓴

---

7 신채호 소설 가운데 미완성은 모두 8편(「익모초」, 「최도통전」, 「꿈하늘」, 「백세노승의 미인담」, 「일목대왕의 철추」, 「류화전」, 「리괄」, 「○○○ 부원군으로 견자」)으로 이 중 5편에서 고아 인물이 등장한다.
8 한승옥, 「「무정」에 나타난 '친밀감의 거부' 방어기제」, 『현대소설 연구』 35호, 한국현대소설학회, 2007, 106면.
9 「꿈하늘」은 민족주의와 관련된 논의들이 다수를 차지하고 있다. 이선영은 "「꿈하늘」의 핵심적인 이념은 민족의 자주독립을 위한 투쟁의 역설과 주체적 사관에 입각한 민족주의의 고취에 있다."고 하였으며(이선영, 「신채호의 민족사관과 민족문학 - 「꿈하늘」에 대하여」, 『오늘의 세계문학』, 민음사, 1976.12, 181면), 김병민은 "열렬한 조선의 애국자의 낭만적 형상"이라고 평하였다. 김병민, 『신채호 문학 연구』, 아침, 1989, 108면.

소설로서 자신의 무의식 세계를 자유롭게 기술한 창작물이라 짐작해 볼 수 있다. 「꿈하늘」은 무의식 세계를 대변하는 '꿈'을 배경으로 하고 있는 만큼, 인물의 자유로운 정신적 넘나듦과 시공간의 초월을 보여 주고 있어 인물의 내면과 서사의 구조적 특징에 대한 면밀한 탐색이 요구되는 작품이다.[10] 서사에서 보이는 시점의 혼란, 유동적인 한놈의 나이, 시공간의 불확정성 등은 서사적 결함이 아니라 바로 논리성이 배제된 꿈의 세계를 다루고 있기 때문에 나타난 특징이라 할 수 있는 것이다. 말하자면 「꿈하늘」에 대한 '꿈의 해석'이 필요한 것이다.

특히 신채호는 누구보다도 자신의 삶 자체를 반영하는 실천적이고 현실적인 문학 행보를 이어갔던 인물로서 그의 문학 탐구는 신채호 자신의 철저한 자기 탐구, 자기 수양의 과정이었다고 볼 수 있다. 이런 점에서 본 서사에 대한 연구는 작가의 무의식 세계를 밝히고 소설의 창작 동인과 작가 정신을 재구명하는 데 중요한 단서가 될 것이라 본다. 이는 근대문학에서 신채호가 차지하는 정신적 가치를 재조명, 심화하는 작업이라 할 수 있다.

2절과 3절에서는 「류화전」, 「일목대왕의 철추」, 「백세노승의 미인담」을 대상으로 고아 인물들이 보여주는 욕망의 근원이 무엇이며, 이들에게 부성(父性)과 여성성은 어떻게 작용하고 있는지 살펴보고, 4절과 5

----

10 '꿈'과 관련해서는 선행연구에서 주로 몽유 서사의 양식적 특성을 중심으로 논의되었다. 주요 논의들은 다음과 같다. 권영민, 『서사양식과 담론의 근대성』, 서울대 출판부, 2000; 민찬, 「단재소설의 경로와 전통의 자장」, 『인문과학논문집』 34집, 대전대 인문과학연구소, 2002; 박희병, 「신채호의 근대민족문학」, 『관학어문 연구』 22집, 서울대 국어국문학과, 1997; 서대석, 「몽유록의 장르적 성격과 문학사적 의의」, 『한국학논집』 3권 1호, 계명대 한국학연구소, 1977; 서형범, 「「꿈하늘」의 서사층위분석과 몽유양식 선택의 의미」, 『한국 현대문학 연구』 16집, 한국현대문학회, 2004.12; 정여울, 「꿈-서사의 민족담론과 계몽의 수사학」, 『국민국가의 정치적 상상력』, 소명출판, 2003.

절에서는 「꿈하늘」을 의식과 무의식의 충돌 과정을 논의해 보았다.

2. 부성 콤플렉스와 권력에 대한 집착

신채호 소설에서 부성 콤플렉스는 인물 구성과 사건 전개의 추동력으로 작용한다. 「일목대왕의 철추」에 등장하는 궁예와 「일이승」의 정을진은 부성 부재(父性 不在)를 경험한다. 이러한 결핍은 그들에게 권력에 대한 욕망을 낳고, 욕망은 또 다른 욕망들로 옮겨 가며 현실에 대한 왜곡된 상을 만들어낸다. 욕망은 충족되지 않은 채 결핍의 상태로 남게되고, 이러한 과정 속에서 이들은 폭력적이고 자기애(自己愛)적인 퇴행적 모습을 보이기도 하는 것이다.

우선 궁예는 권력에 집착하는 폭력적인 왕이다. 그는 부처도 공자도모두 부정하고 스스로를 하늘에서 내려온 미륵불이라 칭한다.

나(대왕이 자긔를 가리킨 대명사)는 하늘에서 나려온 미륵불(彌勒佛)이다. 미륵불이 나려온 뒤에는 아미타불도 쓸대업고 석가여래도 쓸대업고 공자나 맹자도 쓸대업다. 이 세상은 미륵불의 세상이니 다른 부처나 다른 성인을 위하는 자는 미륵불의 죄인이다. 옛적에 부처에게 득죄하면 죽어서 디옥에 간다 하얏지만 오늘에 미륵불에게 득죄하면 살아서 철추를 밧는다. (⋯중략⋯) 미륵불은 온세상 사람들의 하는 일만 알 뿐이 안이라 무슨 마음을 가지는지도 다 안다. 너히들이 만일 죄될 마음을 가지면 미륵불이 반듯이 죄를 주고야 만다.[11]

궁예는 자신을 신격화하며 백성들을 규율하려 한다. 그러나 백성들은 그가 심술로 눈이 멀었다며 조롱하는가 하면, 그를 진시황에 빗대어 출생부터 석연찮은 왕이라며 궁예의 신성성을 강등시킨다.

진시황이 성이 영가이지만 실속은 려불위의 아들이오. 성이 려가이더니 지금에 대왕은 성이 궁가라 하지만 실속은 김가요, 신라 헌안왕의 아들이지 (…중략…) 요전에 대왕이 어늬 졀에를 지나다가 그 벽에 걸닌 신라 헌안왕의 화상을 보고 대왕이 칼을 쌔여 목을 티며 신라가 당나라 군사를 쓰어들이여 고구려를 망쳣스니 이런 큰 죄가 어대 잇느냐? 내가 반듯이 그 원수를 갑호주리라고 말하얏단 소문을 너희도 들어겟지 (…중략…) 훙. 고구려를 위하야 복수한다는 말은 쌘소리지. 실은 자긔 아비를 미워서 한 일이지. (…중략…) 대왕은 원래 신라 헌안왕의 첩의 아들인데 오월 오일에 남으로 사주장이가 헌안왕에게 말하기를 "이 아이가 오월 오일에 낫스니 장래의 반듯이 나라의 해가 되리이다." 한 대 헌안왕이 그 말을 밋고 죽이랴 하야 사신을 보내야 놉흔 루 마루 위에서 그 아이를 들어 그 알로 던지더니 유모가 불상히 넉이여 던질 째에 밧다가 거릇 손가락으로 그 눈을 쩔너 멀니고 안고 달어나와 길어낸 것이 신긔를 맛나 왕 까지 되얏다. 자기는 헌안왕의 아들이란 말을 안이하나 그 먼 눈이 증거를 대는 데야 엇지하랴. 아모리 헌안왕이 대왕을 버리엇지만 그래도 헌안왕은 대왕의 아비가 안이냐? 아비화상의 목을 치는 자식이 아비의 목을 치는 자식이나 한가지니 이 갓흔 불효자가 엇지 오래 대왕의 자리를 가지랴.[12]

11 「일목대왕의 철추」, 『전집』 7, 584~585면.
12 위의 책, 587면.

궁예는 백성들의 말을 훔쳐 듣고는 "남을 흘라면 못 맨들어 낼 소리가 업는 법이다"[13]라고 말하고는 있지만 이러한 소문을 반박할 근거를 대지 못하고 자신을 비방한 자들을 철추로 내리쳐 응징한다.[14] 그의 폭력성은 자신을 정당화할 구실을 찾지 못한 자의 감정적인 대응 방식으로 비춰진다. 말하자면 궁예는 아버지에게 버림받은 아이로 출생 콤플렉스, 부성 콤플렉스를 가진 인물인 것이다.

"부성 콤플렉스에 사로잡혀 있는 환자는 자신이 개인적 차원을 넘어서 세상을 지배하는 로마의 황제 모습을 하고 등장하는데 이는 바로 환자가 원형적 부성상과 동일시하고 있음을 보여주는 것이다."[15] 궁예가 스스로를 미리라 칭하는 것 역시 자신을 영웅, 구원자로 바라보며 자신에게 결핍된 부성성을 획득하려는 것이라 볼 수 있다. 즉 궁예의 남근을 소유하려는 욕망, 누군가의 남근이 되고자 하는 욕망이 '미리'라는 구원자의 모습으로 환유되어 나타난 것이다.

말하자면 궁예는 부성에게 버림받음으로써 정상적인 상징계로 진입하지 못하고 상상계에 고착된 인물인 것이다.[16] "라깡에 의하면 아이는

---

13 위의 책, 587면.

14 서사의 뒷부분에서는 궁예를 장보고의 후손으로 보고 있다. 그러나 서사가 미완으로 끝남으로써 이에 대한 분명한 근거는 드러나고 있지 않다. "궁가가 신라로 이사한 뒤에 궁복이란 이가 중국에 궁가가 없는 까닭에 행세하기 아조 불편함으로 활궁에 긴 장(長)을 보태여 장가라 하고 중국에 'ㄱ'발음이 업는 까닭에 복을 '보고(保皐)'라 하더니 고국에 돌아와 전장에 공을 세워 '청해진대사'란 벼살을 하다가 간신의 시긔에 몰니어 죽고 그 자손이 사방으로 허터저 혹은 궁가의 본성을 가지고 혹은 장가의 변성을 가지니 일목대왕은 그 본성을 보전한 송악군 궁가의 자손이더라." 위의 책, 601면.
『삼국사기』에 의하면 궁예는 신라 47대 헌안왕의 아들, 혹은 48대 경문왕의 아들이라 한다. 김부식, 이병도 역주, 『삼국사기』하, 을유문화사, 2009, 484면.

15 박신, 「부성 콤플렉스의 분석심리학적 이해─아들의 아버지와의 관계를 중심으로」, 『심성 연구』19, 한국분석심리학회, 2004, 58면.

16 라깡은 인간의 정신 영역을 상상계, 상징계, 실재계라는 세 단계로 설정한다. 상상계, 즉 거울 단계에서 아이는 거울에 비친 자신의 이미지를 총체적이고도 완전한 것으로 가정

상상의 단계에서 자신을 어머니의 욕망의 대상인 남근과 동일시함으로써 자신의 욕망과 어머니의 욕망이 일치되는 기쁨을 맛본다. 그러나 곧 아버지 법에 의지하고 자신을 아버지와 동일시하면서 상징계에 진입하게 된다. 아버지의 이름은 사법적이고 징벌적인 권위의 상징이다. 그것은 상징계 내에서는 상징계가 제대로 작동하도록 도와주는 기능을 한다. 자아가 정상적인 아버지와의 동일시를 이루지 못하게 되면 아버지를 살해하고 그 자신이 아버지의 위치에 자리하는 어머니의 남근적인 존재가 되는 방식으로 상징계에 진입하게 된다. 아버지를 살해한다는 것은 동일시할 대상을 잃게 되면서 자아가 상상계에 머물게 되는 것을 뜻한다."[17]

궁예는 헌안왕의 화상(畵像)을 칼로 그음으로써 아버지의 세계에 상징적인 살해를 가한다. 이는 스스로가 아버지 자리에 위치하고자 하는 욕망을 표출한 것이라 볼 수 있다. 궁예가 병적으로 자신을 신성화하고 권력에 집착하는 데는 이러한 불온과 금기, 그리고 저주를 부정하고 싶은, 즉 아버지를 극복하고자 하는 심리가 작용한 것이라 볼 수 있다. 궁예에게 아버지라는 존재는 욕망의 대상이자 극복의 대상인 것이다.

궁예가 금기로서의 아버지 자리에 위치하고자 하는 심리는 바로 백성들에게 끊임없이 계율을 강조하는 데서도 드러난다.

한다. 그는 대상과 자신을 일치시키고 타자의 욕망과 자신의 욕망을 구별하지 못한다. 대상을 실재라고 믿고 다가서는 과정이 상상계요, 그 대상을 얻는 순간이 상징계요, 여전히 욕망이 남아 그 다음 대상을 찾아 나서는 게 실재계이다. 자크 라캉, 권택영 편, 『욕망 이론』, 문예출판사, 1994, 15~19면 참조.

17 맬컴 보위, 이종인 역, 『라캉』, 시공사, 1999, 92~95 · 160~165면 참조.

나를 미륵불이 안이라 하면 가장 큰 죄니 이는 이 세상에서 철추의 벌을 바들 쑨 안이라 죽어서도 철추의 벌을 바들 것이오. 나를 미륵불인 줄 알고 쏘 복종할지도 혹 계오른 태도를 가져도 철추를 바들 것이오. 조석으로 미륵불 잇는 곳을 절을 안하여도 철추를 바들 것이오. 미륵불을 밋지 안는 사람을 보고도 이를 곳치도록 경계하지도 못하고 발각하야 죽이지도 못하면 철추를 바들 것이오. 미륵불에게 셰랍을 바치지 안하여도 철추를 바들 것이오. 미륵불이 지은 궁예대왕경을 밧지 안하여도 철추를 바들 것이오. 다른 불경이나 유교의 글을 읽어도 철추를 바들 것이다. 복을 바드랴면 나를 미극불로 잘 미더 나 식히는 대로 하고 죄를 짓지 안하면 곳 복을 바들 것이다.[18]

궁예는 율법과 규율의 왕이다. "말씀과 법을 의미 있게 만드는 힘은 남성성의 힘"[19]으로서 엄격한 규율들은 곧 궁예 자신의 권력을 증명하는 수단이 된다. 이것의 결정체가 바로 궁예대왕경이라 할 수 있다. 그는 유교와 불교에 세뇌된 백성들을 계도한다는 명분으로 궁예대왕경을 지은 후, 백성들에게 무조건적인 읽기를 강요한다. 그의 말이 곧 법이자 종교이다. 이로써 그는 정신적인 부성성을 획득하고자 한다.

궁예대왕경이 정신적인 부성성을 의미한다면 그가 들고 다니는 철추는 육체적인 부성성을 의미하는 것이라 할 수 있다. 궁예는 철추를 통해 절대 권력자의 권위와 위엄을 드러내고자 한다. 이를 통해 그는 정신적으로나 육체적으로 온전한 부성성을 획득하려 한다. 그가 권력에 집착하며 처벌의 도구로 휘두르는 철추는 곧 남근을 상징하는 것으

---

18 「일목대왕의 철추」, 앞의 책, 584~585면.
19 박신, 앞의 글, 40면.

로서 부정적인 부성 경험에서 오는 상실감과 분노, 그리고 분열의식을 권력으로써 회복하고자 하는 욕망을 드러내는 것이라 할 수 있다.

또한 그가 이렇게 백성들에게 폭력을 휘두르는 것은 결국 방기(放棄)에 대한 두려움 때문이기도 하다. 어린 시절 아버지에게 버림받았던 정신적 충격이 고스란히 백성들에게 전이되어 언젠가 백성들에게 버림받을지도 모른다는 무의식적 두려움을 낳게 한 것이다. 그가 저녁이면 궁궐 밖으로 나가 백성들의 동태를 살피고 자신의 권위를 확인하는 데서도 그의 망상적인 불안 심리를 엿볼 수 있다.[20] 치유되지 않은 어린 시절의 정신적 외상이 궁예의 현재 삶을 강하게 지배하면서 그를 점점 더 도착적이고 폭력적인 왕으로 치닫게 만드는 것이다. 그의 욕구불만은 공격적이고 신경증적인 성격이 되도록 만들고, 이 때문에 그는 점점 더 사람들로부터 고립되어 소외를 경험하게 된다. 결국 그의 고집, 그리고 백성들의 조롱에 대한 극단적인 반감 등은 부성 콤플렉스가 만들어낸 자의식의 과잉 반응이라 할 수 있는 것이다.

이처럼 철추는 궁예 스스로를 강하게 포장하여 방기에 대한 두려움을 해소하는 심리적 방어기제임과 동시에 아버지의 상징적인 힘을 구현할 수 있는 기표로 작용한다.[21] 이러한 궁예의 모습은 정상적으로 상

· · · · · · · · · · · · · · · ·

20 "망상적 성격의 특징은 수줍고, 과민하고, 의심이 많은 사람이 된다. 편견이 많아지고 남과의 이야기에서는 도전적이고, 유우머를 이해 못 하고, 타협을 하지 못하게 된다. 반면에 자기를 에워싸듯 자신만만하고, 자기를 내세우고, 비꼬는 태도를 보인다. 힘에 겨운 목적을 향해 수단을 가리지 않고, 덤벼들며, 자기 계획을 비판하는 소리에는 대단히 흥분하며, 참지 못하는 것 등이 망상적 성격의 특징이 된다는 것이다." 최상윤, 「한국의 자의식 소설 연구」, 세종대 박사논문, 1989, 114면.
21 "생물학적 의미에서는 아버지가 사라져도 그의 가정관계와 사회관계에서의 역할은 여전히 존재하는 것으로서 아버지의 역할을 대신할 수 있는 시니피앙이 생물학적 아버지의 빈자리를 대체한다. 이때의 시니피앙은 어느 한 사람, 어느 한 조직, 어느 한 이름, 몇 마디 말, 하나의 물체로서 요컨대 아버지의 상징적 힘을 구현할 수 있는 것들이다. 라깡은 아버

징계에 진입하지 못하고 상상계적 자기애에 빠져 있는 분열적인 자아 상태를 보여주는 것이다. 궁예는 부성 부재가 가져온 개인적인 결핍증과 아버지에 대한 증오심으로 자기애와 자부심, 그리고 동시에 자기 증오라는 양극단의 감정을 동시에 지닌 채 상상계에 고착돼 있는 인물인 것이다. 이런 점에서 그가 백성들과 벌이는 싸움은 곧 부성 강박에서 벗어나고자 하는, 아버지와의 싸움이라 할 수 있다.

「일이승」[22]에 등장하는 정을진 역시 부성 콤플렉스를 지닌 자로 권력에 집착하는 인물이다. 또한 궁예가 후궁의 몸에서 태어난 서자 출신인 것과 마찬가지로 을진 역시도 서자이다.[23] 그러나 궁예가 어린 시절 버림받은 기억 때문에 아버지를 거부하려고 한다면 을진은 끊임없이 죽은 아버지를 대체할 새로운 부성상을 찾아 헤맨다는 점에서 차이가 있다.

안변 석왕사에서 불목장이로 있는 정을진은 밤마다 "하느님이시여, 정 을진이 조선 임금이 되게 하여 주소서 ……"[24]라며 기도한다. 그는 아버지로부터 가장 총애 받는 아들이었으나 아버지가 돌아가시자 서자라는 이유로 가족으로부터 내쫓기는 신세가 된다. 이후, 그는 서자

지의 상징적 힘을 구현하는 이러한 시니피앙을 '부성'이라고 명명한다." 이광재, 「함정임, 진염의 부성 창조 비교 연구」, 『개신어문 연구』 26집, 개신어문학회, 2007, 236면.

22 「일이승」에 대해 김병민은 "정을진의 들뜬 환상과 허영심을 신랄하게 야유, 풍자하면서 이런 인간은 비단 자기의 뜻을 실현할 수 없을 뿐더러 오히려 수치스러운 비극을 면할 수 없음을 교훈적으로 제시하고 있다"고 하였다.(김병민, 앞의 책, 140면) 성현자는 일이승을 서사의 중심인물로 보면서 "자주독립의 쟁취는 역사 관점의 올바른 정립과 연구에서 비롯한다는 의미에서 자신의 투영인 일이승이라는 인물을 허구화한 것"이라 본다. 「허구적 인물의 역사적 해석 (II) ─ 신채호의 「백세노승의 미인담」, 「일이승」, 「꿈하늘」을 중심으로」, 『개신어문 연구』 13, 개신어문학회, 1996.12, 324~325면.

23 궁예, 을진 외에 동명왕도 서자이다. "고구려 시조 추모(鄒牟)는 북부여왕 해모수(北扶餘王 解慕漱)의 서자라", 「류화전」, 『전집』 7, 91면.

24 「일이승」, 『전집』 7, 79면.

의 한을 풀기 위해 왕이 되고자 하는 것이다.

철산 정시라 하면 곧 병자 호란의 명장 정 봉수의 후손으로 평안 남북도에 엄지손가락을 꼽는 유명한 명문인 줄은 대사로 알으시리라. 그런데 을진은 철산 정모(鄭某)의 서자올시다. 서자이지만 부친 재세하실 적에 가장 총애를 받던 아들이올시다. 또한 부친의 상사를 당하여 성복할새 적형 적제(嫡兄嫡弟)들은 다 당상(堂上)에서 우는데 을진은 당하(堂下)로 쫓아 내리거늘 (…중략…) 오냐 철산 정가 놈들아, 내가 너희들을 내 앞에 잡아다가 꿇리어 볼 날이 있겠지. 그렇지 못 하면 내 한몸의 고기 값으로 너희들의 전문을 다 멸망시킬 수 있지 하고 나왔습니다.[25]

봉건사회의 가족 구성원들은 아버지의 권위와 인정을 통해서 자신들의 정체성과 역할을 부여받는다. 특히 서자라는 출생 콤플렉스를 가진 을진의 경우, 가족으로 인정받기 위해서는 아버지의 태도가 절대적이라 할 수 있다. 이런 점에서 아버지의 죽음은 곧 가족 구성원으로서의 을진 자신의 죽음을 의미하는 것이라 볼 수 있다. 아버지의 죽음을 경험하고 가족들로부터 버림받음으로써 을진의 결핍이 발생한다. 이곳이 그의 자아가 고착되고 끝없는 욕망 추구가 일어나는 지점이다. 왕이 되고자 하는 권력에 대한 욕망은 바로 그의 부성 콤플렉스에 기인하는 것이다. 따라서 그가 다시 자아정체성을 회복하기 위해서는 새로운 아버지가 필요하다.

· ·

25 위의 책, 80면.

을진은 아버지로부터 심리적 분리를 이루어내지 못하고 자신과 동일시를 이룰 수 있는 대상을 찾고자 한다. 가족으로 인정받기 위해 아버지의 역할이 필요했듯이 그는 왕이 되기 위해 끊임없이 새로운 아버지, 스승들을 찾아 헤맨다. 그가 만나는 세 명의 스승들은 곧 '환유'로서의 아버지라고 할 수 있는 것이다.[26] 을진은 스승들이 자신을 왕으로 만들어 줄 것이라 여기며 이들을 따르지만 이들 역시 그가 왕 되기에는 한계가 있다는 것만 확인시켜 줄 뿐, 아버지와 마찬가지로 그의 곁에 오래 머물지 못한다.

을진의 첫 번째 스승인 함허는 그의 허황한 생각을 듣고는 꾸지람을 주지도 깨달음을 강요하지도 않는다. 그저 질문만을 던지면서 을진 스스로 자신의 욕망과 한계가 무엇인지 들여다보게 할 뿐이다.

"너의 나이 몇 살이냐?" 을진이

"열여섯이올시다." 함허가 다시 엄숙한 말로

"네가 임금이 무엇인지 아느냐?" 한 대 을진이

"백성의 우에 앉아 백성을 살리고 죽이는 권리를 가진 사람의 칭호인 줄 압니다." 함허가

"을진아, 네가 어떤 사람이 임금이 되는 줄 아느냐?" 을진이

"만인을 거느릴 지혜와 만인을 누를 용맹이 있으면 임금질 할 만 한 사람인 줄 압니다." 함허가

---

26 "주체의 욕망을 충족시킬 것처럼 보이는 대상, 즉 대체가 가능하리라 믿는 단계, 이것이 압축이요, 은유이다. 그러나 충족시키지 못하고 다시 또 다음 대상으로 자리를 바꾸는 전치, 이것이 환유이다." 자크 라캉, 앞의 책, 19면.

"그러면 을진이 너는 그런 지혜와 용맹이 있느냐?"

을진이 다시 고개를 숙이고 눈물을 흘리더니

"을진이 제가 지혜와 용맹이 있어 임금되려 함이 아니오라 다만 아까 아뢰인 말씀과 같이 을진의 품은 한을 풀려 생각한즉 평안 감사가 되어도 못될 일이요, 령의정이 되여도 못 될 일이요, 오직 임금이나 되여야 이에 국법을 고쳐 적서의 명분을 타파하여 을진도 아비를 아비라 할 수 있삽기에 그런 생각을 함이오이다." (…중략…)

"가서 말 없이 기다려라. 내가 너를 위하여 많이 생각하여 보마."[27]

함허의 질문에도 을진은 자신의 한계를 인식하지 못하고 여전히 개인적인 울분에 사로잡혀 왕이 되겠다는 말을 되풀이한다. 함허는 이러한 그에게 일이승을 소개해 주면서 "네가 저 손님을 따라 가면 너의 뜻을 이룰 날이 있으리라"[28]며 그를 떠나보낸다.

일이승은 귀가 하나뿐인 중이다. 그는 함허와 마찬가지로 을진에게 특별한 가르침을 주지도 않고 꾸지람을 주지도 않는다. 그저 을진에게 봇짐을 들게 하거나 심부름을 시키면서 풍수를 보고, 흥이 나면 가끔 사론(史論)을 펼칠 뿐이다. 그러나 일이승은 "문자(文字)에 홀리지 아니한 비밀인 일을 알아 내지 못 하면 글 읽을 줄 아는 사람이라 못 할지니라"[29]며 궁예나 최영 등, 실패자의 삶을 재조명할 줄 아는 진보적인 역사관을 지닌 인물이다. 을진은 그러한 일이승과 십 년을 함께 보내지만

27 「일이승」, 앞의 책, 80~81면.
28 위의 책, 81면.
29 위의 책, 83면.

안타깝게도 전혀 깨달음에 도달하지 못한다. 오히려 과대망상이 더욱 심해져 자신을 왕건이나 이성계에 견주고 일이승을 도선(풍수에 능했던 신라 말 고려 초의 중)이나 무학(풍수에 능했던 고려 말 이조 초의 중)으로 치부하며 일이승이 자신을 왕으로 만들어내지 못하는 데 분노한다.

> 신라 태종의 밑에는 김 유신 뿐 아니라 다미(多美)도 있었고 김 알천(金閼川)도 있었지. 한 소렬 밑에는 제갈 공명 뿐 아니라 관우 장비도 있었고 조 자룡도 있었지. 나도 어찌하여 일이승만 믿고 있노. 아서라, 그만 두어라, 내가 저 놈의 중을 따라 다닌 지 십 년이 아닌가. 십 년 동안 저 놈이 김 유신이나 제갈 공명과 같이 획책하여 어느 골 하나도 차지하여 보지 못 하였고나.[30]

을진은 과거의 상처를 걷어내지 못하고 과대망상에 빠짐으로써 결국 깨달음을 얻을 수 있는 기회를 놓쳐버린다. 부성 콤플렉스에서 비롯된 권력에 대한 욕망 때문에 그는 십 년 세월 동안 자기 스스로를 욕망의 노예로 화석화시켜 갔던 것이다. 을진에게 변화가 없는 한, 일이승 역시 그에 대한 기대를 거둘 수밖에 없다. 따라서 일이승도 함허가 그랬던 것처럼 을진을 홍경래에게 맡기고 홀연히 사라져 버린다.

홍경래에게 맡겨진 을진은 전장에 참여하지만 겁에 질려 운산(雲山)과 초목(草木)을 적군으로 오인하여 일을 그르친다. 이에 홍경래는 을진의 귀를 베는 것으로 그를 응징한다. 그럼에도 그는 자각을 하지 못하고 "차라리 나 홀로 어느 산중 소옥에서 문 닫고 정대왕이라 자칭하다

---

30 위의 책, 86면.

가 말년에 병들어 죽을 때에 짐(朕)이 붕(崩)하신다 태자야 즉위하라 부르짖고 죽었음이 좋았을 것을 ……"[31]이라며 자신의 신세를 한탄한다. 이 말은 듣고 노한 홍경래는 결국 을진의 목을 베고 만다. 을진의 권력에 대한 욕망은 죽음으로써 끝나는 것이다.

을진은 권력 획득을 통해 자신의 결핍을 보상받고자 하였다. 그러나 설사 권력을 얻었다 할지라도 그의 욕망은 또 다른 결핍을 느끼며 새로운 욕망을 추구하게 될 것임이 궁예의 예를 통해 짐작해 볼 수 있다. 욕망은 또 다른 욕망을 낳을 뿐이다. 결핍으로 인한 정신적인 상처는 일시적인 욕망의 충족으로 치유가 되는 것이 아니라, 결핍이 고착된 지점을 찾아 자기와의 화해를 통해서만이 치유가 가능한 것이기 때문이다.

이처럼 궁예와 을진은 모두 권력을 추구한다. 그 권력에 대한 욕망은 결국 부성 콤플렉스에 기인하는 것으로, 그들은 스스로가 부성의 자리에 오름으로써 결핍을 보상받으려 하였다. 그러나 어린 시절의 부성 결핍은 그들에게 권력에 대한 끝없는 욕망을 낳고, 채워지지 않은 욕망에 그들 스스로를 속박하게 되는 결과를 초래하고 말았다. 그리고 욕망의 고리를 인식하지 못한 두 사람은 결국 비극적인 결말을 맞이하는 것이다.

살펴보면 궁예와 을진은 모두 부성 중심의 사회질서를 강조하는 유교를 거부하였다. 이는 유교가 그 참뜻을 실현하지 못하고 형식으로 흐르는 것을 비판하였던 신채호의 현실인식이 반영된 것이라 하겠다. 그러나 궁예와 을진의 비판은 사적인 복수심에 기인한 것으로서 유교의

. . . .
31 위의 책, 90면.

폐단을 근본적으로 치료할 수 있는 대안이 되지는 못한다. 따라서 이들은 아이러니하게도 더욱 강력한 부성을 획득하려 하며 유교 질서보다 더한 폭력적인 세계를 만들어내기도 하는 것이다.

또한 궁예와 을진이 겪는 부성 결핍의 세계는 아버지를 일찍 여읜 신채호의 유년기를 상기시킨다. 특히 주목되는 점은 을진의 나이이다. 을진은 열여섯의 나이에 절로 들어가 왕 되기를 꿈꾼다. 을진과 같은 열여섯의 나이에 신채호는 향리에서 풍양 조씨와 결혼한다. 아버지의 세계를 제대로 경험하지 못했던 신채호에게 어린 나이에 가장이 된다는 것은 엄청난 심리적 압박으로 다가왔을 것으로 짐작된다. 부성 콤플렉스를 극복하기 위해 신채호는 더더욱 강한 부성성을 획득하기 위해 고군분투했을 것으로 보인다. 아버지상을 찾아 헤매는 을진처럼 신채호는 여러 스승들을 만나면서 학문의 길을 걸어간다. 이러한 스승들을 통해 그 역시 부성 찾기와 망실을 거듭하며, 식민지 지식인으로서의 주체성을 확립해 갔던 것은 아닐까.

살펴본 바대로 신채호에게 부성부재의 문제는 소설 창작의 동력으로 작용한다. 그러나 그 역시 자신의 아버지처럼 늘 집을 떠나 있어야 했다. 망명 생활로, 그리고 여순 감옥에서 안타깝게 순국함으로써 그는 일찍 가족 곁을 떠나고 만다. 결국 두 아들에게도 자신처럼 부성 부재의 가정을 경험할 수밖에 없도록 한 것은 개인적으로나 역사적으로 비극적인 아이러니가 아닐 수 없다.

3. 구원과 파멸의 세계로 구성되는 여성

신채호 소설에서 여성이 등장하는 예는 그리 많지 않으며 을지문덕, 이순신과 같은 구국의 영웅으로 형상화된 인물도 없다.[32] 이는 일차적으로 역사 속에서 구국의 영웅으로 형상화할 만한 여성을 발견하기 어려웠기 때문으로 보이며, 또한 신채호의 남성 중심적인 시각 역시 반영되었기 때문으로 보인다.[33] 이 중, 인물의 성격이 가장 두드러지게 나타나는 「류화전」의 류화와 「백세노승의 미인담」의 엽분 역시 둘 다 고아로 등장하고 있다.

신채호 소설에 등장하는 여성인물들은 고아(류화, 엽분)이거나 과부들(류화, 왕후 강 씨, 리귀의 딸)로서 봉건사회의 이상적인 여성의 삶을 보여주는 인물은 없다. 그러나 사회적 가치를 떠나 류화나 엽분 개개인들은 망명 이후 소설에 형상화돼 있던 남성 인물들과는 달리 신체적, 정신적으로 결함이 없는 인물들이다. 그러면서도 이들은 남성을 살게 하는 존재이기도 하며 동시에 파멸시킬 수도 있는 이중적인 인물들로 등

---

32 소설 총 15편 중에서 여성 인물이 등장하는 예는 「류화전」, 「일목대왕의 철추」, 「백세노승의 미인담」, 「리괄」 네 작품밖에 없다. 이 중, 여성이 주인공으로 등장하는 것은 「류화전」이 유일하다.

33 신채호는 첫 번째 부인이었던 조 씨가 우유를 잘못 먹여 아들이 죽자 그녀와 이혼한다. 또한 질녀가 자기 허락 없이 시집을 갔다고 자신의 손가락 마디 하나를 자르고 질녀와 인연을 끊기도 하였다.(『전집』 9, 431·438면 연보 참조) 이런 일화 등에서 신채호의 가부장적인 태도를 엿볼 수 있다. 형이 요절한 이후, 질녀를 데리고 살았으며 망명할 당시에는 질녀를 지인에게 맡긴 점 등을 미루어 보면 형수도 집안에 부재하였던 것으로 보인다. 그리고 여자 형제도 없었기 때문에 단재의 여성관에 큰 영향을 끼친 사람은 어머니가 아니었을까 짐작해 본다. 그러나 신채호의 글에서 단 한 번도 어머니에 대한 언급이 없다는 점이 의문이다. 최옥산에 의하면 어머니는 신채호가 황성신문사에 다니던 시절에 돌아가셨다고 한다.(최옥산, 앞의 글, 13면) 차후, 단재의 어머니와 가족관계에 대한 조사가 더 필요할 것으로 보인다.

장하고 있어 이들의 성격을 단순화하기 어려운 부분이 있다.

「류화전」[34]은 고구려 시조 동명왕의 어머니, 류화의 이야기를 각색한 것이다. 류화는 신화에서 물의 신, 하백의 딸이었던 것과는 달리 송화강 부근의 장대길의 딸로 등장한다. 또한 빛을 받아 알을 낳는 대신 건강한 사내아이를 낳는다는 점에서도 신화와 차이가 있다. 그녀는 해모수의 후궁이 될 뻔했으나 당시 왕실에서는 호족 귀족과 결혼하게 돼 있으므로 해모수로부터 버림을 받는다. 또한 부모 허락 없이 사통하였다는 이유로 아버지로부터도 버림을 받았다. 즉 그녀는 부성의 세계에서 버림받은 여성인 것이다. 이에 따라 동명왕 역시 태생적으로 부성 결핍을 경험할 수밖에 없다.

부성의 세계에서 버림받는다는 것은 곧 여성에게는 개인적, 사회적 죽음을 말하는 것이기도 하다. 그러나 그녀에게는 신성한 의무가 주어졌으니, 바로 '건국 대업'을 할 인물을 잘 길러내는 것이다. 이러한 류화의 운명을 일러주는 이는 백악도인(白岳道人)이다.

> 소저는 본래 전세 선아(前世仙娥)로 동부여국에서 량연을 맺고 장래 일국 제왕의 태상후(太上后)가 될 것이요, 소저의 배 가운데 창업할 제왕을 배였으니 로부의 말을 긔이 알지 말고 비록 앞으로 천만 횡액이 있더라도 별로 랑패됨이 없으리니 귀공자를 잘 양육하여 건국 대업을 이루고 최귀 행복을 안형(安亨)하라.[35]

---

34 「류화전」에 대한 선행연구는 그리 많지 않으나 주로 민족의식, 역사성의 구현으로 보고 있다는 공통점이 있다. 이와 관련한 연구로는 김병민, 앞의 책; 이영신, 앞의 글, 1999; 최수정, 「신채호 서사문학 연구」, 한양대 박사논문, 2003이 있다.

35 「류화전」, 앞의 책, 98면.

백악도인은 류화에게 어머니로서의 삶을 일러주고 있다. 류화는 사람의 딸이자 전세선아(前世仙娥)로서 귀공자를 잘 양육해야 할 임무를 받은 신성한 존재로 재탄생하고 있는 것이다. 이에 류화는 홀로 아들을 길러내야 하는 차가운 현실을 직면하게 된다. 이제 그녀에게 요구되는 것은 백악도인이 일러 주는 것처럼 여성으로서의 삶을 추구하기 이전에 아이에게 부성 결핍을 상쇄 시켜줄 만한 모성성을 획득하는 것이다. '모성과 땅, 고향은 시원적인 공간으로서 생명의 탄생과 귀의처'[36]이다. 이러한 모성을 획득하는 것만이 류화를 살게 하는 힘이며, 그녀 자신과 아들의 부성 결핍을 동시에 상쇄시켜 줄 수 있는 수단이 되는 것이다. 말하자면 류화에게 아들은 그녀 삶의 전부이자 자신의 인생을 보상해 줄 상징체이다. 그녀가 금와왕에게 몸을 의탁하는 것 역시 모성이라는 이름 앞에서 필연적인 선택으로 여겨지며 여성으로서 짊어질 수도 있는 비난과 과오에서도 자유롭게 되는 것이다.

서사의 구성 또한 '고구려 건국의 략사와 시조 주몽의 위대한 사업-류화 성모 탄생 추모 성제하고 금와왕이 폐 후궁 안치 별원하다-류화 성모가 별원에서 성제를 탄생하고 백악 도인이 류화 부인에게 비기(秘機)를 말하다'로 류화의 삶은 아들의 삶과 밀착되어 있다. 이러한 류화의 예처럼 여성에게 아들은 아버지의 부재나 지아비의 부재 등, 부성적 세계의 결핍을 보상해 줄 상징적인 힘으로 작용한다. 따라서 부성이 부재한 가정에서 여성은 아들에게 강한 애착을 보이는 한편, 부성성을 함께 지닌 강인한 어머니가 되어 가는 것이다.

---

36 강찬모, 「포석 조명희 시에 나타난 고아의식 소고」, 『새국어교육』 72호, 한국국어교육학회, 2006.4, 398면.

아들에 대한 어머니의 이러한 집착은 아들에게도 마찬가지로 작용될 수 있다. 아들은 부성 결핍을 모성에서 충족하려 한다. 따라서 어머니에 대해 강한 집착을 보일 수 있으며 이는 성장 이후의 여성상에도 영향을 끼치게 되는 것이다. 즉 부성 부재로 인해 정상적인 상징계에 진입하지 못한 남성들은 어머니와의 동일시가 가능했던 상상계에 머무르려는 퇴행을 겪을 수 있으며, 이러한 욕망이 어머니 외의 여성들에게도 투사될 수 있는 것이다.[37]

신채호 소설에서 모성은 자아분열을 겪고 있는 남성 인물들의 상처받은 영혼을 받아주는 마지막 보류처, 구원의 상징체로 형상화되고 있다. 그러나 류화가 성모 이미지로만 부각되고 있는 것은 아니다. 그녀는 해모수와 금와왕을 단순에 현혹시킬 만큼 빼어난 미모를 지닌 인물로 남성의 성적 욕망을 충족시켜 주는 인물이기도 한 것이다.

해모수왕이 한 번 보고 정신이 황홀하여 가만히 생각하니 내 일국 부왕으로 후궁에 미색을 충만하였으나 저런 경국 지색은 처음 봄이다. (⋯중략⋯) 류화를 붙들어 운우몽(雲雨夢)을 이루니 견권함이 비할 데 없더라. 익일 금와왕이 후궁에 들어 가 류화를 볼새 (⋯중략⋯) 인간 사람이 아니라 왕이 한

---

37 라깡에 의하면 주체는 거울 단계에서 어머니의 통일적 형태를 봄으로써 자신의 모습을 모체와 동일한 모습으로 인식하게 된다. 모체와의 이러한 동일시 현상은 타자에 대한 인식으로 확대된다. 이때 타자는 욕망의 대상이 됨과 동시에, 주체를 욕망의 대상이 되고 싶게 만들기도 한다. 그러나 타자는 주체가 환원될 수 없는 이질적인 존재이므로 동일시가 깨짐과 동시에 주체는 새로운 욕망의 대상을 찾게 된다. 이러한 과정 속에서 주체는 타자로부터 소외를 겪게 되고 결코 타자가 만족시켜 줄 수 없는 대타자로 나아가게 된다. 결국, 주체가 추구하는 것은 상상계의 이상적 자아로 욕망은 충족되지만 결여를 남긴다. 주체는 욕망 충족 뒤 결여를 반복적으로 경험하면서 분열한다. 이러한 분열은 계속해서 주체 구성을 시도하게 된다. 길경숙, 「박상륭 소설 정신분석학적 읽기 - '분열'과 '결핍 지향' 의식을 중심으로」, 한양대 박사논문, 2005, 28 · 82면 참조.

번 보고 마음에 놀라 말하기를 "짐이 일국 미인을 다 본가 했더니 어디서 저런 선아가 이 세상에 있었던가" 하여 만심 환희하여 공순히 답례하고 수백 궁녀로 궁중악을 아뢰며 크게 잔치하고 즐기더니 날이 저물매 왕이 류화와 동궁에 나아가 취침할새 "짐이 그 위인을 미워함이 아니라 그 일이 괴연함을 근심함이니 구태여 생명을 해할 바 있으리요."[38]

류화는 "숙덕과 자색"[39]을 모두 갖춘 인물로서 그녀의 모성성과 성적인 여성성은 남성들의 상상계적 욕망을 반영하고 있는 것이다. 그러나 류화의 이러한 모습은 금와왕을 흡족하게 하기도 하지만 또 한편으로는 그를 두렵게 만드는 요소이기도 하다. 결국 서사에서는 "자고 이래로 왕가의 중첩 간의 질투와 시기로 말미암아 국가의 흥망 성쇠에 관계가 절대한 것이다"[40]라며 여성이 국가에 해를 끼칠 수 있는 위험한 존재들임을 경계한다.[41]

남성의 욕망을 반영하고 있는 것은 「백세노승의 미인담」의 엽분을 형상화하는 데서도 마찬가지로 드러난다. 엽분은 고아이다. 어느 날 노승의 아비가 어미 송장에 매달려 우는 아이를 데려와 키우게 됐는데

----

38 「류화전」, 앞의 책, 92·101·129면.

39 위의 책, 99면.

40 위의 책, 121면.

41 이러한 태도는 「리괄」에서도 나타난다. 광해는 리귀의 딸 때문에 몰락한다. "리 귀의 딸 하나가 김 자점의 아우 김 자겸(金自兼)의 안해가 되었다가 일찍 과부가 되어 청춘의 공방을 견디지 못 하여 당시 소위 량반 과부의 수절을 버리고 불당에 가서 아미타불도 찾으며, 시정(市井)에도 출입하므로 광해가 그 소문을 듣고 금군(禁軍)을 명하여 잡아다가 심문하더니 김 과부가 궁중에 들어 와 시공(侍供)함을 원하거늘 광해가 그 꽃 같은 얼굴에 홀리여 '그리 하라'고 허하니 아! 뉘 알았으랴? 일 개 과부의 입궁에 광해 대왕의 십 륙년 왕위와 대북당 책사, 지사(智士)의 수년 닦아 온 기초가 일조에 전복될 줄을", 「리괄」, 위의 책, 129면.

그 아이가 바로 엽분이다.

　　로승의 아비가 고려의 평장사로 잇섯습니다. 평장사는 지금의 령의정입
니다. 어느 해 흉년에 로승의 아비가 길에서 엇던 여자가 죽어 잡버젓는데
어린 계집아이가 그 어미 송장에 매달리어 우는 것을 보고 불상히 넉이여
그 송장을 무더주고 그 게집아이를 달니어다가 길으며 얼골이 절묘함으로
엽분이라 일홈을 지엇습니다. 아비가 엽분의 령리함을 사랑하야 글을 가리
처 로승과 함끠 한 등장 미테서 글을 읽엇습니다.[42]

　엽분은 얼굴이 절묘하므로 노승의 아비가 지어준 이름이다. 그녀는
류화와 마찬가지로 얼굴만 예쁜 것이 아니라 총명하기까지 하다. 노승
의 아비는 그러한 엽분의 총명함을 알아보고 노승과 함께 공부를 하게
한다. 덕분에 그녀는 역사에 대해서도 비판적인 안목을 가지고 스스럼
없이 자신의 생각을 피력할 정도로 적극적이며 자의식이 강한 여성으
로 성장한다. 그녀는 "녀진(女眞)은 우리나라를 복종하는 종이오, 계단
(契丹)은 우리나라를 침범하는 도적인대 도적을 치지 안코 종을 친 것이
무삼 영웅임닛가?"[43]라며 윤관(尹瓘)을 비판하기도 하고 몽고로부터 고
려를 구할 방안을 제시하기도 한다.
　그녀는 몽고군은 물이 익숙지 않으니 우선 서울을 강화로 옮겨야 한
다고 말하며 첫째, 노예라도 공만 세우면 높은 벼슬을 줄 것, 둘째, 귀인
의 토지를 뺏어 백성들에게 나누어 줄 것, 셋째, 해군을 부흥시킬 것, 넷

42　「백세노승의 미인담」, 위의 책, 572면.
43　위의 책, 572면.

째, 북방 경영에 힘쓸 것 등을 제시한다. 이에 노승의 아비가 "오늘 조정 안에 너의 말한 정책을 실행할만 이가 누구냐? 행할 수 업는 말이야 쓸대 잇느냐?"라고 묻자 엽분은 "손네에게 국정을 맥기십시오"[44]라고 한다.

엽분은 당돌하게 국정을 자신에게 맡기라고 말한다. 이런 점에서 궁예나 을진처럼 엽분 역시 권력에 대한 욕망이 큰 인물이며 자의식 또한 강한 인물이라 볼 수 있다. 그러나 스스로를 신격화하거나 개인적인 울분 때문에 폭력적이고 도착적인 모습을 보이던 남성 고아들과는 달리 현실적인 문제들을 논리적으로 해석함으로써 자신에 대한 신뢰를 구하고 있다는 점에서 차이가 있다.

엽분의 이러한 강한 자의식은 지식의 습득에서 온 것이기도 하지만 출생 콤플렉스에서 온 것이기도 하다. 고아인 엽분이 자신의 출생과 신분에서 오는 열등감을 극복하는 길은 학문밖에 없었을 것이다. 이는 자신을 구해준 노승 아비로부터 인정받을 수 있는 길이기도 하다. 국정을 맡는다는 것은 그녀에게 신분적인 억압과 여성으로서 받는 억압 등을 상쇄시켜 줄 만한 획기적인 일이다. 그러나 국정을 맡기라는 말은 하였지만 그녀 역시 이 청이 받아들여질 것이라는 기대는 하지 않은 것으로 보인다. 왜냐하면 엽분은 이후 권력에 대한 무모한 도전도, 사회 개혁 의지를 적극적으로 실천해 가지도 않는 모습을 보여주고 있어 그녀가 실제로 국정을 맡겠다는 의지를 가졌다고 보기에는 무리가 있기 때문이다. 그녀가 이렇게 말한 것은 오히려 출생 콤플렉스와 배움을 통해

---

44 위의 책, 574면.

길러진 강한 자의식, 그리고 스스로의 힘으로는 극복할 수 없는 참담한 현실 사이의 괴리감에서 오는 자기모순을 극단적으로 표출한 것이라 볼 수 있다.

엽분의 강한 자의식은 그녀의 죽음에서 극대화된다. 그녀는 노승을 구하고 죽는다. 노승은 몽고군에게 뺏긴 미인 아내를 찾으러 가산까지 탕진해 가며 북경으로 온 터였다. 길에서 우연히 만난 엽분은 "소녀는 얼굴이나 몰라보게 되얏지만, 아씨는 마음까지 몰으게 되얏습니다"[45] 라며 그만 포기하고 돌아가라고 이른다. 그러나 노승이 "황천으로 돌아갈지라도 아씨를 만나보고야 돌아가겠다"[46]고 말하자 엽분은 "네가 무삼 산아희냐?"[47]며 노승을 크게 꾸짖는다. 그러나 이후, 엽분은 노승이 아내 황 씨와 그녀의 새 남편 차손다다를 죽이자 그가 도망갈 수 있도록 도와주고 자신은 결국 자결하고 만다.

이렇게 엽분을 죽음으로 내몬 것은 바로 자의식이라 할 수 있다. 이는 노승의 말에서도 확인되는 바이다.

엽분이를 서방님들은 이러케 죽엇다고 충비(忠婢)로 아시리다. 안이올시다. 충비가 다 무엇임니까? 엽분의 눈에 내 나라의 님금도 업고 남의 나라의 황제도 업섯습니다. 하물며 상전이 다 무엇임니가? 그러면 엽분이 누구를 위하야 자살하얏느냐? 이것은 로승이 잘 알습니다. (…중략…) 엽분은 죽을 째까지 정결한 처녀엿습니다. 그러나 이것이 정조를 직히려고 처녀로 잇슨 것

45 위의 책, 565면.
46 위의 책, 565면.
47 위의 책, 565면.

이 안이라 이 세상에는 내 서방될 산아희가 업고나 하고 교만한 마음에서 나온 일입니다. 그 자살한 때의 심사도 로승이 암니다. 네가 무삼 산아희냐 당초에 너희 정실이 되얏슬지라도 내가 억지로 서방이라 인정할 터인대 인제 와서 내가 저의 게실이 되겟느냐 하는 긔과한 심사에서 나온 사실임니다.[48]

노승은 엽분이 충비(忠婢)가 아니라 한다. 엽분의 눈은 어느 나라 임금도 개의치 않을 만큼 높으며, 정조를 지킨 것도 자기 눈에 차는 서방이 없다는 교만한 마음 때문이었다고 말하고 있다. 노승의 말로 미루어 보자면 그녀는 봉건적 가치의 실현이나 민족의식의 구현 이전에 자의식을 지키기 위해 극단적인 선택을 한 것이다.

강한 자의식은 곧 엽분의 깊은 콤플렉스와 현실에 대한 저항의식만큼 자라 있었다고 볼 수 있다. 노비인 그녀가 자신의 자존감을 지킬 수 있는 방법은 끝까지 이러한 자의식을 유지하는 길밖에 없다. 이미 자신이 모시던 아씨도 죽었으며 차손다다도 죽었다. 그녀 역시 차손다다의 집에서 영화를 누리고 살긴 하였지만 그들을 죽이도록 노승을 도와준 것을 보면 그 삶에 만족한 것은 아니었다.[49] 이제 타국에서 홀로 남은 엽분이 선택할 수 있는 것은 노승의 아내가 되는 길밖에 없다. 그러나 미인 아내를 쫓아 북경까지 온 노승, 욕정에 눈이 멀어 현실인식, 시대의식이 부재한 노승, 그리고 질투와 분노로 결국 살인까지 저지른 노승

48 위의 책, 572・574~575면.
49 엽분이 안락하게 살았다는 것은 노승의 말에서 짐작할 수 있다. "흥 남자나 여자나 잘 먹고 잘 차리면 아조 짠 사람이 되는 것입니다. 다시 살펴어 보니 다른 여자가 안이라 로승의 집에서 부리던 녀종입듸다. (…중략…) 황씨가 곳 당시에 황제의 충신으로 유명한 몽고장수 차손다다의 부인이 되야 고국생각을 니즐만치 안락에 싸아지고 년종은 그 집의 비자로 쏘한 영화를 누리는 줄을 재세히 알앗슴니다." 위의 책, 564~565면.

을 받아들인다는 것은 곧 자신의 삶을 지탱하던 자의식을 내려놓는 일과 같은 것이다. 이는 곧 정신적인 자살행위나 마찬가지이다. 따라서 엽분은 차라리 세상을 버림으로써 현실과의 타협을 거부하고 고고한 고립의식, 자의식을 지킨 것이다.

살펴본 바대로 엽분은 자의식이 강한 고아이다. 그러나 엽분이 단순히 권력욕에 눈이 먼 인물이 아니었던 것처럼 자의식에만 갇혀있었다고 보기에도 무리가 있다. 남다른 사회적 안목, 그리고 노승의 무지를 준엄하게 꾸짖다가도 노승을 포용하는 대범함 등은 그녀의 자의식이 사회에 대한 자기 방어적인 태도로 고립돼 있는 것이 아니라 사회적 주체로 나아갈 수 있는 정신적인 힘으로 작용하고 있음을 보여주기 때문이다.

이처럼 엽분의 삶은 자의식의 과잉을 보여주는 개인적인 자아와 현실 비판적인 지성인의 태도를 보여주는 사회적 자아 사이, 애매한 경계 지점에서 끝을 맺고 있다. 그녀가 이렇게 여성영웅으로 거듭나지 못하는 것은 그녀에 대한 남성들의 이중적인 시선이 작용하고 있기 때문이기도 하다.[50]

로승의 아비는 엽분을 항상 녀개소문(女蓋蘇文)이라 일흠하야 엽분이 만일 남의 집이나 나라를 맛흐면 아조 흥망의 판단을 낼 게집아이라 하시며 로승의 어미는 더욱 실여하야 어대서 온 쪄인지도 몰으며 엇지 나의 아들과

---

[50] 최수정은 "남성이 나라를 위해서라면 버려야 할 사적 영역에 여성이 갇혀 있으며, 여성이 아름다울 때 그 미혹을 떨쳐 버리기 어렵다는 성담론적 형상화에 의해 예쁜이의 여성 이미지는 이중적이게 된다. 그러나 기존의 남성 중심적인 세계의 붕괴 인식과 재건의 희망을 여성인물을 통해 보여준다"고 하였다. 최수정, 앞의 글, 77면.

짝을 삼으리오 하야 긔쓰고 반대하며 로승아비의 친구들도 그 말을 듯고는
놀래여[51]

노승의 아비는 그녀를 며느리로 삼으려 할 정도로 좋아하였지만 또
한편으로는 나라의 흥망을 판단 낼 정도로 위험한 인물로 바라보기도
한다. 그녀는 부성의 세계 안에서 집안에 기쁨을 주는 총명한 여성으로
머무를 때만이 사랑받을 수 있는 존재가 되며, 남성적인 세계를 뛰어넘
을 시에는 위험한 인물로 간주되는 것이다. 따라서 류화처럼 아들을 위
해 헌신하는 성스러운 어머니가 될 때, 그리고 엽분처럼 곤란에 빠진
남성을 도와주는 보조적인 위치에 머무를 때 여성은 남성들의 영원한
안식처이자 구원자로서 인정받을 수 있는 것이다.

여성에 대한 이러한 이중적인 태도는 서사의 여러 곳에서 발견된다.

"짐이 또한 아직까지 의심이 없지 아니 하여 후궁의 그 위인과 용모 숙덕
을 사랑함이 많았고 그 배운 례절과 학식이 진실로 녀중 군자의 본색이 있
음을 믿었더니 금일 와서 보건대 그 범행함을 발명할 바 없는지라 이를 어
찌 하여야 온당할가" 하며 근심하는 빛이 룡안에 나타나는지라 여쭙기를
(…중략…) "첩의 생각에는 서부 살이를 불러 먼저 백악 도인의 진위와 후궁
천거한 경과를 한 번 물어 보고 차차 상의하여 처치함이 좋을가 하나이다."
왕이 황연히 깨닫고 소후의 말이 극히 유리하다 하고 이에 정전에 돌아 가
제신을 명하여 서부 살이를 명소하니라.[52]

51 「백세노승의 미인담」, 앞의 책, 574면.
52 「류화전」, 위의 책, 116면.

"대왕 '아이구. 나의 야유타 ……'" 하며 왕후의 허리를 안는다. 하로 동안에 무고히 오륙백 명 사람의 목을 베이던 째에 그 만흔 사람의 울음소리가 쌍이 쩌저도 눈도 쌈짝 안이하던 악마 갓흔 대왕이 왕후의 몟 방울 눈물에 마음이 절이어 그 모든 경계에 고개를 숙이니 여자의 매력(魅力)이냐? 남자의 약점이냐? 나 한아쑌이라는 자부심을 가진 일목대왕도 할 일업시 그 사랑하는 왕후 강씨 압헤는 무릅을 쑬엇다.[53]

"칼을 쌔여 그년을 죽이랴 하나 야 미인이란 것이 참 요물입듸다. 차손다다가 소리도 업시 죽엇지만 그 게집이 곤하게 든 잠결에도 무엇이 감촉이 되얏는지 쌈짝 놀래여 널어 안는대 촉불에 비추는 달 갓흔 얼골 옥 갓흔 살빗 형용할 수 업시 긔묘한 눈맵씨가 사람의 정신을 홀이여"[54]

류화의 문제로 고민하던 금와왕은 소후의 조언을 적극적으로 받아들여 마음의 부담을 덜고, 하루에 수백 명을 죽이던 폭력적인 왕 궁예는 백성을 덕으로 다스려야 한다는 왕후 강 씨의 말에 쉽게 감복하는 순한 왕으로 돌변하고 있다.[55] 소후와 강 씨는 남성의 훌륭한 보조자이다. 이는 엽분이 노승에게 보여주던 태도와 유사한 것으로, 여성인물들은 남성을 고난에서 구해주는 구원의 존재로 부각되고 있는 것이다.

남성들을 마지막으로 받아주는 것은 어머니와 같은 여성들로서 남성들은 여성들의 지혜를 갈구하고, 이를 통해 구원을 얻고자 한다. 이

53 「일목대왕의 철추」, 위의 책, 601면.
54 「백세 노승의 미인담」, 위의 책, 570면.
55 이영신은 이러한 궁예의 태도에 대해 "궁예는 아내와 아들을 죽이는 부정적 인물이 아니라 아내의 충고를 받아들이며 아내를 나의 아유타라고 부르며 매우 고맙고 사랑스럽게 생각하는 자상한 인물"이라고 보고 있다. 이영신, 앞의 글, 64면.

는 곧 모성에 대한 남성의 욕망을 대변하는 것이라 할 수 있다. 즉 남성 인물들은 어머니의 이미지를 여성들에게 투영하여 상상계로 퇴화됨으로써 소외의식과 결핍을 보상받고자 하는 것이다. 동시에 여성 인물들은 미색(美色)까지 갖춘 성적 욕망의 대상으로도 형상화된다. 노승은 자신을 배신한 미인 아내를 죽이는 순간에도 그 미모에 정신이 빼앗기기도 한다. 그러나 미색이 대의를 훼손할 가능성이 있을 때나 혹은 남성들의 욕망을 충족시켜 주지 못할 때, 그리고 엽분처럼 주어진 현실을 뛰어넘으려는 경우, 여성은 남성들의 세계를 파멸시킬 수도 있는 위험한 존재로 전락되는 것이다. 여성들은 때때로 남성 인물들의 상상계적 욕망을 충족해 줌과 동시에 경계의 대상이 되는 것이다. 따라서 여성들은 남성의 세계 안에서 재생을 꿈꿔야 하는 존재이다.

살펴보면 류화는 남성들의 도움을 통해 존재감을 발휘한다는 점에서 독립적이고 주체적인 여성들로 보기에는 무리가 있다. 그녀에게는 백악도인과 금와왕이 있었다. 류화보다 주체적인 모습을 보여주긴 하였으나 엽분 역시도 노승의 아비와 차손다다의 영향 하에 삶을 유지했다. 이들은 남성의 세계 안에서 갱생하는 인물들로서 남성의 욕망을 충족시키는 대상으로 형상화되고 있는 것이다. 남성들에 의해 여성은 어머니 같은 존재이자 요부 같은 존재, 즉 덕과 자색 사이를 넘나들면서 남성들의 욕망의 대상으로 머무를 수밖에 없는 것이다.

남성의 이러한 이중적인 태도는 여성을 극단적인 상황으로 몰고 갈 수 있는 위험을 내재하고 있다. 서사가 미완으로 끝나 언급돼 있지는 않지만 궁예는 이후, 왕후 강 씨와 그녀의 두 아들까지 죽이는 잔인함을 보여준다. 왕후의 충언에 순한 양으로 돌변했던 궁예는 충언 때문에 아내를 죽이기도 하는 도착적인 행동을 보여주는 것이다. 또한 노승 역시 미인 아내를 사랑하야 그토록 아내를 찾아 헤매었지만 결국 아내가 자신을 배신했다는 사실 때문에 극단적인 복수극을 펼친다.

이처럼 남성들의 이중적인 시각은 여성에 대한 복잡한 감정 기복을 만들어 낸다. 이러한 감정이 만들어내는 폭력성이 신채호 소설에서 유독 극단적으로 표현되고 있다. 이는 남성 인물들이 모성에 강한 집착을 보이는 인물이라는 것을 반증하는 것으로서 궁예나 노승의 태도는 곧 어머니와 일체를 이루는 상상계적 욕망을 또 다른 여성 인물들에게 투영한 것이라 볼 수 있다. 말하자면 류화와 엽분은 모두 고아로서 남성 고아 인물들의 아니마(anima)라 할 수 있는 것이다.

결국 남성과 여성 사이의 간극으로 인해 등장인물들 중 그 누구도 이상적인 사랑을 완성하는 이가 없다. 노승은 아내와 엽분에게 집착하며 그들과 일체감을 느끼고 싶어 하지만 아내는 차손다다에게 빼앗기고 엽분은 죽어버림으로써 그녀들과 일체감을 이루지 못한다. 그녀들을 죽음으로 내몬 것은 결국 노승의 욕망 때문이라 할 수 있다. 남성들은 여성들을 통해 상상계적 욕망을 충족하고자 하지만 "어머니의 세계조차 허구로 나타나는 텅 비어있는 세계임을 경험하게 되면서 자아는 거울 단계 이전의 파편화된 자아의식을 그대로 지니게 되는 것이다."[56] 즉 남성 인물들은 이러한 욕망이 허상이라는 것을 확인함으로써 여전히 분열 상태에 머물게 되는 것이다. 이러한 가운데 여성들은 자신들에 의해서가 아닌, 남성들의 시선에 의해 구원과 파멸의 이중적인 존재가

. . . .
56 길경숙, 앞의 글, 32면.

되고 있다. 이는 곧 신채호 소설에 등장하는 자기 파괴적인 남성들의 상상계적 욕망이 만들어낸 비현실적인 여성의 모습이라 할 수 있다.

지금까지 신채호 소설에 형상화돼 있는 고아인물들의 삶의 태도에 주목하고, 이들의 욕망이 고착화되는 지점을 찾아내고자 하였다. 궁예와 을진은 권력에 집착함으로써 부성 콤플렉스를 극복하고자 하였다. 그러나 결핍에 대한 보상 기대가 충족되지 않았을 때 그들은 폭력적이고 망상적인 태도를 드러내는 등, 극단적인 불안 증세를 보이기도 하였다. 이들은 부성 결핍으로 인해 상징계에 정상적으로 진입하지 못하고 어머니와의 동일시를 이루는 상상계적 상태에 고착화된 인물들이다. 류화와 엽분은 이러한 남성 인물들의 왜곡된 상상계적 욕망이 투영된 여성들로서 남성적 시각에 의해 구성된 인물들이다. 이들이 만들어낸 자의식의 과잉, 나르시시즘(narcissism)적인 태도들은 콤플렉스를 극복하는 과정에서 나타나는 심리적 방어기제들이라 볼 수 있는 것이다.

살펴본 바와 같이 남성과 여성 고아 인물은 그 형상화에서 차이가 있다. 그러나 이들의 공통점 역시 찾아볼 수 있다. 우선 이들 모두 지식인들이다. 류화나 궁예는 물론이고 비천한 신분이었던 엽분의 경우도 배움을 통해 현실인식을 키우게 된다. 둘째, 고아들은 현실에 쉽게 타협하지 않는 강한 자의식을 가진 인물들로서, 이들을 통해 신채호 소설에서 자의식 소설의 원형을 발견할 수가 있다. 이는 "한국의 자의식 소설의 사상적 바탕은 선비 사상(정신)에 있다"[57]라는 말을 확인하는 것이기도 하다. 셋째, 이들은 고아, 서자, 과부 등, 사회의 주변인인 경우가 많

. . . .
57 최상윤, 앞의 글, 21면.

다. 넷째, 엽분과 을진의 경우에서 보듯이 신분제를 비판하는 강한 메시지를 담고 있다. 다섯째, 집을 떠나 유랑하는 인물들이다. 이들이 집을 떠나는 것은 외부적인 요인에 의한 것도 있으나 충족감을 느낄 수 없는 자신의 집을 떠나 스스로 존재감을 찾고자 하는, 보상적인 세계에 대한 갈망에서 비롯된 것이라고도 볼 수 있다. 여섯째, 권력에 대한 욕망은 있어도 물질에 대한 욕망을 보여주지 않는다. 일곱째, 부성(父性)의 문제가 부각된다.

이러한 특징들은 몰락한 가문의 망명 지식인인 신채호의 현실과 상당 부분 유사한 것이다. 신채호는 불운한 가족사를 경험하였을 뿐만 아니라 국권 상실로 사회적 고아로 살아갔다. 이로 미루어 보면 고아인물 형상화는 곧 무의식적으로 형성된 신채호 자신의 삶의 문제가 각색돼 나온 것이라 짐작해 볼 수 있다. 이러한 고아의식은 결국 신채호에게 국가망실로 전이되고, 자의식은 역사에 대한 탐구로, 영웅 형상화는 아버지를 일찍 여읜 자의 부성 찾기 과정으로 이어졌다고 볼 수 있는 것이다. 그에게 국가 세우기는 이상적인 집을 건설하는 일과 같은 것으로서, 신채호는 글쓰기를 통해 고통의 개인사를 대의적인 역사의 장으로 승화시켜 갔던 것이다. 그리고 이후, 「꿈하늘」에 등장하는 한놈은 자기 부정과 죽음 의식을 통해 고아의식을 극복하는 모습을 보여준다. 이러한 자기와의 화해 이후, 「용과 용의 대격전」에서는 더 이상 고아 인물은 등장하지 않는다.

4. 자아인식과 분열의 공간, '꿈'의 세계

신채호는 장자의 고사를 빌어 "지금 천하는 꿈인지 깼는지, 어떤 것이 홀연 나이고 홀연 나비인지 스스로는 알지 못하겠다"[58]고 하면서 꿈과 현실, 삶과 죽음의 세계를 무화하고 만물의 변화를 초월하는 경지를 보여준 바 있다. 「꿈하늘」은 억압적인 현실로부터 자유로워지고자 하는 이러한 마음을 문학적으로 형상화한 작품이다.

「꿈하늘」은 본격적인 서사에 앞서 독자에게 당부의 말을 전한다. 이 글을 꿈꾸고 지은 줄 알지 말고 꿈이 지은 줄로 알라는 것이다.

> 한놈은 元來 꿈 만흔 놈으로 近日에는 더욱 꿈이 만허 긴 밤에 긴 잠이 들면 꿈도 그와 갓이 길어 잠과 꿈이 서로 終始하며 쏘 그뿐만 안이라 곳 멀건 대낮에 안저 두 눈을 멀둥멀둥히 쓰고도 꿈 갓흔 디경이 만허 (…중략…) 讀者 여러분이여, 이 글을 꿈꾸고 지은 줄 아시지 말으시고 곳 꿈이 지은 줄로 아시압소서.[59]

마치 꿈을 꾸면서 "이건 꿈일 뿐이야", 혹은 "이게 꿈이라면 좋겠다" 등의 생각을 하는 것처럼 한놈은 이것이 현실에서 이야기하는 것이 아니라고 말함으로써 꿈과 현실의 구분을 모호하게 만든다. 이는 마음의 참과 거짓의 경계를 모호하게 드러내는 한편, 계산되지 않은 무의식적인 꿈의 세계를 자신의 진실에 가까운 세계로 놓고자 하는 문학적 전략

---

58 「크로포트킨의 죽음에 대한 감상」, 『전집』 5, 413면.
59 「꿈하늘」, 앞의 책, 513면.

으로 보인다.[60]

"꿈의 뜻을 알기란 그리 쉬운 일이 아니다. 어떤 꿈은 정말 아무 뜻도 없는 것처럼 보인다. 어떤 꿈은 도저히 무슨 뜻인지 잘 알 수 없는 것도 있다. 이 꿈의 뜻은 바로 이것이다 하고 단정하는 순간, 우리는 그 꿈에 더욱 엉뚱한 해석을 내리는 수도 있다. 꿈은 그야말로 우리의 의식이 쉽게 닿지 않는 미지의 세계 ― 무의식이다."[61] 꿈은 현실에서 재구성, 해석되면서 그 진실성이 왜곡될 가능성이 있다. 따라서 한놈의 당부는 곧 스스로에게 하는 주문과 같은 것으로서 억압적인 현실 세계에서 왜곡되게 구성되었던 가면을 벗어던지고, 꿈을 통해 읽게 된 맨얼굴의 자신을 객관적으로 성찰하고자 하는 고백의 장이라 볼 수 있다.

또한 그는 이 글은 체계를 갖춘 것이 아니라 붓 가는 대로 쓴 글임을 강조하고 있다.

한놈의 이 글은 아모 排鋪업시 오직 붓꽂 가는 대로 맥기여 붓꽂치 하늘로 올라 가면 하늘로 쌀어 올나가며, 쌍속으로 들어가면 쌍속으로 쌀어 들어가며, 안지면 쌀어 안지며 셔면 쌀아 셔서 마디마디 나오는 대로 지은 글이니 (…중략…) 自由 못하는 몸이니 붓이나 自由하자고 마음대로 놀아 이 글 속에 美人보다 향내나는 꽃과도 니야기하며 평시에 사모하던 옛적 聖賢과

---

60 "무의식은 의식과는 다른 우리 정신의 작동 양식으로 의식과는 떨어진 곳에 우리 과거의 어떤 삽화들을 보존한다. 우리는 그 과거를 다시 보고 싶지 않지만 그 과거는 우리에게서 떠나지 않으며, 환영처럼 알아볼 수 없는 어떤 다른 형태로 언제라도 모습을 드러낼 채비가 되어 있다. 즉 억압된 것은 항구적으로 회귀를 모색하기 때문에 반드시 재출현한다는 것, 그리고 언제나 변장을 하고 돌아온다는 것이다. 억압된 것은 최초의 자기 모습을 우리에게 결코 다시 보여주지 않는다. 기껏해야 그에 대한 '표상'을 제공해 줄 뿐이다." 장벨맹 노엘, 최애영·심재중 역, 『문학 텍스트의 정신분석』, 동문선, 2001, 12면.
61 이부영, 『분석심리학』, 일조각, 2008, 184~186면 참조.

英雄들도 만나보며 올흔팔이 왼팔도 되야 보며 한놈이 여덜 놈도 되여[62]

이는 프로이트가 말한 '자유연상기법'에 다름 아니다. "프로이트는 자유연상을 통해서 꿈이 의미를 갖는다는 것을 알아냈다. 그는 자유롭게 흐르는 생각, 혹은 연상의 흐름을 말하게 되면 무의식이 드러나고 갈등이 풀리며 치료가 된다고 믿었다."[63] 한놈도 붓 가는 대로 자유롭게 글을 쓰면서 자신의 무의식층을 드러낸다. 「꿈하늘」은 바로 한놈이 '자유연상'에 의거하여 꿈을 서술한 것으로, 이를 통해 그는 억압된 현실을 탈피하여 심리적 안정을 찾고자 한다. 말하자면 이 글은 한놈의 자기 치료 과정을 담은 것이라 볼 수 있는 것이다.

서사는 제1장에서 본격적으로 펼쳐진다. 먼저 한놈 자신이 어떻게 이곳에 존재하게 되었는지를 묘사하는 것으로 이야기가 시작된다.

째는 檀君 紀元 四千二百四十 몃 해 어늬 달 어늬 날이던가. 짜는 서울이던가, 시골이건가, 海外 어대던가, 도모지 記憶할 수 업는대 이 몸은 어대로서 왓는지 듯지도 보지도 못하던 크나큰 無窮花 몃만 길 되는 가지 위 널으기가 큰 房만한 꼿송히에 안젓더라.[64]

한놈은 어디서 온 줄로 모른 채, 커다란 무궁화 가지 한 자락에 앉아 있다. 꽃송이는 바로 역사적 시공간을 상징하는 것으로서, 이는 을지

62 「꿈하늘」, 앞의 책, 513면.
63 이무석, 『정신분석에로의 초대』, 이유, 2008, 76·215면 참조.
64 「꿈하늘」, 앞의 책, 514면.

문덕의 탄식 섞인 노래에서 드러난다.

> 이 꽃이 무삼 꽃이냐
> 피엽슬음한 머리(大白頭山)의 얼이오
> 불고스음 고흔 아참(朝鮮)의 빗히로다
> 이 꽃을 붓도두랴면
> 비도 말고 바람도 말고
> 피물만 쑤래주면 그 꽃이 잘 잘하리
> 여날 우리 全盛할 째에
> 이 꽃헤 구경가니 꽃송이가 크기도 하더라
> 한 엽흔 黃海渤海를 건너 대륙을 덥고
> 쏘 한 엽흔 滿洲를 지나 우수리에 늘어젓더니
> 어이해 오날날은
> 꽃이 이다지 여웻느냐[65]

    을지문덕은 꽃송이가 한때 발해를 건너 대륙과 만주를 지나 우수리에까지 늘어졌더니 지금은 몹시 여위었다며 탄식한다. 이에 한놈도 크게 느끼어 울음을 참지 못한다. 그는 꿈속에서 꽃송이와의 대화, 그리고 이천 년이라는 시공간을 뛰어넘어 을지문덕과 대면한 후에야 비로소 역사적 현실을 마주하고, 자신의 위치를 가늠하게 되는 것이다. 이는 곧 한놈의 자기 대면, 자기 대화라고 할 수 있다. 말하자면 현실에서

65 위의 책, 516면.

충족되지 못한 한놈의 자기인식, 구현의 욕망이 꿈을 통해 역사를 상징하는 꽃과 영웅의 모습으로 재현돼 나타난 것이라 볼 수 있는 것이다.

그러나 한놈의 이러한 자기인식은 곧 분열을 야기한다. 역사적 가치관, 도덕률을 받아들인다는 것은 필연적으로 인간으로서 가지는 본능적인 욕망을 상당 부분 억압, 통제해야 한다는 것을 의미하기 때문이다.[66] 이러한 한놈의 자기분열은 왼 몸과 오른 몸의 싸움으로 형상화된다.

올흔손이 졀잇졀잇하더니 차차 거저 어대써지 쩌첫는지 그 긋흘 볼 수 업고, 손가락 다섯이 모다 손 한아식 되여 길길히 길어지며, 그 손가락 긋헤 다시 손가락이 나며 그 손가락 긋에 다시 손이 되어, 아들이 손자를 나며 손자가 증손을 나니 한 손이 멧萬 손이 되고, 왼손도 여보라드시 올흔손대로 되어 또 멧萬 손이 되더니, 홀흔손에 쌀닌 손들이 낫낫히 풀은긔를 들며, 왼손에 쌀닌 손들은 낫낫히 불근긔를 들고, 두 편을 갈너 싸움을 시작하는대 풀은긔 밋헤 모힌 손이 일졔히 범이 되어 아가리를 짝짝 버리며 달녀들더니, 불근긔 밋헤 모힌 손들은 노루가 되어 달아나더라. 달아나다가는 큰물이 압헤 쫙 막키여 할 일없는 디경이 되니, 노루가 일졔히 고기가 되어 물속으로 들어간다. 범들이 배암이 되야 쪼치니, 고기들은 쎙이 되어 썰썰 푸두둑

<hr />

[66] "프로이트는 '억압'이 정신분석의 토대가 되는 개념임을 강조한다. 그 이유는 억압 작용으로 정신은 의식과 무의식으로 분열되고, 그 분열이 계속 유지되며 꿈과 실수와 증상과 더불어 인간 사회의 문화가 발생하기 때문이다. 억압은 과거의 힘들었던 특정 지점에서 발생했던 특정한 방어 작용만을 가리키지 않는다. 인간은 현실에 적응하기 위해 일상생활에서 계속 의식하고 있으면 고통스러울 것들을 자기도 모르게 억압하게 된다. 그러므로 억압은 과거부터 지금 이 순간까지, 그리고 인간이 사회적 생존을 포기하지 않는 한 평생 그의 정신 속에서 작동할 어떤 방어 작용을 지칭하는 것이다. 개인의 생존을 위태롭게 하거나 부담을 주는 강한 외부 자극이나 내적 욕동 및 표상들이 존재하는 한 억압은 결코 사라지지 않는다. 그리고 억압 작용이 지속될 때 인간은 의식과 무의식이라는 서로 다른 정신 작용과 정신 내용을 지니게 된다." 이창재, 『프로이트와의 대화』, 학지사, 2013, 96~97면.

쐥이 되어, 물밧긔로 향하야 날더라.[67]

한놈의 오른손은 범이 되었다가 뱀, 매, 불덩이가 되고, 왼손은 노루에서 고기, 꿩, 큰뫼, 뫼쪼각, 구름이 되어 격전을 벌인다. "이 싸움이 한놈의 손끗에서 난 싸움이지만 한놈의 손끗으로 말니울 도리는 아조 업다"[68]에서 짐작할 수 있듯이 이는 한놈의 의식이 교란되어 일어난 싸움으로, 결국 한놈 자신의 의식과 무의식의 충돌을 의미하는 것이다.

스스로를 통제하지 못하게 된 한놈은 꽃송이의 말을 듣고 이러한 자기분열에서 벗어난다.

"싸우거던 내가 남하고 싸워야 싸움이지, 내가 나하고 싸우면 이는 自殺이오, 싸움이 안이니라."

한놈이 밧짝 달녀들며 뭇되

"내란 말은 무엇을 가라치시는 말임닛가? 눈을 크게 쓰면 宇宙가 모다 내 몸이오, 젹게 쓰면 올흔팔이 왼팔다려 남이라 할 만하지 안함닛가?"

꽃송이가 날캅게 째처 갈오대

"내란 範圍는 時代를 짤어 줄고 느나니 家族主義의 時代는 家族이 내요, 國家主義의 時代에는 國家가 내라. 만일 時代를 압서 가다가는 다리가 찌저지고 時代를 뒤서 오다가는 머리가 붙어지나니 네가 오날이 무삼 時代인지 아느냐? 찌리시는 地方熱로 强國의 資格을 일코, 인도는 部落思想으로 亡國의 禍를 어드니라."

. . . .

67 「꿈하늘」, 앞의 책, 520면.
68 위의 책, 521면.

한놈이 이 말에 크게 늑기여 感謝한 눈물을 쏠이고 인해 왼손으로 올흔손을 만지니 다시 전날의 올흔손이오. 올흔손으로 왼손을 만치니 쏘한 전날의 왼손이러다.[69]

꽃송이는 한놈의 싸움은 진정한 싸움이 아니라 자살과도 같은 자기 소모적인 싸움이라 이른다. 그의 싸움은 '아(我)'와 '비아(非我)'의 경계가 없는 맹목적인 싸움이기 때문이다. 꽃송이는 '아'의 범위는 시대를 따라 달라진다고 말하여 한놈의 현실인식을 주문하고 있다. 말하자면 관념적인 역사애, 인간애로 비약하지 않는 자기 안의 '비아', 시대의 '비아'부터 바로 인식할 수 있어야 한다는 것이다.

이처럼 한놈은 꿈속에서 자아인식을 하고, 또 이 속에서 분열을 경험한다. 이러한 한 차례의 마음을 교란을 겪은 이후에야 비로소 그는 진정한 '비아'와의 싸움을 단행하게 된다.

5. 욕망과 초자아 사이, 자아의 혁신 과정

1) 한놈 욕망의 대변자 — 여섯 동무

꽃송이와 을지문덕의 말에 감화된 한놈은 여섯 동무를 얻어 님[神]의 싸움터로 찾아간다. 님을 도와 진정한 '비아'인 가비[魔]와 싸우기 위해서이다. 이들 여섯 동무들은 한놈과 똑같이 생긴 인물들로 한놈의 분신

69 위의 책, 521면.

들이라 할 수 있다.

> 한놈이 힘을 다하여 머리를 들고 한놈을 불으니 하늘에서
> "간다."
> 대답하고 한놈 갓흔 한놈이 나려오더라 또
> "네가 쌍에 향하여 한놈을 불으라."
> 하거늘 한놈이 쏘 힘을 다하여 머리를 숙이고 한놈을 불으니 땅속에서
> "간다."
> 대답하고 한놈 갓흔 한놈이 소사나더라. 꼿송이가 식이는 대로 동편에 불너 하나놈을 얻고, 남편 북편에서도 각기 다 한놈을 얻은지라. 세어본즉 원래 잇던 한놈이와 불러나온 여섯 한놈이니 합에 일곱 한놈이러라. 낫도 갓고 쓸도 갓고 목덕도 갓지만 일홈이 갓흐면 서로 분간할 수 업슬까 하여 차례로 일홈을 지어 한놈 둣놈 셋놈 넷놈 닷째놈 엿째놈 잇놈이라 하다.[70]

여섯 동무들은 한놈의 부름을 통해 한 명씩 나타난다. 이는 한놈이 자기 안의 또 다른 자아들을 불러들임으로써 무의식적으로 잠재해 있던 수많은 자아를 인식할 수 있게 되었음을 말하는 것이다. 즉 동무들을 얻음으로써 그는 이제 무의미한 자아분열적인 싸움이 아니라 싸워야 할 대상, 일차적으로 자기 안의 '비아'를 분명히 들여다 볼 수 있는 객관적인 시야를 확보하게 된 것이다. 또한 여섯 동무들이 출현하는 하늘과 땅, 그리고 동서남북은 바로 우주의 광활한 공간을 의미하는 것으

---

70 위의 책, 537~538면.

로서 이는 한놈이 우주의 시공간을 압축하고 있는 소우주적인 존재임을 말하는 것이다. 즉 한놈은 신채호가 역사전기소설에서 형상화한 민족영웅들처럼 태생부터 비범했던 것이 아니라, 인간이 가진 보편적인 한계를 내재한 인물인 것이다.

인간의 한계는 끝없는 욕망에 부추김을 당한다는 것으로, 한놈과 여섯 동무도 이제 이를 극복해 나가야 하는 숙명을 마주하게 된다. 그러나 동무들은 세속의 유혹을 이기지 못하고 하나씩 무너진다. 첫 번째로 고됨벌에서 잇놈이 육체의 고통을 참지 못하여 낙오되고 만다.

이제 남은 여섯 명은 서로를 다독이며 황금산에 다다른다. 그곳에서 그들은 한 쌍의 옥동자가 노래하는 것을 듣게 되는데 이들의 노래는 물질에 대한 욕망을 부추기는 것이다.

> 잰 사람이 그 누구냐 내 이 山을 내여 주리라. 이 山만 가지면 옷도 잇고 밥도 잇고 高臺廣室 놉흔 집에 足過平生 잘 살리라. 이 山만 가지면 맛아들은 皇帝되고 둘째 아들은 諸侯되고 세째 아들은 芭蕉扇 밧고 네째 아들은 쌍가마 타고 네 압헤 절하리라.
>
> 이 山을 가지랴거던 檀君을 바리고 나를 한아비하며 震壇을 더지고 내 집에서 네 살님하여라. 이 山만 차지하면 金剛石으로 네 갓하고 眞珠구슬로 네 목도리하고 紅寶石으로 네 옷 말너주마 잰 사람이 그 누구냐 너희들도 어리석다 싸움에 다달으면 네 목은 칼바지며 네 눈은 살관혁이며 네 몸은 탄알밥이다. 人生이 얼마라고 호강을 실타고 압흔 길로 드느냐. 어리석다 불상하다 너희들[71]

옥동자는 한놈 일행에게 단군을 버리고 황금산에서 안락하게 일생을 즐기라고 종용한다. 유한한 인생, 일신의 안락을 위해서는 역사의 식도 가비와의 싸움도 외면하라는 것이다. 이에 엿놈이 황금의 유혹에 무너지고 만다.

남은 한놈 일행은 다시금 님의 싸움터로 가야만 하는 소명의식을 되새기며 스스로를 담금질한다. 그리고 새암에 도착하여 한 목소리와 대화를 한다.

"그러면 네 일흠이 새암이니 남의 집과 남의 나라도 만히 망처겟고나."
"암, 그럼. 檀君神祖째에 내 비록 이 마음이 잇스나 道德의 아래라 감히 나타내지 못하다가 夫餘의 末年부터 내 일흠이 비로소 나타날새 金蛙의 아들들이 내 맛을 보고는 東明聖帝를 죽이랴 하며 (…중략…) 나의 물결이 가는 곳이면 반다시 禍患을 내여 三國의 強盛이 더 느지 못함이 내 솜씨에 말미암음이라고도 할지니 (…중략…) 百濟에 들매 義慈의 君臣이 서로 새암하여 成忠이며 興首며 階伯이 갓흔 賢相 猛將을 멀니하여 亡함이 일으며, 高句麗에 들매 男生의 兄弟가 서로 새암하여 平壤이며 國內城이며 蓋牟城 갓흔 名城을 敵國에 밧처 悲運에 싸지고, 福信은 萬古의 名將으로 豊王의 새암에 掌心 꿰이는 惡刑을 받어 中興의 事業이 꿈결로 도라가며"[72]

새암은 바로 질투의 강이다. 새암은 역사상에 일어난 영웅들의 고난이나 국난 등이 모두 질투에서 말미암은 것이며, 이 때문에 결국 금수

---

71 위의 책, 540면.
72 위의 책, 541면.

강산에 피비린내가 나게 됐다고 말한다. 일행은 질투의 강을 건널 수 있으리라 여기지만 결국, 넷놈이 가장 앞서 뛰는 셋놈을 질투하여 죽이고 넷놈은 그 벌로 태워 죽임을 당한다. 이는 곧 불같은 질투의 감정에 넷놈 스스로 소멸을 자초했음을 상징하는 것이다.

이제 남은 한놈과 둣놈, 그리고 닷놈만이 드디어 가비와 싸울 태세를 갖춘다. 그러나 지휘자의 전술이 잘못되어 님의 군사가 대패하고 만다. 이에 둣놈은 청산백운문(青山白雲問)에 사슴 친구나 찾겠다며 도피하듯 떠나버리고 닷놈은 적진에 투항해 버린다.

이렇게 한놈의 분신인 여섯 동무들은 모두 현실의 욕망에 무릎을 꿇고 만다. 인간은 원래 본능적 욕망을 추구하는 존재로서 이들은 바로 한놈 안의 원초적인 본능, 이드(id)에 해당한다고 볼 수 있다.[73] 고통 없는 안락한 삶에 대한 희구, 그리고 물질에 대한 한없는 욕망, 타인에 대한 끓어오르는 질투의 감정, 절망적인 현실에서 속세를 버리거나, 혹은 그 반작용으로서 더더욱 현실 논리에 집착하는 것 등은 속세의 인간들이 가진 가장 원초적인 성정(性情)들인 것이다.

여섯 동무들처럼 속세의 인간 역시 욕망을 충족함으로써 일시적인 정신적 위안을 얻고자 한다. 그러나 이는 영원히 지속되는 것도 아니며, 그 욕망으로 파멸을 자초하기도 한다. 이러한 사실을 앎에도 불구하고 인간은 끊임없이 욕망을 추구하고, 새로운 욕망들 속에 자신을 세

---

73 "이드(Id)는 '그것(it)'을 의미하는 라틴어로 '본능욕동'을 지칭한다. 이드는 다음의 특성을 지닌다. 첫째, 정신 에너지의 원천이다. 둘째, 정신의 자유로운 에너지 흐름인 1차 과정이다. 셋째, 쾌락원칙과 해탈원칙을 지향하는 이드는 자아의 관점에서 보면 자기중심적이고 반사회적이며 파괴적인 충동이다. 넷째, 이드는 좀처럼 변하지 않으며 보수적이다. 다섯째, 이드의 에너지는 상당 부분 자아에 이전할 수 있다. 여섯째, 이드는 또한 자신의 에너지를 초자아에게 직접적으로 제공하기도 한다." 이창재, 앞의 책, 297~298면 참조.

우고자 하는 순환의 고리에서 빠져 나오지 못한다. 이는 인간 생명의 한계를 자각하고 삶과 죽음의 경계를 뛰어넘는 자기 초월적인 인식을 통해서만이 벗어날 수 있는 것이다.

여섯 동무들이 모두 떠나가고 이제 한놈 혼자만이 남는다. 일시적인 모든 욕망들, 한놈 자신 안의 '비아'를 걷어내고 진정한 자아와 마주한 것이다. 그는 마지막으로 남은 일곱 번째 한놈이다. '7'은 모든 세속적 욕망과 시험을 넘어서는 자기 해탈을 의미하는 것으로서 이는 곧 불교에서 말하는 '칠각분(七覺分)'[74]을 의미하는 것이라고 볼 수 있다. 그러나 한놈 역시 여섯 동무의 삶에서 얻게 된 몇 번의 성찰로써 완전히 욕망의 사슬에서 벗어났다고는 볼 수 없다. 삶을 마감할 때까지 이러한 욕망과의 싸움은 피할 수가 없는 것이기 때문이다. 무의식 속에 억압된 채 남아있는 욕망과 새롭게 일어나는 욕망들은 또 다시 그의 의식을 침범하고 갈등을 유발할 가능성이 있다. 따라서 한놈은 끊임없는 자기와의 대화를 통해 욕망의 실체를 파악하고 이를 극복해 가야만 하는 운명에 놓여 있다. 이는 평생에 걸친 자기 수양의 필요성을 의미하는 것이다.

---

[74] 불도 수행에서 참과 거짓, 선악을 살펴어서 올바로 취사선택하는 일곱 가지 지혜. 택법각분(擇法覺分), 정진각분(精進覺分), 희각분(喜覺分), 제각분(除覺分), 사각분(捨覺分), 정각분(定覺分), 염각분(念覺分)을 이른다. 국립국어원 표준국어대사전, http://www.korean.go.kr 참조.

2) 한놈의 초자아 — 꽃송이, 을지문덕 등

한놈을 욕망의 속박에서 벗어나게 도와주는 인물들은 꽃송이, 을지문덕, 강감찬 등으로 서사에서 다양하게 등장하고 있다. 이들은 한놈이 속세의 욕망으로 갈등을 빚을 때마다 이를 억누를 수 있는 대의적인 가치들을 가르침으로써 그 스스로 인간으로서의 한계를 넘어설 수 있도록 추동한다. 특히 이들은 한놈을 구도의 과정, 해탈의 경지로 이끄는 신(神)과 같은 존재로서 한놈 마음의 전 영역, 즉 의식과 무의식, 그리고 무의식 속에 있는 그의 억압된 욕망까지 통찰할 수 있는 인물들로 등장하고 있다. 이런 점에서 이들은 한놈의 초자아라 볼 수 있다.

"초자아는 삶의 목표, 양심, 금지 명령, 죄책감 등의 정신 현상을 유발하는 가장 '인간적'이고 문화적인 정신 활동이다. 정신 내면의 관찰자인 초자아는 자아에 대해 항상 명령하고 지시하는 '상급 기관'의 역할을 한다. 부모가 아이를 대하는 것처럼 초자아는 자아에게 행동 방향을 제시하고 명령하며, 상벌을 내리는 재판관 기능을 한다. 내면에서 들려오는 칭찬하거나 비난하는 목소리와 "…… 해야만 한다!"라고 명령하는 목소리 역시 초자아에서 기인한다. 초자아는 자아가 나아가야 할 삶의 방향을 제시하는 '자아 이상(理想)' 내지 완전성의 모델이다."[75]

한놈의 초자아로 볼 수 있는 여러 인물들 역시 인간 세상의 도덕적인 규범과 가치, 그리고 양심의 최고 정점에 위치한 완전무결한 존재로서 한놈의 행동 방향을 제시한다. 첫 번째 한놈의 초자아로 볼 수 있는 인

---

[75] 이창재, 앞의 책, 309~311면 참조.

물은 천관(天官)이다. 그는 "인간(人間)에는 싸홈쑌이니라. 싸홈에 니기면 살고, 지면 죽나니 님의 명령(命令)이 이러하니라"[76]며 무기력한 한놈에게 싸움의 세계로 나갈 것을 추동한다. 그의 명령은 번뇌 속에서 자기와의 싸움을 단행해야 하는 인간의 숙명을 언명하는 것으로서 인간인 한, 한놈 역시 이러한 운명을 벗어날 수는 없다.

둘째, 역사의 시공간을 상징하는 꽃송이다. 그는 을지문덕의 참혹한 싸움에 눈을 감는 한놈에게 "한놈아 눈을 써라. 네 이대지 약하냐? 이것이 우주(宇宙)의 본 면목(本面木)이니라. 네가 안이 왓스면 할 일 업지만 임이 온 바에는 싸움에 참가(參加)하여야 하나니 그러치 안하면 도로혀 너의 책임(責任)만 방기(放棄)함이니라. 한놈아 눈을 빨리 써라"[77]라며 한놈에게 역사적 책임의식을 각성시킨다. 또한 을지문덕의 노래에 눈물을 흘리던 한놈에게 "울음을 썩 그처라. 세상(世上)일은 슯다고 닛는 것이 안이니라"[78]며 한놈의 비애감이 허무주의적인 패배감으로 물들 것을 경계하기도 한다. 특히 꽃송이는 왼 몸과 오른 몸의 자기 소모적인 싸움을 질책하고, 한놈이 여섯 동무로 상징되는 자기 욕망과의 싸움을 단행할 수 있는 계기를 마련해 주는 인물이다.

셋째, 을지문덕이다. 그는 한놈에게 구체적인 역사인식을 심어주는 인물로서 한놈의 의식을 변화시키는 주요 인물로 등장하고 있다. 그는 육계(肉界)의 삶이 곧 영계(靈界)의 삶을 결정짓는다고 말함으로써 투쟁적인 삶의 필요성을 역설한다.

---

76 「꿈하늘」, 앞의 책, 514면.
77 위의 책, 516면.
78 위의 책, 517면.

"靈界는 肉界의 射影이니 肉界에 싸움이 쯔치지 안는 날에는 靈界의 싸움
도 쯔치지 안느니라. (…중략…) 소가 개를 나치 못하고 복숭화나무에 오얏
열매가 맷지 못하나니 肉界의 싸움이 엇지 靈界의 평화를 나흐리오.[79]

을지문덕과의 만남을 통해 한놈은 자신의 본분을 자각하고 역사서들
을 짓기 시작하는가 하면, 그와의 대화를 통해 역사의 궁금증을 해소하
기도 한다. 이로써 한놈은 내외부의 '비아'들과 싸울 힘을 얻게 된다.

이천 년의 시공간을 뛰어넘어 한놈을 일깨우는 을지문덕의 이러한
목소리는 곧 역사의 해답을 얻지 못해 방황하던 한놈의 자기 대화라고
할 수 있다. 한놈은 을지문덕에게 '선배님'이라며 극존칭을 쓰다가 "선
배님이시여. 악가 동편 서편에 갈녀셔서 싸우뎌 두 진(陣)이 다 어늬 나
라의 진(陣)이냐?" "그가 누구냐?"[80] 등으로 을지문덕의 반말투를 빌려
쓰기도 한다. 이는 을지문덕과 한놈의 경계를 모호하게 하는 부분으로
서 두 사람 사이에 이루어지는 문답이 결국은 한놈의 자기 대화임을 말
해주는 것이다. 즉 한놈의 마음에 무의식적으로 남아 있던 역사적인 억
압과 물음들이 을지문덕으로 표상된 초자아의 모습으로 나타나 그의
역사적 울분을 해결해 주는 것이다. 이러한 과정 속에서 한놈은 스스로
본능의 지배로부터 벗어나 대의적 존재로 거듭나게 된다.

넷째, 여섯 동무들이 모두 떠난 후, 방황하던 한놈에게 님의 목소리
가 들려온다. 이러한 님의 목소리 역시 한놈의 초자아로 볼 수 있다.

....

79 위의 책, 519면.
80 위의 책, 518 · 526면.

"쌘 칼을 다시 박으랴."

소리를 질으고 압흘 헤치며 나아가니 님의 갓흔 보이지 안하나 님의 말소리가 귀에 들닌다.

"네 오나냐, 홀로 오나냐?"

하시거늘 한놈이 고되고 외로워 엇지할 줄 모르던 차에 仁慈하신 말슴의 늑김을 받어 눈에 눈물이 핑 돌며 목이 탁 메여 겨오 대답하되

"예. 홀로 옴니다." (…중략…)

"이 칼은 三千九百二十五年 壬辰倭亂에 義兵大將 鄭起龍이 쓰던 三寅劍이다. 네 이것을 가지고 敵陣을 처라."

하시더라. 한놈이 칼을 받어들고 나서니 하늘이 개이며 해도 다시 나와 범과 사자들은 모다 달어나 압길이 탁 틔이더라.[81]

욕망을 억제하며 싸움터까지 온 한놈, 그러나 속세의 가치들을 온전히 버려야만 하는 이 마지막 관문의 순간에 그는 심리적인 갈등을 느끼고, 심한 외로움을 느낀다. 이는 곧 초자아의 도덕적 규율을 따라가지 못하는 한놈의 자아 상태를 의미하는 것이라 할 수 있다. 이에 님은 뺀 칼을 다시 박을 수 없다 이르고 그를 싸움의 세계로 나아갈 것을 추동한다.

님의 목소리에 스스로를 추스른 한놈은 다시 싸움에 임한다. 이렇게 자기를 넘어서는 순간, "하늘이 개이며 해도 다시 나와 범과 사자들은 모다 달어나 압길이 탁"[82] 트인다. 범과 사자들은 한놈을 두렵게 만드

---

81 위의 책, 544~545면.
82 위의 책, 545면.

는 죽음에의 공포, 외로움, 전의 상실 등을 의미하는 것이다. 이러한 원초적인 두려움은 초자아의 도움으로 자아의 힘을 강화함으로써만 극복될 수 있는 것이다.

다섯째, 강감찬이다. 한놈은 마침내 님의 싸움터에 다다랐다. 그러나 인간의 근원적인 욕망은 쉽사리 소멸될 수 있는 것이 아니다. 한놈의 욕망들은 그의 여정 곳곳에 머물러 있다. 말하자면 억압된 욕망들이 한놈의 무의식 여기저기에 자리 잡고 있는 것이다. 이는 또 한 차례의 자기 투쟁을 예고하는 것이다. "의식이 무의식을 적대적인 대상으로 간주하고 계속 억압할 경우, 반드시 소외된 무의식의 보복을 받게 된다. 이것이 정신의 기본 원리이다. 과도한 2차 억압으로 의식과 무의식 간의 골이 깊어지면 의식의 질서는 거대한 무의식에 습격당해 한순간에 붕괴될 수도 있다. 그 결과가 바로 정신질환 혹은 치명적 실수이다."[83]

무의식 속에 잠재돼 있던 한놈의 욕망들이 그의 의식을 공격하는 것은 한놈과 풍신수길과의 대결로 표출된다. 그는 역사의 적인 풍신수길과 싸움을 벌인다.

"뎌놈이 곳 壬辰倭亂에 朝鮮을 드럽히랴던 日本關白 豊臣秀吉이라."
하거늘 원수를 외나무다리에서 만난 한놈이 엇지 용서가 잇스리오. 두 눈에 쌍심지가 올으며 憤氣가 명수박이를 쿡 질너 곳 한칼에 이놈을 고기장을 맨들리라 하야 힘씬 견워치랴 한즉 豊臣秀吉이 썩 처다보며 뱅그레 웃더니 그 怪惡한 얼골은 어대 가고 一代美人이 되어 안젓는대 곳본 나뷔인 듯 물찬

83 이창재, 앞의 책, 106면.

제비인 듯 도다오는 半月인 듯 한놈이 그것을 보고 팔이 썰으르해지며 차마 치지 못하고 칼이 땅에 덜넝 나려지거늘[84]

한놈은 충만한 기개로 전의를 불태우지만 풍신수길이 미인으로 변하자 곧 전의를 상실한다. 그리고 결국 지옥에 떨어지고 만다. 이는 한놈의 무의식 속에 억압되어 있던 원초적 욕망과 이를 제어하는 초자아 사이에 엄청난 균열이 발생한 것으로 볼 수 있다. 이러한 절망 끝에서 한놈은 지옥의 순옥사자(巡獄使者) 강감찬을 만나고, 자기가 가진 욕망의 실체가 무엇인지 깨닫게 된다.

"나라 사랑하는 사람은 美人을 사랑하지 못하오릿가?"

姜邯贊이 땅 위에 노힌 칼을 가라치며

"이 칼 노흔 자리에 다른 것도 또 노흘 수 잇느냐?"

"안될 말임니다. 한 물건이 한 시에 한 자리를 차지할 수가 잇슴니가?"

姜邯贊이 이에 손을 치며

"그러하니라. 한 물건이 한 시에 한 자리를 못 차지할지며, 한 사상이 한 시에 한 머리속에 갓히 잇지 못하나니, 이 줄로 밀워 보아라. 한 사람이 한 平生에 두 사람을 가지면 두 사랑에 한아도 일우기 어려운 고로 니야기도 일으되, 두 결개가 되지 마라 하니 그 부정함을 남으램이니다." (…중략…)

한놈이 절하여 그 고맙한 뜻을 울니고 그러나 地獄에서 나가게 하여 달나 하니 姜邯贊이 갈오대

. . . .
84 「꿈하늘」, 앞의 책, 545면.

"뉘가 못 나가게 하나냐?"

"못 나가게 하는 이는 업사오나 몸이 쇠사슬에 묵기여 나갈 수 업슴니다."

姜邯贊이 우스시며

"뉘가 너를 묵더냐?"

하니 한놈이 이 말에 大徹大悟하여

"本來 묵기지 안한 몸을 어대 풀 것이 잇스리오?"

하고 몸을 쓸치니 쇠사슬도 업고 한놈의 한 몸만 웃둑하게 섯더라.[85]

강감찬의 말을 통해 한놈은 두 개의 절개를 가지는 것은 불가능하며 대의를 위해서는 개인적인 욕망들을 버려야 한다는 것을 알게 된다. 그리고는 그에게 자신을 묶고 있는 쇠사슬을 풀어달라고 한다. 그러자 강감찬은 "뉘가 너를 묵더냐?" "본래(本來) 묵기지 안한 몸을 어대 풀 것이 잇스리오?"[86]라며 반문한다. 강감찬은 이 싸움이 한놈의 마음에서 일어난 싸움, 즉 의식과 무의식이 분열되어 일어난 현상임을 간파하고 있다. 지금까지 여섯 동무, 그리고 풍신수길과 일으킨 갈등들, 욕망에 휘둘려 지옥에 떨어진 것, 쇠사슬에 묶여 자유롭지 못하다고 생각했던 것들은 모두 한놈의 욕망과 마음의 분열 때문에 생긴 것으로서, 이는 결국 한놈 스스로가 만든 자기 족쇄였던 것이다. 따라서 마음의 평정을 이루기 위해서는 욕망의 부질없음을 부단히 깨닫고 스스로 대의적인 존재로 거듭나는 수밖에 없다.

한놈은 이렇게 여섯 동무에 이어 애욕에 대한 집착에서도 벗어남으

85 위의 책, 551~552면.
86 위의 책, 552면.

로써 마음의 평정을 이룬다. 이후, 그는 천국과 지옥은 상존(相存)하고 있으며 이를 가르는 것 역시 자기 마음이라는 것을 깨닫게 된다. 이러한 깨달음을 얻은 후에야 비로소 그는 자유의 몸이 되어 님나라로 간다. 이는 바로 한놈이 초자아의 도움으로 본능적인 충동과 욕구를 의식화함으로써 무의식의 지배에서 벗어났음을 의미하는 것이다. 말하자면 이제 그는 자아의 조절과 통제가 가능해진 것이다.

여섯째, 님나라에서 한놈이 만난 한 어른이다. 그는 공자, 석가 등이 우리나라에 들어와 하늘을 흐렸다고 말하며 이를 깨끗이 쓸어야 한다고 말한다. 한놈은 역사를 바로잡고 정화하는 역할을 부여받은 것이다. 이에 한놈은 "그러면 한놈부터 내 책임(責任)을 다 하리라"[87] 이르고 자신의 소임을 다한다. 이렇게 하늘을 깨끗하게 하는 작업은 곧 한놈의 자기정화의 의미로 해석될 수 있다.

일곱째, 님나라에서 하늘을 깨끗이 하던 한놈은 하늘에서 들려오는 목소리를 쫓아 '도령군 놀음곳'에 이른다. 이 목소리는 한놈이 자기소임을 다하여 얻은 자기 자각의 목소리이다. 이후, 도령군 놀음곳에 도착한 한놈은 문 앞을 지키는 장수를 만나 이곳에 입장할 자력을 논하는데 이 장수는 한놈이 마지막으로 만나는 여덟 번째 초자아라 볼 수 있다.

　　"님나라로부터 구경하려 왓스니 들어가게 하여 주소서."
　　한즉

. . . .
87　위의 책, 556면.

"네가 바칠 것 이서야 들어가리라."하거를

"밧칠 것이 무엇임닛가? 돈임닛가, 쌀임닛가, 무삼 보배임닛가."

한대

"그것이 무삼 말이냐? 돈이던지 쌀이던지 보배이던지는 人間에서 貴한 것이오. 님나라에서는 賤한 것이니라."

"그러면 무엇을 밧칠닛가?"

"다른 것 안이라 대개 情이 만코 苦痛이 깁흔 사람이라야 우리의 놀음을 보고 깨닷는 배 잇스리니 네가 人間三十餘年에 눈물을 멧 줄이나 흘엿느냐? 눈물 만흔 이는 情과 苦痛이 만흔 이매 이 놀음에 참여하여 上等손이 될지오, 그 남어는 中等손 下等손이 될지오. 아조 격은 이는 들어가지 못하나니라."**88**

장수는 진정한 눈물을 흘릴 줄 아는 자만이 도령군 놀음곳에 들어갈 수 있다고 이른다. 말하자면 한놈과 같이 인간의 한계를 고민하고, 그 한계를 넘어설 수 있는 자만이 역사인식 위에 마련되는 축제의 장에 합류할 수 있다는 것이다. 한놈은 이에 "나는 원래(元來) 무정(無情)하야 나의 인간(人間)에 대(對)하여 뿌린 눈물은 멧 방울인가"**89**며 반성의 눈물을 흘린다. 한놈의 이 눈물은 바로 내면의 충돌, 그리고 자아성찰을 통해 이루어낸 자기 화해의 눈물이다.

이처럼 이들은 한놈이 스스로 만든 욕망의 족쇄에 무너질 때마다 홀연히 나타나 그의 욕망을 제어한다. 하나이자 여럿이었던 한놈의 욕망들과 마찬가지로 꽃송이를 비롯한 이들 여덟 명 역시 한놈 안의 다양한

- - - - - - - - - -

88 위의 책, 559면.
89 위의 책, 560면.

초자아들로서 그가 꿈꾸는 도덕적 가치의 표상, 이상적 자아를 상징하는 인물들임을 확인할 수 있다.

"초자아는 자아에게 '자아이상'을 제공함으로써 자아 발달의 촉매제 역할을 한다. 초자아는 또한 '도덕원칙'에 따라 자아에게 금지 명령을 내린다. 이 요구는 자아가 사회적 현실에 적응하기 위한 필수 조건이다. 초자아는 원초적 공격성에 대항하는 심리적 힘이기도 하다. 인간의 공격성은 너무도 강력하기에 자아만으로는 통제하기 어렵다. 잔혹한 전쟁, 만성적 착취, 증오심 등은 정신의 일상 리듬을 깨뜨리며 요동친다. 따라서 무시무시한 힘을 지닌 초자아의 도움을 받아야 어느 정도의 통제와 대항이 가능하다."[90] 한놈은 이러한 자신 안의 초자아들과의 만남을 통해 점차 자아의식을 확립하고, 마음의 균형을 회복해 가는 모습을 보여준다. 역사인식, 인간애라는 사회적 가치를 받아들임으로써 본능과 도덕적 가치 사이를 자유롭게 조절하는 인간으로 거듭나는 것이다. 특히 초자아들이 한놈의 욕망을 제어한다는 점에서 이들 여덟 명은 불교에서 말하는 '팔계(八戒)'[91]의 변용이라고도 볼 수 있다.

중요한 것은 한놈은 초자아의 명령을 일방적으로 의식화한 것이 아니라, 자신의 실체를 있는 그대로 마주함으로써 욕망을 조절하는 능력을 갖추게 되었다는 것이다. 강한 사람은 자신의 약함을 내보일 수 있는 자이다. 이런 점에서 한놈은 강한 자아를 가진 진솔한 지성인의 전

---

90 이창재, 앞의 책, 315면.
91 속세에 있으면서 불교를 믿는 남자와 여자가 육재일에 지켜야 하는 여덟 가지 계행(戒行). 중생을 죽이지 말 것, 훔치지 말 것, 음행(淫行)하지 말 것, 거짓말하지 말 것, 술 먹지 말 것, 꽃다발을 쓰거나 몸에 향을 바르고 구슬로 된 장식물을 하지 말며 노래하고 춤추지 말 것, 높고 넓으며 잘 꾸민 평상에 앉지 말 것, 때가 아니면 먹지 말 것이다. 국립국어원 표준국어대사전, http://www.korean.go.kr 참조.

형이라고 할 수 있는 것이다. "의식의 특성만이 유일한 가치로 인정받는 정신의 유토피아는 오히려 위험한 상태일 수 있다. 도덕적 인간이란 인간의 무의식에 대해 깊은 관심과 지식을 쌓으며, 자신의 무의식을 직면하는 고통스러운 과정을 인내하고 무의식을 부드럽게 변형시켜 의식에 드러내며, 타자의 무의식까지도 너그럽게 포용할 줄 아는 사람이다. 의식과 무의식은 서로 부정하고 억압하는 단절된 관계가 아니라 '균형적 통합' 혹은 '정신분석적 대화' 관계를 맺어야 한다."[92] 한놈 역시 의식과 무의식의 투쟁을 통해 자기 화해를 이룬다. 그리고 바로 이러한 자기와의 화해, 이상적인 자아에 대한 열망이 있었기에 최종적으로 타자를 포용하는 인간애에 도달할 수 있었던 것이다. 이러한 인간애는 한놈의 치열한 자기투쟁의 결과라는 점에서 관념적으로 비약하는 휴머니즘과는 차이가 있다.

이처럼 서사는 꿈을 배경으로 한놈이 의식과 무의식의 충돌 속에서 마음의 평정을 이루어가는 과정을 그려내고 있다. 이 과정에서 등장하는 다양한 인물들은 한놈의 본능적 욕망인 이드와 이를 통제하는 초자아들에 다름 아니었다. 이들의 관계를 마음의 구도로 정리해 보면 다음과 같다.

----

92 이창재, 앞의 책, 106~107면.

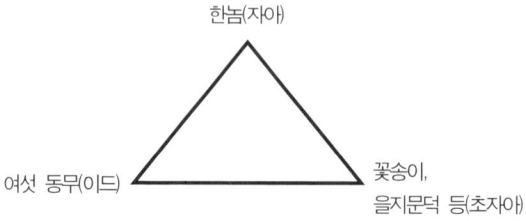

한놈은 여섯 동무로 상징되는 본능적 욕망과 꽃송이, 을지문덕 등으로 대표되는 대의적 가치들을 조율함으로써 님나라에 쓸모 있는 인물로 거듭난다. 그리고 서사는 한놈의 '인간애' 자각을 통한 욕망의 사회적 승화로 마무리되고 있다. 역사의식을 바탕으로 한 한놈의 자아의식 확장 역시 이러한 인간애 실현의 한 방법이었던 것이다. 이러한 점에서 서사에 등장하는 '아'와 '비아', 그리고 '님'과 '가비'의 투쟁은 결국 대의적인 가치에 이르고자 하는 한놈의 끝없는 자기 투쟁을 의미하는 것이며, 그의 여정은 곧 자기에게 이르는 마음의 여정이었다고 볼 수 있다.

또한 한놈은 다양한 인물들과 시공간을 뛰어넘는 만남을 이어간다. 이는 억압적인 현실을 탈출하고자 하는 욕구가 꿈으로 재현돼 나타난 것으로서, 이러한 만남은 결국 한놈 안의 자기 대화의 결과라고 말할 수 있다. 이로 미루어 볼 때 한놈의 여정은 곧 의식과 무의식의 충돌 속에서 자기 평정에 이르는, 한놈의 지난한 마음의 여정이었다고 볼 수 있다. 그리고 이 여정은 미완의 서사로 마무리되고 있다. 「꿈하늘」은 이렇게 의식과 무의식의 충돌 속에서 드러나는 인물 간의 관계가 서사를 이끄는 주요 테마가 되며 「꿈하늘」이라는 제목은 꿈을 배경으로, 이상 세계에 도달하려는 한놈의 내적 갈등을 그려내고 있다는 점에서 적합한 제목으로 보인다.

살펴보면 서사에서 드러나는 한놈의 모습은 신채호 자신의 모습에 다름 아님을 확인할 수 있다. 그는 유학자로서, 그리고 식민지 망명 지식인으로서 개인적, 역사적 억압 속에서 살아가야 했다. 한놈의 여섯 동무는 바로 신채호의 억압된 무의식적 욕망들을 형상화한 것이라 볼 수 있는 것이다. 또한 불운한 현실을 이겨내고자 하는 신채호의 강한 자아에 대한 욕망이 꽃송이, 을지문덕, 강감찬 등의 모습으로 현현된 것이며, 이들은 결핍된 현실을 보상하는 신채호의 이상적인 자아, 초자아들이라 해석해 볼 수 있다. 말하자면 신채호는 끊임없는 자기 성찰, 역사와의 대화를 통해 현실 전복을 꿈꾸었던 것이다. 이런 점에서 본 서사는 신채호가 현실에서는 해결할 수 없는 개인적, 역사적인 상처와 위기를 극복하기 위해 활용한 소설적 장치로서 꿈이 현실이길 바라는 강력한 열망을 담는 전략이라 볼 수 있다. 이는 망명 이후 신채호의 현실인식 방법의 소설적 변환, 확대를 말해주는 것이다.

6. 에필로그

지금까지 다방면에 걸쳐 신채호에 대한 연구가 이루어져 왔으나 그의 소설에 빈번하게 나타나는 외로움, 처연함, 눈물의 정서를 강인한 지사적 태도로 파악함으로써 한 인간으로서 겪는 신채호의 갈등과 반목 등을 외면해 온 면이 있다. 그러나 본 논의를 통해 신채호에게 글쓰기는 유년기 상처를 치유하는 한 과정이었으며 이는 자아의식, 세계인식을 확장해 가는 적극적인 삶의 추동력이었음을 확인할 수 있었다.

고아인물들은 무의식적으로 형성된 콤플렉스를 극복하고 결핍된 부분들을 보상받기 위해 끊임없이 새로운 욕망을 추구하며 살아간다. 그러나 누구도 욕망이 충족되지 못한 채 자기 분열적이고 방어적인 태도를 보이기도 하였다. 이들 고아들이 처한 현실은 불운한 가족사를 경험하고, 국권 상실 이후에는 사회적 고아로 살아야했던 신채호의 현실과 상당 부분 유사한 것이다. 고아 인물 형상화는 곧 작가의 삶의 문제가 각색돼 나온 것으로서 어디에서도 위로받지 못하는 식민지 망명 지식인의 자기 치유 방식이었던 것이다. 특히 주목할 점은 이들 서사들이 이야기체로 구성되어 있다는 점이다. 신채호는 이야기를 통해 자신의 결핍과 외로움, 상실, 그리고 그만큼의 자아에 대한 믿음과 현실인식 사이를 오가며 독특한 문학세계를 창조해 갔던 것이다.

또한 「꿈하늘」을 통해 신채호 문학의 근저를 이루는 작가의 무의식 세계에 접근할 수 있었다. 그의 소설 창작 활동은 신채호 자신의 자기 반성과 수양의 결과로 이루어진 것이며, 소설에서 만날 수 있는 인물과 배경들은 자신의 삶을 핍진하게 반영하고 있는 것이다. 이런 점에서 「꿈하늘」은 불운한 민족의 현실 앞에서 희망과 절망을 오가는 식민지 망명지식인의 자기 고백서라 볼 수 있다. 그리고 이러한 고백이 폐쇄적인 자기탐구에 그치지 않고, 현실에 대한 투쟁으로 연결되고 있다는 점에서 근대문학에서 차지하는 신채호 문학의 정신적인 가치를 확인할 수 있다.

본 논의는 신채호 소설 창작의 동인을 밝히고, 그의 문학 행보에 대한 이해를 더할 수 있었다는 데 의의를 둔다. 이는 '민족주의자'라는 수식 이전에 한 인간으로서의 신채호에 대한 이해의 출발이기도 하다. 그러나 본 논의의 한계 또한 적지 않다. 특히 작가의 생애와 작품과의 연관성을 과도하게 연결 지은 점은 앞으로 신채호의 생애에 대한 지속적인 조사와 연구를 통하여 보완해 나가야 할 부분들이다.

신채호 소설에 대한 연구는 미학적 측면에서도 상당히 폭넓게 열려 있다. 앞으로 이에 대한 연구가 지속적으로 진행돼야 할 것으로 본다. 우선, 망명 이후의 소설들이 이야기 형식으로 이루어져 있음을 주목해야 한다. 이는 망명 전, 논설체로 쓴 역사전기소설과는 차별화되는 서술 방식이다. 말하자면 그는 스토리텔링으로써 문학적 자가 치료를 했던 셈이다. 이에 대한 구체적인 분석 작업이 필요하다. 또한 「꿈하늘」의 경우에는 고백체 서술로 이루어졌다는 점, 그리고 여정이 중심이 되고 있다는 점 역시 주목할 만한 부분이다. 따라서 한국 현대소설의 고백체 소설, 여로형 소설의 원류로서 신채호 소설을 연구할 필요성도 제기된다. 아울러 전통 몽유 서사의 양식적 특성뿐만 아니라 인물형상화를 어떻게 차용, 변용하고 있는지, 그리고 근대전환기 몽유 서사물들과는 어떠한 연관성을 갖고 있는지에 대한 검토도 이루어져야 할 것으로 본다.

마지막으로 망명 이후 소설들에서 보이는 부성콤플렉스와 관련하여 신채호 소설의 영웅 형상화에 대해 연구할 필요성도 있다. 이러한 연구는 소설의 창작동인과 신채호의 작가 정신을 재조명하는 데 주요한 단서가 될 것으로 본다.

제4장

신채호와 루쉰, 노예성 비판의 문제

1. 프롤로그

신채호(申采浩, 1880~1936)와 루쉰(魯迅, 1881~1936)은 동시대를 산 인물들로 동아시아 근대문학을 이끌어간 작가이자 사상가, 혁명가로 높이 평가되고 있다. 이들은 각각 식민지와 반(半)식민지 상태에서 강압적으로 진행되는 근대화 과정을 지켜보면서 지배질서에 저항하는 한편, 단편 소설들을 통해 인간 정신에 대한 탐구와 주체성 회복 문제에 깊이 천착하였다. 독특한 창작 기법으로 이루어진 이러한 소설들은 사상적, 미학적으로 한·중 근대문학의 원류로서 지속적인 논의의 대상이 되고 있음은 주지의 사실이다.

특히 인간의 노예성 문제는 이들 소설 전반에 등장하는 주요한 테마

라 할 수 있다. 신채호는 일찍이 "석가(釋迦)가 들어보면 조선(朝鮮)의 석
가(釋迦)가 되지 안코 석가(釋迦)의 조선(朝鮮)이 되며 공자(孔子)가 들어오
면 조선(朝鮮)의 공자(孔子)가 되지 안코 공자(孔子)의 조선(朝鮮)이 되랴
한다. (…중략…) 아! 이것이 조선(朝鮮)의 특색(特色)이냐. 특색(特色)이
라면 특색(特色)이나 노예(奴隷)의 특색(特色)이다."[1] "슯흐다. 요시이에
일어(日語) 人조박 산술(算術) 낫치나 비화가지고 주판임(奏判任) 人개(個)나
엇어ᄒ랴고 헐쩍거리며 다니는 자(者)들은 뎌 큰댁 양반(兩班)의 고움ᄉ
는 노아(奴兒)가 아닌가"[2]라며 조선의 노예성을 비판한 바 있다. 계몽주
의, 민족주의, 아나키즘 등, 그가 보여주는 사상의 변모 양상 역시도 결
국은 이러한 주체적인 삶을 모색하고자 한 지난한 노력의 과정이었다
고 볼 수 있는 것이다. 말하자면 노예성 문제는 신채호의 '주의'를 포괄
하고 관류하는 자리에 있는 것으로, 이는 어느 하나의 사상으로 그의
문학을 해석할 수 없는 이유이기도 하다.

한편 루쉰은 "중국인은 지금까지 인간의 값을 논쟁한 적이 없었고 기
껏해야 노예에 불과하다."[3] 중국인은 "인간 + 가축성 = 모종의 사람"[4]이
라며 중국인들의 노예성에 대해 신랄하게 비판하였다. 이는 봉건 잔재
에 대한 비판으로 그치는 것이 아니라 제국주의하에 진행되는 동아시

---

1 「浪客의 新年漫筆」, 『전집』 6, 583면.
2 「奴隷工夫」, 위의 책, 524면.
3 "中國人向來就沒有爭到過 人"的价格, 至多不過是奴隷", 루쉰, 「燈下漫筆」, 『魯迅全集』 1卷, 人
  民文學出版社, 2005, 224면. 루쉰은 난리 중에 무용지물이 된 돈을 가까스로 은전으로 바
  꾼 적이 있었다. 그는 손해를 봤음에도 은전으로 바꿀 수 있었다는 사실만으로 대단히
  기뻐하다가 "우리는 쉽게 노예가 될 뿐만 아니라, 노예가 된 후에는 이를 대단히 좋아한
  다但我一包現銀塞在沉墊墊覺得安心, 喜歡的時候, 却突然起了另一思想, 就是 : 我們極容易
  變成奴隷, 而且變了之后, 還万分喜歡"는 사실을 깨닫는다. 루쉰, 같은 글, 223면.
4 "人+家畜性=某一种人", 루쉰, 「略論中國人的臉」, 『全集』 3卷, 433면.

아 근대의 주체성 문제를 제기하는 것이라 할 수 있다.

또한 생존 시기, 일찍 아버지를 여의고 몰락한 사대부 집안에서 성장하였다는 점, 두 번의 결혼으로 아들 하나를 둔 점, 각각 임시정부와의 마찰과 신해혁명의 실패로 방황의 시기를 보냈으며, 절에서 생활한 적이 있고 불교 사상에도 영향을 받았다는 것 등, 개인사적인 측면에서도 이 두 작가의 여러 공통점들을 확인할 수 있다. 그러나 그동안 이들 소설에 대해서 구체적으로 비교 논의된 바가 없다.[5] 이는 이들의 문학기

5 루쉰은 그동안 '魯迅學'이라고 불릴 정도로 동아시아 근대를 연구하는 데 핵심적인 위치를 차지하고 있는 만큼 이광수, 현진건, 김동인, 염상섭 등 한국의 대표적인 작가들과 지속적으로 비교 연구되어 왔다. 논의들을 예로 들면 다음과 같다. 김윤식, 「근대문학에 있어서의 한·중·일 삼국의 관계검토와 그 문제점」, 『한국 문학의 논리』, 일지사, 1974; 차상원, 「韓·中新文學運動의 比較硏究-崔ис善과 胡適·李光洙와 魯迅을 中心으로」, 『中國學報』 15, 韓國中國學會, 1974; 송현호, 「현진건과 魯迅의 「故鄕」 比較 硏究」, 『비교문학』 23, 한국비교문학회, 1998; 노종상, 「동아시아 초기 근대소설의 민족주의 양상-이광수·夏目漱石·노신 소설 비교 연구」, 고려대 박사논문, 2002; 김영옥, 「한·중 근대소설의 확립 과정 비교 연구-염상섭·현진건·노신의 소설을 중심으로」, 한국교원대 박사논문, 2003; 이시활, 「韓中 현대문학에 나타난 고향의식 비교-현진건과 魯迅, 정지용과 戴望舒를 중심으로」, 『中國語文學』 41輯, 嶺南中國語文學會, 2003; 송현호, 「魯迅의 「狂人日記」와 羅惠錫의 「瓊姬」 비교 연구-인습의 폐해와 그 극복 방안을 중심으로」, 『현대소설 연구』 21호, 한국현대소설학회, 2004; 황치복, 「동아시아 근대 문학사상의 비교 연구 : 夏目漱石·노신·김동리의 반근대성을 중심으로」, 고려대 박사논문, 2005; 이보경, 「근대문화와 광인의 재래-魯迅의 「狂人日記」와 김동인의 「광염소나타」 비교」, 『中國語文學論集』 36號, 中國語文學硏究會, 2006; 권혁률, 『춘원과 루쉰에 관한 비교문학적 연구』, 역락, 2007. 중국문인과 관련한 신채호 연구에서는 양계초가 신채호의 문학관에 끼친 영향관계를 밝히는 논의가 주를 이루었다. 주요 논의는 다음과 같다. 한무회, 「단재와 임공의 문학과 사상」, 『우리문학 연구』 2집, 예그린출판사, 1977; 엽건곤, 『양계초와 구한말 문학』, 법전출판사, 1980; 김학규, 「양계초의 문학사상」, 『전환기의 동아시아 문학』, 창작과비평사, 1985; 표언복, 「단재의 문학관 형성에 미친 양계초의 영향」, 『목원어문학』 8, 목원대 국어교육과, 1989; 김병민, 『조선근대소설과 량계초, 한국 이행기문학 연구』, 국학자료원, 1995; 송현호, 「애국계몽기의 문학개혁운동과 문학론-신채호의 양계초 수용과 그 극복을 중심으로」, 『인문논총』 8집, 아주대 인문과학연구소, 1997.12; 이은애, 「신채호와 양계초의 '소설개혁론' 비교 연구」, 『한중 인문학 연구』 9집, 한중인문학회, 2002.12; 최옥산, 「문학자 단재 신채호론」, 인하대 박사논문, 2003. 김하림은 루쉰은 마르크스주의를, 신채호는 무정부주의를 수용함으로써 사회진화론의 모순을 극복하려 했다고 밝혔다. 김하림, 「노신과 신채호에 있어서 사회진화론의 영향 연구」, 『외국 문화 연구』 20집 2호, 조선대 외국문화연구소, 1997. 엄영욱은 두 작가의 작가의식을 비교분석하면서 신채호

법이 상이할 뿐만 아니라 신채호의 경우, 그동안 사상 연구에 비해 그의 소설이 가진 미학적 성취들에 대한 분석은 부족하였기 때문으로 보인다.

신채호가 루쉰을 만났을 가능성은 제기되고 있지만 두 작가의 작품 간에 직접적인 영향관계는 없다.[6] 그러나 살펴보았듯이 이들이 처한 개인적, 사회적인 공통점들은 두 작가가 지향하는 삶의 모습과 문학의 지향점이 무엇인가에 대한 비교분석을 가능하게 하는 기본 토대라 할 수 있다. 따라서 본 연구는 이들 문필 활동의 주요 화두인 노예성 문제가 가장 첨예하게 드러나는 「용과 용의 대격전(龍과 龍의 大激戰)」(1928)과 『광인일기(狂人日記)』(1918)를 대상으로 두 작품의 유사성과 차별성에 대해 검토해 보고자 한다. 「용과 용의 대격전」은 신채호의 마지막 소설로서 그의 사상뿐만 아니라 미학적 측면에서도 '문학자 신채호'의 역량을 확인할 수 있는 주요한 작품이며, 「광인일기」는 중국 최초의 백화문 소설이자 루쉰의 처녀작으로서 중국 근대문학의 대표작이라 할 수 있다. 이들에 대한 검토는 긴밀한 지적 전통을 공유했던 두 나라가 새로운 세계질서에 편입되면서 각각 어떻게 독립적인 문학체계로 발전해 가는가를 확인하고, 한·중 근대문학의 지향점과 그 의의를 검토하는 데 기여할 것으로 본다.

는 反帝문학을, 루쉰은 반봉건문학을 전개하였으나 두 작가 모두 민족과 조국을 구원하는 데 힘썼다는 점에서 공통점을 확인할 수 있다고 하였다.(엄영욱, 「關於魯迅和申彩浩的作家意識小考」, 『中國現代文學』 21號, 韓國中國現代文學學會, 2001) 그러나 두 연구 모두 작품 분석이 이루어지지는 않았다.

6 본 연구는 '평행연구' 방법으로 두 작가를 비교분석하였다. 평행연구는 직접적인 영향관계가 없는 문학의 유사성과 차이점을 연구하는 것이다. 양내교 外, 『比較文學槪論』, 北京大學出版社, 2014, 206~207면 참조.

2. 식인사회에 노예화된 인간

신채호와 루쉰은 공통적으로 수천 년 동안 민중들을 억압해 왔던 봉건 관습과 제도를 비판하였다. 특히 신채호는 민중을 억압하는 자들을 "역사적(歷史的)으로 발봉(發逢) 성장(成長)하여 온 누천년(累千年)이나 묵은 괴동물(怪動物)"이라며, 이들이 "'인육분장소(人肉分臟所)'인 소위(所謂) 정부(政府)를 두며 그리고 영원(永遠) 무궁(無窮)히 그 지위(地位)를 누리랴 하야 반대(反對)하랴는 민중(民衆)을 제재(制裁)하는 소위(所謂) 법률(法律) 형법(刑法) 등(等) 부어터진 조문(條文)을 제정(制定)하며 민중(民衆)의 노예적(奴隸的) 복종(服從)을 식이랴는 소위(所謂) 명분(名分), 윤리(倫理) 등(等) 민동이 갓흔 도덕률(道德律)을 조작(造作)하얏다"[7]고 한다. 그러면서 그는 노예상태에서 벗어나기 위한 유일한 방법으로 '민중혁명'을 강하게 피력한다. 「용과 용의 대격전」은 이러한 노예성 문제와 민중혁명의 필요성을 미학적으로 완성도 있게 그려내고 있는 작품이라 할 수 있다.

서사는 미리의 강림을 축원하며 복을 기원하는 민중들의 노래로 시작된다.

나리신다, 나리신다, 미리[龍]님이 나리신다. 新年이 왔다고, 新年 戊辰이 왔다고, 미리님이 東方 亞細亞에 나리신다. (…중략…) "님이시여, 미리님이시여. 今年에는 稅納이나 만히 안 물니도록 하여 주옵소셔. 今年에는 賭租나 만히 안 달나게 하여 주옵소셔. 今年에는 監獄구경이나 안케 하야 주옵소

---

7 「宣言」, 『전집』 7, 655면.

서. 今年에는 生活難의 鐵道自殺이나 안케 하야 주옵소서. 今年에는 他國 他鄉의 빌엉거지나 안되게 하야 주옵소서."**8**

민중들의 노래에서 드러나듯이 이들의 삶을 비참하게 하는 것은 '세납'이나 '도조', '감옥'과 같은 제도와 규율이다. 이러한 억압적인 사회를 만들어내는 것은 바로 '미리'로 대표되는 천국 인물들이다. 따라서 민중들의 노래는 구원자의 강림을 축원하는 기쁨의 노래가 아니라, 폭력적인 권력자에 대한 마지막 부탁과 호소에 가까운 것으로서 악귀를 물리치는 제의식과 같은 것이라 할 수 있다. 천국 신하들은 모두 "귀대감 (鬼大監)", "귀영감(鬼令監)", "귀중(鬼衆)", "귀신(鬼臣)"**9**들이며, "마취약(魔醉藥)을 제조(製造)하야"**10**민중들의 사고를 마비시키는 자들이다. 이름대로 '마귀(魔鬼)'들인 셈이다. 이런 점에서 인간 세상을 구원한다는 '미리'라는 이름 역시 횡포를 일삼는 악신(惡神)을 달래고 그의 횡포를 경계하기 위해 지은, 악신의 순화된 이름이라 볼 수 있는 것이다.

예상대로 미리는 "빈민(貧民)들을 잡어먹는다. 피를 짜먹고 살을 쓰더 먹고 내종에는 뼈까지 밧삭밧삭 깨물어 먹는다. 먹히지 안하라면 탄 (彈)알의 바지오 감옥(監獄)의 책임이다. 지옥(地獄)의 세계(世界)-가련(可憐)한 인민(人民)-"**11** 미리는 이들을 구원하는 존재가 아니라 민중들을 억압하고 착취하는 잔혹한 지배자이다. 그럼에도 민중들은 미리가 더 이상 해를 끼치지 않기를 바라면서 그를 공양하고 받든다. 이처럼 재앙

----

8 「용과 용의 대격전」, 『전집』 7, 603면.
9 위의 책, 609 · 611면.
10 위의 책, 605면.
11 위의 책, 604면.

을 모면하기 위해 굴욕을 참아내고 자발적으로 복종하는 것, 이것을 '노예성'이라 할 수 있다.

상제와 미리 등, 천국 인물들은 대를 이어 지국 민중들을 착취하는데, 희극적이게도 폭력적인 현실은 천국 인물들의 대화 속에서 폭로되고 있다.

"엇지하면 고놈들의 叛逆性을 쏙 쏩아내여 산송장을 맨들어 노코 우리들이 아모 念慮 업시 고놈들의 정수박이붓허 발씃까지 쌔물어 먹고 거죽붓허 속까지 쌜어먹고 아비자식붓허 孫子까지 孫子붓허 그 몟代 孫까지 잡아먹게 되랴?"

"너희 諸臣들은 각기 方策을 올니어라."

하시니 天使-엿자오대

"소와 갓히 코쑬내하고 굴네하고 챗직질하야 쓰웁시다."

"하하 싹한 사람-우리의 맨든 政治法律이 코쑬네보다 더 殘惡하지 안하냐? 倫理道德이 굴네보다 더 凶慘하지 안하냐? 軍隊의 총과 警察의 칼이 챗직보다 몟萬 培나 더 戰慄한 武器가 안니냐? 그래도 고놈들이 叛逆을 도모하는고나-"

"그러면 一等 싹터를 불러 魔醉藥을 製造하야 고놈들을 永遠히 魔醉식히여 우리에게 잡히여 먹히는 줄 모르고 잡히여 먹이게 합시다."

"홍- 그 藥도 내가 써보앗지-孔子놈을 식히여 名分說을 지어 '貧者 賤者는 貧賤의 天分을 安受하야 勢力者의 命令을 잘 바더 忠臣烈士의 名譽를 後世에 씨치라'고 속이며 釋迦놈과 耶蘇놈을 식혀 '너희들이 남에게 苦痛을 밧을지라도 이것을 反抗업시 安過하면 죽어서 너희의 靈魂이 天國으로 蓮花臺로

가리라고 속이엇다. 이러한 魔醉藥들이 쏘 어대 잇겟느냐? 二千年 동안이나 크게 그 藥效를 보앗더니 至今에는 그 藥力도 다하야 고놈들이 점점 自覺하야 叛逆이니 革命이니 하고 쩌드는고나"

"그러면 오늘은 科學 文學 等이 크게 威力을 가진 째의 多數한 科學者 文學者들을 꾀여다가 富者 貴子 一支配階級의 莊嚴을 謳歌하면 될가 합니다."[12]

상제, 미리, 천사라는 이름은 이들의 자가당착적인 모습을 극명하게 드러내는 풍자 효과를 누린다. 이들이 스스로 폭로하고 있듯이 천국을 유지하게 하는 것은 바로 정치법률, 윤리도덕 등이다. 특히 공자의 명분설과 석가와 예수의 가르침 등은 민중들을 속이는 마취약으로서 민중들을 착취할 수 있는 효과적인 방법으로 등장하고 있다. 이러한 제도와 사상 등은 어느 한 시대에만 존재하는 것이 아니라 수천 년에 걸쳐 누적돼 온 것으로서 억압의 구조를 정당화, 일상화하고 공고화하는 데 기여한다.

오랜 세월 식인사회에 길들여진 민중, 특히 식민지의 민중들은 성찰의 능력을 상실한 채 노예화되어 있다. 이들은 제도와 법률이 지정해 준 자리에서 착취당하면서 자기실현의 욕망을 거세당한 채 살아간다. 미리는 이러한 민중의 속성을 간파하고 이들을 오랫동안 노예로 부릴 수 있다고 장담한다.

植民地의 民衆처럼 속이기 쉬운 民衆도 업습니다. (…중략…) 모든 權利와

12 위의 책, 604~605면.

利益을 다 빼앗스며 稅納과 睹租를 작구 더 바더 몸서리나는 搾取를 行하면서도 것흐로 '너의들의 生存 安寧을 保障하여 주노라'고 써들면 속읍니다. (…중략…) 新聞社의 設立이나 許可하고 '文化政治의 惠澤을 바드라'고 소리하면 속읍니다. (…중략…) 부어터질 同族同文의 情誼를 말하면 속읍니다. (…중략…) 自治參政權 等을 주마 하면 속읍니다. (…중략…) 속이기 쉬운 것은 植民地의 民衆이니 上帝시여, 마음 노십시오. 世界民衆들이 다 自覺한다 하야도 植民地 民衆만은 아즉 멀엇습니다. 우리가 植民地의 民衆만 잡어먹더라도 멧 十年 동안은 아모 걱정 업슬 것이올시다.[13]

미리의 말에 따르면 민중들은 작은 이익 앞에서 현실에 대한 투쟁력을 상실한다. 부당한 상황 아래에 있다가 그보다 조금 나은 조건이 주어지면 거기에 쉽게 만족하고 현실에 타협하는 것이 민중들이라는 것이다. 특히 생존의 절박함에 내몰린 민중들에게 자각을 기대하기는 더욱 어렵다. 죽음에 대한 두려움이야말로 부당한 권력을 책동하게 하는 힘이며, 현실에 복종하게 하는 전략이기 때문이다.

이런 점은 천국의 민중들 역시 마찬가지다. 미리의 장담과는 달리 천국은 드래곤의 등장으로 파멸로 치닫는다. 상제도 드래곤의 거센 힘을 이기지 못하자 천국 인물들은 모두 드래곤의 힘에 쉽게 편승한다.

미리를 發送식힌 뒤에 上帝 以下 왼 天宮 鬼衆들이 모와 안저 운다. (…중략…) 그런데 가장 悽慘하게 우는 이는 上帝의 가장 寵愛하는 仙女 '꼭구'다.

---

13 위의 책, 606~607면.

上帝가 너무 '꼭구'에 對한 불상한 생각이 나서 自己의 울음을 그치고 귀를 기울이어 꼭구소리를 가만이 들으니 우는 소리가 안이오. 곳 "왔다 왔다 드래곤이 왔다 인제는 天國의 末日이다" 하는 咀呪하는 소리다. (…중략…) 上帝가 꼭구를 죽이고는 다른 '년' '놈'의 울음소리를 들은즉 모도가 다 '꼭구'다. '꼭구'와 갓히 "왔다 왔다 드래곤이 왔다. 인제는 天國의 末日이다" 하는 소리다. "아이것이 웬일이냐 天宮의 親屬들이 다 叛하야 드래곤黨이 되얏느냐?"**14**

천국의 종말이 다가오자 천국 민중들은 모두 드래곤의 출현을 알리는 목소리에 동참하고, "삼십만 년(三十萬年)의 노령(老齡)을 먹은 '천국신문(天國新聞)'"**15**은 이제 드래곤의 입장에서 종교의 폭력성을 비판하는 기사를 내보내는 희극을 연출한다. 상제는 돌변한 사람들의 태도에 배신감을 느끼고 이들이 드래곤 당(黨)이 된 것이 아닌가 의심하지만, '꼭구'라는 이름이 말해주듯이 이들의 동참은 꼭두각시처럼 시류에 편승하는 일시적인 목소리일 뿐이다. 천국에 대한 반성과 성찰이 부재한 이들의 목소리는 언제든 다시 상제를 옹호하는 것으로 변질될 수 있는 것이다.

천사 역시 희극적이기는 마찬가지이다. 그는 상제가 맹풍에 사라지자 점을 쳐 상제의 행방을 알아내려고 한다. 어찌 보면 그는 여타의 천국인들에 비해 충성스러운 신하로, 이름 그대로 '선(善)'을 상징하는 것처럼 보인다. 그러나 천사와 같은 인물이야말로 가장 경계해야 할 대상이라 할 수 있다. 그는 아무 생각 없이 상제의 명령에 복종하면서 천국

---

14 위의 책, 614~615면.
15 위의 책, 608면.

의 '악'을 성실하게 수행하는 인물이기 때문이다. 그의 행동은 무의식적이고 무비판적으로 이루어지기 때문에 그 속에 내재된 악마성은 은폐되기 쉬우며 스스로 자각하기도 쉽지 않다. 따라서 그는 스스로 '악'임을 자처하는 상제나 미리보다 훨씬 더 위험한 인물이라고 볼 수 있다. 이처럼 서사는 '천사'라는 반어적인 이름은 통해 천국의 악마성을 강화하는 풍자 효과를 누리고, 선악(善惡)에 대한 근본적인 성찰을 하도록 한다.

살펴본 바대로 신채호는 윤리도덕, 종교 등이 은폐하고 있는 지배 논리를 부정한다. 이를 통해 상제와 미리가 누리는 권력의 허구성과 식인 사회의 구조를 폭로하고, 동시에 여기에 길들여진 노예화된 인간 역시 부정하고 있는 것이다.

「광인일기」의 광인은 30년 만에 '달빛'을 보고, 그동안 자신이 얼마나 넋을 잃고 살았는지를 자각한다. '달빛'에 대한 인식은 '어둠'에 대한 인식을 동반하는 것이다. '달빛'은 곧 오랜 세월 어둠처럼 은폐되어 왔던 중국의 '식인풍습'을 꿰뚫어보게 된 광인의 통찰력을 상징하는 것으로, 이러한 자각 속에서 광인은 자신도 주위 사람들에게 잡아먹힐지도 모른다는 두려움에 휩싸인다.

역사책을 펴서 살펴보니, 이 역사책에는 연대가 없고 비뚤비뚤한 페이지마다 모두 '인의도덕(仁義道德)'이라는 몇 글자가 쓰여 있었다. 나는 아무튼 잠을 잘 수가 없어서 한밤중까지 자세히 들여다보고, 비로소 글자들 사이에서 글자를 찾아냈다. 책에는 온통 '사람을 먹다[吃人]'라는 두 글자가 쓰여 있었다![16]

그는 '인의도덕(仁義道德)'이라는 글자 속에서 '식인'이라는 글자를 찾아내고, 중국은 역사적으로 강자가 약자를 잡아먹는 식인풍습을 유지했다고 본다. 그리고 봉건체제의 예교윤리는 사람을 억압하고 착취하는 식인구조를 유지하기 위해 포장된 위장술이라 여긴다.

광인이 길에서 만나는 사람들은 자오궤이[趙貴] 영감, 어린애, 여인 등으로 대부분 구체적인 이름이 없는 자들이다. 이는 곧 이들이 식인구조에 포섭되어 주체적인 삶을 구성할 능력을 상실한, 몰개성적인 인물들임을 암시하는 것이라 할 수 있다. "그들은 동일성 구조로부터 별다른 혜택을 받지 못하는 피억압 계층이면서, 그 구조를 재생산하는 지배자적인 기능을 수행한다. 그래서 그들은 구조의 동일성 속에 포획되어 그 명령을 충실하게 따르기 때문에 자신만의 특별한 이름이 필요 없는 것이다."[17]

광인은 사람들의 눈빛에서 자신을 무서워하는 것 같기도 하고 해치려는 것도 같은 알 수 없는 느낌을 받는데, 이것이 자신이 20년 전에 구쥬[古久] 선생의 케케묵은 장부를 걷어찼기 때문은 아닌가 생각한다. 선생의 장부는 수천 년에 걸쳐 중국 사회를 통제, 관리해 왔던 봉건관습을 의미하는 것으로서 이를 거부하는 것은 곧 식인구조에서 벗어나려는 광인의 저항이라 할 수 있다. 그러나 그의 저항은 사람들에게 일시적인 호기심과 경계를 불러일으킬 뿐이다. '인의예교'로 포장된 식인풍습은 수천 년에 걸쳐 누적된 구조로, 사람들의 사고와 행동을 규제하고

16 我翻開歷史一查, 這歷史沒有年代, 歪歪斜斜的每叶上都寫着'仁義道德'几个字. 我橫竪睡不着, 仔細看了半夜, 才從字縫里看出字來, 滿本都寫着兩个字是'吃人!' 루쉰, 「狂人日記」, 『全集』1卷, 447면.
17 이종민, 『근대 중국의 문학적 사유읽기』, 소명출판, 2005, 262면.

있기 때문이다. 사람들은 더 이상 여기에 의문을 가지지 않은 채 이러한 현실을 절대적이고 선험적인 진리 체계로 받아들인다. 이러한 태도는 아이들에게도 예외가 아니다.

> 그런데 아이들은? 그때 그들은 태어나지도 않았는데 어째서 오늘날 괴상한 눈빛을 띄고 있는가, 마치 나를 두려워하는 것 같기도 하고, 나를 해치고 싶어 하는 것 같기도 하다. 이건 정말로 나를 두렵게 하고 의아하게 할 뿐만 아니라 마음 아프게 한다.
> 알겠다. 이건 그들의 부모가 가르친 것이다.[18]

광인은 자신을 바라보는 아이들의 눈빛마저 어른들과 다르지 않음을 발견하고 절망한다. 봉건관습이 빚어낸 고형화된 삶의 체계는 비판적인 통찰의 눈으로 걸러지지 않은 채, 대를 이어 아이들에게 그대로 답습되는 것이다. 따라서 광인은 그들 삶의 바깥에서 배회할 수밖에 없다.

이처럼 식인풍습에 노예화된 삶의 구조 속에서 사람들은 욕망을 거세당한 채 봉건질서가 마련해둔 삶의 질서에 복종한다. 수천 년에 걸쳐 만들어진 삶의 형태는 식인구조 속에 견고하게 배치되어, 사람들은 앞 세대와 다를 바 없는 복제된 삶을 이어가는 것이다. 광인의 말처럼 "한 부류는 이전부터 그래 왔으므로 잡아먹는 것이 마땅하다고 여기고, 또 한 부류는 먹어서는 안 된다는 것을 알면서도 여전히 잡아먹으려고 한다."[19] 이들은 "자신이 사람을 잡아먹고 싶어 하면서 또 다른 사람에게

---

18 "但是小孩子呢? 那時候, 他們還沒有出世, 何以今天也睜着怪眼睛, 似乎怕我, 似乎想害我. 這眞教我怕, 教納罕而且傷心. 我明白了. 這是他們娘老子教的!" 루쉰, 「狂人日記」, 앞의 책, 445면.

잡아먹힐까 봐 두려워서, 모두 의심이 지극히 깊은 눈빛으로 면면히 서로의 얼굴을 훔쳐본다 ……."20

문제는 자유의지에 대한 갈망을 잃어버린 사람들은 현실의 구속에서 오히려 안정감을 느끼고 이러한 안정을 위협하는 모든 것에 배타적인 태도를 가진다는 것이다. 이들 중에는 "현감에게 형틀을 당한 자도 있고, 마을 유지에게 뺨을 얻어맞은 자도 있으며, 관아의 하인에게 아내를 빼앗긴 자도 있으며, 부모가 채권자에게 시달려 죽은 자도 있다."21 그럼에도 이들은 식인구조에서 벗어날 의지가 없을 뿐만 아니라 집단이라는 익명성 뒤에 몸을 숨긴 채 현실을 방관하고 광인을 '공공의 적'으로 삼는 방법을 통해 자신의 안위를 확인하고자 한다. 이들에게 '다른 삶'에 대한 이해와 소통을 기대하기는 어려운 것이다.

이렇게 사회구조에 대한 통찰과 비판적인 성찰 없이 세워지는 삶에 대한 긍정과 인위적인 자유, 실체가 없는 수천 년의 시공간과 싸워야 한다는 것이야말로 광인을 절망케 하고 두렵게 하는 것이다. 광인은 사람들의 폭력적인 시선을 느끼고 자신에게 왜 그러는지 "나한테 말해 봐!"22라고 소리치지만 그들은 냅다 도망쳐 버린다. 식인구조를 거부하는 광인의 삶은 사람들에게 소통으로 이해할 수 있는 삶이 아니다. 그의 삶은 안정된 삶의 체계를 무너뜨릴 수도 있는 것으로 인식됨으로써 사람들은 본능적으로 광인의 삶에 두려움을 느끼는 것이다. 이들이

---

19 "一種是以爲從來如此, 應該吃的; 一種是知道不該吃, 可是仍然要吃", 위의 책, 452면.
20 "自己想吃人, 又怕被別人吃了, 都用着疑心深的眼光, 面面相覰." 위의 책, 451면.
21 "也有給知縣打枷過的, 也有給紳士掌過嘴的, 也有衙役占了他妻子的, 也有老子娘被債主逼死的", 위의 책, 445~446면.
22 "你告訴我!" 위의 책, 445면.

광인에게서 느끼는 두려움은 현실 모순에 대한 자각이라는, 불편한 진실을 엿본 자의 두려움이기도 하다.

광인을 위험한 세계로 인식하는 사람들의 이러한 태도는 생존에 대한 본능적인 두려움이기 때문에 그의 삶은 객관적인 성찰로써 이해될 수 있는 것이 아니다. 또한 스스로 피해자로 인식하는 광인 역시 이들을 이해할 수 있을 만큼의 성찰, 자기 객관화가 일어나지 못한 상태라 할 수 있다. 따라서 "나는 두려워하지 않고 여전히 내 갈 길을 갔다"[23]라는 광인의 말은 자의식으로 포장된, 위태한 발걸음을 옮기는 것에 지나지 않는다. 그는 사실 두렵고 갈 길도 없다. 광인은 천라오우陳老五에 끌려 집에 돌아와서는 가족들에 의해 서재에 갇히고 마는데, 이는 결국 사회와 가족으로부터 거부당한 광인이 깊은 자의식 속으로 자기 자신을 유폐시켰음을 의미하는 것이라 할 수 있다.

살펴보았듯이 사람들을 노예로 만든 것은 일차적으로 지배계층이 만들어낸 억압적인 사회구조이다. 그러나 강압적이고 타율적인 규율로 식인사회가 수천 년간 지속될 수 있는 것은 아니다. 오히려 이처럼 사회 규율, 제도에 스스로 노예 되기를 갈망하고 이러한 삶에 안주하는 것, 이것이 악순환 구조를 유지되도록 하는 가장 강력한 힘이라고 할 수 있는 것이다. 사람들은 식인구조 속에서 별다른 혜택을 받지 못함에도 불구하고 모두 진부하지만 평범한 일상 속에서 안정감을 즐기고자 한다. 그리고 광인과 같이 낯선 삶을 살아가는 자들과 대립 구도를 이룸으로써 현실에 대한 불안과 사회에 대한 피해의식을 해소하고 자기 위안을 얻

---

23 "我可不怕, 仍旧走我的路." 위의 책, 445면.

는다. 이러한 안정에 대한 집착은 낯선 세계에 의해 안정된 삶이 위협받을 수 있다는 두려움을 동반하고, 이러한 두려움은 집단적인 광기를 담은 폭력으로 변질될 수 있는 위험성을 안고 있는 것이다.

이처럼 두 작품은 공통적으로 식인사회를 만들어내는 제도와 관습을 비판하고, 그 속에서 노예화된 인간의 모습을 그려내고 있다. 그러나 신채호는 봉건 관습, 종교뿐만 아니라, 근대 제도까지 그 비판의 범위를 넓히고 있다. 특히 억압적인 현실을 모면하기 위해 자발적으로 복종하는 식민지 민중들의 노예성을 문제 삼고, 이것이 봉건사회에서 제국주의라는 새로운 식인구조를 재생산해 내는 근원적인 모순이라 보고 있다. 따라서 식민 상황을 극복하기 위해서는 무엇보다도 이러한 노예성을 극복하는 것이 필요한 것이다. 그러나 그는 민중들의 노예성을 냉소하는 것이 아니라, 연민의 눈으로 풍자와 유머로써 천국과 지국의 현실을 동시에 폭로한다. 풍자하는 자와 당하는 자의 구별이 없어지고, 천국과 지국의 언어가 전도된다. 이는 민중을 비판의 대상으로 삼고 현실을 절망하는 것이 아니라 결국은 세계 민중의 자각과 단합을 통해 민중혁명을 이루고자 하는 서사전략이라 볼 수 있다.

이에 반해 루쉰은 무엇보다도 중국의 봉건질서가 가져온 폐해와 중국 민중들의 노예성 문제에 천착하고 있다. 그는 중국의 노예근성을 고치기 힘든 고질적인 병으로 인식하고, 이를 인식하지 못하는 민중들의 우매함과 기회주의적인 태도를 냉소한다. 민중들은 식인 구조를 자각한 광인의 삶 바깥에 구경꾼으로 존재할 뿐이며 이들은 서로를 경계하는 대립적인 관계에 놓여 있는 것이다.

3. 자기부정을 통한 반성적 성찰

「용과 용의 대격전」에서 천국의 횡포는 드래곤의 등장으로 막을 내
린다. "나리신다, 나리신다, 미리[龍]님이 나리신다"[24]며 미리의 강림을
축원하던 노래는 "드래곤이 왔다, 드래곤이 왔다, 인제는 천국(天國)의
말일(末日)이다"[25]라는 노래로 바뀌어 천국에까지 전달된다. 상제의 신
하들이 "서천불조(西天佛祖) 석가여래(釋迦如來)를 불너 온갖 주문(呪文),
온갖 진언(眞言)을 다 읽어도 그 소리가 더욱 놉하가고 천궁(天宮) 전체
(全體)가 더욱 들먹들먹한다."[26] 야소(耶蘇)는 "일천구백 년(一千九百年) 동
안 쌧어간 우리 인민(人民)의 피를 다 어대다 두엇느냐?"[27]는 질책을 받
고 죽임을 당하는가 하면, 상제는 맹풍에 어디론가 사라져버린다. 천
사는 걸인이 되어 상제를 찾아 헤매고 미리는 쥐구멍에 숨어 사는 신세
로 전락한다.

이러한 혁명을 주도하는 것은 드래곤이다. 그러나 드래곤은 출처가
불분명한 괴물로, 어디에서도 그 정체가 드러나지 않고 단지 '0'으로 표
현될 뿐이다.

> 耶蘇 基督의 慘死의 下手者들은 民衆이지만 그 下手의 首犯들은 드래곤이
> 라 한다. 드래곤은 아즉 出處가 不明한 怪物인데 數日前붓허 同地에 와서 上
> 帝를 '잡어먹어도 시원치 못할 惡物'이라고 辱說하며 耶蘇 基督은 '제 아비보

---

24 「용과 용의 대격전」, 앞의 책, 603면.
25 위의 책, 607면.
26 위의 책, 607면.
27 위의 책, 608면.

다도 더 奸凶한 놈'이라고 指斥하고 上帝 及 基督의 罪惡을 列擧한 九十條의 檄文을 돌니고 同日에 맛참 基督의 來臨함을 機會하야 民衆의 先鋒이 되야 이갓치 基督을 慘殺하는 凶行을 犯한 것이다.

"원수놈의 드래곤이 民衆의 머리속으로 돌아단이며 上帝와 上帝 以下 乃至 人世의 支配階級의 勢力은 모다 民衆의 是認으로 存在한 것인즉 民衆이 만일 徹底히 否認만 하면 모든 勢力이 秋風의 落葉이 되리라고 작구 民衆들을 꾀와 民衆이 이갓히 叛起하얏다 합니다."[28]

드래곤은 민중의 머릿속을 돌아다니며 그들을 자각하게 하는 인물이다. "드래곤의 'O'은 총도, 칼도, 불도, 베락도, 기타(其他) 모든 '테로'가 될 수 잇다."[29] 즉 그는 민중을 구원하는 메시아적인 영웅으로 실재하는 인물이 아니라, 민중들의 의식 속에 있는 혁명의 가능성과 욕망을 상징하는 인물인 것이다. 신채호는 사람들의 머리에 남아 있는 허상적인 종교의 자리에 드래곤의 상상력을 옮겨 놓는다. 드래곤은 바로 각자의 마음에 담고 있는 정신의 원시성, 혁명에 대한 내적 자발성과 활동성을 의미하는 것으로서 천국의 멸망은 바로 이러한 '드래곤'을 공유한 민중들의 결집으로 이루어진 것이라 할 수 있다.

그러나, 이렇게 천국과 지국을 전도시키는 드래곤은 바로 미리의 친동생이다.

드래곤은 무엇이냐? 上帝가 太古人民들의 迷信的 奉載를 바더 帝位에 올으

----

28 위의 책, 608 · 612~613면.
29 위의 책, 610면.

던 第五年에 虛空中에 誕生한 一胎雙生의 怪物 (一)은 드래곤 곳 그것이오, 又 (一)은 곳 現今 天宮의 侍衛大將으로 東洋總督을 兼한 有名한 미리니, 미리나 드래곤이 漢字로는 다 '龍'이라 譯한다.[30]

미리와 드래곤은 "동생이성(同生異性)"의 쌍둥이로 태어나 미리는 "동양(東洋)의 용(龍)"이 되고 드래곤은 "서양(西洋)의 용(龍)"이 된 것이다. 둘은 性이 다르다. 즉 '밤과 낮'처럼 서로를 낳는 관계로서 미리는 드래곤이 되고, 드래곤이 다시 미리가 되는 순환을 반복하는 것이다. 이들은 각자의 몸속에 존재하는 두 사람, 두 욕망을 말하는 것이라 할 수 있다. 미리는 상제를 찾아다니는 천사에게 천국의 실상을 폭로하고 냉소한다.

天使야, 이놈- 上帝는 차저 무엇하느냐? (…중략…) 말하자면 上帝도 滅亡하여야 올치-其實 내나 네나 上帝가 모다 上古 民衆의 一時 迷信의 造作이 아이엿더냐.

民衆의 造作으로서 얼마나 민중의 害를 끼처왔느냐? 上帝 自身만 호강하얏슬 뿐 안이라 上帝의 祭物 貢物이라 핑계하고 民衆의 돈을 挾雜한 놈이 업섯더냐? 上帝의 命을 奉承하얏다 하며 世界皇帝로 行惡한 놈이 업섯더냐?[31]

미리는 그동안 '신성(神聖)'을 포장한 권력의 폭력성을 반성하고, 무지한 천사의 자각을 촉구한다. 드래곤과 마찬가지로 미리 역시 실체가 없는 인물로서 민중들이 만들어낸 허상일 뿐인 것이다. 이러한 미리의

---

30 위의 책, 610면.
31 위의 책, 618면.

반성은 미리 내부에 존재하는 드래곤의 힘 덕분이라 할 수 있다. 이러한 점으로 미루어 볼 때 "드래곤이 왔다"라는 목소리는 미리 내부에서 울리는 자각과 반성의 목소리로, 이는 미리가 드래곤으로 전화되는 순간을 가리키는 것이라 볼 수 있는 것이다.

이처럼 미리와 드래곤은 서로 다르면서도 같다. 한 몸 안에 존재하는 두 마음의 교란, 이를 '용과 용의 대격전'이라 일컫은 것이다. 미리의 자각은 언제든 다시 미리로 변할 가능성을 내재하고 있기 때문에 민중들이 이들을 혼동할 위험성 역시 있다. '미리', '드래곤'은 이름만 다를 뿐 그 속성은 같다. 즉 권력자의 이름만 바뀔 뿐, 권력의 속성은 그대로 유지되는 것처럼 미리와 드래곤의 정체 역시 그러할 가능성을 배제할 수는 없는 것이다. 따라서 천국과 지국을 동시에 통찰하고 식인구조의 모순을 자각할 필요가 있다. 이러한 자각은 결국 자기 내부에서 일어나는 미리와 드래곤의 충돌을 통제하고 조율해 가는 끊임없는 자기부정과 성찰로써 가능한 것이다.

한편, 식인구조를 발견해낸 광인은 자신의 형 역시 식인에 가담하고 있음을 깨닫고 충격을 받는다. 그는 이들에게 식인을 그만둘 것을 호소한다.

> 너희들은 고칠 수 있어. 진심으로 마음을 고쳐먹어야 돼! 장차 사람을 잡아먹는 자들은 세상에서 사는 것이 용납되지 않는다는 것을 알아야 해. 너희들이 고치지 않으면 자신도 다 잡아먹힐 거야. 설사 많이 낳는다고 해도 진정한 사람들에게 제거되고 말 거야. 사냥꾼이 늑대를 모두 잡아 죽이는 것같이! 벌레같이![32]

광인은 사람들에게 식인구조의 끝은 파멸밖에 없음을 자각시키고 식인사회의 허구성과 비속함을 드러내려 하지만, 이는 자의식으로 무장한 자의 무기력하고 공포에 찬 외침에 불과하다. "비록 사람을 먹지는 않지만 간담은 그들보다 세다"[33]라는 광인의 말을 통해 알 수 있듯이 그는 자신을 식인에 물들지 않은 순수한 세계로 상정하고 있다. 그는 자신과 바깥세상을 선악으로 경계 지은 채, 사람들의 양심에 호소하는 방법으로 식인구조의 해체를 꿈꾸나, 이러한 경계 지음으로 인해 광인의 외침은 현실에 침윤되지 못하는 한계를 내정한다. 자신을 바깥 세상에 투항시키지 않는 구도의 방법은 현실과의 괴리와 절망감만을 낳아, 그의 외침은 사람들에게 치기 어린 계몽가의 일시적 분노와 저항으로 비칠 뿐이기 때문이다. 이러한 현실을 간과한 광인은 병적으로 현실을 타락한 세계로 부정하게 된다. 현실이 절망적일수록 광인은 자의식과 자신의 순수성에 기대어 현실을 견딜 수밖에 없고, 그럴수록 현실의 벽은 더욱 단단해질 뿐이다. 광인이 믿는 순수성 역시 그가 부딪치는 절망과 한계 속에서 자라기 때문에 순수에 대한 병적인 집착과 자아에 대한 폐쇄적인 믿음으로 변질되기 쉬운 것이다.

이러한 한계로 광인은 식인구조의 견고성만을 확인한 채 다시 자의식 속으로 침잠한다. "칠흑같이 어둡다. 낮인지 밤인지 모르겠다"[34]라는 말에서 알 수 있듯이 그의 내면과 자의식 '안'은 바깥 세계와 완전히

---

32 "你們可以改了, 從眞心改起! 要曉得將來容不得吃人的人, 活在世上. 你們要不改, 自己也會吃盡. 卽使生得多, 也會給眞的人除滅了, 同獵人打完狼子一樣! 一同虫子一樣!" 루쉰, 「狂人日記」, 앞의 책, 453면.
33 "雖然不吃人, 胆子却比他們還壯." 위의 책, 447면.
34 "黑漆漆的, 不知是日是夜." 위의 책, 449면.

단절됨으로써 오히려 그가 바깥에 갇히는 신세가 되고 만다. 그러나,
광인은 오랜 절망과 절대 고독의 시간 속에서 마침내 자신 역시 식인을
해 왔을 거라는 자기성찰에 이르게 된다.

> 4천 년 동안 늘 사람을 잡아먹던 곳, 나도 오랫동안 그 중에서 섞여 살아왔
> 다는 것을 오늘에야 비로소 알았다. 큰형님이 집안일을 관리하고 있을 때
> 마침 여동생이 죽었으니, 큰형님이 밥이나 반찬과 함께 몰래 우리에게 먹
> 였음에 틀림없다.
> 나도 모르는 사이에 여동생의 고기 몇 점을 먹지 않았다고 확신할 수는
> 없으며, 이제는 내 차례가 돌아왔다……
> 4천 년 동안 사람을 잡아먹는 이력을 가진 나, 처음에는 몰랐으나, 지금은
> 알겠다. 진실한 사람을 보기 어렵구나!
> 사람을 먹어 보지 않은 아이들이 혹시 아직 있을까?
> 아이들을 구하라…….35

광인은 "형님이 나를 잡아먹으려는 사람들과 한 패라니! 사람을 잡
아먹는 사람이 나의 형님이다! 나는 사람을 잡아먹는 사람의 동생이다!
내 자신이 남에게 잡아먹히지만, 여전히 사람을 잡아먹는 자의 동생이
다!"36라고 생각한 적이 있었다. 그러나 자신을 뺀 세상의 모든 사람들

---

35 "四千年來時時吃人的地方, 今天才明白, 我也在其中混了多年; 大哥正管着家務, 妹子恰恰死了,
他未必不知在飯菜里, 暗暗給我們吃. 我未必无意之中, 不吃了我妹子的几片肉, 現在也輪到我自
己…… 有了四千年吃人履歷的我, 当初雖然不知道, 現在明白, 難見眞的人! 沒有吃過人的孩子,
或者還有? 救救孩子", 위의 책, 454~455면.

36 "合伙吃我的人, 便是我的哥哥! 吃人的是我哥哥! 我是吃人的人的兄弟! 我自己被人吃了, 可仍然
是吃人的人的兄弟!" 위의 책, 448면.

이 식인에 가담하고 있다는 사실을 확인하는 작업이었을 뿐, 형과 자신을 동일시한 것은 아니었다. 그는 여전히 '잡아먹는 자'와 '먹히는 자'라는 이분법적 구도 속에서 언젠가 자신도 잡아먹힐지 모른다는 피해망상증에 걸려 있었다. 그는 자신을 감금하는 방법으로 바깥 세계의 추함으로부터 자신의 순수성을 유지하고자 했던 것이다. 그러나 4천 년이라는 시간이 상징하듯이 자신 역시 역사적인 시공간을 벗어날 수 없으며 현실의 문제를 벗어나 개인의 절대성만을 주장할 수는 없다는 것을 자각하게 된 것이다. 자신도 식인구조에서 자유로울 수 없는 존재이며 자기도 모르는 사이에 사람을 먹어 왔다는 사실, 그 역시 형과 별다를 바 없는 사람이었던 것이다.

광인은 스스로를 피해자에서 가해자로 인식함으로써 자신을 한 단계 넘어선다. 그는 식인의 중심에 있는 지주집안의 도련님이다. 길에서 만났던 사람들보다 더 많은 식인을 했을지도 모르는 일이다. 그럼에도 광인은 자신의 식인 경험을 인식하지 못한 채 사람들을 각성시키려 했던 것이다. 그동안 이유를 알 수 없었던, 사람들의 "마치 나를 두려워하는 것 같기도 하고, 나를 해치고 싶어 하는 것 같기도"[37]한 눈빛은 바로 광인이 보여주는 이러한 모순에서 비롯된 것이기도 하다. 그 눈빛은 익숙한 삶의 체계를 허물어뜨릴 수도 있는 낯섦에 대한 거부이자 해방이라는 이름으로 오히려 노예보다도 못한 삶을 만들어낼 수 있는 성급하고 치기 어린 혁명가를 바라보는 두려움, 그리고 동시에 변혁에 대한 희미한 희망을 꿈꿔보는 복잡한 심리에서 빚어진 것이라고도 볼 수 있

---

37 "似乎怕我, 似乎想害我." 위의 책, 445면.

는 것이다.

　이처럼 광인이 현실의 모순에 책임을 공유하고 통감하는 것은 식인 사회의 해체라는 성급한 시도가 어째서 실패할 수밖에 없는가를 자각 하였음을 의미하는 것이다. 그의 통찰을 상징하는 '달빛'은 식인사회에 대한 인식에서 가족으로, 마침내 자신을 비추는 자기 성찰과 자각의 눈 이 되어 삶의 모순을 구체적으로 조명하는 데 기여한다. 자신 역시 순 수한 영혼일 수 없다는 사실, 인간으로서 자신의 한계를 자각하는 일, 선악과 안팎의 경계를 지우는 것에서 현실 변화를 기대해 볼 수 있는 것이다. 즉 자기로부터의 혁명, 혁신 없이는 사회변화와 혁명을 꿈꿀 수 없다는, 계몽지식인으로서의 자기반성인 것이다. 이로 미루어 볼 때 "아이들을 구하라"라는 광인의 말은 현실개혁을 다음 세대의 역할 로 미루는 발언이라고 볼 수는 없다. '아이'는 결국 바깥 세계와 차단된 채 자아의 절대성을 주장하는 유아적이고 무기력한 상태에서 벗어나, 역사적 과오에 대한 책임의식을 통감하고 각자 안의 도덕적 자각과 혁 명의 가능성을 찾으라는 메시지라 할 수 있는 것이다.[38]

　이런 점에서 광인이 관리가 되어 식인사회의 구성원이 되려는 것은 당연한 귀결이라고 볼 수 있다. 이는 실패한 혁명가의 자의식이 전도되 어 나타나는, 현실논리에 대한 순응성과는 구별되는 것으로서 그가 완

38　"아이를 구하라"는 외침에 대해 박민웅은 광인이 "식인사회의 구성원으로 원위치 됨으로 써 결국 자신이 직시한 본질이 무효화되고 파기되었음을 의미하는 것이다. 그렇기 때문 에 결국 주인공의 호소는 절망적인 헛된 외침에 지나지 않는 셈이다"라고 하였으며(박민 웅,「魯迅의 민중관―초기 산문과 소설을 중심으로」,『中國學報』67輯, 韓國中國學會, 2013, 93면), 이종민은 현실에 침투하는 광인의 행동에 대해 "내성화된 계몽에서 벗어나 묵묵하 고 끈기 있는 전투로 방향 전환하고 하고 있었던 것이다"고 하였다. 이종민,『근대 중국의 문학적 사유읽기』, 소명출판, 2005, 249면.

전히 광기를 제거하고 현실의 굴레를 숙명으로 받아들였다고 말하기는 힘들다. 광인은 이미 은밀하게 진행되는 지배구조의 폭력성과 인간의 자유의지를 엿본 자이다. 달빛을 보기 전후, 광인의 의식은 분명 달라져 있다고 볼 수 있다. 광인은 식인구조에 대한 투쟁이 '광인'이라는 낙인으로 무력화되고, 오히려 현실 논리를 공고히 하는 데 이용되는 한계를 경험한 바 있다. 따라서 관리로서의 삶은 결국 위험한 영웅주의를 경계하고, 안팎의 경계를 지우면서 일상의 폐해를 핍진하게 겪어내려는 가장 현실적인 선택이며 현실투쟁의 전략적 전환이라 볼 수 있다. 즉 광인은 저주나 구호가 아닌, 현실을 침투하는 자기 혁신적인 삶에서 혁명의 가능성을 꿈꾸고 있는 것이다.

이처럼 신채호와 루쉰은 공통적으로 영웅주의를 내세우지 않는다. 시혜적인 입장에서 민중을 계몽하는 인물 대신 스스로 자각하는 인물들을 통해 현실 변혁의 가능성을 꿈꾼다. 두 작가의 작품 중에 이러한 인물이 등장하는 것은 극히 드문 예이다. 이는 작품이 각각 임시정부에 대한 실망과 신해혁명의 실패에서 받은 상처와 좌절에 기반하고 있기 때문으로 보인다. 즉 계몽지식인들에 대한 실망이 작가 자신의 철저한 자기 성찰과 민중에 대한 재발견으로 이어졌다고 볼 수 있는 것이다.

또한 두 작품은 공통적으로 '형과 아우'라는 인물설정을 통해 혁명의 낭만성과 관념성을 거부하고 민중들의 자각과 변혁을 그려내고 있다. 미리와 드래곤은 형제지간으로 서로를 낳는 관계이며, 광인과 형 역시 식인구조 속에서 분리할 수 없는 한 존재, 루쉰의 사유를 말해주는 '희망과 절망'에 다름 아니다. 이들은 서로를 비추는 거울관계에 있으면서, 내부의 두 가치를 안고 갈등과 반목을 지속하는 환경에 놓여 있는 것이다. 이러한 반목이 '용과 용의 격돌'로 드러나고, 반성적인 성찰을 담은 '일기'가 된다. 이러한 인물설정은 바로 선악의 경계를 무화함으로써 자기 내부의 모순을 성찰하게 하는 효과를 발휘한다. '드래곤'과 '아이'는 결국 자기성찰의 결과로 얻어진 현실 변혁의 에너지, 정신의 원시성을 통한 자기 혁명의 가능성을 상징하는 것이라 볼 수 있는 것이다. 또한 이는 작가 자신의 철저한 자기반성과 성찰을 의미하는 것이기도 하다.

이처럼 신채호와 루쉰은 모두 근대초기를 핍진하게 겪으면서 당대를 살아내는 사람들을 소설 창작의 주요 테마로 삼고 제국주의, 봉건주의 등, 억압적인 현실을 서사의 갈등 상황으로 전면에 부각하고 있다. 이렇게 시대를 공유하고 있기 때문에 창작시기와 서술기법의 차이에도 불구하고 주제적인 측면에서 두 작가의 유사한 점들을 발견할 수 있는 것이다. 그러나 신채호는 민중들의 자각을 통한 급진적인 혁명으로 서사를 확장하는 데 반해, 루쉰은 구체적인 일상을 파고들어 봉건 억압에서 위태로운 일상을 살아내는 사람들의 한계와 이중성을 그려내고 현실의 논리에 침윤하는 방식으로 변혁의 가능성을 꿈꾼다.

신채호는 「이해(利害)」라는 글에서 "개신(個身)의 생존(生存)만 구(求)하다가 전체(全體)의 사멸(死滅)을 일으면 개신(個身)도 딸어 사멸(死滅)하나니 그럼으로 군자(君子)는 개신(個身)을 희생(犧牲)하여서라도 전체(全體)를 살니랴 하며 구곡(軀縠)의 생존(生存)만 구(求)하다가 정신(精神)이 사멸(死滅)되면 쓸대업는 일부(一部)의 취피낭(臭皮囊)만 남위 무엇이 귀(貴)하리오. 그럼으로 열사(烈士)는 적국(敵國)과 싸우다가 전 국민(全國民)의 백골(白骨)을 태백산(太白山)만치 높히 싸아놋고 명예(名譽)의 멸망(滅

亡)을 할지언정 노예(奴隷)되여 구생(苟生)함은 하지 안하나니 구생(苟生)은 생존(生存)이 안이니라"[39]라며 민중혁명을 통한 노예 해방을 강하게 피력한 바 있다. 이에 비해 루쉰은 보다 개인의 자기혁신에 주목한다. 이러한 차이는 식민과 반(半)식민이라는 두 국가가 처한 현실상황에서 비롯된 것이라 볼 수 있다. 신채호는 국외에서 독립운동을 펼치면서 식민이라는 새로운 노예상황을 극복하기 위한 선결과제로서 세계 민중의 자각과 혁명을 촉구할 수밖에 없는 상황이었고, 루쉰은 국내에서 반(半)식민 상태에 있는 중국을 변혁시키기 위해 무엇보다도 봉건 잔재의 청산과 중국 민중들의 정신개조를 통한 새로운 민국건설에 주력해야 했던 것이다. 또한 신채호의 경우, 망명 생활로 국내 민중과의 직접적인 접촉이 어려운 상황 아래에 있었던 데 반해 루쉰은 중국의 근대개혁 과정에 깊숙이 개입할 수 있는 상황이었다는 것 역시 두 작가의 인물형상화에 차이가 나는 이유라 볼 수 있다. 신채호의 소설이 루쉰에 비해 알레고리적 성격이 강하며 관념적, 이상적으로 그려진 것은 이러한 현실적인 차이에 있다 하겠다.

4. 에필로그

살펴본 바와 같이 신채호와 루쉰은 수천 년에 걸친 식인사회와 그 속에서 노예화된 인간들을 비판하고, 자기성찰을 통한 현실변혁을 꿈꾼

----

39 「利害」, 『전집』 7, 623면.

다. 신채호는 봉건 관습, 종교뿐만 아니라 근대 제도까지 그 비판의 범위를 넓혀 식민지 민중들의 노예성을 문제 삼고, 이것이 제국주의라는 새로운 식인구조를 재생산해 내는 근원적인 모순이라 보고 있다. 그러나 그는 민중들의 노예성을 냉소하는 것이 아니라, 연민의 눈으로 풍자와 유머로써 천국의 억압성과 그 아래서 고통받는 지국의 현실을 동시에 폭로한다. 이는 결국 절망적인 현실을 딛고 세계 민중의 자각과 단합을 통해 민중혁명을 이루고자 하는 바람을 담은 것이라 볼 수 있다. 이에 반해 루쉰은 무엇보다도 중국의 봉건질서가 가져온 폐해와 중국 민중들의 노예성 문제에 천착하고 있다. 그는 노예성을 인식하지 못하는 민중들의 우매함과 기회주의적인 태도를 냉소한다. 민중들은 식인구조를 자각한 광인의 삶 바깥에 구경꾼으로 존재할 뿐이며 이들은 서로를 경계하는 대립적인 관계에 놓여 있는 것이다.

이러한 노예성을 극복하는 데 있어 두 작가는 공통적으로 신비화된 계몽적 영웅을 만들어내는 대신 스스로 자각하는 인물들을 통해 현실 변혁의 가능성을 꿈꾼다. 특히 '형과 아우'라는 인물설정을 통해 혁명의 낭만성과 관념성을 거부하고 민중들의 자각과 변혁을 통한 현실 극복의 가능성을 그려내고 있다. 미리와 드래곤은 형제지간으로 서로를 낳는 관계이며, 광인과 형 역시 분리할 수 없는 한 존재이다. 이들은 서로를 비추는 거울관계에 있으면서 내부의 두 가치를 안고 갈등과 반목을 지속하는 환경 속에 놓여 있는 것이다. 이러한 인물설정은 바로 선악의 경계를 무화함으로써 자기 내부의 모순을 성찰하게 하는 효과를 발휘한다. '드래곤'과 '아이'는 결국 자기성찰의 결과로 얻어진 현실 변혁의 에너지, 정신의 원시성을 통한 자기 혁명의 가능성을 상징하는 것이라 볼 수 있는 것이다. 이러한 노예성 문제는 봉건, 제국주의 시대만의 문제라고는 볼 수 없다. 억압의 구조 속에서 인간은 언제나 새로운 노예로 재구성되어 식인구조에 안주할 수 있기 때문이다. 이처럼 노예성이 시대를 초월하여 재탄생 된다는 점에서 본 작품의 현재성과 그 의의를 찾을 수 있다.

또한 '노예성 비판'이 이들 소설의 주요 테마가 된 것은 제국주의에 의한 강압적인 근대 형성이라는 시대 현실과 무관하지 않다. 아울러 일찍이 몰락한 사대부 집안에서 지켜내야 했던 유학자로서의 자존감과 여러 개인사적인 나락, 그리고 각각 임시정부에 대한 실망과 신해혁명의 실패에서 받은 상처와 좌절 속에서 경험한 인간 본질에 대한 통찰력 역시 두 작가가 인간의 노예성을 탐구하는 데 영향을 끼쳤으리라 짐작된다. 그러나 신채호는 급진적인 혁명으로 서사를 확장하는 데 반해, 루쉰은 현실의 논리에 침윤하는 방식으로 변혁의 가능성을 꿈꾼다. 이러한 차이는 식민과 반(半)식민이라는 두 국가가 처한 현실상황에서 비롯된 것으로 보인다. 또한 망명자 신분이었던 신채호와 달리 루쉰은 중국 현실에 깊숙이 개입할 수 있는 상황이었던 점 역시 두 작가의 서사 기법과 인물형상화에 차이가 나는 이유라 할 수 있다.

본 논의는 신채호와 루쉰 소설의 비교 가능성을 타진해 보는 일차적인 자리였다. 앞으로 전체 소설로 확대하여 주제적 특징뿐만 아니라, 이들 소설의 미학적 특성들에 대해서도 세밀하게 비교 검토해 보아야 할 것으로 본다. 특히 계급의 경계를 무화하고 웃음을 유발하는 신채호의 풍자기법과 루쉰의 풍자기법은 비교 연구할 만한 주제이다. 이는 근대 초기의 문학적 기법들과 인물형상화의 원류 지점들을 밝히고, 이들

문학이 근대문학의 전개에 미친 영향을 고찰하는 데 중요한 근거를 제공할 것이라 본다. 나아가 동아시아 맥락에서 이들 소설의 위상을 동시에 점검해 보는 것도 필요하다. 근대의 질곡을 헤쳐나간 이들의 정신적 고투 과정을 해명하는 일은 자본주의 세계 재편 속에서 동아시아 담론의 정체성과 그 방향성을 가늠하는 주요한 일이라 할 수 있다. 이는 한·중 문학의 보편성과 특수성을 동시에 고찰하는 일이기도 하다. 마지막으로 본 논의를 계기로 신채호 문학 연구가 중국 고전, 근대 소설 전반에 대한 비교 고찰로 확대되기를 기대한다. 이는 신채호의 문학을 동아시아 근대의 장 안에서 새롭게 조명하는 일로서 한국 문학에서만이 아니라 세계 문학으로서 신채호 소설의 문학적 가치를 제고하는 작업이라 할 수 있다.

참고문헌 __

1. 기본자료

관훈클럽신영연구기금, 『대한매일신보』(국문 영인본) 1~4, 코리아헤럴드, 1984.
단재 신채호선생 기념사업회, 『단재 신채호전집』 상·중·하, 형설출판사, 1995.
_____, 『단재 신채호전집』 별집, 형설출판사, 1998.
단재 신채호전집 편찬위원회, 『단재 신채호전집』 1~4, 독립기념관 한국독립운동사
　　연구소, 2007.
_____, 『단재 신채호전집』 5~10, 독립기념관 한국독립운동
　　사연구소, 2008.
독립신문영인간행회, 『독립신문』(영인본) 1~5, 갑을출판사, 1981.
한국문화간행회, 『황성신문』(영인본) 1~13, 공산출판사, 1980.
_____, 『황성신문』(영인본) 14~21, 경인문화사, 1981.
한국신문연구소, 『대한매일신보』(국한문 영인본) 1~6, 경인문화사, 1977.
한국학문헌연구소, 『대한민보』(영인본) 상·하, 아세아문화사, 1985.
_____, 『만세보』(영인본) 상·하, 아세아문화사, 1985.

2. 논문

강찬모, 「포석 조명희 시에 나타난 고아의식 소고」, 『새국어교육』 72호, 한국국어교육
　　학회, 2006.
강현구, 「신채호의 「을지문덕전」 연구」, 『인문논총』 16집, 호서대 인문과학연구소, 1997.12.
고인환, 「이문구 소설에 나타난 근대성과 탈식민성 연구」, 경희대 박사논문, 2003.
고현철, 「한국시의 근대-탈근대적 재현 연구」, 『현대문학의 연구』 37집, 한국문학연
　　구학회, 2009.2.
공임순, 「역사소설의 양식과 이순신의 형성문법」, 『한국 근대문학 연구』 4권 1호, 한국

근대문학회, 2003. 4.

권보드래, 「'문학' 범주의 형성과정−'지‧덕‧체'와 '지‧정‧의'」, 『민족문학사 연구』 14, 민족문학사연구소, 1999. 6.

권선희, 「괴물성의 정치학−『프랑켄슈타인』을 중심으로」, 경희대 석사논문, 1998.

길경숙, 「박상륭 소설 정신분석학적 읽기−'분열'과 '결핍 지향'의식을 중심으로」, 한양대 박사논문, 2005.

김갑수, 「아나키즘의 윤리관과 전통 윤리관의 만남 및 변용−한국 근대의 경험을 중심으로」, 『시대와 철학』 18권 1호, 2007 봄.

김강호, 「개화기 역사전기 소설 연구」, 부산대 석사논문, 1986.

김경복, 「단재 신채호 문학과 아나키즘론」, 『국어국문학』 30집, 부산대 국어국문학과, 1993. 12.

김경화, 「블레이크의 숭고와 카니발적 세계관−『천국과 지옥의 혼인』을 중심으로」, 『19세기 영어권 문학』 10권 2호, 19세기 영어권문학회, 2006. 8.

김명주, 「한중일 근대소설 속의 〈광인(狂人)의 지식인〉 고찰」, 『日本文化硏究』 13輯, 동아시아일본학회, 2005.

김무경, 「신채호의 이야기문학 연구」, 숙명여대 석사논문, 2001.

김성국, 「아나키스트 신채호의 시론적 재인식」, 『아나키즘 연구』 창간호, 자유사회운동연구회, 1995. 7.

김영민, 「단재 신채호 문학 연구」, 『매지논총』 9, 연세대 매지학술연구소, 1992. 2.

김영옥, 「한‧중 근대소설의 확립 과정 비교 연구−염상섭‧현진건‧노신의 소설을 중심으로」, 한국교원대 박사논문, 2003.

김영진, 「현대 시각문화에서의 신화적 상징 차용과 그 의미에 관한 연구−용(龍)포스터를 중심으로」, 홍익대 석사논문, 2003.

김윤식, 「단재소설 및 문학사상의 문제점」, 인문사회과학 편, 『서울대학교 교양과정부 논문집』 5집, 1973.

김은자, 「신채호의 역사의식과 소설과의 관계양상」, 『명지어문학』 22호, 명지어문학회, 1995. 3.

김재환, 「신채호 문학 연구−근대적 주체의 변모과정을 중심으로」, 연세대 석사논문, 2001.

김종학, 「단재 신채호의 아나키즘의 정치사상사적 의미−식민지 조선의 민족주의와 민중 개념의 형성」, 서울대 석사논문, 2006.

김주현, 「신채호 문학 연구」, 『기전어문학』 10 · 11, 수원대 국어국문학회, 1996.11.

_____, 「단재 신채호 문학의 연구 현황 및 전망」, 『안동어문학』 7집, 안동어문학회, 2002.11.

_____, 「신채호의 자료 발굴 및 원전 확정 연구―『天鼓』를 중심으로」, 한국어문학회, 『어문학』 93집, 형설출판사, 2006.9.

_____, 「단재 신채호의 자료 발굴 및 원전 확정 연구―『대한매일신보』 소재 작품을 중심으로 (1)」, 『한국 현대문학 연구』 20집, 한국현대문학회, 2006.12.

_____, 「신채호의 작품 발굴 및 원전 확정을 위한 연구―『권업신문』을 중심으로」, 『우리말글』 39집, 우리말글학회, 2007.4.

_____, 「상해판 『독립신문』 소재 신채호의 작품 발굴 및 그 의의」, 한국어문학회, 『어문학』 97집, 형설출판사, 2007.9.

_____, 「단재 신채호의 문학과 정전의 문제」, 『현대소설 연구』 36호, 한국현대소설학회, 2007.12.

_____, 「「백세 노승의 미인담」의 텍스트 형성에 관한 고찰」, 『현대소설 연구』 53, 한국현대소설학회, 2013.

김진옥, 「신채호 문학 연구」, 서울대 석사논문, 1993.

김택호, 「신채호 사상의 일원성 연구」, 한국현대문예비평학회, 『한국 문예비평 연구』 25집, 창조문학사, 2008.4.

김하림, 「노신과 신채호에 있어서 사회진화론의 영향 연구」, 『외국 문화 연구』 20집 2호, 조선대 외국문화연구소, 1997.12.

김현주, 「신채호 소설에 나타난 영웅의 변모양상 연구―아나키즘 사상의 심화 과정을 중심으로」, 『어문학』 105집, 한국어문학회, 2009.9.

_____, 「망명 이후 신채호 소설의 인물 형상 연구―근대에서 탈근대 이행(移行)과 관련하여」, 『한민족어문학』 56호, 한민족어문학회, 2010.6.

_____, 「신채호 소설의 근대국민국가 기획에 관한 연구―「류화전(柳花傳)」과 「익모초(益母草)」를 중심으로」, 『한민족어문학』 57호, 한민족어문학회, 2010.12.

_____, 「단재 신채호 소설 연구―근대 · 탈근대 이행 양상을 중심으로」, 영남대 박사논문, 2011.

_____, 「망명 이후 신채호 소설의 카니발적 특성 연구」, 『어문학』 116호, 한국어문학회, 2012.6.

_____, 「단재 신채호 소설의 고아 인물 연구」, 『한민족어문학』 62호, 한민족어문학

회, 2012.12.

_____, 「단재 신채호 소설 「꿈하늘」에 대한 정신분석학적 연구」, 『한민족어문학』 65호, 한민족어문학회, 2013.12.

_____, 「신채호와 노신 소설의 노예성 비판에 대한 비교 연구―「龍과 龍의 大激戰」과 「狂人日記」를 중심으로」, 『어문학』 125집, 2014.9.

김현주, 「신채호의 '역사' 이념과 서사적 재현 양식의 연관성에 대한 연구」, 상허학회, 『상허학보』 14집, 깊은샘, 2005.2.

김홍매, 「노신과 김학철 문학 비교―노예성 탐구를 중심으로」, 『한중 인문학 연구』 32집, 한중인문학회, 2011.

김희주, 「신채호 서사의 희극성 연구―「일목대왕의 鐵椎」, 「용과 용의 대격전」을 중심으로」, 『현대소설 연구』 44호, 한국현대소설학회, 2010.8.

나병철, 「애국계몽기의 민족인식과 탈식민주의」, 『기전어문학』 12・13집, 수원대 국어국문학회, 2000.3.

노영구, 「역사 속의 이순신 인식」, 역사문제연구소, 『역사비평』 통권 69호, 역사비평사, 2004 겨울.

노종상, 「동아시아 초기 근대소설의 민족주의 양상―이광수・夏目漱石・노신 소설 비교 연구」, 고려대 박사논문, 2002.

민 찬, 「단재 소설 「용과 용의 대격전」의 내용 및 형식」, 『어문 연구』 48권, 어문연구학회, 2005.

박 신, 「부성 콤플렉스의 분석심리학적 이해―아들의 아버지와의 관계를 중심으로」, 『심성 연구』 19, 한국분석심리학회, 2004.

박난영, 「신채호와 巴金의 아나키즘과 반전사상」, 『중국 현대문학』 38호, 한국중국현대문학학회, 2006.9.

박민웅, 「노신소설의 인물 연구―吶喊과 彷徨의 민중과 지식인을 중심으로」, 연세대 석사논문, 1983.

_____, 「魯迅의 민중관―초기 산문과 소설을 중심으로」, 『中國學報』 67輯, 韓國中國學會, 2013.

박상석, 「신채호 소설 「百歲老僧의 美人談」의 근원설화와 변개양상」, 『국어국문학』 150호, 국어국문학회, 2008.12.

박숙자, 「『국민문학』 속 카니발, 저항과 유희의 가능성―오영진 초기 시나리오를 중심으로」, 『한국 민족문화』 32, 부산대 한국민족문화연구소, 2008.10.

박승규, 「광장, 카니발과 미학적 정치 공간」, 『공간과 사회』 통권 34호, 2010.12.

박재우, 「魯迅与韓國作家比較研究的歷史与特点 : 韓中現代文學比較研究的策略性思考里進行探索」, 『韓中言語文化研究』 12輯, 韓國現代中國研究會, 2007.

박중렬, 「한국 근대 전환기소설의 근대성과 계몽담론 연구」, 전남대 박사논문, 2000.

박진태, 「문학과 탈놀이에 나타난 소외의 극복 방식과 소외인의 형상」, 『비교민속학』 30집, 비교민속학회, 2005.8.

박찬승, 「1920년대 신채호와 양계초의 역사연구방법론 비교-E. 베른하임을 참고하여」, 『한국 사학사학보』 9집, 한국사학사학회, 2004.3.

박찬일, 「문학의 카니발화」, 『현대 비평과 이론』 11권 2호(통권 22호), 옴니북스, 2004 가을·겨울.

박희경, 「카니발적 웃음-토마스 브루시히의 『우리같은 영웅들』 분석」, 『독일문학』 49권 4호(108집), 한국독어독문학회, 2008.12.

백지운, 「한·중·일 근대소설의 문학이념의 문제 : 坪內逍遙, 梁啓超, 申采浩의 소설론을 중심으로」, 『중국 현대문학』 16호, 중국현대문학학회, 1999.6.

서은선·윤일·남송우·손동주, 「신채호 아나키즘의 문학적 형상화-하늘(天)과 용(龍) 이미지의 전도(顚倒)」, 『한국 문학논총』 48집, 한국문학회, 2008.4.

서형범, 「한국 개화기 개신유학자의 자기인식과 서사양식의 관련 양상 연구-박은식과 신채호를 중심으로」, 서울대 박사논문, 2007.

성현자, 「역사적 인물의 허구적 서사구조 (1)-신채호의 「일목대왕의 철퇴」, 「박상회」, 「이괄」을 중심으로」, 『비교문학』 21, 한국비교문학회, 1996.12.

_____, 「허구적 인물의 역사적 해석 II-신채호의 「백세 노승의 미인담」, 「일이승」, 「꿈하늘」을 중심으로」, 『개신어문 연구』 13, 개신어문학회, 1996.12.

소영현, 「아나키즘과 1920년대 문화지리학」, 『현대문학의 연구』 36집, 한국문학연구학회, 2008.10.

손성준, 「『이태리건국삼걸전』의 동아시아 수용양상과 그 성격」, 성균관대 석사논문, 2007.

송명진, 「고대사의 재정립 과정과 개화기 傳의 서술 양상 연구-신채호의 「슈군의 데일 거륙혼 인물 리슌신젼」을 중심으로」, 『현대문학의 연구』 30집, 한국문학연구학회, 2006.11.

_____, 「신문연재 역사·전기소설의 대중성 연구-신채호의 「최도통젼」을 중심으로」, 『우리말글』 41집, 우리말글학회, 2007.12.

송병삼, 「단재 신채호 문학사상 연구」, 전남대 석사논문, 2001.

송지현, 「단재 신채호의 역사전기소설 연구」, 연세대 석사논문, 1984.

송현호, 「한국 근대소설론 연구」, 서울대 박사논문, 1988.

_____, 「애국계몽기의 문학개혁운동과 문학론－신채호의 양계초 수용과 그 극복을 중심으로」, 『인문논총』 8집, 아주대 인문과학연구소, 1997.12.

_____, 「현진건과 魯迅의 「故鄕」 比較 硏究」, 『비교문학』 23, 한국비교문학회, 1998.

_____, 「魯迅의 「狂人日記」와 羅惠錫의 「瓊姬」 비교 연구－인습의 폐해와 그 극복 방안을 중심으로」, 『현대소설 연구』 21호, 한국현대소설학회, 2004.

신경득, 「단재 신채호소설의 민족주의적 연구」, 『논문집』 7집, 건국대 대학원, 1978.2.

신복룡, 「신채호의 무정부주의」, 『동양정치사상사』 7권 1호, 2008.3.

신연재, 「동아시아 3국의 사회진화론 수용에 관한 연구」, 서울대 박사논문, 1991.

신춘자, 「신채호의 소설 연구 Ⅱ－「용과 용의 대격전」을 중심으로」, 『논문집』 15집, 성결교신학교, 1986.12.

신혜영, 「카니발 이론으로 본 한국의 가면극」, 『민속학 연구』 26호, 국립민속박물관 민속연구과, 2010.6.

심우성, 「탈의 미학」, 『문학시대』 통권 92호, 문학시대사, 2010 여름.

안용철, 「개화기의 역사전기 소설 연구」, 경희대 석사논문, 1982.

양진오, 「강요된 근대와 거대서사의 기원」, 『실천문학』 54, 1999, 여름.

_____, 「고구려 영웅과 역사의 발견－신채호 소설을 중심으로」, 한국어문학회, 『어문학』 95집, 형설출판사, 2007.3.

_____, 「영웅의 호출과 민족의 상상－망명 이후 신채호의 소설을 중심으로」, 『현대소설 연구』 38호, 한국현대소설학회, 2008.8.

엄영욱, 「關於魯迅和申采浩的作家意識小考」, 『中國現代文學』 21號, 韓國中國現代文學學會, 2001.

오태호, 「황석영 소설의 근대성과 탈근대성 연구」, 경희대 박사논문, 2004.

오현화, 「한국 영화의 여성괴물 재현 양상 연구」, 고려대 박사논문, 2007.

오형엽, 「부성과 모성, 육체와 정신의 원형적 탐구－서정주의 「자화상」을 중심으로」, 『문학과 교육』 15, 문학과 교육연구회, 2001.3.

원영혁, 「노예론으로부터 '동아시아' 담론의 새로운 시각으로－루쉰과 다케우치 요시미의 노예론을 중심으로」, 『中國文學』 57輯, 韓國中國語文學會, 2008.

유려아, 「노신과 춘원의 비교 연구－초기 작품을 중심으로」, 서울대학교 석사논문, 1984.

유세종, 「한용운 시 읽기의 한 방법론－루쉰(魯迅)과의 비교를 통한 동아시아적 의미

읽기」,『中國現代文學』26號, 韓國中國現代文學學會, 2003.

윤경희, 「19세기 고딕 소설 연구-괴물성, 공포, 지식의 관계를 중심으로」, 서울대 석사논문, 2000.

윤　일·남송우·손동주·서은선, 「근대 일본과 한국의 사회진화론과 아나키즘 연구-고토쿠 슈스이와 신채호를 중심으로」,『동북아 문화 연구』14집, 동북아시아 문화학회, 2008.3.

윤해동, 「왜 식민지 공공성인가」,『내일을 여는 역사』31호, 서해문집, 2008 봄.

이경선, 「신채호의 역사·전기소설」,『한국학논집』6집, 한양대 한국학연구소, 1984.8.

이광재, 「함정임, 진염의 부성 창조 비교 연구」,『개신어문 연구』26집, 개신어문학회, 2007.

이동순, 「단재소설에 나타난 낭가사상-단재 신채호전집〈補遺〉소장 9편을 대상으로」,『어문논총』12, 경북대 국어국문학과, 1978.12.

＿＿＿＿, 「대립구조를 통해서 본 단재소설」,『개신어문 연구』2집, 충북대, 1982.12.

이보경, 「근대문화와 광인의 재래 : 魯迅의「狂人日記」와 김동인의「광염소나타」비교」,『中國語文學論集』36號, 中國語文學研究會, 2006.

이보영, 「카니발 소설의 의미-이상의『종생기』론」,『문예 연구』15권 1호(통권 56호), 문예연구사, 2008 봄.

이상원, 「단재 신채호의 문학세계」, 부산대 석사논문, 1983.

이상진, 「신채호의「꿈하늘」연구」,『연세어문학』28집, 연세대 국어국문학과, 1996.2.

이선영, 「신채호의 민족사관과 민족문학-「꿈하늘」에 대하여」,『오늘의 세계문학』, 민음사, 1976.12.

이시활, 「韓中 현대문학에 나타난 고향의식 비교-현진건과 魯迅, 정지용과 戴望舒를 중심으로」,『中國語文學』41輯, 嶺南中國語文學會, 2003.5.

이영신, 「단재 신채호의 문학 연구」, 성균관대 박사논문, 1999.

이영자, 「魯迅의 작품에 나타난 反儒사상」,『中國現代文學』6號, 中國現代文學學會, 1992.

이은애, 「신채호와 양계초의 '소설개혁론' 비교 연구」,『한중 인문학 연구』9집, 한중인문학회, 2002.12.

이재영, 「역사소설에 나타난 기억 구성 방식 연구-「임경업전」을 중심으로」,『어문론총』45호, 한국문학언어학회, 2006.12.

이정석, 「신채호 소설의 전도적 상상력과 그 서사적 효과-「백세노승의 미인담」과「용과 용의 대격전」을 중심으로」,『한국 문학이론과 비평』46집(14권 1호),

한국문학언어학회, 2010.3.

이호룡, 「한국인의 아나키즘 수용과 전개」, 서울대 박사논문, 1999.

_____, 「신채호의 아나키즘」, 『역사학보』 177집, 역사학회, 2003.3.

이희진, 「이문구 소설의 카니발적 특성 연구」, 단국대 박사논문, 2006.

장 한, 「미하일 불가코프의 『거장과 마르가리타』-풍자와 알레고리의 환상적 메타 소설」, 『세계 문학 비교 연구』 15, 세계문학비교학회, 2006.6.

장미영, 「개화기의 역사전기 소설 연구」, 전북대 석사논문, 1987.

정선태, 「민족·국민의 발견에서 아나키즘으로-신채호의 글쓰기와 사상에 대한 주석」, 『어문학논총』 25집, 국민대 어문학연구소, 2006.2.

정은경, 「저항 혹은 투항의 책략으로서의 웃음-조각난 '웃음'에 관한 '조각난' 이야기」, 『오늘의 문예비평』 통권 71호, 산지니, 2008 겨울.

정진원, 「단재 신채호의 「꿈하늘」 텍스트 분석」, 『텍스트 언어학』 16집, 한국텍스트언어학회, 2004.6.

정형호, 「가면극과 정치-전승집단과 연희 내용의 관련성을 중심으로」, 『비교민속학』 26집, 비교민속학회, 2004.2.

조광수, 「동아시아 아나키즘의 시론적 비교」, 『국제정치 연구』 9집 2호, 동아시아 국제정치학회, 2006.12.

조세현, 「동아시아 (한·중·일) 아나키즘의 비교」, 『동북아 문화 연구』 1집, 동북아시아 문화학회, 2001.10.

_____, 「1920년대 전반기 재중국 한인 아나키즘운동-한·중 아나키스트의 교류를 중심으로」, 『한국 근현대사 연구』 25집, 한국근현대사학회, 2003 여름.

_____, 「동아시아 3국 (한·중·일)에서 크로포트킨 사상의 수용-『相互扶助論』을 중심으로」, 『중국사 연구』 39집, 중국사학회, 2005.12.

조홍선, 「『儒林外史』와 「狂人日記」 비교-'봄'과 '보여짐'을 중심으로」, 『중국 문학 연구』 49집, 한국중문학회, 2012.

차상원, 「韓·中 新文學運動의 比較研究 : 崔南善과 胡適·李光洙와 魯迅을 中心으로」, 『中國學報』 15, 韓國中國學會, 1974.

채진홍, 「신채호 소설에 나타난 근대인관」, 『한국 언어문학』 55집, 한국언어문학회, 2005.10.

천연희, 「강경애와 이디스 워튼의 고아의식 비교 연구」, 『세계 문학 비교 연구』 11, 세계문학비교학회, 2004.10.

천혜숙, 「'父性 不在'의 신화학과 母性신앙의 문제」, 『역사민속학』 15호, 한국역사민속학회, 2002.12.

최명표, 「이태준의 소년소설 연구」, 『한국 아동문학 연구』 14호, 한국아동문학학회, 2008.5.

최상윤, 「한국의 자의식 소설 연구」, 세종대 박사논문, 1989.

최성실, 「한국 현대소설의 아나키즘의 특성 연구-「용과 용의 대격전」, 「원형의 전설」을 중심으로」, 『한국 현대문학 연구』 17집, 한국현대문학회, 2005.6.

최성철, 「파국과 구원의 변증법-발터 벤야민의 탈역사주의적 정치철학」, 『서양사론』 79호, 한국서양사학회, 2003.12.

최수정, 「신채호의 「꿈하늘」, 「용과 용의 대격전」 연구」, 『한국 언어문화』 19집, 한국언어문화학회, 2001.6.

_____, 「신채호 서사문학 연구」, 한양대 박사논문, 2003.

최옥산, 「문학자 단재 신채호론」, 인하대 박사논문, 2003.

_____, 「'신국민' 만들기와 문학-신채호와 양계초의 국민성 탐구」, 『한국학 연구』 13집, 인하대 한국학연구소, 2004.

최택균, 「단재 신채호 소설 연구-我와 非我의 투쟁을 중심으로」, 『어문학교육』 22집, 한국어문교육학회, 2000.11.

최현주, 「신채호 문학의 탈식민성 고찰」, 『한국 문학이론과 비평』 20집(7권 3호), 한국문학이론과 비평학회, 2003.9.

최홍규, 「식민지시대의 민족주의와 민중의식-특히 신채호의 사회와 역사의 주체인식을 중심으로」, 『수원대 문화』 1집, 수원대, 1985.

표언복, 「단재의 문학관 형성에 미친 양계초의 영향」, 『목원어문학』 8, 목원대 국어교육과, 1989.

_____, 「양계초와 대한제국기 애국계몽문학」, 『어문연구』 44권, 어문연구학회, 2004.4.

한금윤, 「신채호 소설의 미적 특성 연구-「꿈하늘」과 「용과 용의 대격전」을 중심으로」, 『현대소설 연구』 9호, 한국현대소설학회, 1998.12.

한기형, 「동아시아 담론과 민족주의-신채호의 논의와 관련하여」, 『한국 사학사학보』 3, 한국사학사학회, 2001.3.

한명섭, 「신채호 문학의 탈식민성 연구」, 경원대 박사논문, 2008.

한무희, 「단재와 임공의 문학과 사상」, 『우리문학 연구』 2집, 예그린출판사, 1977.

한승옥, 「『무정』에 나타난 '친밀감의 거부' 방어기제」, 『현대소설 연구』 35호, 한국현대소설학회, 2007.

홍인숙, 「근대계몽기 여성담론 연구」, 이화여대 박사논문, 2007.

황치복, 「동아시아 근대 문학사상의 비교 연구 : 夏目漱石・노신・김동리의 반근대
    성을 중심으로」, 고려대 박사논문, 2005.

3. 단행본

1) 국내 저서

강영주, 『한국 역사소설의 재인식』, 창작과비평사, 1991.

고미숙, 『한국의 근대성, 그 기원을 찾아서-민족・섹슈얼리티・병리학』, 책세상, 2001.

권덕하, 『소설의 대화이론-콘라드와 바흐찐』, 소명출판, 2003.

권보드래, 『한국 근대소설의 기원』, 소명출판, 2000.

권영민, 『한국 민족문학론 연구』, 민음사, 1995.

_____, 『서사양식과 담론의 근대성』, 서울대 출판부, 1999.

권혁률, 『춘원과 루쉰에 관한 비교문학적 연구』, 역락, 2007.

권혁범, 『국민으로부터의 탈퇴』, 삼인, 2004.

김　철, 『'국민'이라는 노예』, 삼인, 2005.

김교봉・설성경, 「역사전기체소설의 특성」, 『근대 전환기소설 연구』, 국학자료원, 1991.

김병로, 『한국 현대소설의 다성 담론 시학』, 국학자료원, 1999.

김병민, 『신채호 문학 연구』, 아침, 1989.

_____, 『조선 근대소설과 량계초, 한국 이행기문학 연구』, 국학자료원, 1995.

김복순, 『1910년대 한국 문학과 근대성』, 소명출판, 1999.

김부식, 『삼국사기』 하, 이병도 역주, 을유문화사, 2009.

김성기 외, 『모더니티란 무엇인가』, 민음사, 1999.

김영목 외, 『기억과 망각』, 책세상, 2003.

김영민, 『한국 근대소설사』, 솔, 1997.

김영아, 『한국 근대소설의 카니발리즘』, 푸른사상, 2005.

김욱동, 『대화적 상상력』, 문학과지성사, 1988.

김윤식, 「근대문학에 있어서의 한・중・일 삼국의 관계검토와 그 문제점」, 『한국 문
    학의 논리』, 일지사, 1974.

_____, 『한국 근대문학사상사』, 한길사, 1984.

_____, 『한국 근대문학양식논고』, 아세아문화사, 1990.

김은석, 『개인주의적 아나키즘』, 우물이있는집, 2004.

김주현, 『신채호문학 연구초』, 소명출판, 2012.

김철·신형기 외, 『문학 속의 파시즘』, 삼인, 2001.

김택호, 『한국 근대 아나키즘문학 낯선 저항』, 월인, 2009.

김학규, 「양계초의 문학사상」, 『전환기의 동아시아 문학』, 창작과비평사, 1985.

_____ 외, 『전환기의 동아시아 문학』, 창작과비평사, 1985.

나병철, 『한국 문학의 근대성과 탈근대성』, 문예출판사, 1998.

노　신, 정석원 역, 『아Q정전·광인일기』, 문예출판사, 2001.

_____, 김시준 역, 『루쉰 소설 전집』, 을유문화사, 2008.

단재 신채호선생 기념사업회, 『단재 신채호와 민족사관』, 형설출판사, 1980.

_____, 『신채호의 사상과 민족독립운동』, 형설출판사, 1986.

문성숙, 『개화기 소설론 연구』, 새문사, 1994.

민병수 외, 『개화기의 우국문학－한국 문학과 민족의식』 II, 신구문화사, 1974.

민족문학사연구소 기초학문연구단, 『한국 근대문학의 형성과 문학 장의 재발견』, 소명출판, 2004.

박노자, 『우승 열패의 신화』, 한겨레신문사, 2005.

박지향 외, 『영웅만들기』, 휴머니스트, 2005.

박찬부, 『기호, 주체, 욕망』, 창비, 2007.

박홍규, 『아나키즘 이야기』, 이학사, 2007.

서연호, 『산대탈놀이』, 열회당, 1987.

서울시립대 인문과학연구소, 『한국 근대문학과 민족－국가담론』, 소명출판, 2005.

성문출판사 편집부 편, 『불교학 대사전』, 홍법원, 1988.

송규진 외, 『동아시아 근대 '네이션' 개념의 수용과 변용－한·중·일 3국의 비교 연구』, 고구려연구재단, 2005.

송민호, 『한국 개화기소설의 史的 연구』, 일지사, 1975.

송백헌, 『한국 근대역사소설연구』, 삼지원, 1985.

송현호, 『한국 근대소설론 연구』, 국학자료원, 1980.

신동욱, 『한국 현대비평사』, 한국일보사, 1975.

신용하, 『신채호의 사회사상연구』, 한길사, 1984.

_____, 『증보 신채호의 사회사상연구』, 나남, 2004.

신형기, 『민족이야기를 넘어서』, 삼인, 2003.

엄영욱,『정신계의 전사, 노신』, 국학자료원, 2003.

연세대 근대한국학연구소,『근대계몽기 단형 서사문학 연구』, 소명출판, 2005.

엽건곤,『양계초와 구한말 문학』, 법전출판사, 1980.

윤평중,『푸코와 하버마스를 넘어서』, 교보문고, 1993.

윤해동,『식민지의 회색지대』, 역사비평사, 2004.

윤호병,『비교문학』, 민음사, 1994.

이덕일,『이회영과 젊은 그들』, 역사의 아침, 2009.

이동순,『민족시의 정신사』, 창작과비평사, 1996.

이득재,『바흐찐 읽기』, 문화과학사, 2003.

이무석,『정신분석에로의 초대』, 이유, 2008.

이문창,『해방 공간의 아나키스트』, 이학사, 2008.

이부영,『아니마와 아니무스』, 한길사, 2003.

_____,『분석심리학』, 일조각, 2008.

이상섭,『문학비평 용어사전』, 민음사, 2004.

이승원 외,『국민국가의 정치적 상상력』, 소명출판, 2003.

이승준,『이청준 소설 연구─정신분석학적 관점에서』, 한국학술정보, 2005.

이종민,『근대 중국의 문학적 사유읽기』, 소명출판, 2005.

이진경,『근대적 시공간의 탄생』, 푸른숲, 2002.

이창재,『프로이트와의 대화』, 학지사, 2013.

이호룡,『한국의 아나키즘』, 지식산업사, 2002.

이화여대 한국문화연구원,『근대계몽기 지식 개념의 수용과 그 변용』, 소명출판, 2005.

이화여대 한국여성연구소,『한국 여성 관계 자료집』하, 이화여대 출판부, 1980.

임지현·이성시 엮음,『국사의 신화를 넘어서』, 휴머니스트, 2004.

임진수,『상징계-실재계-상상계』, 파워북, 2012.

전경옥,『한국의 가면극』, 열화당, 2007.

전미경,『근대계몽기 가족론과 국민생산 프로젝트』, 소명출판, 2005.

전진성,『역사가 기억을 말하다』, 휴머니스트, 2005.

정선태,『개화기 신문 논설의 서사 수용 양상』, 소명출판, 1999.

정창범,『작중 인물의 심층분석』, 평민사, 1978.

조동일,『한국 문학사상사시론』, 지식산업사, 1988.

조세현,『동아시아 아나키즘, 그 반역의 역사』, 책세상, 2001.

진중권, 『미학오디세이』 1, 휴머니스트, 2009.

_____, 『미학오디세이』 2, 휴머니스트, 2008.

_____, 『미학오디세이』 3, 휴머니스트, 2009.

_____, 『현대미학 강의』, 아트북스, 2009.

최원식, 『한국 근대문학을 찾아서』, 인하대 출판부, 1999.

_____, 『한국 계몽주의 문학사론』, 소명출판, 2003.

_____, 『문학의 귀환』, 창작과비평사, 2003.

하승우, 『아나키즘』, 책세상, 2008.

하정일, 『탈식민의 미학』, 소명출판, 2008.

한국문학연구회, 『현역중진작가 연구』 IV, 국학자료원, 1999.

한순미, 『가의 언어, 이청준 문학 연구』, 푸른사상, 2009.

한승옥, 『한국 현대소설과 사상』, 집문당, 1995.

한자경, 『자아의 연구』, 서광사, 2003.

홍순애, 『한국 근대문학과 알레고리』, 제이앤씨, 2009.

홍일식, 『한국 개화기의 문학사상 연구』, 열화당, 1980.

2) 국외 논문 및 저서

마르쿠제, 헤르베르트, 김인환 역, 『에로스와 문명』, 나남, 1989.

D. 스미스, 안쏘니, 이재석 역, 『세계화 시대의 민족과 민족주의』, 남지, 1997.

강상중, 이경덕 · 임성모 역, 『내셔널리즘』, 이산, 2004.

고자카이 도시아키, 방광석 역, 『민족은 없다』, 뿌리와이파리, 2003.

고타니 히로유키, 「역사 속에서 하위주체의 주체성 찾기의 가능성」, 윤해동 역, 『당
　　　대비평』 통권 28호, 2004 겨울.

노엘, 장벨맹, 최애영 · 심재중 역, 『문학 텍스트의 정신분석』, 동문선, 2001.

니시카와 나가오, 윤대석 역, 『국민이라는 괴물』, 소명출판, 2002.

다니엘 · 게렝, 하기락 역, 『현대 아나키즘』, 신명, 1993.

데싸이, 라디카, 「베너딕트 앤더슨이 놓친 것과 얻은 것」, 정은귀 역, 『창작과 비평』 37권
　　　3호, 2009 가을.

두아라, 프라센지트, 문명기 · 손승회 역, 『민족으로부터 역사를 구출하기』, 삼인, 2006.

들뢰즈, 질 · 가타리, 펠릭스, 최명관 역, 『앙띠 오이디푸스』, 민음사, 1994.

라캉, 자크, 권택영 편, 『욕망 이론』, 문예출판사, 1994.

랑시에르, 자크, 주형일 역, 『미학 안의 불편함』, 인간사랑, 2008.

루쉰, 『魯迅全集』 1~18, 人民文學出版社, 2005.

르낭, 에르네스트, 신행선 역, 『민족이란 무엇인가』, 책세상, 2002.

르메르, 아니카, 이미선 역, 『자크 라캉』, 문예출판사, 1994.

모스, 조지, 서강여성문학연구회 역, 『내셔널리즘과 섹슈얼리티』, 소명출판, 2004.

바바, 호미, 나병철 역, 『문화의 위치 − 탈식민주의 문화이론』, 소명출판, 2002.

바흐찐, 미하일, 전승희 · 서경희 · 박유미 역, 『장편소설과 민중언어』, 창작과비평사, 2002.

_____, 이덕형 · 최건영 역, 『프랑수아 라블레의 작품과 중세 및 르네상스의
        민중문화』, 아카넷, 2004.

보위, 맬컴, 이종인 역, 『라캉』, 시공사, 1999.

상해노신기념관, 『上海魯迅研究』, 上海社會科學院出版社, 2013 春.

슈미드, 앙드레, 정여울 역, 『제국 그 사이의 한국』, 휴머니스트, 2007.

신구 가즈시게, 김병준 역, 『라캉의 정신분석』, 은행나무, 2007.

아말비, 크리스티앙, 성백용 역, 『영웅은 어떻게 만들어지는가』, 아카넷, 2004.

아이디, 돈, 박종문 역, 『소리의 현상학』, 예전사, 2006.

앤더슨, 베네딕트, 서지원 역, 『세 깃발 아래에서』, 길, 2009.

_____, 윤형숙 역, 『상상의 공동체』, 나남, 2004.

야훼, 아니엘라, 이부영 역, 『C.G. Jung의 회상, 꿈, 그리고 사상』, 집문당, 2012.

양내교 외, 『比較文學槪論』, 北京大學出版社, 2014.

오카 마리, 김병구 역, 『기억 서사』, 소명출판, 2004.

우에노 치즈코, 이선이 역, 『내셔널리즘과 젠더』, 박종철출판사, 2000.

이글턴, 테리, 김현수 역, 『문학이론 입문』, 인간사랑, 2006.

이성시, 박경희 역, 『만들어진 고대』, 삼인, 2006.

이효덕, 박성관 역, 『표상 공간의 근대』, 소명출판, 2002.

잭슨, 로지, 서강여성문학연구회 역, 『환상성 − 전복의 문학』, 문학동네, 2004.

진방경, 「中,韓魯迅研究比較東亞魯迅研究意義」, 韓國中國現代文學學會, 『中國現代文
        學』 37號, 2006.

_____, 『与中國現代文學批評』, 北京大學出版社, 2011.

캠벨, 조셉, 이윤기 역, 『천의 얼굴을 가진 영웅』, 민음사, 2004.

코모리 요우이치 · 타카하시 테츠야 편, 이규수 역, 『내셔널 히스토리를 넘어서』, 삼
        인, 2000.

크로포트킨, 피터, 김영범 역, 『만물은 서로 돕는다』, 르네상스, 2005.

_____, 하기락 역, 『근대과학과 아나키즘』, 신명, 1993.

푸코, 미셸, 박정자 역, 『사회를 보호해야 한다』, 동문선, 1998.

프레포지에, 장, 이소희 · 이지선 · 김지은 역, 『아나키즘의 역사』, 이룸, 2003.

프로이트, 지그문트, 김인순 역, 『꿈의 해석』, 열린책들, 2004.

_____, 윤희기 · 박찬부 역, 『정신분석학의 근본 개념』, 열린책들, 2010.

_____, 최석진 편역, 『정신분석 입문』, 돋을새김, 2011.

홉스봄, 에릭 외, 박지향 · 장문석 역, 『만들어진 전통』, 휴머니스트, 2004.

홉스봄, 에릭, 강명세 역, 『1780년 이후의 민족과 민족주의』, 창작과비평사, 2005.

홍자성, 김성중 역, 『채근담』, 홍익출판사, 2011.

후크, 시드니, 민양홍 역, 『역사와 영웅』, 을유문화사, 1959.

히야마 히사오, 정선태 역, 『동양적 근대의 창출』, 소명출판, 2001.

4. 기타

국립국어원 표준국어대사전, http://www.korean.go.kr